ヨーロッパ
ヴェネツィア
ノヴァ
ジェノヴァ
ヴィルフランシュ
ニース
トゥーロン
ポルクロール
リヴォルノ
シエナ
アドリア海
カルヴィ
タラモネ
カラブリア
コルシカ
ジリオ
ドゥブロヴニク
ドゥカジン
シュコドラ
リナロ
ローマ
アジャクシオ
オスティア
テッラチーナ
エルバサン
オフリド
テッサロニキ
ナポリ
サレルノ
サルデーニャ
カプリ
オトラント
サン・ピエトロ
カルルエリ
カステッラ
プレヴェザ
ストロンボリ
レパント
オクア
リパリ
パトラス
エガティ諸島
パレルモ
メッシーナ
レッジオ
ザキントス
ナウプリア
ビゼルト
シチリア
カターニア
タバルカ
リカータ
モトン
コンスタンティーヌ
ハンマ
スース
マルタ
モナスティル
カイルアン
ラス・ディマス
ランペドゥーサ
マーディア
ガフサ
地中海
ジェルバ
トリポリ

改宗者クルチ・アリ――教会からモスクへ／目次

見た

主要登場人物一覧

＊巻末の「資料」も参照

■オスマン帝国側

クルチ（ウルチ）・アリ・パシャ　イタリアに生まれ、海賊船に捕われてイスラムに改宗。最後にはオスマン帝国の海軍提督となる。

ルカ（ルーク）　本書の語り手。フランスのプロヴァンス地方ボーケール生まれ。クルチ・アリの僕(しもべ)であり養子。アリコ、アリとも。

トゥルグト・レイス　クルチ・アリのボス。バルバロス・ハイレッディンの右腕。

サーリヒ・レイス　トゥルグト・レイスの親友。アルジェリアの太守。

スレイマン大帝　オスマン帝国第一〇代スルタン。

マヒデヴラン　スレイマンの第一后。皇太子ムスタファの母。

ヒュッレム・スルタン　スラヴ系の赤毛、スレイマンの寵妃で野心家。

ミフリマハ　スレイマンとヒュッレムの一人娘。

ルステム・パシャ　ミフリマハの夫。〝虱〟と呼ばれる。大宰相を務める。

スィナン・パシャ　ルステムの弟で海軍提督。

ムスタファ　スレイマンの皇太子。人望があったが奸計により父スレイマンの命で絞殺される。

バヤズィト　スレイマンとヒュッレムの息子。

アフメト・パシャ　ミフリマハの娘アイシェの夫。第三大臣。

セリム二世　第一一代スルタン。スレイマンとヒュッレムの息子。

ヌルバーヌ　セリム二世の后。イタリア人。

ソコッル・メフメト・パシャ　海軍提督、大宰相。セリムの娘イステミハンの夫。

ピヤーレ　セリムの娘ゲヴヘルハンの夫。海軍提督。

ムラト三世　第一二代スルタン。セリムとヌルバーヌの息子。

サフィエ　ムラトの寵妃。アルバニア人。

アイシェ　ムラトとサフィエの娘。イブラヒム・

パシャと結婚する。
バルバロス・ハイレッディン　海軍提督。プレヴェザの海戦で勝利。
ハッサン・パシャ　バルバロスの息子。トゥルグト・レイスの婿。アルジェリアの太守。
ハッサン大公　バルバロスの養子で遺産相続人。アルジェリアの統治者。サルディニア人。
色黒(カラ)のアフメト・パシャ　大宰相。清廉で有能だったが、ルステムの陰謀で処刑される。
朗誦者(ムエッズイン)の息子のアリ・パシャ　イェニチェリの出身。海軍提督。
ララ・ムスタファ・パシャ　キプロス征服、ペルシャ征服の司令官。大宰相。
イブラヒム・パシャ　サフィエのお気に入りでムラト三世の女婿。クルチ・アリ没後の海軍提督。
サーデッティン師　ムラトの師。イブラヒムと共にムラトの政治に容喙。

■キリスト教国側
カルロス　スペイン国王カルロス一世。神聖ローマ帝国のカール五世。フランソワのいとこ。
フランソワ　フランス国王フランソワ一世。カルロスのいとこ。死後、息子が継承。
アンリ・クラウス　フランス国王アンリ二世。フランソワ一世の息子。
フェリペ　スペイン国王フェリペ二世。カルロスの息子。
セバスティアン　ポルトガル王セバスティアン一世。カルロスの孫。
アンドレア・ドリア　海賊で傭兵。カルロスに雇われオスマン軍にチュニスで勝利し、プレヴェザでは敗北。
ジャンネッティーノ・ドリア　アンドレアの甥。
ジャンアンドレア・ドリア　ジャンネッティーノの息子。
ポーラン・ド・ラ・ガルド　フランス軍の提督。
ラ・ヴァレット　マルタ騎士団の団長。プロヴァンス出身。
ドン・ペドロ・カレッラ　スペイン人。チュニジア攻防時の司令官。
エミリア　ドン・ペドロ・カレッラの娘。改宗してセリメと名乗る。

■その他
タフマスプ　ペルシャのシャー（国王）。
アブドゥルメリク　モロッコ王。
アフメド　モロッコ王。アブドゥルメリクの弟。
ムハンメド・モッラ　チュニジアのスルタン。

エミリア　青い目の少女。ルカの初恋の人。
年老いた修行僧　カラブリア出身の九本指のフランシスコ派修行僧。
ガングッザ　自称クルチ・アリの親戚。
ミマール・スィナン　大建築家。
ヤセフ・ナシ　オスマン帝国最初の銀行を作ったユダヤ人。

改宗者クルチ・アリ

——教会からモスクへ

（……）歴史によって（それが可能であったかぎりにおいて）想像され、成就され、固定された一つの生涯を、いちどきに全体の曲線を見てとるようなしかたで、とりあげること。しかもその生涯を生きた人間が、たとえそれを判断することの可能な瞬間だけにせよ、その生涯の重みを量り、しらべるような、そういう時期を選ぶこと。

（……）我々のようにオリーヴをほおばり、ぶどう酒を飲み、手は蜂蜜でべとつき、そして苦い風と目をくらますような雨と格闘し、夏には樫の木陰を求め、性の歓びを極め、そして考え、生きて、死んだあの人々と触れ合うべく、肌の興奮において、あるいは知能の働きにおいて、我々の中で一番最後まで残る何かを、一番根幹にある何かを、それのみをとるべきである。

（……）十九世紀の考古学者たちが外側からやったことを、内側からやり直すこと。

マルグリット・ユルスナール『ハドリアヌス帝の回想』「作者による覚え書き」より

イスラム暦九九六年のレビユルエッヴェル月の十五日

偉大なる創造主よ、わが心の叫びを　きかれかし
その憐みを乞うべく、いかなる名で称ぶべきやを知らざりき

未来は、偉大なる帝国の最高の地位に至ったある貧しい者の生涯を、いつものように、その内面の世界を問うことなくして、その存在の業績を見て評価するのだ。

秋に木の葉が朽ちて、春とともに生まれ来る世代が知ることを願う——

彼は復讐の剣であった、俺はと言えば、憎しみと愛の間で揺れる心、二人は一つ魂だったのだ、このつかの間の人生で。

あなたの僕（しもべ）
ルク、ルカ、あるいはアリ

来た

教会からモスクへ

父と子と精霊を忘れて、アッラーの僕(しもべ)になるとは！　青年期の俺の良心に突きつけられたこの不安から半世紀が過ぎた。

アルジェリアで毎朝東の空が白む前に、夜のしじまを劈(つんざ)くエッザーンを聞くとき、唇の端にまで伸びてきた口髭をひねってはいつも考える。俺はレイスの何だったのだろうか。奴隷か、それとも息子か？

息も詰まるような暑さの下で押しつぶされていた、あの秋の日のことだ。商人の船を追って、海上で過ごしたこの何ヶ月もの間、大空は大地に水の恵みをあたえてくれなかった。雨乞いの祈禱に赴く一団は野や丘に向かい、彼らの祈禱は涸れた井戸や空になった水溜場に反響するのだった。町の門のところで胡坐をかいた年老いた修行僧は、通り過ぎる人々に未来からの報せを語るかのように声をかけるのだった、「旅の人よ、知るがよい、この蒼穹の下では何ごとにも、時があることを。

泣くべき時、笑うべき時、格闘すべき時、和解すべき時。旅の人よ、耐えなされ、決して神への望みを絶つ勿れ！」と。

アズン門まで一〇キロほどの距離にある干上がり始めた川の水を汲んでくるために、驢馬の背に皮袋を二つ結びつけようとした時、俺は波止場に向かって走る群衆に気がついた。遠くから、海の方から来る大砲の音を聞くや否や、俺は驢馬を放りだして、港に走った。旗で飾り立てた二艘のガレー船が曳いてきた船が近づくのを待ち切れぬ思いで待っている、ありとあらゆる国の、ありとあらゆる色の、商人、船主、ポーターたちの真ん中で、二頭の騾馬の上に載せた席に背をもたせたヴェールの背後でほとんど見えない女たちもいた。自分の宝石類を売って、襲撃に出かける船の装備に貢献したこれらの女たちを先頭に、この群衆のすべてに分捕り品の分け前があるのだ。

来た船は碇を下ろし、後ろ向きに船着場に近づいた。それから後何があるかは俺は諳で言える。まず船長が現れて、その後によく働いた乗組員たち、つまり船長の補佐官たち、砲手たち、大工、填隙修理工、外科医や書記などが続く。その後、帰国のもっとも感激的な瞬間がある。捕虜だったが自由になれた者が大地に口づけすべくひざまずく一方で、鎖に繋がれたキリスト教徒の捕虜たちが大公の城に向かって歩き始めるのだった。

ただその日はいつもとは違っていた。船長が現れた。ジャーフェルという名の老狼の船乗りが船着場に足をかけて、祝い言葉を言う群衆にこたえた。しかし彼は銀糸刺繍のある服を着た兵士の耳に何かを囁くと、儀式の次第を無視してまっすぐに城に向かったのだ。波止場に集まった群衆はびっくりして、水面に揺れる無言の船に驚きのまなざしを向けた。帰港、出迎え、祝賀式典などを無視するほど重大なことがあるのだろうか。何があったのか？

獲物を追って海の四方をかけまわった春から夏の六ヶ月間ですら、二〇列の漕ぎ台のあるチェクディリ船に手を入れるに十分な場所を、俺のレイスのウルチ・アリはいつも見つけるのだった。秋に俺たちが陸に上がって以来、居心地のよさや装飾はないものの、波の上を海燕さながら飛ぶように滑る船を、陸に上げ、隙間に麻を詰めてタールを塗って、明日にも船出するかのように細かいところにまで目を配っていた。

「レイス！」

「ああ、わかっている、聞こえた」と言って、彼は俺の言葉を遮った。「ジャーフェルではなかったのか、戻ったのは？」

そのとおりだった。レイスはジャーフェルという名の男が、大砲に火薬を詰めすぎるといつも言っていた。

「あいつは手ぶらで帰ってきたのか？」

「いいえ、チェクディリに似た船を捕らえてきたそうです。カタルーニャのもののようです。」

彼は頭を振りながら綱を強く引いた。

「お前は見たか？　鎖を外された捕虜はすべてイスラム教徒だったか。」

「わからない。俺は見なかった、レイス。」

「さあ行って見て来い。漕ぎ手にならずにすんだ者たちの中で、元僧侶が目にとまるか、見てみろ。」

俺がまだ立っているのを見ると叱った。

「さあ、この大ばか者。走れ！」

俺に言わせるなら、まず俺が探すべき者は、エミリアという名の青い目の少女だ。しかし俺は自分の秘密を、俺の望みを胸の内にしまった。

「レイス！　ジャーフェル船長はまっすぐに城に行った。イスラム教徒も異教徒も……誰も何も見なかった。」

綱を杭に縛る時、汗の噴き出したレイスの顔に一抹の疑惑が浮かんで、「お前は驢馬を連れて行け。そして家でわしを待っておれ」と言って、もんぺ（シャルワル）の汚れを払い、ジャケット（ジェプケン）を着て、急いで城に赴いた。

何年もたったかのように思えた数日後、俺はやっと彼に会えた。

バルバロス・ハイレッディンがスルタンの海軍の大提督に任命されて以来、アルジェリアの町は、この偉大な男のかつての奴隷、後にその養子、そして遺産相続人の地位に至ったハッサンが支配していた。サルデーニャ島に生まれ、後にイスラム教徒になったこの元捕虜は、抜きんでた知能でこの七年間、ここの扱いにくい民衆を整然と治めている。ジャーフェルが戻った翌日、昼の礼拝にモスクに集まった人々はイマムの口から楽観できない報せを聞かされた。時期は過ぎているものの、ジブラルタル海峡からジェノヴァに至る海上を大きな顔をしてのしている傲慢な異教徒の船団が、アルジェリアの町を目指した連合軍勢を形成したというのだ。われわれは近々この包囲の可能性に断固として対抗しなければならないのだ。

異教徒に呪いの言葉を降り注ぐ民衆は、唱え手（ムエッズィン）の喉から搾り出されるエッザーンにその運命を見ていた。

最初の衝撃が過ぎると、静けさは混乱にとってかわられた。

御触れを伝える者たちは、いけにえとしてささげるべく城砦の壁の下に異教徒を引き寄せるであろう神の意思を地区ごとに広め始めた。正義は剣であり、勝利は流される血によるのだ。町は突然煙で燻された蜂の巣のようになった。その時までは自由に出歩けた奴隷たちは蒸し風呂（ハマム）の建物に閉じ込められた。男たちは屋根から屋根を飛び歩いて子供たちをかき集め、女たちはあわてて干してある洗濯物を取り込み、日干し煉瓦の壁があたかも落城不可能なる砦であるかのように、何もかもその中に入れて、入り口につっかい棒をかう。報せを聞いて村から町へ流れ込む群衆、奴隷、家畜、車で城壁の入り口は詰まってしまう。誰もが互いを探し求める。血縁、宗教、人種、階級の別なく集まる。人々の間の兄弟意識の真の源である恐怖に直面して、利害の計算は忘れ去られる。

恐怖の待機は二日続いた。レイスは俺に指示を与えることなく姿を消していた。俺は道を行ったり来たりした。胸が苦しい。白い家の平らな屋根から聞こえてくる子供たちの声や、小麦を広げたり、取り込んだり、寝床を準備したり、片付けたりしながら屋根から屋根におしゃべりを交わす女たちの声はもはや聞こえない。商店街の建物のある中央広場で、マグレブ（北アフリカ）人の騎馬兵たちが半月刀を研いでいる。民衆は、駱駝、驢馬、何であれそれで軍隊に武器を運んでいる。ある者は弓や矢を、ある者は槍を、あるいはピストルをつかんでは城壁をよじ登る。この急ごしらえの軍勢がイェニチェリ兵の示した場所、塔の後ろの塹壕に横たわるのだった。俺は大砲の銃眼から海を眺めた。豪壮な船はハラシュの方角に次々と走り去った。俺の三歩前で、砲手たちが砲弾を並べ、導火線を準備している。その一方で指揮官たちが、バルバロスがいないことを嘆いて、親をなくした子の眼差しで水平線を眺めている。アズン門の上では、町の旗の色である赤、緑、黄の三本の絹の帯が、城砦の壁では、塔の上の三日月と星のついたクルアーンの文句が書かれた旗が、最期の息を与えるかすかな風でやっと身動きするのだった。港では見捨てられた船が互いにこすりあっては音を立てていた。そのうめき声を俺は遠くから聞いていた。防波堤の上や、水涸れした水汲み場の前で礼拝前に身を清める、運命に頭(こうべ)を垂れる人影があった！ 興奮しつつ待機している、この無限に続くかとも思えた間に、遠くからか近くでか、ある声が聖歌をつぶやくのを聞いたように思えた——「格闘する時、和解の時、耐えしのべ、望みを捨てるな、旅人よ」と。

これほど重大な出来事の前日に、俺には憎悪も、恐怖も、希望もなかった！ この無関心さがどこから出てきたのかは未だにわからない。運命の札が俺の手にあることが俺を安心させていたのだろうか。そうだ、あの日、イスラム教徒たちと一緒に城砦の上にいたが、翌日イスラム教徒たちの壁が打ち砕かれたら、教会の会衆に加わっただろう。向かいにある山は一瞬、俺には生まれ故郷のプロヴァンスの丘のように思えた。思春期の混乱によって山なみの後ろに見えなくなった子供時代の興奮の喜びの、魅惑的な瞬間が、あたかも時間と空間を越えて、俺のためらいを包み込むアラブ服の襞の中で戯れているようだった。山の方からまっしぐらに伝令がやって来た。汗びっしょりになったサラブレッドは壁のところで嘶いて、前足をそろえてたちあがった。その男は叫んだ――
「彼らは上陸した！　ハンマにだ！」
男の服が馬の鞍に滑り落ちた。引き裂かれたシャツの下では、生活の美徳など一顧だにせぬ真っ裸の男が死に瀕していた！

暗くなると城門が開けられた。何百人かの騎馬兵が廟の背後に見えなくなった。大空の薄暗がりで風に動く雲は、無言で草を食む羊を思わせた。俺は、濠の向こうに月光が映し出す影絵芝居の絵解きをして、来るべき運命を解き明かそうとしていた。

朝、騎馬兵たちが戻ると、人々は危険の重大さがわかった。砂浜は、ハラシュ湾を埋めつくす何百艘もの船が上陸させた何千人もの兵士と様々な武器で覆われていたのである。カクシーヌの方角に集結したガレー船のことだったのだ、北から来た報せは。何処に逃げるべきか、何をすべきかわからない民衆は、神に頼るしかすべはなかった。

蒼穹はその意図を隠すかのように、雲に覆われた。この鼠色の天空を穿って差し込む日の光は、見捨てられた荒野にアラベスクの文様を描いていた。注意深い目だったら、〝見捨てられた〟大地がそれほど人影もないわけではないことに気づくのは難ないことだった。俺は頂から下に向かって草原を転がるがごとくに降りてくる蛆虫を、野蜂が襲っているのかと思った。このわけのわからない騒動は、城壁に近づくにつれて意味がわかってきた。野蜂とは、マグレブ人の騎馬兵、蛆虫とは、槍を構えて怒った雄牛のように町を攻める武装した騎馬隊であった。蜂は襲っては、撃っては逃げ、急転回して再び攻撃する。武装した雄牛どもに息をつく間も与えない。城の大砲がまさに砲丸を飛ばそうとした時、武装した騎馬隊は城壁の千歩手前で止まった。森が歩いているかと思えた歩兵隊が背後から迫っていた。夜にならないのにあたりは暗くなった。稲光が城壁を照らした。雷鳴が唸って、静かになった。二度目の雷鳴で、稲妻が塔を貫通したと俺は感じた。そして驟雨が始まった。あの胸がつぶれるかという思いから湧き出した歓喜の叫び声！　俺のすぐ隣にいた砲手たちは衣服を脱いで、それで火薬や導火線を覆ったり、神の贈ってくれた水で身を清めようとしたりした。城壁の上から流れる水は濠に流れ込む滝のようであった。道は川となった。アッラーの能力に疑いを持った者たちはその疑いを天から落ちてくるこの水で清められ、信仰心はいや増し強くなるのだった。

雲はあたかも厚い羊毛の層のようで、憂える東方の空を覆っているかのようであった。閉ざされていたアズン門が突然開かれて、千人近い騎馬兵のひずめの音が豪雨の中に飛び込んでいった。稲妻が次々に光った。奇蹟の勝利の花火のように。

雷鳴のとどろく空の、篠つく雨の下で、攻める騎馬兵と、来襲者たちの張ったテントは稲妻に撃たれたかのように次々と地に倒れた。崩れたテントから飛び出す者、飛び出した瞬間にその頭が胴体から離れる、武装した兵のきらきら光る姿は見るに値するものだった。生き残った者は逃げようとし、馬に乗ろうとする武装兵たちの周囲は恐れることのない男たちの槍の壁が囲んだ。包囲すべくやって来たのに包囲された戦士たちが、山の斜面を流れ落ちるようにやって来る同胞と合流して優位を奪回しようとしたその時、アズン門の両翼が再び開いて、混乱の中に何百人かのイェニチェリ兵が加わり、さらに騎馬隊が取り囲むことによって戦闘はいやがうえにも激しくなった。想像を絶する大混乱！　悲鳴、罵倒、降り注ぐのろいの言葉の中で、兵士たちは魔人のように敏捷になぎ倒し、仰向けに倒れて武具の中に閉じ込められた高貴な者の命は泥の中に見捨てられた。俺は顔を背けて見ないようにした。城壁の中で待機していた騎馬兵は「アッラ、アッラ」の攻め声と共に飛び出して攻撃する。次第に遠ざかる剣のぶつかり合う音、左右で何度か銃の音、そして壊滅、敗走。城壁に向かって進んできていた森のような軍勢はばらばらになり、死んだ者を平野の泥土の中に見捨てて、頂の向こうに見えなくなった。

その瞬間、俺は解放を待つ奴隷でもなければ、助かる希望をなくした町の住民でもなかった！　呆然としていた。その瞬間ただただ、金属の冑の矢はずから辛うじて見ることができた〝現実〟といわれるものとは、暴力に対する理性の優位であった。俺の記憶に残っているのは。

騎馬兵が逃げる軍勢の後を追い、民衆は戦利品の略奪に夢中になり、門は全開していた！　俺は何を待っていたのだろうか。逃げ出すことを何が妨げていたのか。港に向かって歩んだ。埠頭を越す波の揺れで船が互いにぶつかりあう。座礁したチェクディリ船が――俺と同じように――レイスを待っていた。家に立ち寄った。濡れた絨毯は無言だった。道にいる勝利に酔いしれた人々にたずねたが無駄だった。

「ウルチ・アリだって？　知らん。……それは誰だ？」

激しさを増す北風は俺を城壁の外に、狂気の呪詛の中で息絶えた死体に覆われた、血塗られた荒野に押し出した。ぬかるみから聞こえる呻き声は苦痛を語っていた。死と戦う指は、土に戻ることを望むかのように大地を掻き毟った。金属の棺となった鎧から出られなかった死者たちの上を飛び跳ねながら通りすぎる、両手は後ろで縛られ、首を鎖でつながれた捕虜の列が、ぬかるみの泥の海の中をやっとのことで長々と進み、運命の鞭が彼らを商店のひしめきあう建物のある広場に引きずって行った。逆らう者は首を刎ねられる一方で、漕ぎ手だった捕虜たちは足枷から解放されて、砂や地面に感謝の口付けをしていた。狂ったような海は、生きているものもそうでないものも、すべてを海岸にうち上げる。荒れ狂う波が海岸に放り出した船の大部分は、憤った拳骨につぶされた西瓜のようにばらばらになった。俺には希望も、願いも、反応もなかった！　自分を襲った奇妙な感情、それは、憤った大洋の降り注ぐ水飛沫が身を清めるかのように感じていたのだ。

今この年老いた身で、俺の一生を決めたその瞬間を考える。頭は自分なりの理由を見出そうとし、心はといえば運命と言われるものにおける偶然の占める割合を知るために頭にたずねる。俺の運命を決めたあの地獄の数時間を用意した理由は何であったのか！　海賊のねぐらであったアルジェリアに正当なる教訓を与えるためか？　しかしそれなら、その海賊というのは誰だったのか？　何の、誰の名の下に罰されるべきなのか？　この壊滅的打撃を受けたベジャイアの町の城砦に身を寄せて、三日間の断食をせざるをえなかった兵士たちの間で互いに罪を告白させた正義の戦士とは誰だったのか？　三〇年たって、記録は出来事をよりよく理解することを可能にしてくれる。

カルロス（一五〇〇―一五五八、神聖ローマ帝国の皇帝カール一世、スペイン国王カルロス五世）は、フッガー（十四世紀から十六世紀にかけて、その富のおかげでヨーロッパの政界で重要な役割を演じたドイツの銀行家で商人の一族）の金と教皇の是認によってこの物質世界に、天上界で築かれる聖堂の基礎を作り、屋根を葺くことに決めたのだった。神がその罪と信心深さを正義の天秤で量るために悪魔を創造しなかったら、すべては滞りなく行われるはずであった。ところが、アジアの草原からやって来た――トルコ人ともオスマンとも言われるが――ターバンをつけた悪魔が、近付いた人間の魂を盗んで、一部をイェニチェリに、一部を血に飢えた海賊に変えたのであった。東方からやって来た兵隊たちは罪のない住民たちを剣にかけ、海から湧き出た盗人の海賊はきらびやかな宮廷人から略奪した。スレイマンという名の悪魔の息子は、カルロスが〝いとこ〟と呼んだ信心深いものの軽薄な国王、フランソワの心をまで征服してしまった。非常に賢明な補佐官たちの進言の下に、カルロスはアルジェリアに住み着いたこの粗野な海賊どもを片付けることに決め、三六艘のガレー船を結集して、自らも取り巻きと共にドリアの旗艦に乗り組んだ。ルッカで教皇の祝福を受けて、ポート・ヴェネレで六千人のドイツ人と五千人のイタリア人をも何百艘もの船に積み込んだ。嵐に襲われた艦隊は、最初はコルシカのボニファキオに、それからサルデーニャ島のアルゲーロ湾に身を寄せていたが、そこで悪いお告げか、頭の二つある子牛を生んだ牛を親子ともども火中に投じて焼き殺した。カルロスは、パルマでシチリア王代理のフェランテ・ゴンザーガのガレー船一〇艘と六千人の兵士を、フロメンテラ島でもベルナディノ・メンドゥサのガレー船一五艘を艦隊に加えた。それでも十分でないかのように、さらにさまざまな国の悪党どもが満載された、どこの城砦でも爆破する準備のできた大砲を装備した大小百艘の船が援軍に駆けつけたのであった。この豪勢な大艦隊が、兵士、大砲、鉄砲を町から五キロほどの距離にあるハラシュの砂浜に上陸させたのは、イスラム暦レジェップ月の三日（一五四一年十月二十三日）であった。三日のうちに、大洪水を思わせる雨は突風のように運命を決めた。衝撃的な結果とは、何百艘からなる巨大な艦隊が散逸してばらばらになり、二大隊のイェニチェリと三千ほどの騎馬兵の前に、三万人よりなる軍隊が敗走して果てたことであった。

自らを世界を支配すべく生まれたと信じていた殿方たちの現実を見る目を、運命は盲目にしたのだろうか。カルロスの側近で、司令官であるアルバ公は、闇の中から幽霊のように飛び出して死を撒き散らしては見えなくなる一握りの薄汚い虫けらを一刻も早く片付けることに決めた。俺が金属の蛆虫だと思い、次々と並んで動く森だと考えたものは、本当は前進する敵軍以外の何ものでもなかったのだ。カルロスとその取り巻きの女たちがクディヤト山の頂の立派なテントに落ち着くや否や、この〝卑しい虫けら〟の名前すら聞きたくなかったアルバ公は、大砲の到着を待つことなく海賊の巣窟を片付けるべく全速力で城壁を攻撃したのであった。海将ドリアは、時期遅れのこの攻撃はよくないとは言ったものの、あまり強くは主張しなかった。海を、風を理解し、季節を躊躇したこの老狼のドリアは一応は警告したものの、容易な勝利を獲得することの利益を計算し、万能なる神の作品を自らの仕組みに置きかえようとするこの傲慢な司令官たちを思いとどまらせることはしなかった。

占いにさからい、荒れた海を支配できると豪語する野心は、忍耐というものを無視して、狂った行動に導いた。挑戦に逸って理性を欠いた勇気は考察を必要としない。人間は、自然の罠を知っているにもかかわらず欲望によってめしいとなり、重要な決定の前夜にすら考えることをせず、英雄になるか戦死者になるかを知らぬまま、構うことなく天の采配を覆そうとする。

税関の門のところに胡坐をかいて座っている修行僧は無言だった。神から送られた水は水溜場をいっぱいにして、攻撃者の火薬や火縄を濡らし、敵の勝利への期待からは苦い敗残のみが残った。風の巻き起こす砂が大砲や攻城投石器を覆い、未だに鎮まらぬ海は、ほんの昨日恐怖で静まりかえっていた町の前で大見得を切っていた船の残されたきれっぱしを海岸に打ち上げていた。人間や動物の死骸が波の背に一瞬見えては海の深みに沈んで見えなくなる。砂の小高いところで座礁している使い物にならない船は、役割を果たした後で捨てられたノアの方舟を、ハラシュの海で横倒しになった帆船のマストは、逃亡中の皇帝が大急ぎで作らせた天国への細い道を思わせていた。ドリアは救えた船ともどもマーティフ湾に退いた。戦争を仕事にしている傭兵たちは、船に乗せたボートを奪い、余分な武器は海中に捨てて逃げたが、家族から引き離されて兵士として戦場に召集されたものの、敗走以来運命のままに放り出された何千もの哀れな者たちに何の罪があろうかとの思いが、俺の頭から消えなかった。

稲妻によって明るくなる暗黒の空は、雷鳴と共にベジャイアの町に向かっていた。大地のものは大地に返すことにした海は、その怒りを鎮めようとしていた。母なる大地は、消えた生命(いのち)は泥の中に埋め、砂浜で膨らんだ死体や、荒野で甲冑の棺の中で朽ち始めた死体からは、死臭があたりに拡がり始めていた。鼻や顔を覆った男や女や子供たちが、山の斜面や海岸で、武器や甲冑を集めたり、死体を剥いだり、死が運んできたこの予期しない天の恵みを、騾馬や車にのせ、兵士たちは土中にはまり込んだ大砲を雄牛に結んで引っぱり、船長たちはもう一度海上に出す期待で陸に打ち上げられた船の下部を調べるのに余念がなかった。多くの店舗が入っている建物や城前の広場や地下牢は捕虜で溢れて、奴隷商人は「供給が需要を超える。一人のキリスト教徒は玉葱一個より安い」とこぼしていた。普通の捕虜に関心を持つ者はほとんどなかった。狡賢い者たちはキリスト教徒のガレー船で漕ぎ手にされていた者たちに近付いて、高い身代金を科せる捕虜を教えれば稼いだ身代金の一割を出すと言った。腕のいい大工の値段は船長二人分、あるいは職人一〇人に値した。朝に捕虜の下見をして、そして昼の礼拝の後取引が行われた。蟻の巣のようになった多くの店舗の入っている建物の周辺に群がる群衆を、役人たちはやっとのことで取り締まっていた。

スペインとマルタのガレー船から救われたキリスト教徒の漕ぎ手たちの中で、イスラム教徒になることを希望する者たちは大公の準備した宴会でもてなされた。儀式の行列は町の商店街から城前広場まで長く続く。チャルメラの甲高い音と馬の背に乗せた大太鼓の轟音を聞いて裏通りから飛び出してきた男や女、子供たちは、イスラムを受け入れた者たちの上に神の勝利を祝った。前方では、シェイクのために道を空ける、槍の先に馬の尾で作られた飾りをつけた百人ほどのイェニチェリ兵が、その後から同業者仲間のギルドが続き、飴職人たち、銀糸刺繍屋、盾と剣を持った闘志盛んな武器屋、軽業師、魔術師たち……舌を口腔で震わせる女たちの気味の悪い嬌声が、この派手な見世物に特別な色を添えていた。

城前広場は、あたかも縁日のようだった。操り人形、影絵芝居、綱渡りのために柱の間に張られたロープ、油を塗ったよじ登るための柱、頭をカーバの方向に向け、それぞれに何十台ものベッドが用意された、割礼を受ける者たちのための巨大なテントなど。そして向かいには、広場の下方に鍛鉄所、かなとこ、くぎ抜き、金槌……。

背にはオスマン風の長衣(カフタン)をかけて、引き具をつけた馬に背をピンと伸ばして乗っている、イスラムに改宗する意思を示した百人ほどの騎兵が広場の中央に現れた。先頭の年寄りの男が、彼らを待っているモロッコ人の割礼師の前で馬から下りた。カフタンを脱いで、陶器の壺の上に両足を開いて、腕を後ろに組んで頭を空に向けた。その目は、風のせいで北に引き寄せられる雲を見つめた。青い眼差しは復讐心をはらんでいたのだろうか、あるいは希望をか、俺にはわからなかった。その唇から出た呟きは祈りだったのか、運命への呪いだったのか、俺には知るよしもなかった。シャツをたくし上げた。無言で待っている。割礼師は剃刀を調べて、「アッラーの名のもとに(ビスミッラー)……」と言いながら陰茎の端の皮膚を切り取ると、群衆から高まる「アッラーのほかに神なし(ラーイッラーヘイッラッラー)……」の声が城壁にこだました。

北に遠ざかる雲からその目を外さずに、「ラーイッラーヘイッララー」と割礼を受けた者はくりかえした。

最初の剃刀の動作と共に沈黙は再び混乱に取って代わった。馬上曲芸、綱渡り、油を塗った柱によじ登る者、まっさかさまに落ちる者、熊の見世物、滑稽な猿たち……地面に寝た大男の胸に置かれたかなとこの上で、蹄鉄屋が大槌で真っ赤な鉄の破片を打って蹄鉄を作ろうとしていた。松明は赤々ともえ、提灯の行列、油ランプが列を成した。彼らの唇の間から漏れるかすかな呟きは、祈りか呪いか、イスラムを選んだ信者たちは壺の上に開かれた脚に、順に一人ずつ剃刀が当てられるのだった。

割礼を受ける者たちのベッドがいっぱいになって、端に立っている者の一人に俺は気がついた。誰もこの鷲鼻の男の所に来て、シャツをたくし上げて、壺の上で脚を広げさせなかったのだ。鷲鼻の男はどうやら断念したようだった！　あきらめるなどということがあってなるものか！　果たして、軍曹の一人が彼に気がついて、腕を引っ張って隣のコンロのところに連れていった。足首に枷をつけた一人の奴隷が、焼いた子豚を熱心に切り分けていた。この種の勇敢な男たちを俺は知っている——男の顔に、真っ赤に焼けた炭が深い皺を映し出した。宗旨を変えるよりは死を選ぶ勇敢な悲鳴をあげることも神に嘆願することもしないで、十字をきって自らを火中に投ずる。この哀れな男は生きたまま焼かれるのだ。俺が顔をそむけようとしたその時、軍曹が切った豚の味をみるようにさそった。男はそのさそいを受け入れた。奴隷が焼いた豚肉の一切れを差し出した。鷲鼻の男は肉を受け取って、噛み、平然と呑みこんだ。

「ラーイッラーヘイッララー」という声が城壁にこだました。

「ラ……イラ……イラー……」とその男はくりかえそうとつとめた。

どうしたことだ。剃刀もないし、あそこに触れることもなく、うまそうな豚肉を出されるとは……この厚顔の悪者はアッラーの寵を獲得することになるのだろうか！　ここで、こんな状況でもえこひいきなんてことがあるのか？　俺は怒りから嘆息した。

「あー！(アー！)　何たることだ(パス・マイ！　ダケロ・エンペーゴ)……」

「やあ、お前はマルセーユ生まれか？(ディーゴ・ヴォ・ミ、ピチュン、スィエス・マルシエス・デ・スコ)」

片腕の船乗りが、俺の生まれた国の言葉で俺に問いただしていた。この三年間この言葉を話す機会はなかった俺の心は、震えていた。

「俺はボーケールで生まれた。」

「何が気にいらないのだ、お前は。」

「何かって。あんたは割礼を受けているんだろ、そうだろ。」

「もちろんだ、ほら、そこのベッドで横たわっている者たちのようにな。」

「もしかしたら、俺もいつかこの道を通ることになるかもしれない。しかしこのえこひいきはどうしてだ？　この鷲鼻の男は大物なのか？」

「大物かどうかは知らぬが、お前が言った男はユダヤ人だ。」

「だからどうなんだ？」

「どうなんだと？　どこを切り取れというのか、お若いの。あいつはほんの赤ん坊の時、切りとったのだ、おちんちんの先の皮膚を。」

「そうだったのか！」

ユダヤ人は赤ん坊が乳離れしないうちに割礼を受けさせることを、俺はその時は知らなかった。今知ったのだ、とはいえ……。

「あんたは豚肉を食べるか？」

「いいや、もちろん食わぬ、お若いの。」

「それなら、あいつは？」

年寄りの船乗りは笑わずにはいられなかった。無知で傲慢な俺だったが、俺に好感を持ったようだった。肘から先のない腕を俺の肩において、「つまり」と彼は言った。

「ユダヤ人が豚肉に触れないことを知らないのか、お前は。割礼をしているユダヤ人が宗旨を変えたのがどうしたらわかるのか、おい？」

「……？」

「この男は豚肉を食べたことによって自分の宗教を捨てたことになる。まず異教徒、つまりキリスト教徒にならなければならない。わしが以前そうだったように、そしてお前が今そうであるように。新しい信仰を受け入れることよりもむしろ、元の信仰を捨てさることだ、難しいのは。あるいはお前は、アッラーに至るためには、いい加減に『イラー……イラー』というだけで十分だと思ったのか？」

俺の左側のテントで、神秘的な明かりの生み出している影があった。右側の小屋では正直な人間が受ける困難を見せる人形芝居の舞台。哀れな者に降りかかる苦しい出来事に爆笑する、むごい見物人たち。

「お前のご主人は誰だ？」

人形のひとつがもうひとつの人形を倒し、人々は大笑いをした。

「その人の名はなんだ？」

「ご主人の名か？」

「そうだ、お前のご主人の名だ」とその片腕の男は繰り返した。

「ウルチ・アリと呼ばれている。」

「彼はカラブリア生まれだな。」

「確かそうだ。だが何よりも俺にとっては、父親だ。」

「彼はいい人間だ、わしは知っている。何かを成し遂げる類の男だ。」

その男は、頭で割礼を受けた者たちが横たわっているテントを指し示した。

「それはいいが、その人を父親と呼べるためには、お前も一刻も早くこの道を通らねばなるまい！」

彼が半分の腕を振りながら遠ざかるのを俺は眺めていた。俺はレイスの奴隷だったのか、あるいは息子だったのか？　俺は捕虜だったからには、その奴隷だったことになる、いうまでもないが。だが俺は息子でもあったのだ。彼はそのように俺に対して振舞っていた。あるいはいわれていたことと、事実は矛盾していたのだろうか。錬金術師の釜のようなこのアルジェリアの町ですら割礼の必要が！　そうだ、人種、宗教、慣習、伝統、これらの混沌においてさえ、将来の世代の種を植える器官の先端にある小さな蓋から救われなければならなかったのだ。


レジェップ月の十五日の土曜日（一五四一年十一月五日）の東の空が白む頃、ハッサン大公は、船長たち、イェニチェリ兵たち、騎馬兵たちと共に早朝の礼拝のためにモスクにやってきた。彼らが偉ぶることもなく、ひっそりと会衆に加わるのを眺めながら、俺は、彼らの中に俺のレイスのウルチ・アリを見ようと努めていたが、無駄だった。勝利の興奮を一瞬忘れ去って、カーバの方角に頭（こうべ）を垂れて、分け隔てをせずに並んで跪く会衆から高まる「アッラーは偉大なり（アッラーアクベル）」の声は、俺を今いる空間からも、過去からも、将来からも引き離して、まったく別の世界につれて行ったのだった。

一日の最初の光に染まるエッザーンの声と共に、俺は創造主の存在を心の中で感じたのだった。夜は日を生んでいるのだった。差しかけ屋根の下で、俺は頭をひざにもたせて、身寄りもなく、一人でガタガタ震えていた。

「ルカ！」

二つの手が、風をはらんで開いた帆のように俺を持ち上げた。この声、俺が待っていたあの呼び声！　運命の女神の唇が俺の額に口づけをしていた。俺の目に満ちた涙をのみこんで、「父さん」と叫びたかった。尊敬がそれを抑えた。興奮がひねりあげた俺の喉元からは、「レイス、俺のレイス」という言葉が溢れ出た。

俺の肩を両腕で抱きしめた……俺はその手に口づけをしようとした。その顔にあった表情はわが子に出会えた神にも似ていた。

「あんたが探していたのはこいつだったのか」と尋ねる者たちに、「そうだ、俺は探していた者を見つけた」とレイスは答えた。

レジェップ月の十五日、金曜日に俺が感じたものの激しさは俺に過去を忘れさせた。羽ばたくのを待っていた自由は運命に頭(こうべ)を垂れたのだった。そうだ、「地上にあるすべてのものには時期がある、泣くとき、笑う時、破壊する時、傷に膏薬を塗るべき時……」。あの日、俺の心の中で消え始めた希望は、新しい父の愛で再び生き返ったのだった。

船長たちに伴われて俺は城の階段を上った。ハッサン大公は俺に割礼の行列の先頭に立つことを求めた。この名誉がどこからくるのかは後になってわかった――つまり奇蹟のごとく実現した予期せぬ勝利の頭脳は、俺のレイスであるウルチ・アリ以外の何ものでもなかったのである。耐えることを提案し、敵を済し崩す昼を夜に継ぐゲリラ戦を考え、嵐と豪雨の機会を捉えて襲撃を仕掛け、怪物を煽って、誤謬を犯させたのは、すべて彼ウルチ・アリだった。マルタ騎士団のような、頑健で、抵抗する戦士たちをすら断念させることができたのであった。現実ではないことが起こったあの二週間で、夢は事実となった、救出、勝利と共に誰からも賞嘆を獲得したレイスは、誇ることなく威張ることなく、名誉、栄光を、彼にその機会を与える知恵を示した国家の長である人に捧げたのだった。

俺の割礼に関する大公の提案をレイスは断った。ルカは割礼を受けて、その名はアリとなるであろう！　それはよいが、宗旨を変えるというような個人的な問題で、父親の息子に対する愛が何の関係があるのか。必要なら、なさるべきなら、どうして待っているのか！　翌日、集団割礼や派手な儀式を待つことなく、俺は切り取るべきあの皮膚の部分に潜む疑惑と郷愁を、土の詰まったあの甕に捨てた。

この怪しげな鞘は俺の身体から切りとられた最初の部分ではなかった。脆弱な俺の身体の、せっかちな手によって刻まれたこれらの跡は、俺自身を包む意味のない苦痛に満ちた過ぎ去った日々のしかるべき結果なのか、あるいは未来の流れを方向付ける徴であったのか。実際は割礼の後、あの傷つきやすい青春期の心から救われて、自分の感情を弱みとみなしたり、自分の知能を皮肉な批評家のように見たりするのをやめるようになった。互いに嫌悪し合う神から贈られたものであるこの二つの宝石は二つとも俺のものだった。心と頭が協調するためには、自らを裁くためには、他人を理解するためには、もしかしたら許すためには、強い意志が必要だった。その当時は許すことが、反抗心によって育まれた情熱を鎮めることが、俺はわからなかった。許しを乞うことと与えられる許しの間の距離をまだ知りえなかった。良心が不安の意味になり始めたこの世では、行動の理由を深く考えることは、著名な人物になる機会を俺の手から奪った。俺は後悔しているのか？　いやそうは思わない。ほかの可能性があったら、俺たちが経験したことを書いて、後の世代に伝えることに関して、レイスにした約束を多分守ることはできなかったであろう。

捕虜時代のアルジェリアはもう俺のものと考えられた。俺の中にある混沌から清められるために、伝統の刻み目、この痕が必要だったのか。白く塗られた壁は春の光を俺の中に反射し、条件付けられたことの苦痛から俺を救ってくれていた。鎮まった海は過去の怒りを物語り、輝く漣（さざなみ）はそよ風と戯れ、遠慮がちなその音は浜辺に穏やかな夏の日を約束していた。

彼らの血管を流れる高貴な青い血によって、金によって見せかけの信仰を誇る貴族たちから不当な扱いをうけたさまざまな人々の避難所となったこの町に住むことは、格別な美しさがあった。老人たちの言う、かつて湾の中央に海中から飛び出した魂のない片目の巨人を思わせる塔の、銃眼の背後にふんぞり返るスペイン人の司令官の監督の下で、この港の地元の人々は農業、漁業を営んでいたそうだ。当時子どもであったこれらの老人たちは、死の臭いがするスペインの土地で慈悲深い神の名の下に行われた残虐さから逃れて、竜巻によって疲れ果てた渡り鳥のように浜辺に折り重なって倒れたユダヤ人やイスラム教徒たちの哀れな状態を、つい昨日のことのように覚えている。

彼らが若い頃には、今度はトレドの総司教の強い御加護の下で行われた暴力によって虐げられたり、離れ離れにされたり、追放されたり、あるいは逃亡したりした人々の恐怖に満ちた眼差しを目撃したのであった。あの世の統治を代行するためには枢機卿を、あの世の支配のためには自らを王の代行人とみなすこの頑迷なる司教によれば、正義と慈悲の意味は、人間の裸の魂が天国と地獄の中間地帯の法廷に出たときのみ、考慮されるはずであった。生き残れるためには、彼らの不当な願望が救い主の教えにふさわしいかどうかを理解するのに良心に問うことすら必要ないと考える、宗教裁判所の裁判官に盲目的に追従することによるのだった、生きながら火刑に処されるか、あるいは流刑かは、アッラーやヤーヴェを信じる無信心者に与えられる唯一の選択であった。望もうと望まずとも、運命に頭（こうべ）を垂れる〝平和を愛するユダヤ人〟と〝平和を愛するイスラム教徒〟の多くは洗礼を受けて、ユダヤ人は〝マラーノ〟、イスラム教徒は〝ミュデッジル〟となる。つまり彼らは、戸外での宗教的行動に加わらなかったり、教会の儀式に行かなかったり、罰を恐れて告白しなかったり、自分たち同士の間で結婚したり、洗礼を受けないようにと子供たちを隠したり、告解の儀式をやっと死の床で求めたりするために、追跡されたり監督されたりする、非難すべき疑わしいキリスト教徒となるのだった。どうして土曜日にマラーノの家の煙突から煙が出なかったのか。土曜日は安息日だから……。そうだ、そして〝卑しむべき〟改宗者の罪の残りの灰が、燃えた薪の上で天に上り、あの世に至った者の家、商売、土地が圧制者の手に遺産として遺される。救い主に対する信仰がただ単に寿命を短くすることになるのを見た〝平和を愛するユダヤ人たち〟や〝平和を愛するイスラム教徒たち〟は、〝戦闘的ユダヤ人〟と〝戦闘的イスラム教徒〟にならざるをえなかった。

これらの疎外された人々は、全てゲットーに隠れて国外に脱出する途を探すか、あるいは武器をとって山賊となって戦い死ぬことを選ぶのであった。彼らによれば、話すということは、遺憾ながら、高貴な者に認められた権利だと主張する、無知で怠惰で貪欲な狂信者たちが踏みにじったこの土地には、彼らにとって伝統と言えるものは何も残っていなかったのである。当時のスペインの議会では、海外の諸国の征服者であるコルテスという名の著名な人物ですら、これらの高貴な人々の傍らには座はなかったのである。

アルジェリアの老人たちは、当時十代の若者であった俺に、思い出を語るとき、その一方で苦々しく微笑みながら移住者の流入を眺めていた。大洋に、水平線の彼方に彼らがその目を見やると、神の正義が空（から）にするべき運命にあったスペインの土地に何が起るかが見えるかのように思われた。不具の移住者たちが、つぎはぎだらけの衣類をまとって、死と希望の間でさまよいつつ城壁に近付くのを眺めていると、「世界中の黄金もあの異教徒を救うには十分ではない」と、長く生きていた者の一人が予言するのであった。

職業は何であれ、織物工、染色屋、大工、壁職人などのマグレブ出身者たちは町外れに住むのを好み、灌漑用の水路を作り、堤を築いて山の斜面に段々畑を作っては荒地を肥えた土地に変えていったのだった。運搬業では騾馬の代わりに駱駝が使われるようになった。アルバイシンにいた一族が裕福な生活から貧しくなったことについては、彼らはあたかも、蚕を飼って桑の木を育てるのに余念なく、羽のある生活に生まれ変わるべく、吐き出した唾液で織った繭の中に入り込んだ蚕のように、憧れと希望の混ざった空想の世界で生きていたと言われていた。ぼんやり霞んだ、その濡れた目には、絹の衣類を纏っていた若い頃の姿が蜃気楼から上る蒸気によって雲に届くかのようであった。

ユダヤ人のうちで、財のある者たちや、医者や、地図製作者や、技術者などは東方に向かい、それ以前にオスマン朝のスルタンの土地に住みついていた近親の所に行った。この旅をすることができない者たちはといえば――たとえば、昨年スペイン人たちの手に落ちたトレムセンから逃れた者たちは――、一世紀半前にマジョルカとミノルカ島から追放されたキブシンやシェイヒンのユダヤ人の子孫たちの後を追った。彼らの主なりわいである商業は、町の安全な場所である城壁の内側でのみ営むことができた。彼らは、主に薬屋、仕立て屋、長靴作り、鍛鉄業に精を出して、剣や盾、矢、弓、砲弾を作るのに巧みであった。一番貧しい屑屋ですら、高利貸しで金を儲けることを知っていた。その中には、奇妙な機械を使って、ある手紙の写しを何百枚も増やすことができた者もいた。レイスの船を買いたいと言った医者もあった！　彼らの言うところによれば、この考えられないような仕事をする男は、一〇年ほど前に、マントヴァで出会ったカトリックの支配者にモーゼの宗教（ユダヤ教）に改宗することをすら提案したそうだ。マントヴァ、ヴェネツィア、アムステルダム、アレキサンドリア、セビーリャ、リスボン、イスタンブル……いたるところに知り合いのいるこの有能な男たちは、捕らえた船の船荷の売買あるいは捕虜たちのための身代金の要求では、一番の仲買人であった。

俺たちは豊かな冬を過ごした。天は水溜場を満たしてくれ、大地は食料以外に武器、砲弾をももたらした。海はといえば、多くの面で役立って、何百艘もの船や何千人もの奴隷に恵みをもたらした。シチリアの小麦を満載したガリオン船を捕獲するのが俺たちの仕事になった。

レイスは、ハンマの砂浜に打ち上げられた、アリカンテの造船所で建造されたとみられる三門の大砲のついたガレー船を得た。手に入れた船は国のものとなるのであるが、勇士たちに感謝しているハッサン大公は、その規則に目をつぶって、この石のごとく頑丈な船に対して、「馬は乗る者のもの、剣はそれを佩(は)く者のもの」と言って同志に与えたのだった。

ごてごてした派手さは俺たちにはふさわしくなかった。この恰幅のよいガレー船を、俺たちにふさわしい、地味ではあるが、機動力の高い戦艦に変えることが俺たちの仕事になった。飾り、装飾、舳先の周囲の下部の金ぴかの彫像を取り去って、艫のあたりのデッキを低くすること、要するに船の類なきバランスを壊さずに、形、構造に新しい外見を与える必要があった。

レイスは、敵のガレー船で漕ぎ手の刑に処せられ、虐げられていたが、救われた勇敢な海の狼たちとともに働くことを好んだ。その中には、俺のようにプロヴァンスから逃げだした者、プロテスタントとして刑に処されたドイツ人、アフリカの海岸のいたるところに建てられた塔から脱走したスペイン兵たち……要するに、生まれた国に牙を向けて、分捕り品の分け前をもらうこれらの志願者の一隊の中では、カラブリア人、コルシカ人、サルデーニャ人が優先された。オスマン帝国の支配下にある一部の藩主の圧制を嫌って、祖国を離れたアルバニア人、ギリシャ人、セルビア人、クロアチア人の数も少なくなかったが、彼らはそれでも、スペイン、シチリア、あるいはマルタに行くよりは、ターバンを巻いたトルコ人の領地であるアルジェリアに逃れたのだった。この驚異の国では、預言者の言葉を信じさえすれば、その人間が「高貴な血」であるのに十分であった。誰も財産も身分も尋ねられることなくして、将来に対して閉ざされていた扉が、開かれるのであった。父親のようなレイスの書記官は、イェニチェリ兵や、騎馬兵、船長たち、大臣たちの大部分、ハッサン大公自身も、さらには大宰相も、イスラム教徒になる前は洗礼を受けたキリスト教徒であったことを長い夜毎に俺に語った。スルタンの妻で、皇太子の母親であるヒュッレム・スルタンが、本当はロクサランという名の赤毛のロシア人であったことを俺はまったく知らなかった。襲撃、略奪によって築かれたこの世界帝国は、本当は頑迷が疎外した全ての者に門戸を開けていたのである。聖書（十六世紀にはカトリックは聖書を読むことさえ禁じられていた）を理解しようとすると火刑に処せられる土地で、改宗者に生きる権利があっただろうか。救世主に対する信仰を無理に受け入れさせて、受け入れた後も猜疑の下にあった者たちは、アルジェリアに逃れたのであった。あの甲冑を着けた虫けらどもの壊滅に終わった攻撃を思い出すたびに、ある問いが俺の頭を混乱させた。もしも、いつの日かアルジェリアもあの高貴な殿方たちの長靴の下に踏みにじられることになったら、名誉を従属に譲ることのできないあの勇敢な人々はどうするだろうかと考えた。無人の地で、人目につかない避難すべき港を探しにかかるだろうか、あるいは、絶えず監視され、追いかけられることに飽いて、暴力に対して暴力で対抗して、あの高貴な人々の血管を流れる青い血を宮廷や城の中で流させたであろうか、と。

これらの問いに答えを見つけることは俺のできることではなかった。なるようになるだろうと決めた。修理され、進水されて、港の中ほどに白鳥のように座したガレー船は、左右に二八列の櫂ごとに四人が座り、二二四人の漕ぎ手を待っていた。長く苦労をともにした一六八艘もの小型戦艦カリタも！　これからは捕虜の漕ぎ手を利用する方法を考えざるを得なかった。レイスは俺にユダヤ人たちと協議することを求めた。捕虜たちと楽に話させるには俺以上にうまくやれる者はいなかった。

「行って、きいてみてくれ！　彼らの中で高貴な者を見かけたら、それを選べ」と忠告してくれた。

「漕ぎ手にさせるのですか？」

「ほかに何の役に立つのだ、あいつらが！」

彼は手にしていた旗竿を振った。

「心配するな、アリ船長よ」とからかって言った。「お前の見ているこの鞭は、仕事も漕ぎもすばやく覚えさせる。」

誇り高いスペイン貴族たちに要求されたかなりの身代金が拒否されたのを、俺もこの目で見たことがあった。

「カラブリア生まれもいるだろう、その中には。九本指の元僧侶を探せ。見つけたら、連れて来い。」

「九本指では漕ぐのに役に立たない！　釈放するのですか。」

「もちろんだ、カラブリア人、カタルーニャ人と言って分け隔てはしなかったそうだ。奴隷を解放するのは善行だと預言者殿は言われたそうだ。」

冬、海に出られない日々に捕虜の漕ぎ手たちの住む場所が必要だった。造船所の地下牢はどこから見てもひどい、ごみため場のような場所だった。一〇人用の棟に二〇人から二五人詰め込んだ。食料、寝床、健康、外出許可、罰など、全ては、何事も金に換算する牢番次第であった。この泥沼を思わせる場所で、アヘンの煙の中で、全てを忘れ去るために、料理屋と、罪を清められるための小さい教会もあった。改宗したことを条件に、暗くなってから外を出歩ける罪人たちは、身代金が届くまで、好きな高利貸しから、三ヶ月で二割五分の利息で借金をしたり、担保を見せることができない者は略奪で暮らした。宴会、盗品の売買、奸計、術策のうごめく中で報せが伝わり、秘密が語られる。この惨めな泥沼は、イスラム法の禁ずるゆえんで他の場所で酔っ払うことのできない者たち、——本来は地味な存在であるが突然かっとなる可能性のある——イェニチェリたちの、よく立ち寄るところでもあった。起こった喧嘩をたくみに鎮めるのは牢番長の腕にかかる。イェニチェリ兵たちの詰め所と何らかのいさかいになるのを避け、そしてこの縁起の悪い料理屋のことを聞くことすら望まないレイスは、大工、鍛冶屋、綱屋のあるウヴェド門の辺りで特別のキャンプの建築に着手した。

アルジェリアというのは信じがたい町である。流刑者、逃亡者、吝嗇家、あらゆる人種、あらゆる宗教の種々の人間が、混乱が体制だと考えられるこの町で交じり合って生きている。公式言語はトルコ語である。しかし話されているのは、トルコ語、アラビア語、フランス語、スペイン語、イタリア語の交じりあった、この地での暮らしがつくり出したわけのわからない言語である。旅や成功の話は尾ひれがついて、長い長い、この上なくわけのわからない出来事ですらとんでもない描写に飾られ、きわめて微細な詳細すらが語られて、この上なく信じ難い伝説となってしまう。冬の長い夜は、うわさ話が生まれ、高い身代金が払われる可能性のある捕虜の過去やその家族、社会的地位に関する情報が広まるのに適した状況が作り出される。この町は、風変わりな食べ物や、装飾品、武器、役に立つか立たないのかわからない飾り物、乗り物などを、激しい競り合いによってわずかな金で買うことができる巨大な市場でもある。

俺は書記の家でぶらぶらしていた。書類でいっぱいの引き出しの中には、古い捕虜たちから残された、愛の手紙、受け取り証文、日記、回想記など……一本の木の下でりんごを食べる裸の男女を描いた絵の横に、ジェノヴァ人の老人の貸借対照表の帳面が目にとまった。ジュスティニアーニという名のこの老人は、サンタ・マリア、サン・ラファエロ、サン・ニコラという三つの名があることからその大きさが明白な九百トンの商船を所有していた。ジェノヴァに行くために、ヒオス島で積荷の際に出費を計算したそうだ——乗組員用に四六八〇ドゥカット、パンのために一四〇ドゥカット、食料、飲料、修理および税関用に六千ドゥカット、合計一万八二〇ドゥカットであった。収入の欄には七六七五ドゥカットの船荷、プラス六百ドゥカットの雑収入。

「この計算のできない船長は、仕事を始める前に損益を承知で航海にでたのか、書記官？」

俺の無知ぶりを楽しんだ書記官は、その日付の二ヶ月後、船のジェノヴァ到着時に書かれた文書を俺に見せた。

「ジュスティニアーニ爺さんはそれほど単純ではなかったのさ、読んでみろ！」

本当に、ジュスティニアーニ爺さんはその名にふさわしい商人として振舞っていた。つまり大きい魚は小さい魚を飲み込むという原則に従って、途中で羊毛と砂糖を積んだカタルーニャ船を捕らえたそうだ。船荷および捕虜の身代金一万一千ドゥカットを収入欄に追加したそうだ。

「商船といって安心するな、注意しろ、一番経験のある海賊そこのけだ。やつらは昼間はとんがり帽子（キュラフ）、夜は武器（シラフ）をつけるのだ」と書記は俺に警告してつづけた。「ウルチ・アリ、書記のアリ、アリコと、俺たちは最後にはみな同じ名をつけるのだ！」

彼は〝駱駝の棘〟という名の植物から作ったスープを俺の前において、「見てごらん、若いの、何でも食べることも、飲み込むこともできるのだ」と言ってつけ加えた。

「調理の仕方を知ることが必要なのだ！　海の上も海の下のようなものだ。大きいのが小さいのを呑み込むことで暮らしているのだ。」

五月の太陽の暑い日差しは、雪のように白い雌馬にのって城に向かう、パシャの位に昇進した太守に挨拶を送るかのようだった。捕虜になった貴族たちの一団がテトゥアンに向かって長く連なっていた。スペインから送られた身代金がその町に届いたのだ。足を鎖で繋がれたもうひとつの一団が、リヴォルノにつれていかれるべく船に乗せられていた。比較的安い身代金を払うことができる者たちの運命はそこではっきりする。払えない者は元に戻り、払えた者は解放される。仲買人のトスカーナ公は利益を得た。善行をほどこして、しかも儲けのある仕事だった。実はキリスト教徒の支払った身代金から手数料を取ることは信仰にそむいていた。大公はこの利益の多い仕事をユダヤ人にやらせることでこの問題を解決した。契約によれば、経営者から得る借料はある州の予算にも等しかったのだ。

子供時代を忘れること……可能か？

春の終わりには二艘の船も、獲物を追って翼を広げる前に岩山で憩う頭の白い海鷲のように、飛び立つ準備ができていた。俺たちは海峡から海に出るスルタンの艦隊を待っていた。マグレブ出身の船長たちは、バルバロスの後について大海に出て行くことを、カルロスの出遭った壊滅的打撃の勢いを借りて老狼のドリアの残ったガレー船をも海底に送ることを、夢に見ていたのだ。

春が過ぎ、夏が過ぎたが、とどめの痛手を与えるべく合流しようと俺たちが待っていたにもかかわらず、艦隊はダーダネルス海峡の先に出て行かなかった。スペインのガリオン船がアンティッラという国からカディスの港に運んだ黄金のおかげで、ドリアはジェノヴァにある、彼の甥はバルセロナにある、その仲間たちはナポリ、カラブリア、シチリアにある造船所を蜂の巣のように働かせていた。俺たちはといえば、次第に死に至る麻痺になろうとする待機の中で、季節が変わっていくのを眺めているのみであった。

「陸でぶらぶらしている船乗りは死人だと思え」とレイスは繰り返した。

望みが消えようとした時、イスタンブルから来た報せで、航行中のスルタンの艦隊に加わることを命ずる勅書が届けられた。遅くてもよいから、よい報せであるように、と俺は心の中で呟いた。

「この艦隊はどこにいるのですか、レイス?」

「ポルクロールという島にいるそうだ。お前は当然知っているはずだ、プロヴァンスの……」

プロヴァンスだと! おやおや! あの憎たらしいスペインの果てしない海岸があるのに、バルバロスは俺の祖国のプロヴァンスを襲撃しようとするのか? 俺が知っている限りでは、トゥーロン人、マルセーユ人は敵のガリオン船に関する情報を俺たちにくれた。俺たちは友だちだった。言葉も出ず、頭を垂れて、俺はその場を動けなかった。

「誰も略奪とか戦闘とは言わなかったぞ、アリコよ!」

それはレイスの声だった。

「せいぜい、これは友好的な儀礼訪問だ。せがれよ。」

友好的訪問なんてことがあるものか、巨大な艦隊で。

「レイス、このポルクロール島というのは誰のものですか?」

「フランス国王フランソワのものだ。」

「それなら、スルタンは大砲や鉄砲をどうしてフランスの領土に送ったのですか?」

「スルタンは、王のまさかの時の友なのだ、アリコよ。」

「それはいつからですか?」

「そうだな、かなりになる。七、八年だろう、わしの推定では。」

「なら、それは間違えていますよ、レイス！　今から五年前、あの死んだような海のエーグ＝モルトで、フランソワとカルロスはつがいのキジバトのように密かに睦まじくしていた。俺は自分の目で見たんだ！」

「お前は夢を現と思ったのだろう」と言って、書記はあざ笑った。「あの人たちを見るなんてことがお前の分際でできることか！」

俺に過去を、秘めていた自分のことを語らせることは、時折俺が物思いに耽る原因となった古傷を切り開くということなのだ、気ちがい野郎め。

「二人のうちのひとりはあんたの双子のようだったよ、書記さん」と俺は言って、攻撃的な調子でつっかかった。

「言ってみろ、どちらのだ。」

「悪魔に似た老いぼれの方だ！　当時の子供にとって悪魔とはもうひとりの方だった。俺の王様のフランソワは悪魔と闘う天使だ。つまり……当時俺はそう考えていたのだ。」

「当時というのはいつのことでございますかな、高貴なお方？」

俺は癪にさわりはじめた。おしゃべりの無駄口屋め。

「会見や宴会の時だ。」

「ふむ、お前もそこにいたのか。」

「そうだよ、そこにいたんだ。三日間王様にお仕えして……」

「王様にお仕えしていた！　さようでございましたか！」

「親父（おやじ）が息子たちに……」

「やあ、お前ひとりではなかったのか。兄弟もか……」

「兄弟というのは兄貴なんだが……」

あの忌々しい兄貴という言葉を口にすることすら俺には辛かった。話題を変えようとして、あの忘れられない三日間の出来事を語り始めることにしたが、それによって罠にかかったことに俺は気が付かなかったのだ。

「書記さん、あんたはエーグ＝モルトに行ったことがあるか。」

「いいや、エーグ＝モルトは知らぬ。お前さんはボーケール出身ではなかったのか。」

「ボーケールには構うな。俺はあのだんな方が、あの泥沼のような海の、塩で焼かれた土地を支配する豪勢な城でやっていたことを見たんだ。」


泥沼にたまった水で薄汚い蟹がいじくった海草から膨れ出た泡のように、思い出が水面に出て来はじめた。ヴァヴェールの方角からやって来た騎馬兵たちが埃を巻き上げたラ・ガルデット門の前で、騎士たちの中ほどに、町に来た国王のフランソワを俺は見たのだった。貧しい民衆は覚えさせられた「王様万歳」の文句を鸚鵡のように繰り返していた。豪華絢爛！　ラッパ手やトランペット奏者、先端に旗をつけた槍を持った歩兵たちの後から、彫りもののある轡が日の光の中で輝く馬の背に、きらびやかな服で包まれた皇太子、総司令官、王家の人々、貴族、役人……その後から、馬や、二頭の騾馬にかけ渡した乗り物に乗ったり、ほっそりしたスリットの入った服からはみ出す巨大な胸の宮廷の女たち。長く連なり、最後尾は見えないお付きの行列が続き、この生きた妖精たちに眼が引き寄せられた民衆は、王様を忘れて、「女王様万歳」と心の中から湧き出した叫びを上げた。女王様の傍らには若い娘――たおやかな皇女――とすぐ後ろには男爵夫人。〝あの男爵夫人〟だ。女王様が白いビロードの日覆いの下で地に足をつけるや否や、壁へとこだまする国王ご夫妻をたたえる声。道に続く不恰好な化け物たちは、この計算された大歓声によってうっとりした吸血鬼のように「万歳」の叫びで飛び跳ね始めた、この七月の暑さの中で。

「レイス、俺は今やっとわかるように思える。あの派手で豪華なものは、生活から出てくるものではなくて、空想が空想であることをやめて現実になる瞬間だったのだ。」

憎たらしい、無慈悲な書記はさらに追い討ちをかけてきた。

「それはいいが、そこでお前さんはどんな用があったんだ。」

「言っただろ、親父と言わねばならないあのけちな男は、この祝い事に参加して、貴族たちに近付く途を探していたのだ。その地の長官は、屋敷に数日滞在しなければならない王様に仕える、教育を受けたよい家柄の者を見つけるのに苦労していた……」

まあ、そのおかげで悪魔にさからう国王フランソワを見る機会を俺はみつけたのだった。俺と同じように、飲んだり、食ったり、げっぷをする王様を見て、俺はびっくりした。彼は最初は物思いにふけり、不機嫌だった。食事の最後ごろには機嫌がよくなって、王子たちと冗談を言い、寝室に行く時は、男爵夫人としめし合わせた。翌朝、手に水差しを持って、王様が目覚めるのを待っていると、サン・ブランカルという名の者が、皇帝のいとこのカルロスに属する艦隊が、レポセ湖に碇を下ろしたことを知らせた。自分の影をすら信用していない悪魔は、船から船へ話したいという。王はぶつぶつ呟き、呪い言葉を口にして、厠に行くことも忘れてしまった。俺が単純にも、甲冑や剣や、かぶとの到着を待っていると、彼はスペイン風の金糸刺繍の黒い服、帽子、靴、靴下を選び、入り口で待っていたアルバ公を押しのけて、ボートのひとつに飛び乗って、漕ぎ手たちを叱りつけ、葦の間から海の方角に向かった。

「いや、質問はだめだ、書記官！　あんたが望んだのだ、最後まで聞かねばならない！」

夕刻、国王はひどくご機嫌な様子であった。「王様万歳、皇帝万歳」という叫びでカルロスの来訪を民衆に知らせるように侍従に命じた。食って、飲んで、げっぷを出して、葡萄酒が気に入って、男爵夫人とお楽しみをして、そして部屋に引き上げた。翌朝、「王様万歳、皇帝万歳」の声と共に、粗末な布の派手な赤い服を着た船乗り風の男が船着場の入り口から入ってきた。このちっぽけな男が伝説のカルロス五世だったのか。黒ずくめの善の天使が悪魔と抱きあうのを俺は見た。見せかけの胡散臭いものの中で、どちらがどちらの何だったのだろうか。一日中、宴を通して、料理を一口食べるたびに、互いに〝忠誠〟を誓うのを見たり、善の天使フランソワが人前で「これからは愛すに戦うことを約して別れたのであった。

るいとこの問題は自分自身の問題である」と言うのを聞いたりすると、善と悪が神の名の下に装いを変えたと俺は考えた。互いにしっかりと抱き合ったこの二人の貴族は、東方の悪党に対抗して共に戦うことを約して別れたのであった。

「親愛と友好をしきりに表示しているにもかかわらず、二人が抱き合った時、俺には、フランソワのつるはしを思わせる鼻がいとこの喉下を突き刺し、矮小ないとこの鎌を思わせる顎がフランソワの喉仏を掻っ切るように見えたんだ、レイス。」

俺の話を注意深く聴いていたレイスは楽しんでいる風であった。

「気にかけるな、親近の関係は妬みの温床だ。一応行って見てみようではないか、このポルクロールという島を。」

仕事台から下ろしたばかりのように、キラキラ光っているこの二艘の船の準備はできていた。俺たちは仕事にではなく、今回は、遊びに出かけるのであった。俺に仕事を習わせたいレイスは、二〇の漕ぎ台のあるカリタを俺に任せた。実のところは、俺は、火薬、ピストル、食料、乾パンの俵を船の舳先に近い船室にしまい、飲み物の甕を座席の下に縛ってから、底荷の代わりにもなる飲み水の樽とオリーヴ油の瓶を船に運ぶ、長年働いた経験者の知恵にゆだねられたのであった。

防波堤に立てた緑の旗は、俺たちが漕ぎ手に志願する者を探している印であった。レイスは候補者の中から選考し、操舵手と話す一方で、用意されたお守りや、生贄にする牡羊を修行僧の手から受け取った。

星の多い夜の明け方、礼拝の呼び声のエッザーンと共に、俺たちは埠頭を離れた。一五艘の船は順に防波堤の前を通り過ぎて、一日の最初の光が照らす水面を後にして、大海に向かって舵をとる時、各船は一発ずつの礼砲によって、俺たちを見送りに埠頭に来たアルジェリアの民衆に別れを告げた。風は鎮まり、櫂の作った傷痕は静かな海が覆った。船の後で見えなくなり始めた海岸の代りに、舳先には次第にぼんやりした水平線がとってかわった。前方の、海と空を引き合わせる霧の後ろに、七月が来る度に開かれる縁日を、俺の子供時代の神を見ているようであった。後方にはアルジェリア、一年のうち十二ヶ月いつも縁日が開かれているところ。舵のあたりにエッザーンの余韻が残った。大洋に舞う鷗たちを眺めながら、俺はこれからの日々を運命にゆだねるのだった。

バルバロスの艦隊はポルクロール島に立ち寄らずに通り過ぎて、マルセーユの入り江に碇を下ろしていた。巨大な湾は、三日月の戦旗、色とりどりの小旗をつけた海将の乗る旗艦にいたるまで、大小さまざまの船で覆われていた。港の入り口にある塔のてっぺんでゆらゆらと揺れる十字架の付いた旗と、埠頭につないである舳先に金色の水の精たちの飾りの付いたフランス国王の艦隊に属する五〇艘ほどのガレー船は、この海の祝典に加わるのを遠慮しているかのようであった。死んだような海の塩田に隠れひきこもった日々に、俺の空想を彩ったこの町を一刻も早く見たいと、大急ぎで一艘のボートに飛び乗った。入り江の左手には、海に打ち込んだ杭に太綱を結んである空荷の荷船が、この特別な日のために旗を飾り立てていた。右手には、家や店や倉庫の窓々から身を乗り出す女や子供たち。ところどころ建築中の埠頭いっぱいに賑わう人々の顔には、笑いではなくおどおどした怯えがあった。操舵員たちの頭の覆い布、通訳のターバン、艦隊に必要な食料の買い出しに出た棟梁の大きなターバンなどを見て、民衆は不安げだった。同盟国で友好国であれ、彼らにとってはそれでも異教徒だった。一一〇艘のガレー船、四〇艘のカリタ、ベルカンデ、三本マストの高速戦艦、三万人の戦士である！　この巨大なる艦隊を恐れるのも無理ないことだった。

大提督は怒っていた。彼は陸に上がるつもりはまったくなかった。やって来た町の支配者たちを追い返して、マグレブ人の船長たちを傍らに招んだのであった。俺もひとかどの若い船長という自負があったので、旗艦に行く者たちの間に加わった。船の外側の側面に立てかけられた梯子を上っている時、「この大艦隊は案山子か！」というわれがねのような大声にドキッとした。レイスの後について甲板に出た後も、片隅に小さくなっていた。

「来てくれと嘆願されたのだ！　だが来てみたら、どうだ。一日中太鼓やラッパを聴くために、わしらはこれほどの距離を来たのか！」

朗々たる声、硬い顎鬚、藪のような眉の下で攻撃の準備のできた引き絞られた矢のように睫（まつげ）の間で光る眼差しが、過ぎ去った年数にびくともしていない。金の帯の入ったターバン、緑色の繻子にテンの毛皮のついた四つのカフスのついたカフタンが、この矍鑠たる老人の尊厳に畏れ多い雰囲気を加味していた。傍らにいる人々は誰なのか？

「あの隻眼のは……」と俺は言いかけた。

通訳の青年は俺を馬鹿にしてじろじろと見下した。

「スィナン船長のことか？」

「あの隻眼のは……ユダヤ人のスィナンなのか?」

「まさに本人だ。」

「あれが悪魔の助手というスィナンか?」

「悪魔と何の関係があるんだ?」

「石弓で傾斜を計算するそうだ。」

「学問は悪魔のすることか? お前は石弓と言うとき、弓矢と測量の器械とを混同しているのではないか?」

そのとおりだ。無学な者から聞いたことで知恵者のふりをするとは、愚か者以外の何ものでもないのだ。ともかく、伝説のバルバロスの周囲にいる人々を知るためにこれ以上の機会はない。

「大提督の傍らにいるのはどなたか?」

俺の無知ぶりを通訳は憐れんだに違いない。

「右がムラト・レイス、左がサーリヒ・レイスだ。」

「アイドゥン・レイスはどれだ?」

「なんてことだ、彼は死んだよ。」

「なら、トゥルグト・レイスは? 釈放されなかったのか?」

「まだだ。」

「三年になるよ、まもなく! 身代金というものはないのか?」

「辛抱しろ、船長よ」と通訳はたしなめた。

彼は顎で大提督をさししめした。

「トゥルグト・レイスを取り戻すまでは、彼はこの海からは離れない！」

根掘り葉掘り尋ねて、最後には俺は何から何まで知った。

ムラトはアルバニア人で、アイドゥンはクロアチア人で、スィナンはユダヤ人だ……レイスと俺と傍らの通訳は……すべて改宗してイスラム教徒になった者だ！　要するに背いた者だ！　誰に背いたことになるのか？　いい家柄として通用している惨めな奴らに奴隷として仕えることに、嫌気がさしたのだったか？　どこかの先祖から遺されたばかげた身分にしがみつく貴族は、悪魔にその三角帽子を逆さにかぶせられる賢い人を奴隷や僕（しもべ）にできるのか？　昨日は悪魔の見習いであった俺たちは、今日は、ノートルダム教会の前で聖母マリアの前で神に仕えているではないか？

レイスたちが来たことで、バルバロスの怒りは鎮まった。そのごつごつした、指輪もつけない手に口づけをしようとして、俺は身をかがめた。

「お前の名は？」と彼は訊いた。

「ウルチ・アリの息子のアリです。」

一生涯にその並優れた知性と、勇気と、忍耐によって獲得した功績を、若者たちに授けるかのように、彼は俺の額に口づけしたのだった。俺は自分の席に戻った時、どうしてよいかわからない興奮状態にあった。階段のところで待機していた水夫が、王の提督を連れてきたボートが近付いたことを知らせた。

「提督というのは誰だ？」

「アンギャン公フランソワ・ド・ブルボン、王の大使だ。」

通訳はその貴族の名をフランス人のように発音した。

「あんたはマルセーユ人か?」

「いや、船長。トゥーロン人だ。」

「通訳はあんたの仕事か?」

「いや、俺は僧侶になる途中だった……破門されたんだ!」

指を唇から額に持っていくアラブ風挨拶とか腰を屈める礼などは、通訳をぎこちなくさせる。マルセーユ知事は〝ギリニアン伯爵〟、海将は〝ポレン男爵〟……大提督ハイレッディン(バルバロスの本名)は〝ハラディン〟となってしまった。全てこれらの伯爵、男爵、提督、司令官はパシャになった海賊である。狡賢さと暴力が権力者にした人間たちの間で、ただの海賊であったのはマグレブから来た俺たちだけであった。

賛辞の言葉の大部分は俺には理解できず、彼らの礼儀作法をびっくりしながら眺めていた。箱から出された金の鞘の付いた剣、金糸刺繍の帯、純銀の食器棚は、国王フランソワが兄弟と知るスレイマンに対する信義の印であった。大提督は、差し出した書簡を直ちにその場で開封して読むことを、揶揄するように男爵に求めた。スレイマン大帝は、もったいぶった言い回しでいっぱいの書簡で、要するに次のように言っていたのである——

イスラム暦九四九年のズルヒッジャ月の二十五日(一五四三年四月一日)、使節のポーランの依頼により、強力なる我が艦隊を必要なものともども派遣した。大提督ハイレッディンに、その方の指示に沿って敵を片付けるよう命じた。

これらの命を成功のうちに全うした後、時期を逸せずして、イスタンブルに戻らねばならぬ。注意して、敵方が再度その方を誤らせることなく、その方が敵方に屈することなく振舞うのを見れば、和平に近付くことであろう。知るべし。

書簡の「敵方が再度その方を誤らせることなきよう」の文句はエーグ＝モルトでの日々を思い出させた。書簡を読み終わると、バルバロスはポーランに王の考えを尋ねた。行われる戦闘に関して指示があったのか、と。どこで何をするべきかを知らせるべく一五日の猶予を与えた。艦隊をまかなう見地から、待たせたくはなかった。頭の回転の速い男爵は猶予期間を受け入れて、港内の塔に掲げられた三日月の軍旗に敬意を表するトランペットの音に、直ちに直立不動の姿勢を取った。不意をつかれたバルバロスは身体をこわばらせた。その顔には罠にはまった動物の表情があったが、長年の同志たちを眺めて、おこってしまったことと頭を振って笑い、軍旗のはためくこの土地を訪れることに最後には同意したのであった。

何艘かのボートが、高価な轡で飾られた一見に値する五頭のサラブレッドを乗せた艀を、提督の後から埠頭に向けて動かした。これらはスレイマン大帝が偉大なる兄弟フランソワに贈ったものであった。

一五日間の猶予期間が終わるのを待つ間、俺たちはスペイン領に先発隊として行かねばならなかった。マグレブ出身のレイスたちも含めた俺たちの二五艘のチェクディリは、サーリヒ・レイスの下で、ドリアが潜んでいるパラモスやロサスを大砲で攻撃すべく艦隊から別れて、東の空が白む前に出発した。何百艘もの船から拡がる光が海を覆っていた。眠っている町を湾の上に運んで来たようだった。襲撃の際に、タールのような闇の中ですら一匹の鼠を見分けることができる俺の目も、その晩は海と陸の境界を見分けられなかった。途中にある「死んだような海」が頭を離れなかった。

「レイス、エーグ゠モルトを知っていますか。」

彼は後尾のマストに寄りかかって、海面で輝く光に見入っていた。

「その前を通りますよ」と俺はひっそりと付け加えた。

レイスは甲板にとび込んだ飛魚を捕らえて海に戻してやった。

「イスラム暦の九五〇年……レビユルアーヒル月の十二日だな、今日は。」

この無関係な問いに対して俺は、「多分そうです」とだけ言った。

光の束に集まる小魚たちは、ページが黄ばんだ聖書の表紙に刻まれた一五二五年七月十五日の日付を、俺の記憶に描いているかのようだった。俺は指を使って年数を計算した。

「一五四三年七月十五日だ！　レイス、知っていたんですか、今日、俺は満十八歳になったんだ。」

レイスの眼差しには、多少はいたずらっぽさ、多少は疑い深さがあった。

「暦が変わることをお前はのぞむか。」

彼は付け加えた。

「ルカよ、忘れるな。今日まではお前は、運命に頭（こうべ）を垂れることで満足していた。これからは、お前も、運命を手助けするようにせよ。日々を、未来や過去の衣装につめ込むのはやめろ。」

案内役を引き受けたレイスの二艘の船とともに、俺たちは、荘厳に進むサーリヒ・レイスの船隊の先にたって、一日前から湾を調べていた。バルバロスの名を聞いた者たちは殻に閉じこもったようで、水平線は広々とし、視界には何もなかった。陸地から吹く微かな風のおかげで、漕ぎ手たちは休んで、帆は押し上げてあった。前を行くレイスの後を追っていく仕事を艘舵手に任せて、俺は眠り込んだ。夢の中で、禁じられた過去の世界をさ迷って日の出と共に目覚めた。帆は朝の風をはらみ、漕ぎ手たちは眠っていた。海岸の息吹は……海岸は二歩先にあった。艫の躁舵手に物問いたげな眼差しを向けると、彼は肩をすくめた。俺のわからないことがどうして彼にわかるんだ！　スペインを脅すことではなかったのか、この航行の目的は。飛び交う首の長い鷗は、東方に白む神秘的な光でピンクに染まっていた。俺は未だに夢の世界にいるのだろうか。

予感に煽り立てられて、興奮で息がつまりそうになった。首の長いピンクの鷗は、カマルグのフラミンゴだったのだ、そうだ！　エミリアの愛を知った土地、目を真っ赤に泣き腫らして俺が離れた土地だった！　耳鳴りがして、喉が詰まりそうだった！　死んだような海の入り口で、レポセの小さな湖で碇が下ろされた時、俺は嗚咽を抑えるために綱を掴んだ。そして横に来たレイスの両手を握り締めた。俺は興奮で声がかすれて、なんと言ってよいかわからない状態であった。実際のところ何を言うことができたのだろうか、イスラムを受け入れたものの、人生の意味は忠誠だと信じて、最初の愛を否認することができない、子どもじみた海賊の心が。

百合の花の紋章をつけたボートの中で、水と時間の流れを溯行しながら、俺は周囲を眺めていたのだ。死んだような海を塩田が取り囲んでいた。水の中に閉じ込められた国。スペインに対する恐怖を織りこまれた壁の外に向けて、ただひとつヴォヴェール街道にあるガルデット門だけが開いていた。町の名士たちや住民は壁の下に集まって、俺たちの来訪を疑わしげに遠くから眺めていた。埠頭に太縄が投げられた瞬間、〝オシャリ〟とどもった長官の蒼白な顔を俺は忘れることができない。

さてわたし奴はどうしたものでしょう、長官殿！　三日間、自分の家で国王に仕えたあの少年か！　自己紹介をすると、長官閣下は自分の耳を疑った。

「アンセルメ・ポペレの息子か？」

驚愕が去ると、彼はオスマン帝国の艦隊の訪問の理由を根掘り葉掘り尋ねて、途中で立ち寄っただけなのがわかると、安堵の吐息を漏らした。いうまでもなく俺は家族に会いたかった。直ちに！　二頭の馬のほかに、騎馬兵の一隊も与えるようにと彼は命じた。

「三マイル（約五キロメートル）の道のりのために、行列の必要があるか！　馬二頭で十分だ」と俺は言ったが、「なりませぬ。何よりもまず身の安全が！」と彼は主張した。

ヴォヴェール街道では職を失った傭兵たちが闊歩し、追いはぎをしているそうだ。それとは別に、カルヴィンという名の少数派僧侶に従う者たちが、教会に属する信徒たちをさらったり、強盗を働くそうだ。教会に属する者たちも人間ではないか！　彼らだって間違いをしたり、同じように人さらいや強盗をするのは容易にわかることではないか！

「それから、言うまでもなく……」

恭しい長官は、最後の瞬間に舌を噛んで、その場にふさわしくない最後の語を飲み込んで黙ったのだが、「カ・イ・ゾ・ク！」とわめいた者があった。

群衆の間の少年たちが笑った。びっくりした長官は、行商人のボートの鳥籠の針金に取り付けられたイチジクを盗もうとしたチンパンジーを罵る鸚鵡を憎々しげに眺めた。恐れ慄いた哀れな行商人が、ならず者の鳥の止まり木を手荒くつかんで、「カイゾク、カイゾク」とわめく悩みの種を水に投げ込もうとした時、「訊きたいことがある！」と俺は言いながら制止した。

「お前の鳥はこの言葉をどこで習ったのか？」

哀れな男は両手を空に向けた。

「どうしてわかりましょうか、だんな、一ヶ月前に買ったのです。」

「スペイン人の船乗りから買ったのか。」

「聖母マリア様が証人です、ボーケールの縁日で……」

「ボーケールでか？　まだあるのか、縁日は？」

「さようで、だんな、七月の末までです。わたしは戻りました。なぜなら……」


なぜならだって！　どうしてなぜならなのだ？　そこに行くこと、そこから戻ること、旅に出るのに理由が必要だったのか。旅人の帆を膨らませるものは、詩に満ちた息吹ではなかったのか。赤子の時始まる、そして経帷子に包まれて身罷るまでの不明なる時間の舵をとることは、人生に対する借りなのだろうか。ボーケールで生まれ、毎年縁日を待っている間に、俺の背丈は毎年指一本分伸びた。どうしてその年頃に、羽毛の飾り毛をたてて、俺のことを「この野郎」と呼ぶ、娼婦のような衣装を着た鳥の籠を蹴ったのだったか。どうしてか。理由は簡単だった、鳥であることを忘れて、自分のことを俺よりえらいと考える甲高い声の化け物の蛮勇に、俺は腹を立てたのだった。その呪わしい動物は攻撃的だった！　俺の拳骨を見ると、飾り毛を立てて、羽ばたきをして、ペンチの形をした嘴で鳥籠の針金を曲げようとしていた。奴に身の程を知らせてやろうと石を拾い上げた瞬間、杭のような二本の腕が、俺を鳥籠や車や馬の上から緑の葉の付いた枝に向かって、羽毛のように飛ばしたのだった。長い年月が過ぎたがまだ忘れない、「ドゥ、ドゥ……」と言って俺の頭を撫でた、あのやさしい眼差しの黒人の奴隷のことを。

　怖くて、母親の胸にすがりついた。家に戻り、四方を壁で囲まれた部屋の中に隠れたいと、しきりに泣き求めた。見慣れない新しさは全て、俺に恐怖、逃亡、無視の本能を目覚めさせたが、落ち着いて目が覚めると、それを理解し、知りたいという思いが恐怖を克服するのだった。その時好奇心は、部屋の戸を、中庭の戸を開けるのだった。縁日に戻って、最初は遠くから、それから次第に近付いて、俺に「この野郎」と言った鳥と遊んで、黒人の奴隷とかくれんぼうをするのだった。そうだ、あの黒人の大男は子供みたいに俺と楽しんだ。

　俺の夢から消えることのないこの土地は、毎年七月にはどこから来るとも知れない人々で百倍にもなるのだった。ローヌ川に沿って、バナナ、棗（なつめ）、オレンジ、レモンの籠、塩漬けにした魚の笊（ざる）、米、小麦、唐辛子、シナモンの俵を積んだ、皮袋の筏から艀にいたるまでありとあらゆる種類の船が水面に広がり、川岸では掘っ立て小屋やテントが休耕地の畑を覆うのだった。ありとあらゆる布地、皿や器、馬の引き具一式、ガラクタ、綱類……さまざまな品物でいっぱいの出店の後ろには、老若とも最後には了解し合うのだった。俺は母親の手を引っ張っては、火をのみこむ男、蛇を身体に巻きつける女、象の鼻に座った小人、踊る熊、芸をする犬たちのいる広場で、口をポカンと開けて立っていたり、裸の太ったダンサーを見るや性器をいじり始めた猿たちの前で立ち竦んだりした。母親はあわてて俺を家に引きずって行くのだった。

七月には俺の家は、父親の友人たちでいっぱいの旅籠屋となった。草履を履いたり、ブーツを履いたり、背にイスラム教徒のマントを着たり、ケープを着たり、ターバンを巻いたり、イスラム教徒の丸いキャップをつけたりした客たちが、生きた妖精とか、魔術師のメルリンや、精霊やアラディンのランプの話などを夜遅くまで語るのだった。俺の感情はひとりでに、俺の眠りを守ってくれる夢を目の前に見せた。朝早く起きては、誰もがまだ眠っている中に、彼らの顔にある皺から、彼らが語ったことが本当であるかどうかを知ろうとした。

空が泣く暗い日々には、母親はヴィヴァーネとメルリンの間の決して終わることのない争いのことや、精霊や、アラディンの魔法のランプの話をいつも話してくれた。俺も、一日中枕の下に隠していた歪んだランプを擦っては、冬が早く終わって、夏の先触れである春が一刻も早く戻ってくるのをアラディンに願うのだった。縁日の興奮で俺の家に立ち寄るこれらの生きた精霊たちは、贈り物で俺を窒息させた。その聖なる品物を魔法のお守りのように胸の中に隠していた。

七月の太陽で温まった俺自身は、俺を大空に飛ばしてくれる大男の奴隷のあの優しい眼差しの黒い顔に慣れて、もう暗闇も恐れなくなっていた。梟の「ドゥ、ドゥ……」と鳴く声が夢のカーテンである睫を開けて、俺の毎日は光に満ちるのだった。感情の秘密の根源を発見できること、あの微かな感覚を実際に見る喜び！　俺の一息で蘇る全ての死んだものと結びついたり、芽吹いた木をただの干からびた木片と区別する必要がないと感じたりするあの子供時代の日々には、「この世とあの世」の心配からもなんと遠く離れていたことか！

蹄鉄の音や馬の嘶き（いなな）……それらはローヌ川の岸辺から別れて、死んだような水に作られたこの古い埠頭に俺をまた引き戻した。

「アリコよ、隊はお前の命令を待っておるぞ！」

「どうして俺の命令をなんだ、レイス。二人一緒にヴォヴェールへ行くのではなかったのか。」

「網をかけたところでお前の帰りを待っているぞ、息子よ。今夜夜半までな！」

「俺は自分に言い聞かせていたんです。恐怖から生まれた勇気に心配を止めることはできないですよね、レイス！」

あるクリスマスイヴに父親と母親の諍いから俺が理解したかぎりでは、俺たちはこの家から、この町からまもなく離れなければならないということだった。金のために身を粉にしたり、陰謀屋や恥知らずたちを相手にしなければならないことや、泥棒まがいの取引をしたり、ユダヤ人みたいに細かい計算したりすることが、親父はいやになったのだった。鼠のように押し寄せるアラブ人のせいでペストが広まるとのうわさをも、なぜか彼は信じた。これから行くところでは、城壁があり、水の満ちた濠や塔に囲まれた、上ったり下りたりする橋のある城で優雅に暮らすそうだ。正門の上の、王冠を被った獅子の紋章が高貴なる位を示しているはずだった。肩書き、栄誉、ヴォヴェール地方にある城、そこに属する農民たち……すべてはもう買い付けが終わって、支払いも済んでいた。親父は、「妻よ、お前は男爵夫人になるんだぞ、考えてもみろ！」と言って、家から離れたがらない母親を、何日も何週間も説得に努めていた。つまり、自分が、正直者の商人であるアンセルメ・ポペレが、一生涯、重量税の名目で金を払ってきたボーケール伯爵や、あの蔑むべき親類の奴らより劣るような何があるというのだ！　血を吸い取られるのが商人の運命なら、その金を、民衆を悪魔の悪から守ってくれる国王にまとめて貢ぐことの方が得になるのだ。

「なんと言ったらよいのか、どういったらよいのか、要するに俺は涙に濡れて、いやいや別れたのだ、子供時代と。」

ヴォヴェールの城で、母親は、長い夜に火の傍らで、有名なヴィヴァーネや、厳しいメルリンや、眠り姫、恋する騎士の物語を語り、俺は耳を傾けた。次第に世界との関係を理解し始めると、毎朝東の空が白む頃、塔のてっぺんに、あの優雅なシルエットを、空想の中に現れる勇敢な騎士を待っている俺が見られた。そんなある日、眠り姫が目を覚ましたようになった。乞食の恰好をした一人の僧が城にやって来た。〝騎士〟だった。

「それは貧しい僧だったとお前は言うのか。」

「そうだ、フランシスコ派の修行僧だった。」

「どのくらい滞在したのだ……お前たちのところに。」

「丸々三年間だ。レイス、肩にベルトを付けた男どもが来て、彼を連れて行ったんだ。」


読み書きを、人間の恰好をした神々がこの世に来たことを、その人が俺に教えてくれた。ジュピターや、ジュノや、ちっちゃなキューピッドを物言わぬの彫像にするという罰を下した神の正義については、日曜日ごとに食事に加わる教会の僧侶から聞いた。修行僧と僧侶の言うことの間で俺の頭は混乱した。俺の肉体が目覚めたんだ。俺はしばしば歓楽好きなキューピッドの矢の的になった。この矢の毒のせいで身をよじる俺を正道に連れ戻すために、せむしの僧侶は、坊主どもの見つけたある薬草汁を俺に飲ませたが……むだだった。何もない部屋の壁にこだまする祈禱や善悪を顧みずに、俺はやりたい放題をしていた。水、土、植物、動物、俺、母親、商人たち、生まれた場所から遠く離れて、流れのほとりで身を清めようとしている誰もが、運命の……いや、違う、運命じゃないんだ、レイス、親父の指一本の指図によるのだった。あの独裁的な親父は、聞いた限りでは、国王の前で畏まる知事や僧侶の前では、腰を二つに折るほど深く頭を下げるのだそうだ。国王自身はと言えば、王冠と信仰を守ることに努め、妖精や、呪術師に尋ねたり、子供をつれた処女の彫像の前に跪くのだった。俺は聖母マリアをこの惨めな滑稽劇に入れたくないと思ったが、その胸に抱かれた子供に嫉妬していたようだった。マリア、ヨセフ、赤子のイエスの、ジュピター、ジュノ、ちびのキューピッドの、無責任な王子、眠り姫、勇敢な騎士の、父親、母親、兄貴という兄弟からなる三人組……なす術のない俺は有と無の間で、あの聖霊のように、この人類の基盤である三人組のいずれにも入れないかのようだった。

「従者どもの用意ができております。」

城壁にこだまする呼び声は、どの従者のことを言っているのだろうか。

「レイス！」

「そうだ、息子よ。わしはお前の話を聴いていたいんだが……馬上の者たちは待っておるぞ！」

「親父を初めて馬上で見た日、それは、脚の間に木の枝を挟んで、ドウドウと言いながら馬を進める真似をする息子に似ていたんだ。」

しっかりと鞍にしがみついていた。笑うのと泣くのの中間の、恐怖と陽気さの入り混じった表情がその顔を覆っていた。その日までの親父は、毟った鵞鳥の羽をインク壺に浸しては数字を書き並べる太った手の甲として、俺の目に思いうかべられるのだった。俺の兄貴という貴重な息子に――貴族の息子のように遊びの準備のために――、灰色の馬に高価な引き具、盾、剣、槍を整えて、一、二度試してから、愛する跡継ぎが馬から落ちて、足を鐙にひっかけたまま、土埃の中を引きずられる目にあう可能性を考慮して、貴族にするのをあきらめたのであった。「意味のない喧嘩や討ち合いはお前にはふさわしくない、息子よ！　貴族のように時間を過ごすために、この父の帰りを待っておれ、ジャン・マリーよ」と彼はこの無能な息子を慰めることにつとめていた。

頭の中で何を考えていたのか、彼は袋を背負って出て行った。三日後に戻ってきたときは、ひどく興奮して真っ赤な顔をしていた。国王陛下はアヴィニョンで河を渡られ、エーグ＝モルトよりヴヴェールへ来られる途上でおられたのだ！

「その後のことはもう話したと思う。」

胼胝（たこ）だらけの手が、こわばった俺の指の間に枯れ枝をつかませた。現在を忘れて、過去に生き続けると、俺と同じく俺の配下の者たちをも、その墓に生える灌木にしてしまうことを暗示していたのだろうか、レイスは。城壁や塩田の向こうに、俺は想像力を培う縁日を期待し、やさしさを求めて待っている子猫の目に、愛を探していたのだった。ヴォヴェールの辺りで雲は消えていく。降りかかる雨粒は城壁のしかめ面を崩せず、思い出の帳面の色褪せたページを吹く風は過去の詩に涙するのだった。

レイスは出発する用意をしていた。渋面の塔はしかめ面の銃眼を、銃眼は塩田の中に隠れている港を、上から見下ろしている。哀れな逃亡者の血を流している鼻が腐敗し始めているのを、この死んだような水は目撃したのだった。城壁の向こうを往来する雲の影で、笑うべきか泣くべきかを知りかねて見えたり隠れたりする、ひたすらに続く平野。俺たちをアッラーにゆだねるエッザーンは、この地では聞かれなかった。エッザーンの代わりに、二度の鐘の音。ひとつは過去の、もうひとつは将来のために！　二つの鐘の音の間に、巨大な鐘楼守を思わせる国王ルイの塔が、俺の面に平手打ちを食わすかのようだった。一刻も早く俺たちが出かけ、遠ざかることを待っている、心配そうな、目をそらす者たちが教会をいっぱいにしていた。その日は日曜日だった。神がこの聖なる日を思い起こさせる鐘の音は、ますます大きくなっていった。ああ神様！　水平線にある夢を過去の重荷の下で押し潰すあの陰鬱な時間、それは何であったのか！「母さん、来て俺をあの夢の国へ連れて行ってくれ！」と俺は心の中で嘆願していた。

俺の顔にたまった汗が乾くと、俺の指は、貴族と称するならず者のナイフによって切り取られた俺の鼻の痕に残った二つの孔に触れた。正義を実行する処刑人でもなければ、臍の緒を道端で切った素性のわからぬならず者でもない……実の、本当の兄弟がこの悪事をしたのだ。肩書きに飢えた田舎者の跡継ぎのならず者の下司野郎め！　俺の母親が、どうしてあの兄と呼ばれる嫉妬深い野郎を腹の中に入れていたのか！

馬丁の娘のエミリアはなんと美しかったことか！　内なる美しさを映す眼差しで美しかった。その存在は天の恵みだった。俺にとって価値ある全てのもの、ボーケールにある俺たちの家、母親、ローヌ川の水、縁日……そうだ、全てはエミリアの眼差しにそれぞれの場を見出すのだった。四方の壁の圧力から救ってくれる幸せの光である目は、俺の孤独を愛で満たし、俺たちは一緒に、あのわけのわからない愛ゆえに十字架にかけられた、あの永久の囚われ人を生き返らせるべく息を吹きかけていたのだ。愛を内に秘めた震える俺の唇がエミリアの唇とひとつになった最初の、そして……最後の日、〝兄貴〟と呼ぶあの嫉妬深いならず者が厩舎の入り口を壊して入ってきて、振り回した小斧で俺の鼻を切り取ったのだった。解雇された罪のない馬丁がその妻子とともに地平線に見えなくなったとき、少女の愛する目にゆだねた俺の心の中の豊かさは、塩分の多い土地を蝕む大洋でおぼれそうであった。振り上げたその手で兄弟殺しの犯人の首を討つと思いきや、見てみろ、親父は指輪をいくつも付けたその手を、騎士の位を授けるように、あの薄汚いならず者の肩に置いたのであった。俺はこの二人の……気ちがいに何の用があるというのだ！

神のあの聖なる日、ひとりは父親、もう一人は兄と言うべき二人の自惚れ男を警察へ引き立てていくことが俺の心をよぎった。神の力が送った空気を洟をたらした彼らの鼻に、この愛を飲み込むがごとくに美徳を彼らの面にたたきつけ、薄汚い彼らの鼻を恥辱の泥にこすりつけ、彼らを這い蹲(つくば)らせてやりたかった。彼らは、したことの報いを受けるべきだった、親父といい、兄貴といわれる野郎どもは！　復讐は俺の権利だった。俺の権利だった、そうだ、それは確かなのだが、エミリアの愛しい目とともに消えてしまった幸せが、再び戻ってきただろうか。

その日までは、利益のためならなんの罪であれ懺悔するという考えに押し潰されていた子供っぽい俺の世界が、恐怖を知らない人生となったのだ。俺はこの世に来たが、遅かれ早かれいつかは身罷ることになっているのだ！　愛を求め、失望し、反抗し、復讐し、勝利し、敗北し……それらは俺の運命ときめられていたのだ。雲の間に捜し求め、彼らとともに地平線に消えた恋、輝いては消えて灰となる、天の采配の定めた空回りだった。この死んだような水でいかにさまよったことか。何年もたって春には芽吹き、秋には黄色くなった木の葉を運び去る河の満ち干に、あの縁日の夢がぐるぐる回っていた。

信者たちが教会から出てきた。買い物に夢中になった人々は埠頭いっぱいに押し合いへし合う。古い小船に乗りたがらない、へそ曲がりの子供の驢馬がいる。出発の掛け声を俺は待っているのか。船に積んだ小船の中で物思いに耽っているように見えるレイスは、海底からあがってきて水面ではじける泡からの報せを待っているかのようだった。

「レイス、この死んだような水では息をするのも難しい！」

「ああ、それなら、行こう（アンディアモ）。わしの獅子よ。」

何年もの後にやって来たこの土地で、俺の過去に対する敬意から、アッラーやムハンメドの名を口にせずに彼は姿勢を正した。見られていることを俺は知っていた。これからの残りの生涯、ずっと見られていることだろう、洗礼を受けた池で飲んだ水に酔って歩き回る詩人の感情に敬意をもつ、あの理解ある存在は。

葦の間から、やさしさのない盗賊たちでいっぱいの俺たちの船に戻るとき、漁夫の網に引っかかった、苔がついて鼻のもげた彫像の頭部が俺の目にとまった。後戻りして、鏡に映った誰かを思わせるこの欠けた頭をわずかな金で買って帯の間に入れた。

「いつの日か、もしも出会ったら、このキューピッドの頭を贈り物にするんだ、あの巡礼の修行僧に」と俺は言って、レイスのいぶかるのをやり過ごした。

「一〇本の指が全部あったか。」

「誰に？」

「フランシスコ派の僧侶のだ。」

「どうして全部ないというのか？　だが……そうだ、そのとおりだ。一本の指が……そう、人差し指が半分なかった。その指の根元を鼻に入れるようにしては、鼻をほじくる俺をいつもからかうのだった。当時は俺の鼻はちゃんとあったんだ、レイス。」

「彼は捕らえられて連れて行かれたとお前は言っただろう。その後再び見かけたか。」

「見ました、ここで。彼は海沿いのあの道から海へ、グローへ向かっていました。」

レイスはグローの方角を見た。その眼差しは長い間そこから離れなかった。

遠くで、海沿いのあの小さい村の丘の上の辺りで、魔法の風が雲と戯れて、エミリアの悲しげな顔を大空に描いていた。

「お前は近付いたのか。話したのか。」

「誰と？」

レイスは、人差指を自分の鼻に突っ込んだ。

「修行僧とだ。」

「ああ、あの……九本指の修行僧！」

ああ、俺はその場で抱きついて、質問攻めにした。神々の物語は中途で終わっていた、終わりまで聞きたかったのだ。彼はといえば、貴族の息子として見知っていた俺が、癩病やみの乞食の恰好だったので、驚いてどもりながら、母親や父親、ヴォヴェールについて話していた。俺は思い出で興奮して、指を鼻に持っていった。鼻の代わりに俺の指が二つの孔に触れると、俺は恥ずかしさのあまり、その頬に口づけすると大急ぎで逃げ出したのだった。母、父、兄弟、僧侶、悪魔、善、悪……全て交じり合って、塩漬けの樽に押し潰されて、塩で溶ける鰯のような人生は、俺と何の関係があったのだろうか。自分の分の、俺の権利であった愛にまみえたいという俺の望みは、高望みだと言うのだろうか、天は。

崩れた掘っ立て小屋、女、子供、あばら骨の浮いた何匹かの犬、二頭の騾馬……グローの漁村で、レイスは以前に解放した年老いた船乗りを尋問していた。指の足りない修行僧、ヴォヴェールから来た馬丁、エミリアという名の若い娘……その哀れな老人は眠っている記憶を振り払うかのように頭を振って、自分を解放してくれた者の役に立てないのを苦しんでいた。葦の間の唄が、鷗の哀歌がわかり、そして土、水、月、太陽を創造したがゆえに絶えず神に感謝する僧侶を、子供たちだけがおぼえているかのようだった。

愛しい顔に似た雲は丘の上に向かって流れた。太陽は役目を月光に引き渡して、大地の胸元に隠れ、風はしきりに海岸に向かって吹いた。エッザーンの声が海から高まった。

「アッラーは偉大なり（アッラーアクベル）！」

レイスと一緒に夕べの礼拝にならんだ。定められた礼拝（レキャット）の様式を五回繰り返した。この類稀な人物と過ごした五年間に対して五回神に感謝した。俺はその捕虜であり、その奴隷であり、その息子であった。彼の寡黙を、その心の中を蝕む炎を俺は理解したいと思った。彼は物思いに耽ったのに気が付いた瞬間、直ちに姿勢をただし、過去を思い出したいかのようにほころびかけた唇はすぐに固く閉じられるのだった。苦い思い出を埋め去りたかったのだろうか、あるいは心の中の秘められた部分にしまわれた、苦いものであれ甘いものであれ人生の精髄を構成する感情を、愛を、愛に対する憧れを、ただ自分にのみしまっておくつもりだったのだろうか。

リオン湾は、夏の間はその憤りに人間がとって代わる。獲物を狙うあらゆる種類の船を、入り組んだ入り江に隠れさせる。本当のところ、俺たちの役目が何であるかどうもよくわからなかった。ボウダクに到着したとき、ドリアの船団がロザスに隠れていることを俺たちは知った。ロザス砦の三マイル（約五・五キロメートル）沖を、恐れを知らない鷗のようにうろうろした。港は午睡のなかで、ひっそりと静かだった。風が吹き始めると、櫂を漕ぐ者たちを休ませて、帆を上げて舵をコルシカに向けた。ジララッタ入り江で船を陸に上げたとき、トゥーロンから来た船長から、ドリアがロザスから離れてジェノヴァに行ったこと、その二日後にサーリヒ・レイスがパラモスとロザスを攻撃したのを聞くと、「この偶然を見ろ」と俺はつぶやいた。

「サーリヒ・レイスが来るのを、ドリアに鷗が知らせたのか、海豚（いるか）が告げたのか。」

「もしかしたら、わしらが」とレイスは呟いた。

トゥーロンの町は、国王フランソワの命で、スルタンの艦隊を歓迎する準備をしているという。船長の手にはその証拠書類の一枚もあった。見せかけの飾り文句の多いその文章からわかった限りでは、国王は、武力を行使することなく、町を急遽退去することを命じていた。

「人々は家から、祖国から引き離される！　それほどの苦労に値するならばいいが」と船長は呟いた。

船長はスルタンの艦隊が通るとき、サント・マルグリット島の前でジェノヴァから来た船がバルバロス・パシャの旗艦に近付いたのを見たそうだ。

「ジェノヴァ人がその島の前で何の用があるのか！」

「しかしわしは見たんだ、自分の目で。籠に入れた野菜や果実をパシャの船に運んだのだ。」

「何を言うんだ、船長」と言って俺は飛びかかった。「見間違えたのではないか。パシャのガレー船は兵糧艀か！」

「野菜や果実だけならいいが、おまけにいくつもの絹の巻物もだ。そもそもパシャも、レッジオの娘を娶ったのだ」と船長は負けてはいなかった……。

「お前はその絹の布地を見たのか。」

「俺が見たか見なかったかは問題ではない！　ジェノヴァ人はそういうことをこっそりとなんぞしなかったから。」


十月のよく晴れた昼ごろ、トゥーロンに俺たちが着いたとき、何百艘もの船で覆われた海からエッザーンの声が高まった。頭に布を巻きつけて、だぶだぶズボン（シャヴワル）をはいた船乗りたちが船着場、埠頭、裏通りに造られた店頭で、〝滞在の必要を認められて〟土地の職人たちと働いていた。俺は艦隊の通訳の部門に入れられて、買い付けに出かける親方について陸の上で日々を過ごしていた。何事もよく知っているこの男から、多くのことを俺は習った。トゥーロン出身の船長が言ったことはでたらめではなかった。提督が娘を娶ったことは本当だった。ガエタ知事の娘、その若く美しい花嫁を、噂によれば、イスタンブルの国営造船所の宮殿にすでに住まわせたそうだ。そして自分は、懐かしいイスタンブルの海峡沿いの、別荘のようにしつらえた石鹸製造所で憩っていたのだった。軍隊とともにベオグラードにいるスルタン・スレイマンから帰還の許可を取り付けるべく、提督が二度送った使者は、遺憾なことに国王の配下の者どもによって差し止められたことを彼は知った。遠く離れた土地で冬を過ごさねばならないこと、フランソワの政策に対する不信感は、大提督を苛立たせ、両者の間に冷たい風が吹き始めた。協定上、艦隊の全経費は国王フランソワが支払うことになっていた。彼が送らねばならない金額がさらに遅れるならば、お前を漕ぎ台に繋ぐぞ、とバルバロスは提督ポーランを威していた。全てがうまく行くことを俺はどんなにか願ったことか！　海上はバルバロスの、陸路はフランソワの支配と、カルロスの領域は二つに分けられた。シチリアまたはナポリは、首都にいるスペイン人にとっては、新世界にある島々よりもさらに遠い、たどり着くことの困難なところであった。地中海での航行はバルバロスの許可によって、東方への商売はポーランの印鑑を押した許可証によっていたが、キリスト教徒の聖地巡礼の希望は、これからは、「キリスト教徒の庇護者」の肩書きを従兄弟の手から奪った国王フランソワの裁定にかかっているのだった。外見上の協調が作り出したこの状況にもかかわらず、うわさには尾ひれが続いた。バルバロスがニース包囲を理由もなく解いたこと、嵐の中でヴィルフランシュの岩場で破損したドリアの四艘の船を、見て見ぬふりをしたことは耳から耳に伝わり広まって、ヴェネチアの諺である「鴉(からす)は鴉の目を潰しはしない」が人々の口の端に上るのだった。

「ばかげた議論には構うな」とレイスは呟くのだった。「書記の言うことは本当だ。料理の仕方を知らなければばならない。」

「棘のある草のことですか……」

「宮廷の庭には二本足の〝駱駝の棘〟という草が生えるのだ、せがれよ！　見せかけの英雄ぶりと盲目の追従、これらはお前にとって塩と胡椒だ！　それらで調味することを知らねばならないのだ！」

俺の顔をしばし見つめた。

「もしかして、ある日、わしらもそんな地位に上ったら、この種の香辛料で、わしらを辱めない味で調味することができるだろうか」と彼は呟いた。


秋が来て、過ぎていった。帰途は封じられている。冬をトゥーロンで過ごすことは明らかだった。俺たちガレー船の船長たちは、何百人もの漕ぎ手を屋根も天井もない船で暮らさせざるを得ないことになった。冬の海の空気は人間の血管を腐らせ、筋肉をこわばらせ、内臓を蝕む。書記と一緒に町裏を歩きまわり、集めた家の覆い布、敷布、テント布、つぎをあてた帆、干し草、藁を見つけたり、町の門の辺りで騾馬を待たせて、薪や炭、オリーヴ、ひよこ豆、そら豆を入手したりすべく、一日中奔走した。手に入れることのできた食料は補充品の乾パンとともに船首の下に、炭の俵は船尾の下に貯蔵した。倉庫から出した帆に町で調達したものを足して、マストの支索、空に向けられた櫂、舷側の壁の間に張り巡らせると、ガレー船もカリタのように、水に浮かぶテントのついた宿舎となった。俺とともにレイスの船室を分け合う書記は、何を思ったのか羊毛を紡ぎ出した。

「女みたいになんだ、これは、女らしかった日々を懐かしむのか」と俺はからかった。人を馬鹿にしたあの目つき！ あいつは糸巻き棒を脚に挟んで微笑んだだけだった。

「何をするつもりなんだ、こんなにたくさんの毛糸の束で。」

「靴下だ。」

「ふざけるな、書記さんよ！ あんたは干からびた娘っこみたいに靴下を編むのか。」

「おい、お若いの、長い冬にいったい何をするつもりなのかね。そんな風に威張る前に、行って、お前の親愛なる国王陛下のガレー船を見てみろ！」と彼は肩をそびやかせた。

獲物を追う時期が終わったので武装解除して埠頭に繋いである、〝親愛なる国王フランソワ〟のガレー船では、船乗りたちが吹雪に見舞われた子犬たちみたいに互いに寄り添って、毛糸の編み物をしていた。スルタンの艦隊から下船する者を見張るのがひそかな仕事であるガストン・ペローは、編み物をすることが、暇つぶしになること、内輪もめをすることもなく、牢番のやっている店で酔うためのいくばくかの金になることを説明して、「毛糸はあんたらトルコ人が持ってきてくれる」と笑いながら付け加えた。

おやまあ、トルコ人は商売もするのか！

「それはいいが、ペローのだんなはどこから羊毛を見つけて来るのだ。スルタンの船で羊を飼っているのか。」
一部始終は俺にはどうもわからなかった。この商売をやっているのは艦隊の船乗りではなくて、国王陛下の船の捕虜の漕ぎ手のトルコ人だそうだ。苦労の末貯めた金を酒に使わないで、羊毛を買い込んで、自分たちのような捕虜の酔いどれなどにわずかな金で編ませた丸キャップや靴下を売っては、いつの日か身代金を支払えるよう金を貯めることに努めているとのことだ。その待ちわびていた日も近いらしい。大提督バルバロスは彼らが釈放されるように圧力をかけているとのことで、混乱を引き起こしているこの艦隊も所詮、春には出て行くそうだ。

春とともに、埠頭につないだ陛下のガレー船も航行に出るはずだった。漕ぎ手不足で困らないようにと連れて来られた、どこから来たかもわからない、長旅で疲労困憊し、首に付けられた鉄の首輪に通した鎖で互いに繋がれた、飢えた、ぼろきれのような人間が下りてきた。噂によれば、この惨めな一団は、エクス＝アン＝プロヴァンスの法廷の決定でルベロンで殺されたプロテスタントのグループの生き残りだそうだ。骨と皮の状態で、疫病や虱だらけの不幸な者たちを、見張りの恰好をした悪魔が、素っ裸にして氷のような海水の中に投げ込んでは、水から出して髪を剃って、売り物の家畜の群れか何かのように身体のここかしこを、恥部に至るまで手で触れて調べては、自分たちの基準で仕分けして、三人、五人とまとめて漕ぎ手の頭（かしら）に引き渡していた。これからはいずれかの船の座席に鎖で繋がれる哀れな者のこの残酷な世界での所有物は、目の前に投げられた三角帽と脚の部分が長い靴下一足と、寝床でもあり掛け布団の代わりにもなる布製のコートであった。

「いずこでも同じようなひどさだ」と書記は呟いた。「両者の違いは、イスラム法はお前やわしのようなベクターシ派を異端だといって漕ぎ手にしたりはしない点だ。」

艫にある狭い船室で夜は長々とつづく。バルバロスとドリアが互いをかばっているとの疑惑にレイスは触れていた。

「ドリアは、実際のところ、金で雇われる傭兵だ、息子よ。彼はナポリ公のために、フランス国王のために、ローマ教皇のために働いた。今回も、自分にジェノヴァをくれるカルロスに忠誠を誓った、目先の利く、大胆な海将だ。あの年寄りの狼は、冠を被った貴族の友情を信じはしない。そして彼は〝駱駝の棘〟の草の料理法もひどくよく知っている、それもあらゆる種類の〝駱駝の棘〟をだ。カルロスはまだ五十にもなっていない。ドリアの息子の歳だが、通風で苦しみ、立ち上がることもできない状態だ。彼の周囲には利に目ざとい多くの忠実従順なジャッカルがいて、自分の軍隊を誰に任せてよいかわからない状態になっているそうだ……。海の話が出ると、目の前に悪夢のようにバルバロスが立ちはだかる。ドリアという狡賢い奴は、まだ若いといえる歳なのに弱り、痛んだこの君主の扱い方を知っているのだ。計算もせずに財布の口を開けるあの王冠を被った顧客を、ほかの陰謀屋がその手から奪うのは、まず確かだ。」

彼は付け加えた。

「計算はともかく、ライヴァルのない司令官がどうして英雄になれるというのか、息子よ！　危険が常にないならば、一日もたたないうちにその成功は忘れられる。このような大規模なゲームでは、戦闘そのものよりもむしろ戦闘の雰囲気を保持する必要があるのだ。」

「でもそんなことが、レイス。提督の財産は、スルタンのおかげではないのですか！」

「待て、そう怒るな。事態を反対側から見てみようではないか。彼以外に誰がドリアという悪魔を抑えられるか。バルバロスが現れる以前は、この悪魔は、海を知らない羊飼いみたいな提督をもつオスマン帝国の船団をいくつも壊滅させているのだ！　わしらマグレブ出身の船長たちが来ると、水平線に現れるや否や、帆を満杯に揚げ、櫂を漕がせて逃げの一手だ。提督をわしらは信頼している、しかしわしらは少しでも成長すると、鏡の中の自分を大男だと見て、従わなくなるものだ。バルバロスにもドリアのような賢い鬼が必要なのだ。わかるだろう。」

「すみません、レイス。わかりません、なぜですか？」

「プレヴェザで、ハンマで、ドリアが何をしたかをわしらが忘れないために……今日バルバロスはドリアを守ったと非難されている。守ったことへの見返りがあるはずだが、そうではないかね、単純な若者よ。」

俺は次第にわかり始めた。

「鴉は鴉の目をつつきはしない！　あの鴉の話のことですね！」

「鷲も鷲の目をつつきはしない！」とレイスは呟いた。

海を支配する者がこのようなことをするとは俺は考えたくなかった。

「鴉であれ、鷲であれこれは裏切りというものだ」と俺は主張した。

「裏切りだと！　誰に、何に対してだ？　一族の中でこの巨大な世界を分配できない者たちに対しての裏切りか？　貴族どものお陰で卑賤となった正当性の概念に対しての裏切りか。法というものは覇者である権力が書くものなのだ。海の法を書くこれらの鷲たちに対して、裏切りなどと言えるものか、息子よ。」

「……」

「将来の世代も、勇者の概念を自分たちなりに理解して判断するであろうことを、頭の片隅に書いておけ、アリコよ。」

「それなら、彼らのように行動できますか、レイスは。」

その眼差しには良心の動揺がみられた。

「アッラーが、わしをドリアのような悪党のライヴァルに出遭わせぬことを願う。」

食料の記録によれば、艦隊は六ヶ月で一八万七五四〇カンタル（約一万五六〇トン）の乾パンを消費した。戦ったり、戦利品を集めることに慣れているこの男たちは、何もしていない日々には、乾パンを噛むことで憂さを晴らしていたことがわかる。春とともに、提督はスルタン・スレイマンから帰還の許しを得た。帰還の準備で船乗りたちは喜び、解放されることを冬中待っていたキリスト教徒の捕虜の漕ぎ手たちは失望感に包まれた。チェリソルというところでカルロスに勝利したフランソワは、バルバロスに、帰路の途上にあるタラモネ、ジリオ、リパリの島々と、レッジオを襲って丸裸にすべく要請したそうだ。イスタンブルまで俺たちに同行する提督ポーランも、自分の艦隊とともにこの略奪に参加するはずであった。

「行って、民衆の家や祖国を奪え、町から退去させろ、と言う。巨大な艦隊を六ヶ月間食わせて、時機が到来してこの大艦隊がまさに仕事を始めようとした矢先に、あきらめろと言う。この節操のないフランソワという人間は、また何を考えているものやら」と書記はぶつぶつ言っていた。

出航日の前、雲の間から辛うじて顔を出した、暖かな四月の夜を照らす月の光で、夢の町を思わせる港に俺は下りていって、もし俺が父祖の地にとどまるならいろいろと便宜を図ってくれると約束する商人たちと、夜遅くまでおしゃべりに耽った。このように魅力ある申し出に、俺はよく眠れなかった。しかし、一日の最初の光とともに礼拝のために身を清めるとき、手は必ずや鼻のあるべき場所に触れる。黎明の赤色に染まる漣（さざなみ）が大洋の青を覆い、俺の希望を再び海の彼方に運ぶ。

埠頭に沿って、後ろ向きに繋がれた、王家の紋章を付けた四〇艘のガレー船が、航行に備えて新たに装備されて、連隊の旗を揚げ、砦は端に光るものをつけた赤いビロードの幟で飾られた。立てられた櫂が蜻蛉の翼のように空に向かってまっすぐに立っていた。立派な服装をした男たちや、弱々しい女たちが、この風変わりな見世物を見るために、トランペットの音の中を楽しげに笑いあいながら海軍司令官の船レアル号に乗り込んでいた。鎖で繋がれた一団よりもさらにひどい、俺の心をきわめて不快にする光景を、その日俺は目撃したのだった。鋭い笛の音で、捕虜の漕ぎ手たちは自分の列の後ろに入り、二番目の笛の音で人差し指が、三番目の笛で指の全部と腕、頭が、すわり台の後ろから現れる。四番目の最後の笛でいっせいに口を開けて、咳をして、猿の真似をして互いの顔を引っかくのだった。

「滑稽な一団……どうだ面白いだろう」とペローのだんなは声を立てて笑った。

俺はまったく同意見ではなかった。

プロヴァンスと別れる日が来た。ひどい衝撃だが……ジェノヴァからバルバロスの註文した櫂が到着した。ポーランが釈放せざるを得なかったイスラム教徒の捕虜たちが、自分たちの意思で櫂に飛びついた。それから三週間、巨大な艦隊はこの西の海でぶらぶらしたのだった。コルシカ、サルデーニャを回りヴィルフランシュに再び戻った。そしてまさにそこで、大提督との会見から戻ってきたレイスは「トゥルグトの身代金だ」と言いながら、俺の胸に大砲の弾のように重い、五袋のキラキラ輝く黄金を置いた。

突然のことで俺はわからなかった。

「誰の身代金ですか、レイス。」

「わしのかしら(レイス)のかしら(レイス)のだ。」

「トゥルグト……」

作法を忘れて俺はその首に抱きついた。

「自由になったのですか。」

「わしらが受け取りに行くのだ。」

三千ドゥカットの金貨のほかに、タバルカ島をロメッリーニという名の貴族に引き渡すことを命じる勅書がその手にあった。

「誰ですか、このロメッリーニというのは。」

「知らぬ、誰の何にあたるのか！　このお陰で歴史は彼を記憶することになる。」

「レイスのレイスをどこで受け取るのですか、レイス。」

「レヴォルノの向かいにある、ゴルゴンと呼ばれる海中の岩礁の前でだ。」

ゴルゴン！　九本指の修行僧は、そこにいる髪が蛇の魔女の話を俺にしてくれた。せむしの僧侶も、信者たちの庇護者の王の頭蓋骨は教会の鐘と同じ位大きいと言った。子供時代のことだが……俺がいつも大柄の体つきを描いていたトゥルグトは、大柄で頑丈なはずだった。

「何を考え込んでいるんですか、レイス。」

「提督殿はこのような重要な仕事のために、なぜわしらを選んだのか、それを考えていたのだ。」

「うれしくないようですが。」

「いいや、もちろん、うれしいことはうれしいが、これは一日だけの仕事とは思えないのだ、アリコよ。望むと望まざるとにかかわらず、わしらはすでに回る輪の中に入ってしまったようだ。バルバロスはわしらを後継者の後継者と考えているようだ。」

キラキラと輝いては消える星たちはこの月光のない夜に、希望に満ちた日々を約束しているのだった。

「名声が、名誉や栄誉が、好きなように生きる保障になると考えるのは大きな間違いだ」とレイスは呟いて、わけのわからない不安を取り除けないようであった。

若い日々に出遭った辛い体験を敬意の対象として、最も勇敢な者の目に映すことのできたウルチ・アリが名誉とみなした職務は、本当は彼が至るべき栄光の前兆のようであった。書記の言葉を借りるならば、カラブリアの村でパンにも困っていた少年が、自分の感性を信じて、頭脳を磨き、意志を強健にして、さらに、運命も「進め、僕（しもべ）よ」と告げて、この日に至ったのだった。しかし、今日、その能力の果実を収穫するときに到って、勝利者の命令下にあるという現実の逃れることのできない定めによって、自由はためらっているのだった。それらに捕らわれないほど強力であるには、新しい勝利が必要なのだ。「成功は忘れさられる、常に新しくしなければならぬ」と言ったのは彼自身ではなかったのか！　あの〝呪わしい自由の奴〟にこれからの日々は何を用意するのだろうか。水平線に現れるはずのトゥルグト・レイスを俺たちは待っていた。岩礁のところで。

未来へ向かって、世界の首都イスタンブルへの航海

夜の名残の闇を黎明が消しつつあった。ゴルゴン岩礁から来る潮流とバランスを取るように、櫂は掻かれていた。こちらに向かってくるボートの後部に立っていた男が甲板に上るのを、俺たちはじっと見守っていた。その出会いを思い出すたびに、新たな思いが加わる。伝説を生きたその人の表情には歓喜も悲哀も見えなかった。二度と戻ることのない過去への郷愁、悔恨、将来への憂い、希望が、人生に期待するべきものはあまり残っていない人間に感じられる尊敬の念とひとつになるかのようであった。

その頭にはターバンのようにたたまれた黒い小ターバンがあった。艫の上甲板にかがんだトゥルグト・レイスには、頬のこけたやつれた捕虜の様子もなければ、彼を鎖につないだジプシーに飛びかかろうとする放たれた虎に似た様子もなかった……。その手をウルチ・アリの肩に置いて、少しの水を所望したとき、俺はすぐ走って一杯の水を持ってきて、この機会を捉えてその手に口付けし

た。疲れた眼差しの鷲は髪が白くなっていた。

「この若者は誰か」と彼がきくと、「息子です。お仕えする者です」とレイスは紹介した。

レイスの中のレイスの眼差しに俺は愛を見た。彼がその手を隣の空いている座布団に置いて、「ここに来て、わしの隣に座れ」と言ったのを、俺は昨日のことのように覚えている。

その隣に座るなんて！　しきたりにそむくのではと俺は恐れた。

「来て座れ！」ともう一度言った。「このはかない人生で年月は意味がない。この若さでいろいろなことを経験したようだな。」

興奮していたので、俺に言われた言葉の重い過去の意味を、その瞬間は感じ取れなかった。トゥルグト・レイスのこのやさしい言い方は、自分も蔑まれることの辛さを経験したがゆえの、苦痛にひしがれた者に対する親近感から出てくるかのようだった。何と言ってよいかわからずに、びっくりして傍らに近付いた。目の前に俺の子供時代が見えて、わが身に起こったことを考えた。見て経験することが人生ならば……あの悪辣な兄貴に較べれば、俺は百年生きたことになるのだった。

レイスの掛け声で、漕ぎ手たちは櫂を掴んだ。この不吉な海で長居はできなかった。舵に身体を預けて考えこんでいると、アルジェリアで見かけて、トゥーロンを離れるとき船に雇ったプロヴァンス生まれの片腕の船長が礼拝するのが目が留まった。年取った男は、礼拝を終えて、跪いた姿勢から頭を上げたが、まだ正座をしているままで、彼は口ごもっていた問いを俺に問わずにはいられなかった。

「言ったらどうかね、お若いの。つまり、あんたはユグノーだったのか、割礼を受けてイスラム教徒になる前は！」

　突然、なんということを。この男は頭がおかしいのだろうか。

「いいや、違う。どこからそんなことが出てくるんだ。」

「そうか、あんたがそうではないことはわかったが、どうしてカトリックはあんたを漕ぎ手の刑に処したのかね。」

「どうしてわかるんだ。誰が言ったのだ。」

「あんたの鼻だ。」

　俺の手が、鼻があるべき場所の孔に触れた。片腕の男は頭でトゥルグトを指した。

「彼はお前のことを、逃亡する際に捕らわれた捕虜だと思ったのだ。」

「どういうことなんだ。」

「鼻のせいだ、お若いの、鼻がない……」

「だからどうなんだ。あんただって腕がないではないか！」

「まあ、すぐに怒るな、兄弟よ！　鼻がなければ、勇気があるということになる。あの王冠を被った、人殺しの鐘つきは、捕らえた逃亡者をどうするか知っておるか。」

「ああ、知っている、耳を切り取る。」

「イスラム教徒の耳をだ、信心が十字架なら鼻をなくすのだ。」

　つまり、トゥルグト・レイスは俺のことを、カルロスやフランソワのガリオン船から逃れて、アッラーの愛に身を寄せた脱走犯だと見たのか。なんということだ！　彼が示した親しさは、俺が想像したように、苦しんだ者への憐れみだったのだ。俺がレイスのレイスに対して感じたあの子供っぽい興奮を風船のようにしぼませたこの間違いを、なんとしてもして正さねばならなかった。

エルベ島のポルトフェッラヨ湾に碇を下ろして待っていた船たちは、轟く大砲の掃射によって、あるいは旗竿一杯に上げ下ろしされる旗によって、いっせいに挨拶を送って俺たちを迎えた。旗艦の補佐艦の一番大きいマストに掲げられた紫と白の半月旗は、バルバロスがこれからは海上の命運をトゥルグト・レイスに任せたことを宣言しているかのようだった。

艦隊に同行するポーランの船団とともに、俺たちはトスカーナからピオンビノ湾に向かった。シチリアでアラゴナ公アッピノは、捕囚にしているスィナンの息子を身代金なしに釈放した。翌日の晩、タラモネを、その二日後にはジリオを襲撃して、一年中で昼が一番長い日々を、教皇の海岸を周航して過ごした。ガエタに着いたときには、先発隊の船から、一五艘ほどのガレー船がナポリに逃れるために全力を挙げて漕走したことを知らされた。

果てしない海は、あたかもバルバロスのものであるかのようであった。一滴の水さえも、人間の姿をした神の許しを得ないで場所を変えることはできないように思えた。健康で、裕福で、名声があって、敬愛されていた祖先のネプチューンにふさわしい人生を続ける以外に何を期待するのか。どこでいかに振舞うべきか、いつ勇者であるべきかを、彼ほどよく判断できる人間はこの世にいない。脅し役の畑の案山子の役割がいやになったと言うが、本当はこの荒々しい振る舞いを悪く言われないために相手を非難する戦術だった。国王フランソワと協力してカルロスと闘うべく、あの類のない艦隊を集結して来たのだった。フランソワはなぜかぐずぐずしていた。大提督は、ここだけの話だが、この豪勢な力を誇示するために使用するという考えを、本心から非難していたのだろうか。

自然は殻に閉じこもり、海岸はひっそりしていて、地平線まで生きているものの影さえ見えなかった。フランソワは、艦隊のイスタンブルまでの帰途途上にある大きい町を全て襲撃することを望んだが、マグレブ出身の船長たちはリパリ島にいる友人たちのために、この島を襲撃から免除する意向だった。ポーランの役割はかなり重大だった。つまり、一刻も早くイスタンブルの宮殿に戻り、御前会議の結果を待って、スルタンとの会見に成功して、スルタンに年間報告を献上して、できれば自分の信任状を手に入れること……。仕事が終わるのは夏の終わりになってしまったが、その時期の帰還の旅はひどく困難だった。ストロンボリで一息ついたとき、バルバロスは船長たちの意見を聞き入れて、リパリは通り過ぎた。ポーランもイスタンブルに一刻も早く着くために、ゆっくり航行する艦隊と別れて、帆を上げるように頼んだ。メッシーナ海峡を過ぎるや否や、それも許された。この年老いた狼は、あたかも本来の自分に返る途上で、別離の前夜に良心を安堵させているかのようだった。この海の支配者は、ただの海賊であったところをオスマン帝国の大提督に昇進して、自由を犠牲にする代償に、スレイマン大帝のような支配者の弛緩したヒエラルキーの考え方を断念させたのであった。バルバロスは過去のものとなった興奮の日々を、彼が献上した予備の旗艦の持ち主であるトゥルグトに委ねた……。

海の王者がモラ半島の後方に見えなくなるまで、商船であれ、海賊船であれ、帆は一つも水平線に見えなかった。獲得に値する戦利品を待っている事態ではない。メッシーナ海峡を通り過ぎるや否や、ポーランの五艘のガレー船は、イスタンブルへ一刻も早く到着するために帆をいっぱいに上げて艦隊から別れた。俺たち船長は、マグレブで置いてけぼりにされていた海に向かった。トゥルグトはアルジェリアに帰る前に、ジェルバに立ち寄ることを望んだ。浅瀬で囲まれたこのちっぽけな島で何をするつもりだったのか。

「将来の祖国だ！」とレイスは言った。

「なら、アルジェリアは何になるのですか。」

「彼によれば、アルジェリアは、差し出がましいパシャや貴族たちが狙っている土地なのだ」とレイスは答えた。

俺たちはアルジェリアで熱狂的に迎えられると思っていた。実のところ分配する戦利品はなかったが、バルバロスの支援しているトゥルグト・レイスと共に戻ったのだった。俺たちが出発してから六ヶ月後、サルデーニャ人のハッサン大公が病いに臥して、スルタンの名によって獲得されたトレムセンでの勝利を喜ぶことなく死んだ。新しい知事が来るまで、イェニチェリ兵たちの年長者であるハジ・ベシルが町の支配を監督していた。その日まで船乗りとイェニチェリ兵の間にある陰険なライヴァル意識に俺は気がつかなかった。スペインという危険に直面して、この争いは後方におしやられていたが、三年間の停滞期の後再び表面化したのだった。カルロスのスパイたちによって煽動され、部族長たちも競って謀反を起こしていた。エブ・トゥレイクという名の者は、部下と共に城壁のところまで達していた。この脅しのお陰で、船長たちの家がイェニチェリによって荒されることなく助かったことをハジ・ベシルは語った。

「トゥレイクの脅しはひどく役に立って、今回も再び共同精神が生まれたのだ」と言いながら、トゥルグト・レイスの方に向き直って、「新しい殿は……婿殿のハッサン・パシャです」と言ったので、俺は驚いた。

ハッサン・パシャはバルバロスの息子であったが、トゥルグト・レイスの婿であることを俺は知らなかった。知事に任命された婿の到着に対して、トゥルグトはなんらの反応も示さなかった。第三大臣のルステム・パシャの陰険な術策を彼が疑っていたことを、後になって俺は知った。噂によれば、あらゆる種類の謀(はかりごと)はこの忌まわしい大臣の利になった。強力な時の権力の持ち主であるバルバロスに取り入る目的で、知事の地位を大提督の息子にあたえたのだった。

税関の門を通るとき、例の年老いた修行僧は座ったまま姿勢を正して、「旅人よ、忘れる勿(なか)れ。一本の綱の上で二人の軽業師は曲芸をしない」と声をかけた。

一本の綱の上に二人の軽業師だと！　どういう意味に解釈されるのか、この思いがけない警告は。ハジ・ベシルは心配そうな眼差しで修行僧を眺めた。この軽業師の一人は誰のことだったのか。

「気にするな、ベシルよ」とトゥルグトはハジを慰めに努めた。「二人の軽業師の一人はわしのことで、もう一人は新しい殿のことだ。」

俺の聞いたのは正しかったのか。娘の婿で、自分の庇護者の一人息子ではなかったのか、待たれている知事とは。

ではないか。」

「わしらだけでですか」と俺たちは訊きそうになった。

「行きたい者は着いて来る。」

「それなら、ハッサンは？　彼をひとりにするのか。」

「ハッサンはうぶな素人であるものか！　彼は姦計の巣窟で、隅から隅まで習ったはずだ。」

「でもアルジェリアの一番上に立つことは……」

「考えてみよ、ウルチよ」とトゥルグト・レイスはたしなめて言った。「知事になるほどの男の罪の責任をかぶる義理の父親の役割は、この齢になってわしは引き受けぬ。スルタンは盲目ではない。しかしこれほど遠くでは見えまい。大臣たちの言うことで満足するであろう。」

冷静で、思慮深く、寡黙な人と見受けたこの人物の心配ぶりが、俺にはどうも理解できなかった。俺は自分の口から出た言葉を取り消す気はないが、ある主人に忠誠を誓ったとの思いが彼を心穏やかならざる状態にしているのだろうか。しかもその主人というのが他でもない自分の婿であることが。その婿というのは、この世で彼が尊敬を感じている唯一人の人物の息子であった。その命に従えないという気がかりだったのだろうか、彼を心穏やかざる状態にしているのは。心底から来る尊敬を生み出すものは賛嘆である。賛嘆はただひとりの人物に対して……自分を育て、その運命を決め、今日バルバロスという名で記憶される、かつてのレイスのフズルに感じていたのだ、このつかのまの人生で。ひとりの陰謀屋のおべっか使いによって知事に任命されたハッサンが、大提督である父親と同じ気性であると誰が保障するのか。恩義や忠誠は、多くのことを経験したこの海賊には辛いことなのだろうか。トゥルグト・レイスは胃の中に復讐の痛みを抱いてこの世に来たわけではなかったが、この最後の幽囚以外にもこの痛みの原因になる人生の尽きることのない不運に見舞われてきた。その中にある類稀な本能が、彼を家から、羊の間で過ごす人生から引き離したが、それは彼を謀反に向かわせる圧力から守り、認められたいという衝動の引き金になる行動に直面することは一生涯なかった。父親から息子に譲られる地位を持つ高貴な者たちに対して、個人の優れた能力が勝ることを証明して安堵したのだった。幽囚の年月は運命の帳面の新しいページを開けたのか。

理由は何であれ、トゥルグト・レイスはアルジェリアから離れることに決めていた。その後についていって、冒険に乗り出すべきか、あるいは、ここに残ってあの高慢ちきのスペイン人と対決する、繁栄するアルジェリアを創り出すことのほうが適当だったのか。バルバロスの息子のハッサンは疑いもなく立派な人物であった。しかし、理由のあるなしにかかわらず、いつ役目を免じられるかわからないということを知っておかねばならなかった。本当のところ、アルジェリアにとどまることも一種の冒険であったのだ。決断を下す必要があった、つまり危険を冒し、金持ちの異教徒を襲撃して、気の向くままに暮らすこと、あるいは大臣やらパシャに頭(こうべ)を垂れて、スレイマン大帝から許可をもらった合法的な海賊になるかであった。解決を見出すためにレイスの示した努力にもかかわらず、艦隊は二つに分かれた。クルチ・アリ・レイスは、アルジェリアにある家や郷里を捨てて、ジェルバに移るためにトゥルグトの後を追った七人のひとりであった。

トゥルグトはジェルバを、騎士団のマルタ島のライヴァル基地とすることを想像していた。あの貴族のふりをした襲撃団は、赤と黒のマントの上に縫い付けられた白い十字架を庇護者とする、教皇の公認の海賊であった。盗賊という目で見られた俺たちを、オスマン帝国は公には支援しなかった。シチリアから西に小麦を運ぶカリカトリ船を捕獲するのは、利の多い仕事だった。フランス人に黄金に匹敵する値で売れるこのデュラム小麦は大いに需(もと)められた。昔からミルク、オリーヴ、酢漬けの棗(デーツ)で満足していたジェルバの人々の食卓には、クスクスや粉を使ったデザートもいつも出るようになった。ベジャイアや、ジルジリや、そして特にアルジェリアから離れた船長たちが、次々とジェルバへ移住するようになった。まもなく俺たちの一〇艘分の勢力は、いかなる困難にも対処できる二五艘のチェクディリからなる艦隊となった。サルデーニャ、シチリア、ナポリ湾、マルタ騎士団の島々、要するに海の運命は、レイスたちのレイスであるトゥルグトの裁定によるのであった。政治はトゥルグト・レイスのできることではなかった。俺のレイスのウルチ・アリも、その頃はその面では面目なかった。シチリア小麦を追いかけることで俺たちには十分で、多過ぎるほどだった……比類なき大提督バルバロス・ハイレッディンの死によって、俺たちが親を失うまでは。

父親のような存在がこの世を去ったことを受けいれることは、容易ではなかった。この伝説の人物の亡き後では、俺たちは互いの合わないところは忘れて、しっかりと手をつなぎ合う必要があった。ドリアは、敵を測り知ることにかけては巧みなこの老獪な狐は、自由を重んじるトゥルグト・レイスが、大臣といわれる無知な者どもの命令に頭(こうべ)を垂れることはしないこと、そしてこの間に大宰相になったルステムの、したがってスルタンの支持を失うであろうことをもよくわかっていた。

悲しみに暮れた喪の年が過ぎた。春とともに、新しい季節への準備を続けていると、宮殿からきた伝令が、スルタンのスレイマン大帝がマグレブ出身の船長たちを御前に呼びたがっていることを知らせてきた。亡きバルバロスは自分の死が近いことを感じて、靄の下りた海が何を孕んでいるかを海の妖精たちから習った、黒い小ターバンを付けたトゥルグト・レイスの名を、スルタンに推薦したのだろうか。自分が強力だと威張る権力を退けて、苦労している漕ぎ手たちからも親愛をかちとった、生まれつきの戦士であるこの男以外に、ハイレッディンのしたことを誰が継承できたか。希望あるこの報せにもかかわらず、大レイスの顔に表れた懐疑を俺の目は見逃さなかった。

「うれしくないように見えるが、どうしてか」と尋ねるウルチに、「理由は……宮殿を取り巻く虱どもだ！　この悪い虫けらは御免こうむりたい」と、トゥルグトは返事をした。

そのとおり、やって来た伝令を詳しく尋問すると、召喚はルステムと呼ばれる卑劣なやつが準備したことが明るみに出た。三ヶ月後、トゥルグトの親友であるサーリヒ・レイスの送ったメモが俺たちの手に届かなかったならば、宮殿から来た招待は俺たちの注意すら引かなかった。国王フランソワの死、その跡に息子のアンリが王位についたこと、ポーランの更迭、ドリアの右腕であるストロッツィがフランス海軍の総司令官になったこと、そして一番重要なことは、アルジェリアを離れてジェルバに住み着いたレイスたちについて陰謀屋のルステムに苦情を言った、アルジェリアのハッサンの男らしくないやり方を老狼は語っていた。「水を汲むためには井戸に近付かねばならない」と、そのメモには記してあった。知ってのとおり、井戸は宮殿の中庭にあるのだ。独立した国を建てることを望む者は、この世界の権力の一つから許可を得ないでは、一番小さな土地ですら所有する権利がないことを知らねばならなかったのだ！　このきびしい世界では、自由は許可によるのである。スルタンはこの願いを俺たちに許してくれるであろうか。もしかして……しかしまずは、宮殿の中庭にある井戸に至らねばならないのだ。

不確かなものに向かう途上で、俺たちは懐疑的になり、緊張していた。危険に、死に挑戦する、縛られることのない、恐れを知らないいつもの海の獅子の代わりに、俺たちは主人の意図がわからないのに呼ばれて走っていく、牧羊犬に似た状態であった。道の果てに何が俺たちを待っているのか。俺たちは褒美を与えられるのだろうか、あるいは何人かのいんちきな大臣たちの企みで、国に対して罪を犯したとみなされて罰せられるのだろうか。

俺たちはダーダネルス海峡の入り口で、船を来た方向に押し返す潮流に対抗すべく戦っていた。俺は両岸を見る代わりに、舳先に背を向けて、後方でますます波立つ湖に似た海を見ながら、船底を撫でる波に悩みを訴えていた。鳥籠から逃れる如く、空に向かって翼を羽ばたく燕たちが行くべき方向を示しているにもかかわらず、櫂は意地になって海面を叩き、知られざるものに俺たちを引きずっていく。恐怖に勇気を装わせるものは何だったのか。誇りか、尊敬されたいことか、絶望か、希望だったのか。

仕方がないとの思いは来るべき日々を運命に委ねて、広大な海に残してきた自由は、後方の水平線上で俺たちの上に覆いかぶさる両岸の彼方に消えていった。

舵取りのクリストスから、想像を超える、精霊や妖精が作った魔法の〝イスティンポル〟の町〔イスタンブルのこと〕を、俺はいつも聞かされていた。マルセーユ、トゥーロンでは、山の斜面や岸辺に建てられた城、塔、家は、人間の手の痕を残している。ところがここでは、デルサアデト〔イスタンブルの古名〕の精霊たちによって建てられた、海と空の間にぶら下がっているかのように立っている町の前で、俺は自分を、大洋の真ん中で沈没した船の残りの木片にしがみついている遭難者のように感じた。永遠のように続く城壁は空想と現実の限界を描いていた。城壁の背後の、巨人の精霊のターバンを思わせる壮麗なモスクの丸屋根（ドーム）、沈む太陽と戯れる尖塔（ミナレット）は、ボスフォラス海峡の潮流の作り出した渦巻きから逃れようと必死になっている、なす術のない人間を楽しんでいるかのようであった。子供時代から大人になって以来感じることのなかった身震いを、俺は再び身体の中で感じた。

秋の紅葉の波紋織の色が海面に映る。大小の小舟が、潮流が刻み込んで向かいあった湾を互いに結びつける。港の入り口で海に面した山の斜面に、城もなく、塔もなく、庭園に散らばっているいくつもの屋敷が、〝二つの世界の支配者〟であるスレイマン大帝の宮殿であるとは信じ難い。旗の方向に少し離れたカドキョイの埠頭の側の静かな海の、金角湾と言われる船で覆われた湾の入り口の左岸は、崩れた低い城壁、兵舎、梱包した荷、積み重なった材木に覆われていた。埠頭に近付いた、あるいは近づけなくて三、四列に互いに綱で結ばれた船が、陸地を海と隔てる境の印のようであった。対岸は、ガラタの山の斜面に折り重なるように建っている家々が、巨大な丸い塔の下にある埠頭に後部から近付いたジェノヴァ、フランス、ヴェネツィア国籍のガリオン船の背後に

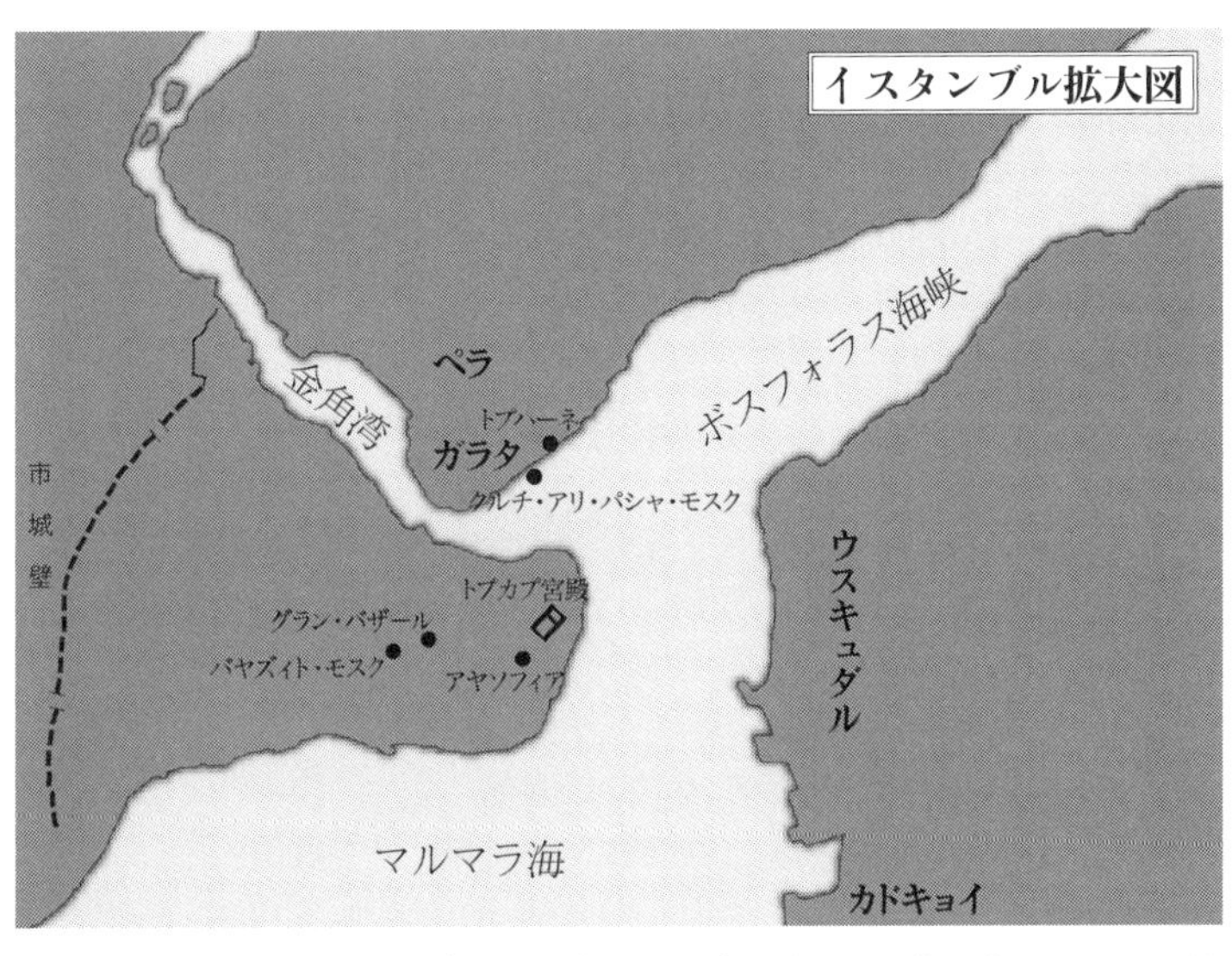

見えなくなっていた。両岸を往来している、旅客や船荷の下で沈みそうな小船が、巣を壊された蟻のように船の間を走り回り、向かいから来るものとぶつかる寸前に舵を切り、向こう側の鉄の船の後方に見えなくなった。

金角湾を出て海峡を北に進むときは、潮流を避けるために左岸に近く進んだ。海岸は、大小の大砲や、西瓜の山のように積まれた何千もの砲弾によって巨大な弾薬庫となっていた。斜面にある森、水辺に立つ小さな漁師の家々、両岸を行き来するさまざまな小舟。ヨーロッパ側の町に似た場所に着いたとき、船から轟く八発の大砲の音が、マグレブ人の船長たちの挨拶を、海からのしぶきが洗う、まだ真新しい墓所に届けた。若い水先案内人に、廟もなく石棺もないこの墓所に俺たちを連れてくることを求めたトゥルグト・レイスは、海神の偉大なる息子バルバロスに、あの繊細な自由が大洋で羽ばたくであろうという約束を忘れなかったことを言うために来たのだったのか。神のみぞ知る！

俺たちは金角湾に戻った。水面で動かないガレー船の前、蟻のごとく走り回る小舟の間を通る大通りを思わせる埠頭、何列も並んだ屋根のあるドック、倉庫などを通り過ぎて、祈禱所、庭園の中に建てられた宮殿……豪壮な造船所の前で俺たちは立ちすくんだ。荷車、運搬人たち、材木の山、麻の梱、堅い脂肪(スエット)、脂(やに)、タールの樽、錫や銅の山の間を巡回するかのように歩き、ドックや倉庫に出入りする、赤い丸帽子に白い木綿布で頭を縛ったマグレブ人の船長たちは、俺たちがここで異国人扱いされないことの保障のようだった。港にあるガレー船とは反対に、この巨大な造船所では軍隊のような規律が目についた。

トゥルグトを先頭に、戦士(ガーズィ)のムスタファ、ウルチ・アリ、大頭(ケッレ)ハッサン、ムハンメド、旗手(サンジャクタル)、気ちがい(デリ)ジャーフェル、色黒の法官(カラ・カドゥ)を最後に、いつもの巧みさで、俺たちに割り当てられた埠頭に船尾から付けた。一〇人から一五人ほどの高官が、手に螺鈿の杖をもった長身の男の周囲を取り巻いていた。四つのカフスのある長衣(カフタン)を着ているところから見ると、その高貴なお方はバルバロスの後任者である。作法を心得ている者は俺たちの中にいなかった。サーリヒ・レイスは胸に手を当てて船長風の挨拶をした。新しい大提督は俺たちが困惑しているのがわかったに違いない、彼もその手を胸のところにもっていって、挨拶を繰り返した。俺たちはその手に口づけすべきだったのか。目でトゥルグト・レイスに尋ねようとしたとき、対岸からエッザーンの声が高まった。穹形の屋根の下の騒音がやみ始めて、徐々に造船所は空になっていった。水兵や船乗りたちは宿舎に戻り、労働者や職人たちは家に帰るべく入り口に向かい、礼拝前に身を清めたい者は水汲み場の前に列になった。大提督のソコッル・メフメト・パシャは、ともに礼拝をするために、俺たちを宮殿内の礼拝場に招いた。

俺たちは自分の運命がどうなるかを知らぬまま、二週間を怠惰に過ごして待っていなければならなかった。若いときの〝死んだような海〟を思い出させる、金角湾の濁った水面にぼんやりと目を走らせていた。霧の中央で、はっきりしない目標に至ることを熱望して水平線を見やる旅人は、この淀んだ水に生き物はいないと思う。ところが流れて行く雲の間からこぼれる滴によって動かない水面に皺ができて、尖った鼻のどぶ鼠が水底にいるミミズを探すために水に潜り、生活の糧を追ってすべるように行く小舟の後を追ってゆらゆらと進む色褪せた藁くずは、子供時代を懐かしむ象徴のごとく思い出の中に現れる羊の柵に向かっていく。

濃い霧の下のその囲いで仔羊たちと戯れる恋人の笑顔。これほどの年月にもかかわらず俺の夢から消えない、寄る辺ない恋の夢！　あの若さで、切り取られた鼻の傷を両手で隠して、行方のわからないエミリアの後を追って、父親の家とよばれるあの屠殺場から逃げ出したのだった。胸は痛み、顔から血を流して、苦痛の中で、一切れのパンを乞うこともできず、あの〝死んだ水〟とよばれる塩田でふらふらとさまよっていた。顔の傷のせいで、俺のことを癩病病みだと考える人々から逃れて、レポセの葦の間に埋もれている隠れ家にザカリアスはつれて行った。過去の出来事から救われようと努める隠遁者の自然の洞だったのだ、そこは。漕ぎ手の刑に処されたトルトサ出身のユダヤ人であるザカリアスは、鎖に繋がれたガレー船からやっとのことで逃亡して、いろいろな服装に変装してアラゴン地方を端から端まで大またに歩いて、フランスの南部のこの湖水地帯にたどり着いたそうだ。俺が現実と夢の間をさまよって、水差しを手に持って王様の御用の済むのを待っているとき、彼は、爪を出し立ち上がった獅子や龍の赤と白のキラキラする旗をなびかせては近付いてくる三〇艘ほどのガレー船を、葦の間から見張っていた。彼は逃亡したものの、助かったわけではなかったのだ。再びカルロスの船乗りたちはすぐそばまでやって来たのだった。二日間、頭のてっぺんから葦の先までビートの臙脂色を着た大勢の男たちが隠れ家の二歩先を歩き回ってる間、ザカリアスは息をすることもためらったそうだ。ついに悪魔はあきらめて引き上げた。ひとりの年取った猫背の男が、俺を癩病病みだと思って杖で追いかけたとき、この惨めな放浪者が自由の庇護者のようにその前にたちはだかったのだった。

　俺たちは葦で作った簡単な網で、ぼら、ほうぼう、鯰を捕らえ、葦を編んだ籠には鮒、蝦、蟹がいっぱいになり、平目や鰈のような平たい魚は銛で刺して捕らえた。二週間の間をおいて二度、一晩に六フェルサハ（約三〇キロメートル）走って、親父の倉庫や鶏小屋を荒らして戻った。俺にこの侵入をやらせたものはなんだったのか。海辺に打ち寄せられた残骸から手に入れた矢で撃った雷鳥は、俺たちが腹いっぱい食べても余るほどだった。釣竿のえさを探すために砂をかいていると、短剣、ピストル、金貨、装飾品を見つけた。捕りたての魚と交換に、小麦粉、果実、塩漬けの樽を得るために人中に出るときは、鼻のところの傷を赤く染めた蛎の殻で隠して、道化を演じた。慣れは俺たちに自由の価値を忘れさせた。将来について俺たちには考えがあった。ザカリアスの目的は、東方にいる強力な支配者の手に守られることであった。俺はといえば、ボーケール鷲のように希望に突入したかった……エミリアの痕跡はなかった。海が怒り狂ったある日、修理すれば使えるボートを海は砂浜に打ち上げた。神は俺たちのことを忘れなかったのだ！　マルセーユに向かってついに船出するところだった！　ローヌ川にまで行って、潮流に、悪運に打ち勝って、縁日の店の後ろでエミリアを見つけて、失われた日々をついに取り戻せるはずだった。この不確かな「ついに」は失望にあるいは喜びに至るのであろうか。「帆を下ろせ（オ・イッサ・ル・バウ）！」などのプロヴァンス語を、ザカリアスはどうにかおぼえた。夜が白む前に、俺たちはシーツで作った帆を上げることに成功した。

小舟で近くを通ったレイスは、俺が過去と戯れていたことに気が付いたのだろうか。ザカリアスに関する以外は、母親、父親、兄貴、僧侶……俺は全て話していた。彼はといえば、カラブリア出身の修行僧の双子の片割れのことを、ヴォヴェールにいた奇妙な僧侶を思い出しただけだった。この九本指の男は誰だったのか。どうして知っているのか。その小舟が鉄の船の後方に見えなくなるとき、レイスの声を聞いたような気がした、「ルカよ、わしもお前のようにその人を子供の時に知ったのだ」と。

御前に出るのを待っているとき、造船所の中を歩き回り、奴隷市場で売りに出された少女たちを眺めた。あの退屈な日々の間、俺の夢の中にいるエミリアに似た者すら見られなかった。

バルバロスのお陰で、大提督は、大宰相の次に思い起こされるほど尊敬されるようになった。彼の時代以来、役人、兵士、地方支配者の任命、正義の代行、死刑を含む刑罰、要するに艦隊と関係のある全てのことについて、スルタンの名の下に勅書に署名する資格のある大提督は、毎週の大臣会議(ディヴァン)をディヴァンハーネとして知られる造船所の宮殿でとりおこなう。陛下の造船所は、それだけでひとつの世界である。トルコ人、ギリシャ人、グルジア人、ヴェネツィア人、木材切り、大工、填隙(てんげき)する者、鉄工……、何千もの労働者が二千人の兵士、何百人もの小隊長の監督の下でせいっぱい働く。三万人の囚人が入れる地下牢は民間の管理の下にあった。一羽の燕であれ、一度中に入ったら何重にもなっている牢からは出ることができない。大理石の床は、どんなに大胆な囚人でもトンネルを掘って逃れる気になれない。俺がエミリアを探しているとき、レイスは捕虜の記録帳簿から、捕虜の中に誰も身代金を払う者がいないであろう九本指の修行僧がいるかどうかをしきりに探していた。

薬草屋の香辛料の麻袋から来る匂いが、革なめし所から来るくさい臭いと混ざり合う、食料品屋から船用の品物を売る者に至るさまざまな小さい店が、造船所の高い壁をとり囲んでいる。日が沈むと、三百人ほどの兵士が小隊長とともに、五人ずつの分遣隊となって、この狭い混沌とした道の間を一晩中巡回する。

ボスニアのトレビニエの片隅のソコロヴィッチ一族の出身である大提督は、どこから来たかを忘れなかったそうだ。近親者を見いだしては首都イスタンブルに連れてくるようになって、内裏に入れて重要な地位につけるべく務めたのであった。〝ソコッル一族〟という言葉がその頃はやっていた。確かに、ソコッル・メフメト・パシャは、俺たちが造船所にいる間中、俺たちを決して見下すことはなかったし、礼節を尽くし、時々俺たちと食事をともにし、礼拝所で一緒に礼拝したり、ガレー船の製造に関しては全ての面で俺たちの意見をきくことにやぶさかではなかった。トゥルグト・レイスに対する彼の尊敬、ウルチ・アリの提言に対する彼の関心は、最後には、高い地位にある者たちが自分たちの立場を心配する原因になった。

スレイマン大帝の印鑑を持っているあのルステムの御前に呼ばれるのを期待しているうちに、日は長くなっていった。バルバロスがこの大臣に関して、「この男に気をつけろ！　天国を手に入れるためには、天使をもひどい目にあわせるぞ、この悪漢は」と言ったことを、トゥルグトは忘れていなかった。

「彼は言った、確かに言ったが、最後には自分自身も陰謀の詰まったこの男とともに進むことを余儀なくされたのだった」とレイスは絶望的に呟くのだった。

手も足も縛られた状態で、俺たちは宮殿の噂話を聞いて時間つぶしをしていた。この大国の大宰相と言われるこの御仁はクロアチア生まれだそうだ。当時のスルタンの警備兵によって宮殿に連れてこられたそうだ。まずイェニチェリ兵にするために徴集され、後にそば仕えとして、徐々に出世していくとき、突然昇進したのは、赤毛のロシア人の美女で、四人の皇子の母親であるロクサランという女のお陰だそうだ。ロクサラン、またの名をヒュッレム・スルタンは、この男の手助けによって、ライヴァルのマヒデヴランなる女の皇子たちを排除して、自分の息子のバヤズィトを皇帝の後継者にする途を開けることを決心したそうだ。彼女は、男を手に入れることにかけては、野心といい、貪欲さといい申し分のない一人娘のミフリマハを、この上なく信頼していた。ロクサランが婿として選んだ、当時ディヤルバクルで働いていたこの姦計屋のルステムには、癩病を病んでいるとの噂があったが、王宮から送られた医者がこの将来の婿の下着に虱を見つけて問題を解決したそうだ。虱が癩病人の身体には近付かないことは知られていたからである。かくして、この役立たずで、薄のろの、しかし目の利く医者は大金を手に入れ、幸運なルステムは第三大臣に任命され、宮廷の婿となったそうだ。彼が踏み台とみなした第三大臣の位から第一位になることなどは、陰謀屋にはいとも容易なことだった。その時の大宰相は、容易にかっとなり激怒する気性の、スルタンと同じ名前の黒くないアラブ人で、ボスニア生まれの第二大臣でありハーレムの長官だった気ちがい(デリ)フセイン・パシャはといえば、あだ名にふさわしい気性だった。この足のある二つの爆弾は、巧妙に計画された破壊作戦のためのこの上ない材料であった。ルステムがありとあらゆる手管を使って火をつけさせた二人の狂人は、大臣会議の最中に短剣を抜き、互いに攻撃を始めたので、スレイマン大帝は二人を辞めさせ、国政をこの陰謀屋の婿に任せてしまったそうだ。この粛清劇は、スルタンの比類なき赤毛の寵妃と一人娘のミフリマハと、歴史に〝幸運な虱〟として残ることになる大宰相の婿からなる不吉な三人組が、国家の頂点に梟のごとく居座る結果となったのであった。

　俺たちはこの〝幸運な虱〟への拝謁の幸を、二週間の忍耐のあとで賜った。造船所の高官たちが待ち構えている埠頭に付けられた、キラキラ光る緑色の布で覆われ、左右に七櫂の付いたほっそりした豪勢な舟から下りた男は、中背で醜かった。歩き方はふらふらで、傲慢で沈黙をまもり、レモンを噛んだようにしかめた顔、その手やカフタンの裾に口づけする配下の者を見る死んだような眼差し、それらはスレイマン大帝に対して断るわけにもいかないからこの地位を受け入れたのだという印象を与えるものだった……要するに、全てが計算されていた。俺は大宰相なる男をじっと見ていた。奴は、ここいらくんだりまで連れてきたトゥルグト・レイスを無視していた、恥知らずめ。

その名を聞いても、知らないふりをして、驚いたように眉を上げて、よく来たと言う意味で、指二本をターバンにもって行き、冷淡な調子でわけのわからない一言二言を口ごもり、視察を始めようと言うかのごとく、陸に上げられてドックにある船に目をやった。俺は大宰相なる、あの似非英雄を見なければよかったのだが。

大提督のソコッルは、軽巡洋艦チェクディリの製造についての知識が必要だという理由で、マグレブ出身の船長たちを身近においていた。ルステムの命令に従って、造船所で役目があるという名目で、実はこれらの勝手気ままな狼たちを監督下に置くという隠れた意図の命に従っていたのか。俺たちは客人であったのか、あるいは捕虜であったのか。疑惑で忍耐が尽き果てて、俺たちはぶつぶつ言い始めた。レイスの中のレイスであるトゥルグトを艦隊の長としてみるという俺たちの夢は、ずっと前に失せていた。

人々の心を不穏にするあのカフタンを着た婿の訪問から三日後、スレイマン大帝はある狩猟の最中に突然、「馬上での大臣会議」をされたとの噂が広まった。俺たちが知っている限りでは、非常に重大な問題を時を失せずに決定するために、馬上で会議が行われたのだった。ところが、ビザンツ時代から遺っている高架式水道の修理の責任者であるギリシャ人の建築家が、ルステムから出た命令で牢に入れられたせいで、この会議は行われたのであった。このような日常の問題で、狩りを中断して大宰相に問いただす必要があったとは！　わかったことは、スルタンと婿殿の関係は言われているほど親密ではないということだった。

俺たちがまだこのわけのわからない事件が本当だったのかどうかと議論していると、予期しないときに、あの鉤鼻の宰相の舟が緊張したルステムを造船所の埠頭につれてきた。カフタンを着た婿は、今度はのろのろとするところはまったくなく、蚤のように舟から波止場に飛び上がり、儀式を無視して、もったいぶることなく造船所の宮殿に直行した。報せはすぐ広まった、つまりスルタンがまもなく造船所においでになられるのだった。

　周囲は蟻の巣のように混乱した。誰もが勝手なことを言ったり、言いつけやら、命令やら……迎えを待つことなく関係者の一隊が兵舎に走り、瞬く間に豪勢な衣装で戻ってきた。馬丁は馬に轡をかけ、兵隊たちは埠頭を占拠している船をとり除き、海兵たちは埠頭から城の門まで絨毯を敷くことにあわてふためいている。六艘の細身の舟が造船所に向かって来る光景は、興奮を凍結した。先頭を行く二艘の舟は、その舳先で袖の長い上着（ミンタン）を着たイェニチェリが手にした棒を振っては、ぐずぐずしたり、近付こうとする小舟を追い払い、水の上を進むこの豪勢な一行に途を開ける。その後から行く舟では、年老いた人物が、両手を挙げて、左右にまげたターバンで民衆の拍手に応えている。後になってその理由がわかった、つまり、あの斬られた頭を思わせる滑稽な行動は、僕（しもべ）どもに笑顔で挨拶をしなければならない支配者に多分おこるであろう頸の凝りを予防する方策であったのだ。ターバンを付けた者に後続する一本マストの帆船は、艫に並んだ三つの船べりランプを点けた一艘の船を中央に置いている。一三列の口ひげの漕ぎ手がこの豪華な舟を埠頭に着けるや否や、端に光るものの着いた赤い布の日よけの四方に直立する腹まで届く顎鬚の長老の一人が、船室の下で直立するスレイマン大帝であろう人物に靴をはかせ、二番目の長老はカフタンを着せ、三番目はターバンをかぶらせ、四番目はその腰に剣を佩かせた。その高名を聞いたがその顔は見たことがなかったスルタンが、埠頭に足を踏み入れ、ほっそりした長身の姿を、日焼けした肌を、アーチ型の鼻を俺はついに見ることができた。

その誇り高い姿はゆっくりと進み、ルステムがはづなを取った馬に乗った。わざとらしさからほど遠い、栄光と誉れの持ち主の眼差しは誰の上にとどまることもなかったが、俺が見る限りでは、その目は藁一本見過ごさなかった。影のようにその後に続く四人の長老の一人の手に光った赤い繻子の包みの中にスルタンの長靴（ちょうか）が、二番めの者の帯に挟み込んだ脚の部分のが短いブーツ、三番目の長老が鐙の下に置かれた足台をもち上げ、四番目が手を馬の背にもたせると、造船所ご訪問の式次第は始められた。屈んで、鐙に口付ける大宰相の婿と、大提督は並んで、それぞれの手に杖を持ち、訓練を受ける、場慣れしない海兵のように行列の先頭を歩き始めた。

昼の礼拝の後で、造船所の宮殿に移られたスルタンは、マグレブ出身の船長たちを召喚した。俺は心配していなかった。このように偉大な人間から、侮蔑的な、不当な決定が出ることはありえなかった。

決定は侮蔑的ではなかったが、しかし俺たちに興奮も引き起こさなかった、ことにカルルエリ藩主に任命された、自由を大事にするトゥルグト・レイスにおいては。カルルエリなる領土は誰が誰と戦ったのかが知られていない神秘的な土地であった。バルバロスのこの上ない栄誉に輝くプレヴェザ、古代のアクティウムはすぐ近くで、書記の言を借りると、あのエジプトの美女クレオパトラなる女王の夢が墓所となった不吉な場所だった。

勝った

祖国をもとめて

運命は、その後の二〇年間を通じて、俺たちにその皮袋の中にあるものを全て味わわせてくれた。子ども時代の縁日、逃亡、捕囚、惨めさ、孤独、恐怖、新しい信仰、新たに生まれること、成功、子供時代の日々への郷愁……全てを見、経験し、俺は人生の重荷を担ったと考えていた。俺が感じなかった感情はなかったように思われた。ところが、人類に委ねられたこの世界の渦巻きの中で、さらにいかほどの血が、どれほどの涙が流されることになったことか。

俺たちはぐずぐずせずにこの魔法の町から離れた。これからは誰も俺たちを盗人といえないのだ。自由は多少失われたものの、その代償として、ウルチとガーズィには八〇枚ずつ、その他のレイスたちには七〇枚ずつの銀貨が毎月与えられることになったが、それよりさらに重要なことは、俺たちはオスマン帝国のスルタンのカンテラを持ち、スルタンの海軍の船長になる栄誉をも与えられたのだった。

亡きバルバロスの思い出に八発の大砲を撃った後で、俺たちは海峡の潮流に身を任せた。俺は岸辺を、山の斜面を眺めては、丸屋根（ドーム）や尖塔（ミナレット）をよく見て、イスタンブルのスレイマン大帝にはどれがふさわしいかを決めようとしていた。ペラ付近の斜面にはモスクはなかった。ガラタではジェノヴァ塔が、鋳造所を高みから見下ろしていた。金角湾の両岸には、埠頭に近づいて後ろ向きに陸づけされた何千もの舟のマストが、森の雰囲気を港に与えていた。天に伸ばされた妖精の手を思わせる細く長いモスクの尖塔は、城壁の中に保護されているかのようだった。

「これはスルタン・ファーティヒのモスク、あれはスルタン・バヤズィトの、あれはスルタン・セリムの……」

丸屋根のひとつひとつをその名で呼んでいた書記の声は、中途で止まった。スレイマン大帝の名を付けた高いモスクがあたりに見られなかったからだ。アジア側のウスキュダルといわれるところの、建造がほぼ完成したドームを俺は指し示した。

「なら、これは誰のモスクか。」

「それはミフリマハ姫のだ。」

「そうなのか！」

「よい前兆ではない、娘が父親を超えるとは」と言って、レイスは深いため息をついた。

後方になった城壁は次第に小さくなって、やがて見えなくなった。俺たちは海から、湿った自由を再び吸い込み始めた。戯れる海豚たちが地中海に開かれる海峡の道を俺たちに示していた。この町の確立された体制の中で安心して暮らすことは、俺たちには困難に思えたのだろうか。出会い、会見、恋、嫌悪、驚愕、全ては一連の規則に基づいていた。俺は間違っていたのだろうか。俺を一方的な考えに追いやったのは、盲目的な追随が自己の中で燃え上がる興奮を消すという恐怖だったのだろうか。ともかくも、俺はこの巨大な首都の軍事的な面を見ただけだった。驚き、興奮して、感嘆したのは確かだったが、口もきけないほどではない。この豪華な世界は、運命が俺の手から奪った無邪気な喜びを隠していたあの縁日の興奮を俺の中に引き起こさなかった。意志や知識を完全に諦めるならば、あの過去の心踊る日々に出遭えるのであろうか。

カルルエリの中心地プレヴェザは、ヴェネツィアとの往来を管理しており、敵の艦隊に絶えず包囲される危険を孕む、オスマン帝国の重要な地点である。衝突する権力を不吉な湾に惹きつけるという特別な能力もある。古い砦は、ドリアを打ち負かしたバルバロスの記念のようにそびえる。周辺の岩は、エジプト人の魅惑的な女王の魔力の虜となったローマの将軍の痛ましい物語を語る。飛び回る鷗を見ては、書記は、「海の真っただ中で、魅惑的な女は何の用があったのか」と、歴史の知識をまさぐっていた。「何の用があったかって？　恋人を自分のものにしたかったのさ」と俺は心の中で呟いた。エミリアがどこにいるかがわかるならば、俺は神々のすべてと闘う用意があった。

イスタンブルとヴェネツィアとの休戦協定にもかかわらず、なぜかこの入り江が俺たちにとって、単なるひとつの通過点になるだろうと俺たちは信じた。毎日見回りの巡回をしたり、行き来するガリオン船を監督して過ごした。宮廷に関する情報は、島々を回って一、二週間に一度届いた。サーリヒ・レイスからの報せによると、ペルシャとの戦さを準備しているスルタンは、艦隊の長にトゥルグト・レイスを考えたそうだが、〝だれか〟が「海賊は政治家になれぬ」という言葉をスルタンの耳に囁いたそうだ。

その〝だれか〟とは、イスタンブルからヴェネツィアまでガリオン船満載の小麦を密輸する、大宰相〝幸運な虱〟以外の何者でもないのはきわめて明らかだった。

チュニジアのスルタンであるモッラ・ハーミドがシチリア王と何を企んでいるのかを調べるために、トゥルグト・レイスは俺たちをジェルバに行かせた。島には二ヶ月いた。戻る準備をしていると、プレヴェザにいた俺たちの船団が突然現れた。

「大宰相と言われる売女の息子め！」という声がした。

何が起こったのか。トゥルグト・レイスの口から聞いたことのないこのような激しい罵り言葉が、なぜ言われなければならなかったのか。売女の息子とは明らかにルステムのことだった。トゥルグトから、別の者にあの地の支配権を？

「せめて、せめてそうだったら」とガーズィは悔やんだ。

「なら、どうしたんだ。」

「猜疑、傲慢、あるいは誤解。あの恥知らずめは、大砲を頼りにしおった！」

ことの起こりはヴェネツィアのガリオン船だった。特定の藩国の灯明、旗をつけたガレー船が巡回しているのを見た商船は、いずれも速度を緩めて、直ちに風上に向きを変えて停まらなければならない。ところが、問題のヴェネツィアのガリオン船は、プレヴェザの巡視船を見ると、自分の船が大きいのをよいことに、巡視船の三発の警告の大砲を無視し、規則に反して、舵をコルフに向けたそうだ。追跡した巡視船に対して彼らが砲撃に及ぶと、然るべき結果になったのだった。

「身の程を理解したのか、ジャッカルは。」

「聞きたいか。」

「ガリオン船をどうしたんだ。」

「既に海の底に送った。」

「船長は？　乗組員たちは？」

「鎖に繋がれた。」

「船荷は何だったのか。どこにあるのか、それをどうしたんだ。」

気ちがい（デリ）ジャーフェルは肩をすくめた。

「どうするというのか、あの害虫の付いた穀物を！」

この出来事には、理に適わないところがある。プレヴェザにいた俺たちの巡視船は規則に則って、捕縛したガリオン船を沈めたそうだが、理由は？

「理由は、あの〝幸運な虱〟だ！　密輸の小麦はルステムのものだったのだ！」

「そんなことがあろうか！」

「確かに起こったのだ」とカラ・カドゥは保証した。「わしらは積荷一覧表を見たのだ。船荷が大宰相のものだとなると、船長という名の野郎はもちろんのこと尊大だったよ！」

レイスには頭にひっかかる別の疑問があった。

「プレヴェザをどうして離れたのだ？　あの密輸屋の大宰相がひどく怒ったのか。ヴェネツィアの商人は復讐をするのか。」

「すでにしたのだ、ウルチよ。三艘のガレー船が、トゥルグトの甥をプレヴェザに連れて行く帆船を捕らえたのだ！」

「おやおや、ジャッカルたちは獅子になったとでも思ったのか」とレイスは驚いた。

ケッレ・ハッサンがモトンで出会ったサーリヒ・レイスから得た情報では、大宰相なるルステムという奴は「スレイマン大帝は盗人の一団とはかかわりない」というような保証を、トゥルグトの行動に不満を述べるヴェネツィアの大使に与えたそうだ。

「盗人だと？」とムハンメドは憤った。この俺たちが掲げているカンテラは誰のものか。スレイマン大帝はそんなことを言うはずがない。そもそも彼はペルシャの辺りにいるではないか。

「ルステムはどこにいるのか？」

ケッレ・ハッサンは考え込んだ。

「サーリヒが碇を上げたとき、まだイスタンブルにいたそうだ。」

「この話がどこから出たかがわかった。ジャッカルが自分を獅子だと思ったのも当然だ。心づもりをしておかねばならぬ、直ちに交換を提案しよう。」

「どんな交換をか？」

「トゥルグトの甥とガリオン船の船長とだ！」

「それには問題がある。」

「なぜか？」

「なぜなら……」とジャーフェルは口ごもった。「甥を既に絞首刑に処したそうだ。」

トゥルグトの指示で、隷属の印である藩国のカンテラを全ての船から外した。いんちき屋の〝虱〟の命令に従っている限り、敵は宮廷の外ではなくて、宮廷の中にいるのだから。カルロスと結ばれた協定も、実はルステムが企んだということは明白だった。俺たちがスルタンの庇護を失ったことを知ったドリアが、近く船を集結して俺たちを追うことになる。トゥルグトの目標は、時を失せずにスペインの同盟国であるナポリ王の、カステラマーレやポッツォーリのような豊かな鉱床を襲撃してジェルバを蘇らせて、陰謀屋のために俺たちに背を向けたスレイマン大帝に後悔の念を引き起こさせて、このペテン師野郎の手から逃れることであった。夢と理論の間に中間の途を見出そうと努めるレイスは、ほっそりした三日月の忠告を聞きたいかのごとく、人影のないところを求めていた。遠くから古いイタリアの哀歌が聞こえた。

武器を取れ、鐘が鳴っている

港に入るところだ……ムーア人の海賊たちは　（古いイタリアの民謡）

三日月の周辺で光ったり消えたりしている星たちは、窓辺に震える蠟燭の炎だ。その調べを記憶に刻み込むように、俺は呟きつつ眠りに落ちていった。

スペインのアリカンテ、バレンシア、トルトサに向かうべく、シチリアのリカータとグリジェンティから小麦を載せて出航したガリオン船は、カルロスがルステムと結んだ協定を信頼して、リグリヤ海岸に沿って行く代わりに、近道をして大洋を通行することにためらいを感じなかった。ナポリ王の豊かな鉱床を襲撃することに決めたトゥルグトとは反対に、レイスは小麦を満載するガリオン船を捕らえる方が適切だと考えたのであった。

「マルタ人とはことを起こすな」とレイスの中のレイスは戒めた。「彼らもあの辺りの海で同じ獲物を追っていることを忘れるな！」

「事態はなるようになるのだ」とレイスは返答した。「見てみようではないか、誰の神様がその僕を助けるかを。」

エガティ諸島で二手に別れた。自由は、略奪によってこそ確立でき、誰も見ていない、干渉しない島でこそ見出せると信じるトゥルグトは、二〇艘ほどのガレー船の先頭に立ってナポリ王国の略奪に向かった。レイスはというと、場所はどこであれ、正義がなされた時にのみ、この心の中にねじ込まれた自由の意識に到達することを確信していた。正義の人間が、へし曲がった人間の作った法律で縛られるのだ、この世では。正当なる権利を獲得するには、権利を求める者が強力でなければならなかった。獲得しなければならないこの力は、平坦な島の領域内には押し込めることはできない。トゥルグトは、くぐり抜けてきた多くの艱難にもかかわらず、子供時代に感じた興奮を守り続ける本能が、子供っぽい情熱になっている。ところがレイスの夢は、日がたつにつれて、運命の描いた道でめしいになったように俺には思えた。

トゥルグト・レイスはその運命に向かって帆を上げて、見えなくなった。その翌日、何を考えたのか、俺はあの恐れを知らぬ船長たちの一人をひどく震えあがらせようとして、船の舵をとって、サルントに戻る空荷のガリオン船を追跡した。樽のように大きなメガフォンで命令を喚き散らす船長や、罠に追い詰められた鼠のように必死にマストに攀じ登る者や、甲板を右往左往、逃げまどうその仲間を、俺は眺めて楽しんでいた。小さいときにも、僧侶に対する腹いせで家鴨を追いかけては、これに似た喜びを味わった。今も、俺の目の前で、全力を挙げて櫂を漕いで逃げようとする家鴨を追いかけながら、何年も前にあのみすぼらしい俺たちの小舟にのしかかったカタルーニャの戦艦に仕返ししているかのようだった。

ぼろぼろの小舟に継ぎはぎの帆で海に出ることは、愚かなほら吹きのすることではなくて、希望が与えた力によって無知が力をもったのだった。東の空が白む頃、ザカリアスは寛容なスルタンの土地に足を踏みいれることを、俺は憧れの子供時代の国に戻ることを夢見て、櫂を漕いだのだった。日没とともに網にかかった魚のように捕らえられ、俺たちの希望は消えた。不吉な戦艦の甲板で身体の此処かしこを弄る薄汚い奴らが、恐怖にかられ、口をきくこともできない、素っ裸にされたザカリアスの、恐怖で萎縮した割礼を受けた部分に触ったとき、「ムーア人か……それともユダヤ人……」の声とともに、あの怯えた哀れな男が、狂った雄牛のように武器を手に取り、俺たちの将来を鎖に繋ぐつもりの、のろわれた悪漢どもの頭や目を引き裂きにかかった姿が、五年たった今も目の前に甦る。弾丸で蜂の巣のようになった体が、海に転がり落ちた後で、一度沈んで浮き上がってから、人生を呪うかのように、彼は自らを海に委ねたのだった。

その瞬間俺は、あいつらを、あの船長を捕らえて、素っ裸にして、恐怖で腐った包皮の付いたオクラを切り取ることを考えていた。稲妻のような素早さで、俺の傍らを通り過ぎて、一瞬にしてガリオン船の操舵を押さえたレイスは、「この空荷の船に何があるのか！」と雷のような声を出した。「擦り切れた布、つぎのあたった包み、多少の珠や玉、シチリアの村民の価値のない一山のがらくただ！　価値あるものはいつも逆の方角に向かう、スペインの港に向かうのだ！　それにお前は、勝手に行動に出ることをどこから考え出したのか。個人の勝手な行動は常に大失敗に終わるのだ、息子よ、忘れるなよ、このことを頭の中にしっかりと入れておけ！」

俺の頭は実際に空っぽの植木鉢のようだった。言い訳もない！

「レイス、知っていますか？」と俺は泣き言を言った。「過去とともに生きると、水平線はいつも後方になるんです。ガレー船は後ろ向きには動かせない。一番いいのは、この若い船を誰かほかの者に任せてください、俺はあんたと一緒にいます。」

グラニトーラ岬の二〇マイル（約三七キロメートル）南西で、小麦満載のガリオン船の航路上の大洋に、アヴェントゥラという一五クラチ（約二八メートル）の深さの浅瀬がある。捕獲したガリオン船の碇をここにおろした。国籍旗も付けず、帆桁の帆もたたんで、甲板に人影もなく、その後部で海に下ろされたボートの、部下の中から選ばれ、故障した舵を直そうとしている風を装う五人の水夫に気が付いた者は、航海の途中で難儀している哀れなガリオン船だと考える。海の真ん中に投げられたこの餌が、一艘の船の代わりに二艘の船で港に戻る思いに駆られた商船の船長の目に入らないはずがないのは明らかだった。何度も繰り返されたこのゲームに、貪欲な商人はいつも引っかかるのだった、実際のところ、今回罠にかかったのは、カスティーリャの戦艦で、一万六〇〇カンタル（約六〇〇トン）の小麦と四八〇オッカ（約六三〇キログラム）の唐辛子、五〇オッカ（約六五キログラム）の生姜、百人ほどの乗客という、決して無視できない戦果である。乗客の中の派手な恰好のひとりの女が、明らかに何かを飲み込んだ。足から逆さにぶら下げて振って怖がらせると、この上なく美しい二つのルビーのついた指輪を、口に結んだ袋の中に吐き出した。女たちは船室に詰め込んで、男たちは鎖で繋いで台に縛った。戦闘に及ぶことなく獲得したこれらの戦利品をジェルバに運ぶ役目は、俺に任された。

船の持ち主の船室は、今まで見たものに較べると、小さな宮殿を思わせるほどのものだった。寝台、テーブル、地図、見たことも聞いたこともないたくさんの道具類……。沈黙を、舵の軋む音のみが劈いていた。テーブルの上のコンパスの箱をかがんで見る前に、俺は腰に付けた短剣とピストルを寝台の上に置いた。どの方向に行こうとも、北極星に恋してしまったかのように北以外の方角に向くことのない、コンパスの箱の中にある平たい針は、武器、甲冑、にんにくの臭い、妊娠した女、特に、誓ったことをなんとも思わない裏切り者が大嫌いだそうだ。これらのもののひとつでも近くに感じると、針を反対に回して船長を間違わせるという……。裏切り者であるかどうかを知るために、俺は魔法の針の前に立った。俺がひっくり返した砂時計は時を計り始めた。俺は裏切り者だったのだろうか。何に誓った誓いを守らなかったというのか、おしめをした赤子が。教会に忠誠を誓う舌が、赤ん坊にあったとでも言うのだろうか！　俺に洗礼を受けさせたのは、商人である父親ではなかったのか。甲板に高まるエッザーンの声は、俺を捕えたあの不吉なカタルーニャ戦艦の、帆担当の水夫の出発を祝う声を思い出させた。時間はまた思い出の中の酷い仕打ちを受けた日々に移ろった。

呼び声はザカリアスの命の尽きた体から高まるように思われた。襤褸と違わない衣服を着て、甲板で丸まって横たわる前に、乗客と言われるあの奇妙な化け物たちが読んだ祈禱が俺の耳に響いた。

イエスの生まれた時間に
生んだ聖母マリアに
洗礼を施した聖ヨハネに
幸あれ
われらが父
アヴェ　マリア
アーメン

鞭で打たれないようにと、カタルーニャ語のいくつかのことばを俺は習うことができた。船の背骨のカーヴの間にある湿ったくぼみで、果てしなく思われた長い夜に、破壊された将来を嘆く涙も涸れて、萎えてしまった俺の頭の中には、過去を呪う力も、未来を見る力も残っていなかった。子供時代のあの透き通った川の水は、いやな臭いのする下水に変わってしまい、気味の悪い鼠たちが死の汗に覆われた俺の胸の上を走っていた。そうだ、あの氷のような地獄で、ザカリアスの生気のない目の前で、死の天使アズラエルに嘆願しているとき、帆担当の水夫の声が聞こえる、「時刻は真夜中、万事異常なし！」と。

眠れない夜、つらい日々が続いた。バケツで海から水を汲んで甲板を洗ったり、床を擦り、臭い船底を掃除したり、鼠を退治するために船に乗せられたイタチのあとを追って穀類の貯蔵庫で膝をついて這ったり、……空っぽの胃は一日に一度食べるものを見ることができた。それもスープという名目で、一椀の汚れた水に魚の小骨と一つか二つのそら豆が浮いていた。塩と垢でごわごわになった衣類を、脱いで洗うことは禁じられていた。そのようなことをした者はロープの先に結び付けられて海水に浸けられた。水夫たちの語ることによれば、海は、その尾の一撃ちで船体を穿つ龍や、人間の肉が大好きな尖った牙のある怪物でいっぱいだそうだ。このような恐ろしい怪物を阻止するためには、船べりの上から身を乗り出してその目の中を見ていなければならないそうだ。せいぜい一カルシュ（約二三センチメートル）ほどの悪魔の魚が舵に張り付いて船を動けないようにするとか……。するとその時、海から湧き出すかのように現れた海賊が、船を捕らえ、船荷を奪い、生きている者は切ったりして、絞首刑にしたりして、あたりは血の海となるなど。

突然起こった恐ろしい嵐が、俺を過酷な状況から救う神の息吹のように吹いたのだった。空は突然黒雲に覆われて、稲妻が落ちたところは海が燃え出した。静かだった海が突然泡立ち、荒れ狂った雄牛のように船体にぶつかり始めた。甲板を洗う巨大な波は、山頂から崩れ落ちる岩のように轟音を立てた。立っていることも座っていることも不可能だった。身体を伸ばして、固定したものにしっかりとつかまっていない者は海に飛ばされた。呻く者、喚く者……篠つく雨が吐瀉物を掃除し始めたとき、マストの上部が支えとともに切り離され、帆を縛る綱が切れた帆は真っ二つに裂けた。大マストが軋み、中央から二つに折れて、横静索(シュラウド)とともに、雷が落ちた樫の木のように甲板に折れ重なった。

俺はその場で飛び上がった。砂時計は床に落ちて壊れた。散らばった砂粒は昨日と今日とを混ぜ合わせてしまった。船主の船室で俺は眠りこんでしまったのだ。時をひっくり返したこの魔法の針は、船を航路からはずしてしまったのか。発作を起こした狂人のように、俺は甲板にとび出した。八月の太陽は、寝たがらない子供のように水平線でぐずぐずしていた。ありがたいことに、軽い風で膨らんだ帆は、死んだような波がゆさぶる船をレイスの航路で進めていた。

小麦を積んだガリオン船でチュニジアの海岸を航行することは、誰もができることではない。ラス・ディマス岬の後、海岸から二〇マイル（約三七キロメートル）沖まで延びているケルケンナの浅瀬の周囲を回って、絶えず水深を測り、脂を塗った蹄鉄型の管で海底を探らなければならない。経験豊かな船長は、管に付着してくる物から多くのことを知る。船の速度を計ることも別な面の能力を要求する。舳先にいる見張りの者に、海にひとつの木片を投げ入れるように命じて、俺は指を手首に置いて脈を数え始めた。その木片が舵の横を通るとき、脈を二一数えていた。ということは、船の長さが六〇アドゥム（約四五メートル）であるから、砂時計で半時間で二マイル半（約四・六キロメートル）進んだことになる。速度は適当だった。心配する必要はなかった。貯蔵所に積み重ねた小麦が熱されないように、風を通すよう命じた。

シャベルによって空中に放り上げられた小麦の粒が、空中に飛び交って貯蔵庫に満ちた。それは、あの日、あの嵐の中で、マストが折れて、舵ももげて、見捨てられた船に平手を食わせる波の飛沫（しぶき）のようだった。がらくたの片隅で、あの世から眺めるザカリアスのとび出した目の前で、吸血鬼の格好をした鼠たちが俺の脇腹に食いつく。痛み、苦痛、恐怖に満ちた時間と空間をのみこむ渦巻きの中に、俺は引き込まれようとしていた。

最悪な夜の翌朝、海賊の恰好をした見回りが、隠れていた窪みで俺を捕らえて、甲板にいる他の海賊の前に引きずり出した。痩せさらばえた惨めな少年を、塩漬け樽からこぼれた鰯を見るように眺めた年長の頭目こそ、あの地獄のような船を捕獲したレイス自身にほかならなかったのだ。

今日俺は、その海賊の頭目に従って、浅瀬の上を通ってジェルバへ向かって戻るところだ。一マイル（約一・九キロメートル）ほど先の海岸にある城砦の城壁が見えたとき、俺の前にいるガレー船の櫂が止まったのを、そして二枚の赤い幟が掲げられたのに気がついた。ガリオン船の向きを風上に変えて、帆を降ろし、碇を下ろして俺は待った。

メフディエ（マーディア）は疑いもなく目前にあった。図体の大きい不吉な海は、下心ある者に挑んでいるかのようだった。攻め落とすことは不可能として知られ、改宗して間もないイスラム教徒にすら入り口を閉ざすこの城砦には、海からの狭い通路からのみ入ることができた。

門のアーチ型の天井にかかっている巨大な大理石の柱は、許可なくして門を通るという無礼を働く者の背骨を砕く用意をして待っていた。その日はどうしてか、後からイスラム教徒になったレイスが、イブラヒムという名の城砦の司令官に許されて中に招かれ、せいぜい二樽の火薬と二〇個ほどの大砲の弾に対して、一万カンタル（約五六〇トン）の小麦の半分をメフディエに置いていった。レイスは浪費家ではなかったから、これには何か考えがあったことには疑いもない。

ジェルバに着いた次の週、ナポリの海岸で獲物を追っていた俺たちの船団が、思いがけず出現した。トゥルグト・レイスが夏が終わる前に航海から戻ることはかつて見られなかった、確かになかったことだが、しかし……戦利品というのは何だったのか！　二本マストの、舵の二つある、上甲板のある巨大なガレー船であった！　そうだ、マルタ騎士団のガレー船の一艘であったのだ、この船は。俺たち海賊にとってすら恐怖の夢であるこの怪物を、俺は見たことはなく、ただ話に聞いていただけだった。そのいずれもがひとつの船団に匹敵した。もしそれが水平線に見えたなら、なすべき一番賢明なことは、航路を変えて逃げ出すことであった。それが今、その龍のひとつが、牙を抜かれた豪傑のように埠頭に繋がれていた。

「あと五艘ある」とジャーフェルは呟いた。

全部で六艘しかないのか、この恐ろしい怪物は。

「そうだ、六艘だ！　五艘は血の赤色で、一艘は真っ黒だ。教皇はそれ以上は許可しなかったそうだ。」

「教皇様、万歳！」と俺は喚いた。

いうまでもなく、当時俺はまだ子供だった。

ナポリに向けられた航海は望んだ以上の結果になった。カステラマーレへの襲撃の成果は、千人の捕虜だ。イシヤ沖で一〇日間の間をおいて、ポッツォーリを襲撃して、さらに同じくらいの捕虜を得た。それほどの捕虜を運ぶには二艘のガリオン船が必要だった。トゥルグト・レイスは〝取引の幟〟と言われる白い旗を立てた土地が、双方の協議の間は不可侵を約束するという、海賊を含む、公的な、あるいは非合法の全ての海の狼が従う国家間の協定を考えていた。この仕事のために選ばれたプロシダ島は、襲撃の際に捕囚にされた家族の身代金を支払うためにやって来た人々を受け入れる港となった。ポッツォーリ、カステラマーレ、ナポリから来た船いっぱいの父親、息子、配偶者は、泣いたり嘆願したりして取引しては、身代金が支払われた近親者を連れて引き上げるのであった。三日目の終わりには、裕福になった船長たちは、身代金が払われずに運命の手に委ねられた貧乏人たちを釈放して戻って来た。

ジャーフェルは片隅に置いてある六つの箱を指して、にやりとした。

「七万ドゥカットだ！　知っているか。」

「七万だって？　身代金か。」

「身代金なものか！　マルタ騎士団の尻の下にあったのさ！　身代金は仕事のおまけだ。」

「マルタ騎士団の倉庫には……女や、少女や、捕虜たちが……あの、もしかしたら、エミリアが……」

とんでもないことだ！　異教徒のマルタ騎士団のガレー船に、女や少女がいたことはないのだ！

略奪で過ぎた二年間、ジェルバはお祭り気分であった。カルロスは俺たちの襲撃に苦情を言っているそうだが、そうさせて置けばいいのだ。彼がルステムと結んだ協定は、俺たちにはふさわしいものではなかった。この平べったい俺たちの島には略奪品が積み上げられた。俺たちは、右手はバターに、左手は蜂蜜にという具合に、その頃は喜びに満ちて人生を楽しんでいたのだった。イスラム教徒も、ユダヤ人も、海賊も、捕虜も、誰もが幸せだった。唯一の例外は、いつの日にもその翌日があることを、今日蒔いた種を、明日には刈り取ることを忘れられないレイスだった。この問題ある協定が有効である限り、策謀家のルステムが企んだ陰謀が、あるいは予期しない瞬間にドリアの艦隊が……俺たちを追い詰めることは明らかだった。あのターバンを被った〝虱〟にうち勝つためには、手に入れたアルジェリアをスルタンの命令で献上した亡きバルバロスから教訓を引き出さねばならなかった。マルタに対抗して、隣のスース、マナストル、メフディエのような強固な砦を征服してスルタンに献上することが、なすべき賢明なことであった。俺たちが訪れて以来、メフディエとの関係はもともと友好的であった。使者として甥のフズル・エフェをスースに、マナストルに送ることで、レイスはトゥルグトを説得できた。

イスラム暦九五七年のサフェル月（一五五〇年二月）、スースとマナストルは自らの要望で俺たちと同盟した。メフディエは決めかねていた。俺たちのチェクディリが冬をあの安全な港で過ごすことの代償に分捕り品を分配するという俺たちの申し出を、長老議会は聞かないふりをしていた。一方には完全なる城砦、鼠が走りまわる港、他方にはまともで安全な避難所を持たない船団！　チュニジア王家が干渉しないこの藩国に、飢えの代わりに豊穣と、閉じこもった城砦の命に従う二十数艘の船！　こんな理に適った提案に対して拒否の答えをするとしたら、スペインに対する恐怖しか説明できない。あの頑固な長老議会を説得する方策を考えていたとき、知友のイブラヒムから、翌月の最初の金曜日の夜（一五五〇年三月二十日）待っているというメモが二艘の二櫂のボートでもたらされた。手紙には城砦の図面もつけてあった。例の大理石の柱はしっかりとその場にくくりつけられていて、誰の注意も引かない二つの樽が、少し開けてある門の前に置いてあるとのことであった。

翌月の最初の金曜日の夜、俺たちは頭上にかかっている大理石の柱の下を、静かに港から中に入った。目印のある門の巨大な両扉が、あたかもイブラヒムの命令に従う幽霊がやっているかのようにひとりでに開いた。俺たちの訪問を知らされていた見張りのおかげで、二時間で城砦は落ちた。一発か二発のピストルの音、事情を知らない者たちの中から一〇人ほどの負傷者で、獲物は手に入ったのだった。大砲もなく、鉄砲もなく、喚いたり騒いだりすることもなく、レイスは蒔いた種の刈入れをしたのだった。寝床で知らされた長老たちは事態が済んでしまったことを認めて、うるさいことを言わずに、俺のような後になってイスラム教徒になった者と一緒に早暁の礼拝をすることをなんとも思わなかった。

俺の母親は、頭がおかしくなる前には「誰かにいい物を与えようとして、他の者が得をすることがある」とよく言っていた。俺たちは、スース、マナストル、メフディエを、これらの一連の真珠をスレイマン大帝に献上したのだが、それがどうだ、偉大な支配者はルステムに魔術をかけられたに違いない、スルタンは自分の利益に反する形で、無視したのだった。何ヶ月もの間、宮廷がこの重要な拠点を支配できないのを見たドリアは、時を失することなく艦隊を集合させて、ガリオン船の捕獲に忙しい俺たちの留守に、海岸のこの三つの真珠にカルロスの旗印を掲げたのであった。

確かに、メフディエは一夏中は空想が実現したのであったが、秋が来ると、告白することのできない恐ろしい孤独の象徴となった。俺たちは宮廷からは疎外され、スペインの標的となった。俺たちは目立って強力だったが、自分たちだけでカルロスの艦隊に力が及ぶほどではない。この平べったい島すら、攻撃にあえばもはや安全な場所ではなくなった。俺たちは、危険を理解した船長たちがアルジェリアに戻ろうとするのをあきらめさせる手段を探していた。日が短くなるにつれて、トゥルグト・レイスの理解のある、均衡の取れた態度の代わりに、わけのわからない無気力がとってかわり始めた。一人で、黙って、砂浜の人影のない片隅で胡坐を組んで波が戯れるのを見るともなく眺めていたり、尽きることのない波のおしゃべりに、聞くともなく耳を傾けていた。あきらめることのできない恋人に腹を立てるかのように、愛しい海に彼は腹を立てていた。

レイスはトゥルグトを襲った憂愁を癒す術を見つけ、説得しようと努めていた。昨年に比べて、船長や船の数に不足はないと同時に、けちなドリアが病床についたとのうわさにも耳を貸すべきだった。スレイマン大帝は、マルタ騎士団に対抗するこの三つの重要な拠点の損失に黙っているはずはなかった――あの不吉な〝虱〟が結んだ協定によって何を失うことになるかを遅かれ早かれ理解するにちがいなかった！　イスタンブルに行って、ぼんやりしている大臣たちをゆり起こさなければならない！　生命の危険があるとしても、レイスは、なんとしてもこの危険な旅路に出る用意をしていた。

憂鬱なトゥルグトには言葉を尽くしても無駄だった。大洋の呼び声に、海草のにおいに背を向けて、何も生えてない丘のてっぺんに立っている幻の尖塔と語り合うかのように、別世界に行ってしまうのだった。

ある晩、まったく思いがけない時に、皆を集めて、俺たちの仕事とはまったく関係のない驚くべき決定を彼は明らかにした。それというのは、砂漠の真ん中にある、ガフサとよばれる都市を征服するつもりであった。このような仕事にはベドウィンたちで十分という。その不毛な土地の神秘的な都市に何があるのか。皮袋にある水を一滴ずつ飲むことができる、太陽で干からびた、皺だらけの顔をしたベドウィンの言うところによれば、ガフサはクルアーンで語られた天国の、地上での分身だそうだ。そこを訪れる者はなつめやしの木陰の清らかな池で水浴みをして、泉の冷たい水を飲み、好きなだけ林檎、棗、あるいはバナナに似た伝説の果実を口に入れるべく、この上なく美しい天女たちが招くそうだ！

トゥルグト・レイスがガフサ行きのための基地として選んだ小さなガベスの入り江の静かな水は、船を陸に上げるに適当な場所だった。九月末の憂鬱な日々に、湾の動かない水は砂を平坦な高さで大洋に向かって拡げていた。トゥルグト・レイスは未知に突入すべく準備をしていた。船は見捨てられた孤児（みなしご）のように揺れていた。闇が下りると、砂漠に向かって広がるテントに、流れる星たちの残した跡が道を示しているかのようだった。

そうだ、キラキラと輝く栄光の日々は、色のない、不快な時間にとって代わられた。トゥルグト・レイスの計画を疑いを持って眺めていた小商人たちの示した敬意は、実は恐れに対する代償にすぎなかったのだ。ジェルバにおいてすら、俺たちの尊厳は次第に失われ始めていた。海洋の鷲が砂漠の中に何の用があるのか、俺には一向に理解できなかった。冷たい水、なつめやしの木陰……あるいはあのベドウィンの夢を蜃気楼で飾る幻の天女たちであったのか。戦利品という言葉は楽天的にする。これほどの面倒、苦労……が何を集められるのか、島の戦利品に比して。いや、このガフサへの行動は、征服ではなく逃避だったのだ。トゥルグトは失望したのだ。原因はなんであったのか。一生を通じて彼は、長年戦い、死を追求して海、島、海岸を調べ回り、自分に属する町を得て、自由を確保する権力となるべく努力したのだった。その夢が現実になるために、人々の目が届かず、風が変わると海面が盛り上がったり下がったりする一時的な塚の代わりに、おそらく常に変らない大地の、頑丈な城砦を必要としたのだろう。栄光や名誉に厭いた、自由で静かな生活を願うレイスの中のレイスには、やつれた海の吐きだした、自分の世界から切り離されて死に瀕した苔を思わせる風があった。

砂浜で膝を突いてもぐもぐ反芻している、武器を満載した駱駝たちに俺の目はとまった。陸に上げた船から外して山の斜面に設置した砲台を、俺たちはあまり信用してはおらず、心穏やかではなかった。

季節の終わりにすべき仕事だったのだろうか、船を陸に上げたり、タールを塗ったり、道具の手入れをすることは！　俺たちの仕事は待つことであった。待つのはいいが……何を？　成功の報せをか？　成功とはこの状態では失敗と同じだった。つまり、ガフサの征服とはトゥルグトの引退、船団の解散を意味していた。この惨めな成り行きを彼自身も予想していた。彼は落ち着かなかった。断念したいかのように絶えず尋ねていた——

「ウルチよ、行くのか？　あのターバンを被った虱どものところに行かねばならないのか？」

「それ以外に方策があるか」とレイスは呟いていた。

ガフサに行く志願者の外に、絶えず喧嘩を引き起こす傾向のある罪人たちや多くの漕ぎ手を監督する百人ほどの古参者が船とともに残った。

春一番が吹き、暖かさの兆しが始まった頃、海の表面は冬の噛み付くような寒さで皺々になっていた。漕ぎ手たちを氷雨から守るために、上甲板の間にテントを、船べりの周囲に三カルシュ（約七〇センチメートル）ほどの高さのズック布を張った。日々の食料は二倍になった。帆をあげて、精一杯漕いで、イスタンブルの最初の拠点のナウプリアに到着するために、俺たちは海と格闘していた——昼と夜の長さが同じになった日のあの数少ない嵐の前に。俺は季節外れの航海に初めて出たのだった。フェルトのケープの下で俺は、金角湾の丸屋根の下にある穏やかな港を夢みて、下心をターバンの襞の間に隠した秘密めいた高官や、特に尊大なルステムの幻を海水の下に埋めていたのだ。

レイスは平静で考え深い様子だったが、俺は怯えていた。骨の髄にまでしみいる寒さと、残酷な潮流に対抗して、王宮の裾に守られた内部の港に向かってやっとのことで俺たちは進んでいた。風雨で目を開けていられなくなった。海岸は消えてなくなり、垂れ込めた空は夕刻に夜を繋げて、闇の世界で東の空は翌日の昼ごろやっと白むことができた。この世の首都！　あの妖精たちの国、華やかなイスタンブルは、白い経帷子の下で死んだ年寄りのように横たわっていた。遠くから見ると、海岸に引き寄せられた小舟は、追い詰められて陸に上った魚に、トプハーネの埠頭に積まれた雪に覆われた砲丸は、棺の上に置かれたターバンに似ていた。金角湾の入り口で、二櫂の付いた哀れなボートが、縮こまった旅客とともに、幽霊のように空から落ちるレースの後ろから見え隠れした。氷のような水に喚き騒ぎ、もぐっては出る鷗たちの大騒ぎの外には、イスタンブルの死んだような日々には生き物は何もいないかのようだった。生きている者も死んだ者も経帷子に包む自然は、天の力の存在を思い起こさせるようだった。巨大な胸を思わせる二つ出窓の付いた海峡沿いの別荘の二〇クラチ（約三六メートル）沖に、俺たちは碇を下ろした。

サーリヒ・レイスは自由を抱きしめるかのように俺たちを抱きしめた。人生、年齢、肩書き、豪壮な屋敷……マグレブ出身の船長たちに対して、距離を置いて振舞ったり、見下ろすこともできた。しかしその反対に儀礼作法を忘れて、自分に船乗り言葉で遠慮なく〝レイス〟と呼びかけると、目が輝き、広間に向かって高価な絨毯を敷き詰めた部屋から他の部屋に移るときには、恥ずかしげな眼差しになった。

俺はその日、出窓の部分で柔らかなクッションにうずまる喜びを知った。雪が窓を叩き、外では骨を分かちあうことのできない犬たちが互いに食いつきあっていた。

「狼が年を取ると犬の道化となる」と言って、サーリヒ・レイスは深いため息をついた。「まあ聞かないことにして、忘れてくれ！　ところでおまえさんたちは？　メフディエに関してトゥルグトはどう考えているのか。」

火鉢の真っ赤に熾った炭が、目配せをしていた。

「トゥルグトはガフサを征服に行ったのだ、親父さん！　俺たちの二十数艘のチェクディリが、ガベス湾で時間つぶしをしている。」

「彼がガフサへ行ったと？　ガフサに何があるというのだ。」

「知らぬ！　彼には海を嫌悪する風がある。」

「彼が嫌悪するのは海なのか？」

ガラスにくっついたり、溶けたり、宮殿の埠頭を舐めに行く、水混じりの凍った透かし模様を眺めていたサーリヒ・レイスは、「大宰相はマルタ騎士団に身の程を知らしめる決意だ。知っておるか、ウルチよ」と、その心を蝕んでいるとみえる他の問題に移った。

レイスは今聞いたことをもう一度聞きたいかのように、次のように確かめた。

「マルタか？　マルタを侵略するのか、略奪するのか。」

「奴の口からは言えない……侵略だ、そうなのだ、侵略の決意だ、ウルチよ！」

「願わくは、ご存知であらせられることを。マルタの海は、水浴みの場所ではないのだ！」

「確かにそうだ、わかっておる！」

「そうなら、あんたの発言権はないのか、親父さん？」

サーリヒ・レイスはもう一度、さらに深く悩ましげにため息をついた。

「わしは今日、大提督殿を海に慣れさせる仕事をしている養育係なのだ、ウルチよ！　艦隊の頭にはソコッルはもういないのだ、彼はルーメリの藩主になった、彼の代わりにスィナン・パシャがおる。」

「スィナンというのは誰なんだ。」

「ルステムの弟だ。」

「そうか！」

「そうなのだ、この尊大な馬鹿者に櫂はどう漕ぐのか、帆をどう上げるのか、碇をどこに下ろすかを教えなければならないのだ。」

尊大な愚か者に委ねられて、四年間暇つぶししていた錆び付いた艦隊で、マルタを侵略するとは！このような気ちがいじみた、ばかげた話を聞くために、これほどの道のりを俺たちは来たのだったのか！

物思いに耽っていたレイスは、「人がどうして自分の宗教をやめるのか、あんたならわかるだろう、親父さんよ！」と呟いて、深いため息をついた。

負ける前に勝ち鬨の喚声を上げて攻撃にかかるならず者のように、風にあおられた雪が出窓から中に入りたいかのようにガラスに貼りつき、とけて落ちて見えなくなる。俺たちが暇乞いをして立ち上がろうとしたとき、サーリヒ・レイスは、綿打ちしたばかりの羊毛の敷布団で俺たちを寝かせる準備をしていると言った。
「いい日があるかもしれない」と言って付け加えた。「心地よい眠りが頭を冴えさせる」と。

東の空が白む前に、嵐はおさまった。早朝の礼拝の呼び声とともに八櫂の小舟に乗って町に行ったレイスは、午後になって戻った。ルステム以外の全ての高官は、このような困難な仕事のためには海事を知らないスィナンでは不十分だとみなしていた。アッラーが証人だ、海の獅子トゥルグトの部下に会わずには誰一人動かすことはしない、と言い張る副宰相の色黒（カラ）のアフメト・パシャは、マグレブから来たウルチ・アリ・レイスの言うことを聴くように、大臣会議の面々に圧力すらかけたのであった。

このよい報せ、この保証にもかかわらず、俺に言わせるならば、一刻も早く帰途に着くことが賢明だった。このきらびやかな環境で、何も礼儀作法を知らない俺たちは、無知ゆえに、作法に背く一歩とか、口にした一語が、ルステムあるいはスィナンによってスルタンに対する無礼な振る舞いとして伝えられた場合には、謝罪をする間もなく首が飛ぶのだ。俺は無罪放免を待つ罪人のように、レイスの口から出る決定を待っていた。その眼差しは、書見台に開けられたクルアーンのページにとまった。「よろしい」ということばを聞いて、俺は倒れそうになった。

「よろしい、行こうではないか」と彼は言った。「行って会おうではないか、このアフメト・パシャに。教会からモスクに移ったご利益があったかどうか、見てみようではないか。」

その翌日、俺は何をしているのかわからない酔いどれのように、海辺を、雪の中といい、泥の中といい構わずに歩き回って、宮殿から届く悪い報せの使者のように喚き騒ぐ鷗たちとしゃべっては、バルバロスの墓の前で、その崇高なる魂にとりなしを願い、俺の一生で失うことを恐れている唯一人の人の帰りを、胸を押しつぶされつつ待っていた。心配を、苦しみを、鎮めようと努めていたが、空しかった。今日までの俺たちにとっては、闘いとは成功という意味であった。死と向かい合うことを習ったとはいえ、苦痛が奇蹟を孕んでいることを俺はまだ知り得なかった。雲の後ろにある太陽は、窒息しているはずであった。俺は寒さと恐怖でコチコチになって埠頭で待っていた。夜のエッザーンが聞こえた頃、希望の光のようにやっと八櫂の舟のカンテラが見えた。レイスが無事に埠頭を踏んだとき、実現した奇蹟に対して俺は喜びで胸が詰まった。

二人のレイスの顔には、潔白が証明された罪人と言うよりもむしろ、勝利の雰囲気があった。望みが灰燼に帰したときに、あの愚か者の大提督とあの尊大な大宰相の、二人の邪悪な兄弟に勝利したのであった。レイスの能力は確かにたいしたものであったが、政府の高官を説得できるとは俺は考えてもみなかった。何をしたのか、どうやったのか、ともかくも結果は明らかだった——金箔のクルアーン、二枚のカフタン、トパーズを嵌め込んだ柄(つか)、春には艦隊とともに航行に参加するようにという命令書、マルタ騎士団から獲得した暁にはトゥルグトをトリポリの藩主に任命するとの勅書など。

ガベス湾に戻ると、船の漕ぎ手の席が空になったように見えた。脱走を阻止することは困難になっていた。ドリアが攻撃するとのうわさに不安になった船長たちの多くが、アルジェリアに戻るところであった。レイスは、スルタンから賜り、授けられた贈与の品々を見せて、トゥルグトが戻るまで時間を稼ごうとした。ガベスから離れて、より確かな土地に滞在するとの条件で、最後に一ヶ月の猶予を得た。ガフサに送った伝令からの報せを待っていた。

レイスたちのレイスが砂漠の天女たちではなく海の妖精を択ぶことを願って、俺は一日中祈っていた。ジェルバに戻って、今度はラス・ロッガ湾に退避した。トゥルグト・レイスが見えたら、俺たちは彼が言うことをやり、その後についていく用意ができていた。ドリアから縁起の悪い不吉な報せがあったら、船長たちは帆を上げて別れていくことを決心していた。

天の意思を人はどうしてわかることができようか！　まもなくトゥルグトは、彼が天国だと考えた地獄から手ぶらで戻った。うなだれて、後悔して、あの子供っぽい行動に言い訳は言わなかった。俺たちは冬をどこで過ごすべきだったのか。島の南側のエル・カンタラ湾は、比較的信頼できる場所であった。

「ひとつの穴からもうひとつの穴へだ！」

他になにができるというのだ。失望に打ち勝てるためには、殻に閉じこもって回復期を待たねばならなかった。

エル・カンタラのどん詰まり

ジェルバ半島を島にしているエル・カンタラの入り江をどうして水路というのだろうか。ガリオン船や大型戦艦は、海底のところどころで海面近くまで高まる岩場が隠れている、この濁った、不吉な水を避ける。喫水線の低いチェクディリですら、海底にある砂洲の間を取り囲む狭い道を知らねばならない。それらの中で、大（ケビル）という名で知られる海底の狭い道だけは、二五〇〇カンタル（約一四〇トン）を超えない船ならば、入り江の入り口にあるカスティル・ブルジュと呼ばれる放棄された砦のふもとに近寄ることができる。船荷の半分は荷を取りに来る船にここで積み、残りの半分は沖に停めた船に小舟で運ぶ。入り江の中で西の方向に進む小舟にとって、中ほどで鷗が休んでいる崩れた要塞を見落とすと、海面下に延びる壁に乗り上げることは容易だ。窪んだ部分をやっと通過できるこの城壁の二百クラチ（約三六〇メートル）先で、引き潮の時間には深さが二カルシュ（約四五センチメートル）に満たない、島と陸の間の自然の通路があって、歩いて渡る者が使っている。カンタラがブグララ湾につながることを妨げて、泥の湖の状態にしているのは、このタリク・エル・ジェマルという名で知られる〝駱駝の通路〟である。

カスティル・ブルジュは廃墟の砦である。俺たちは入り江の入り口を掌握する目的で、ここにガレー船から外した大砲をいくつか設置した。ガベスで終えられなかった手入れや修理のために、マストを外して、帆、櫂、柱、碇、ロープ、火薬樽、食料など、要するに全てを陸に上げなければならなかった。鉄工、大工のための仮小屋や寝泊りするために建てられたテントで、陸地は縁日の様相を呈した。ドリアはいつ来襲するかわからない。そのため、蟻にも勝る働きが必要だった。トゥルグト・レイスは別世界を歩いているかのようにボートのひとつに乗ってあたりを調べ、夕刻戻ってくると、独り言を言うかのように、ドリアが俺たちを追い詰めた場合に何ができるかを並べた。人生で彼の心配は部下たちの将来以外になかった。未知の国、あの世に行く前に良心を安堵させたかったのだろうか。

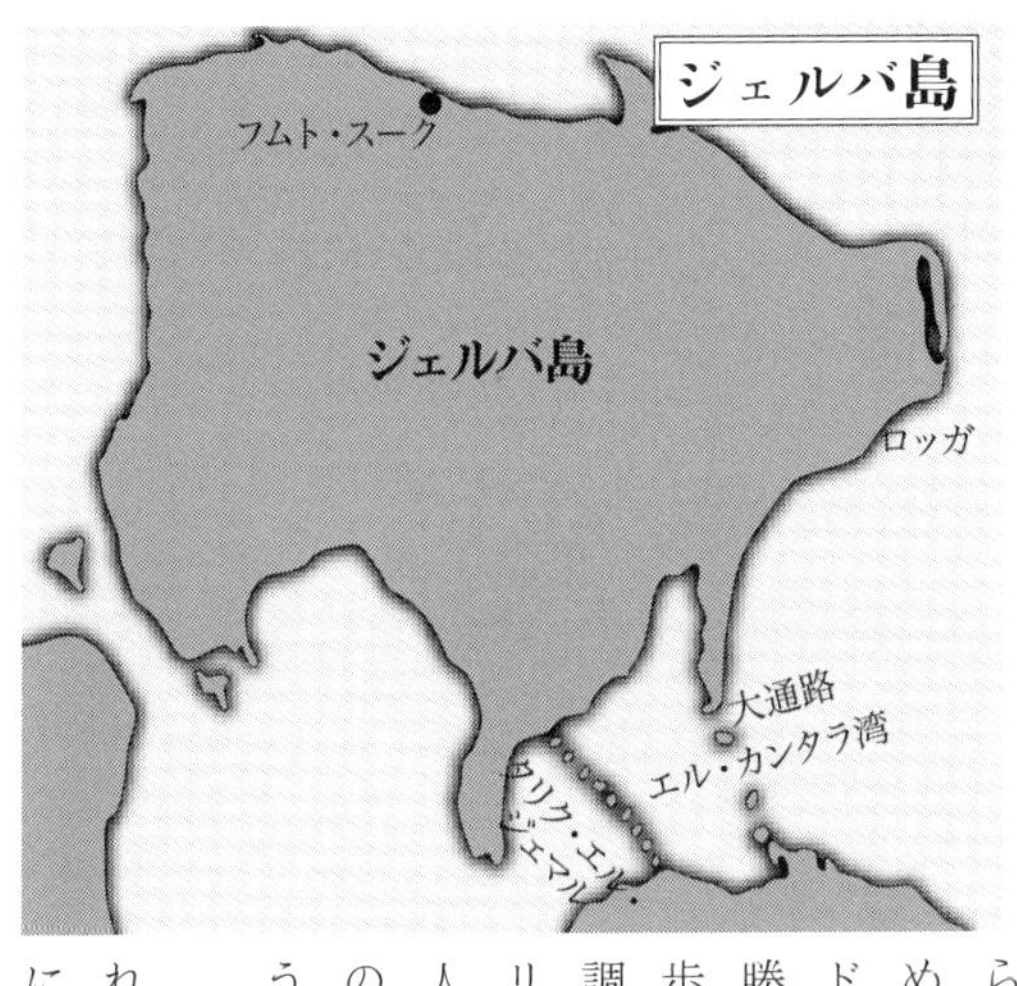

　春の最初の日々を、夾竹桃の桃色の花が飾った。手入れが終わって、滑降台から下ろされた船に持って行く前に、彼は帆、綱、碇、鎖に最後にもう一度目をとおして

いた。マストのてっぺんに取り付けられた滑車によって、恋人たちのように二艘ずつ並べられたチェクディリが、水面に出した腹に油脂が擦り込まれるのを待っていた。

季節の準備が終わる頃、俺たちが大洋の空気を吸い込もうとしたときに、入り江の出口に現れた四〇艘ばかりのガレー船が幽霊船のように水平線をふさいだ。ブルジュから次々に発射された四発の砲弾も意に介さずに、二艘のボートが入り江に向かって全速力で櫂をかいていた。五発目の砲弾がすぐ近くに落ちると、突然舵を切って、射程距離の外に出た。ドアを叩いたのは誰だったのか。ドリアか？ 俺たちは死の床にある百歳の病人を想像して、この恐ろしい可能性を頭の中から追い払おうとした。

来た者が誰であれ、俺たちは鼠のように罠に追い詰められたのだった。全ての努力は一瞬にして無に帰した。絶望感で眠れない夜が始まった。何ができただろうか。船を捨てて逃げるべきか。どこへか？ チュニジアの海岸はスペイン人の、トリポリはマルタ人のものだった。残るのはせいぜいあの惨めな砂漠があるのみだった。

夜半、闇の中で俺たちは思いがけない突破作戦に着手した。俺たちの旗を飾る月の光すら、俺たちをからかうかのように、銀色の光をこの絶望的な瞬間に敵のために捧げていた。巣に追い詰められた穴熊が穴から出るのを待っている犬たちのように入り江の入り口で待っているガレー船に、カスティル・ブルジュからの高まる大砲の音にもかかわらず、ガフサの天女たちに魅入られたかのようになっているトゥルグト・レイスからは声ひとつ出なかった。そうだ、出なかった——真っ赤に熾った炭の色のキャップを被った八人の船乗りが、稲妻の速さでボートで入り江に入って、水底に杭を打ちつけてから戻ってきたあの夜までは。あの杭のてっぺんの白い布切れは目印か、標的か、どういう意味になるのだろうか。自分の世界に浸り込んでしまっていると見えたトゥルグト・レイスが、その瞬間ゆっくりと姿勢を正したのを俺は見た。泥に打ち込んだ杭へ、杭から恋人たちのように互いに寄り添った船へと移った眼差しは、獲物を伺って、沖に並んで待っているガレー船に留まった。あの長い三年間、鼻に鼻輪をつけられた見世物の熊のように、自分を漕ぎ台に鎖で繋いだ尊大なチェクディリはどれであったのか。

　重要とも思われなかったこの悲しげな眼差しが、ひとつの転換点となった。事態は決してよくないが、俺たちはもはや敗残に直面した魂のない者たちの集団ではなかった。指導者が目を覚ましたことによって強まった、生き残るための本能、運命に頭を垂れることの痛ましい結果を、不可避なる一致協力の重要性を、船を捨てて逃げ出す傾向にあった絶望した船長たちに思い起こさせたのだ。無益な心配は徐々に、有効な活発さにとってかわられ、新しい考えが反応を受け、方法が議論され始めた。向かい合った両者の力を比較すると、正面対決は狂気の沙汰になるのはあきらかであった。深夜に突破作戦か？　満月すら敵に与した。丹精をこめた船を置いて、駱駝の通路から逃げ出すか？　ずっと以前に砂漠の真ん中から水を出した者がいたのを、書記はどこかで読んだそうだ（旧約聖書出エジプト記一七章一―六、民数記二〇章五―一一）！

「砂漠の真ん中は知らないが、あの駱駝の通路では……」とレイスは言いかけた。

　俺たちは小舟に飛び乗って、昼夜をついて〝駱駝の通路〟の秘密を解きにかかった。狭い通路の水面下の壁を越えてゆっくりと進んで、ブグララ湾への出口を塞いでいる浅瀬を俺は調べていた。

静かな水が月光の赤い明かりで明るくなる。レイスは水深計を水に下ろしては上げて深さを測り、その結果を低い声で知らせた。

「一〇カルシュ（約二・三メートル）だ！」

俺たちは少し進む。

「八カルシュだ。」

「七カルシュ、五カルシュだ！」

深さは次第に浅くなっていった。

「四……三……」

そして、もちろんのこと、その後で二、一・五、一、そして……ゼロとなるのだ！　全ての行動が恐るべき結果に向かっているかのようだった。

「三カルシュだ、少し前進しろ！」

前進した、ごくわずか。

「三だ！」

三だって？　水は浅くならないのか。神はこの哀れな僕に……。

「前進せよ！」

俺たちは、喉はかすれ、耳を澄ませ、目は月の光が照らす水に向けながら……前進した。

「三カルシュ、三、四……」

「五……七……」

「無事だ！」

俺は信じられなかった。〝駱駝の通路〟を越えて、俺たちは反対側の海に着いたのだ。

「三か？」とトゥルグトは繰り返した。「五だったら……」

その通りだった。船が砂洲の上を滑るためには、少なくとも五カルシュの水深が必要だった。

「底はどうだ？　砂か、岩か？」

砂洲の背は砂だった。

「底をさらいますか。」

「砂漠で水を探すよりもいい」とレイスは呟いた。

黎明とともに俺たちは着手した。大工や鉄工たちが昼夜働いて、背骨が大木の胴体のような筏を作った。背骨の下に、つるはしの歯をつけた馬鍬を付けた。馬鍬が水に入ると、〝駱駝の通路〟の泥状の砂に二カルシュ以上潜ることができた。入り江からブグララ湾に通過できるためには、砂洲の一番狭いところでも一五〇クラチ（約二八〇メートル）近い溝を掘らねばならなかった。船長たちは村々を歩いて――人間一人につき金貨一枚、騾馬とともに来る者には金貨二枚で――人手を集めた。漕ぎ手、日雇い労働者、騾馬、駱駝、みな一斉に筏に結び付けられたロープを掴んで引っ張り、一〇歩ごとにたまった泥を底が平らな一本マストの帆船に乗せて海に捨てた。俺たちの努力は実りがなくはなかった。しかし海底を掘るのは容易ではなかった。溝は掘られることは掘られたが、この人並みはずれた努力は、交代で昼夜働くという条件で、楽観的な計算でも八日から一〇日かかった。レイスたちですら、この泥の国で泥に埋まりながら、馬鍬を引くロープを引っ張って、「さあ、行くぞ（ヤッラー）」の掛け声で疲労困憊した労働者たちを元気づけ、この生死にかかわる仕事を一刻も早く成功させるべく努力していた。カスティル・ブルジュから時々砲声が聞こえた。今のところ心配はなかった。ドリアの船は、エル・カンタラの入り口に張り巡らせた鎖のように並んで待っていた。

「あいつらは何を待っているのだ?」

「援軍だ」とレイスはぶつぶつ言った。あと二日彼らが待っていれば、と俺は心の中で言った。

俺たちは寝ないで、幽霊のようにずっと働き、ずっと掘り続けていた。八日目の晩、ついに最後の泥の塊が海の深みに捨てられた。エル・カンタラのどん詰まりはついに突破されたのだった。俺たちは入り江の入り口で待っているドリアの安穏を脅かすトリックを考えた。つまり、船のマストを思わせる材木を海岸に立て、帆桁と思わせる棒を、たたまれた帆に似た古いテント布で包んだのだ。ドリアの見張りは、これらの偽りの証拠を、俺たちが入り江に閉じ込められたことの証明だと考えるであろう。船にある、ありったけの重いものを、船底の湾曲部に積んだ底荷、砲丸、碇、鎖、ロープ、マストすら外して、一日で砂浜に運んだ。運命は俺たちに微笑みかけ始めたのだ。上げ潮のある晩、砂洲に開けた切通しの上を大洋に向かって羽根のように滑る俺たちの空っぽの船は、希望への旅立ちの象徴のようだった。

タルベッラ岬で船を改めて装備しているとき、トゥルグト・レイスが陥っていた無気力を振り払い抜け出したことを、恐怖から発した自分たちの超人的働きを、自信を持っていたドリアの油断を突いたことを、〝責任感〟と〝無責任〟の概念の判別を、俺はしきりに考えていた。責任を持つこと……自分に、仲間たちに、敗北に、勝利に、過去に、未来に！　カンタラの窮地に数日で突破口を見出す状態にしたのは、生き残ることへの本能以外にこれをやらせたものがあったのか。ドリア殿下は待たせておけばいい、嘆くのは、今度は彼の番だ。俺たちの櫂は海の水と戯れている。大洋の風によって自由の徴のように帆は膨らんだ。

ペラジ諸島で、俺たちは今後何をなすべきかを決めるために、スルタンの〝馬上での大臣会議〟に似た〝ガレー船上での会議〟をした。覚醒したトゥルグト・レイスは、できないことをしたがるスィナンのような提督の命に従う艦隊に加わることに反対した。

「マルタ騎士団を洞穴に追い詰めるなんぞ、誰ができることか！」

「そのとおりだ……狂気の沙汰だ！」

「しかもスィナンのような出来損ないが……」

「そうだ、異議はない、狂気の沙汰だが、わしはあんたの名で約束したのだ」とレイスは言い張った。「それとは別に、わしらは一万ドゥカットもきれいに使ってしまった。今諦めたら、スルタンを騙したことになる。この勅書を読んでみてくれ！」

「そんな紙切れが保証になると思っているのか。」

「保証のかたちにもよる、親父さんよ。面倒だが、ちょっと目を通してくれ、スレイマンがあんたに与えたいのはマルタではない、トリポリ藩主なのだ！」

「それはいいが」とトゥルグトはまださからった。「ただし、マルタを征服する条件でだ！　マルタであれ、トリポリであれだ！　大提督なるスィナンという者は、生まれて初めて船に乗るのだ。海に出た羊飼いに舵がわかるか。決断する前に、サーリヒ・レイスに会おうではないか。」

辺りを見張っていた先発隊から、ガレー船に伴われた兵士満載の戦艦がジェルバに向かって進んでいるのを俺たちは知らされた。この戦士の部隊は疑いもなく、カンタラの手前で待ち伏せしている狩人の援護隊であった。トゥルグト・レイスを再び鎖に繋ぐことを夢見ている狩人を俺たちが捕らえること、奴らが待っている援軍を捕獲して奴らを滑稽な状態に貶めることは、何とも爽快な機会になるであろう……。

「よくなる病人の足元に医者は来る」と呟いたトゥルグトが微笑んだのを、長い間で初めて俺は見た。

狩に出かけた者は、ついに自分が獲物として捕らえられたのであった。幽霊のように海からとび出した俺たち二十数艘のチェクディリは、神の恵みのガレー船と、兵士満載の戦艦を一瞬のうちに完璧に捕らえてから、艦隊に参加すべくモトンに向かったのであった。

トリポリの征服

神様、この大提督なるスィナンという者はなんという呪わしい奴だったことでしょう！　兄のルステムに出世をもたらしたあのわざとらしいポーズを真似ることすらおぼつかなかった。大きなかぼちゃを思わせるその頭、皺だらけで腹の出た体、煮え切らない態度、びっくり眼(まなこ)は船に乗せられた病気の象に似ていた。病気の提督殿を絶えず見守る——一人はスペイン人でもう一人はユダヤ人の——二人の医者の議論で、何の病気か知らないが、水腫症という語が話されたのを俺は耳にした。この不機嫌な男について俺の記憶に残っている唯一のものは、鼻にかかった単調な声だった。書記官に読ませた指図の内容は俺でもわかった。まず最初に、メフディエの返還を求める。たぶん、これは拒否の回答を得る。その後から、マルタ騎士団を城に釘付けにする計画で、メフディエ島を目標と見せかけた艦隊が途中で急遽戻ることによって、庇護者のないトリポリを騎士団の手から奪う。勅書は確かにこうであった。ところが、あの無知な提督は、マルタを獲得することに決めていて、サーリヒにもトゥルグトにも耳を貸さなかったのだ。俺たちマグレブの船長たちのことなどは、そもそも考えていなかった。

あの堅固な島の港に鵞鳥（がちょう）の群れのように次々と入って罠に落ちようとしているスルタンのガレー船を、俺たちは遠くから眺めていた。数えていると、五艘、一〇艘、三〇艘……四〇艘目の後から提督の旗艦が防波堤を過ぎるや否や、突然天地を揺るがす轟音がとどろいた。両岸からの十字砲火、雹のように降る砲弾によって、港は一瞬にして煮えたぎる大鍋と化した。中に入ってしまったものの、驚愕してどうしてよいかわからず、後ずさりして逃げようとするチェクディリが互いにぶつかり合ったり、櫂が絡み合ったりして、港の中からいくつかの破片が空に飛び交った。穴に追い詰めたムカデを石で打つ悪童のように、マルタ人たちは楽しんでいた。この騒動の中で、なんとかして港の外に出ることができた者は、地獄の鬼に追われているかのごとく全力を挙げて櫂をかいて沖に向かって逃げた。沈む者、逃げる者……この痛ましい光景を見ないようにと俺は手で顔を覆っていた。マルタの砲手は、頭脳を使い、実力を証明したものの、残念ながら脳みそなしのスィナンの頭はわずかなところで逃した。

必要もないのにひどい目にあったこの敗北からの教訓によって、俺たちは、敵に対するよりも先に、言われたことには何でも反対する癖がついている俺たちの長である提督を扱う途を探し始めた。彼は、論理が示す一歩ごとに反対の理屈を唱えずにはいられなかった。敗残を受け入れられずに復讐を誓ったように見せかけて、船長たちは、いっせいに改めて攻撃することを主張するふりをした。羹に懲りてのたとえのごとく、この不機嫌な提督は、長くかかるであろう包囲のための備品の不足を口実にして、マルタに注目する前に、植民地のトリポリに戦力を向けるほうがより論理にかなうと宣言した。俺たちの計画は効を奏したのだった。

トリポリの四本の塔のある城壁は、広い入り江の西に聳えている。港を北風から守る低い岬の先にも、エル・マンドリクとよばれる塔がある。朝から夕方まで周囲を焼き尽くす太陽の下でうろつくことは、どんな肉体も耐えられるものではない。この断食月に、ガリオン船から海岸に武器を運ぶときに倒れてしまった、胃が空っぽで顔色が青ざめた船乗りを俺が眺めていたとき、旗に百合の花をつけた二艘のガレー船がエル・マンドリクの後ろから出てくるのが目に入った。

現れたのは、フランス国王が仲介のために俺たちの後を追わせたアラモン男爵ガブリエル・ド・ルイズ以外の何者でもなかった。彼は驚いたような口調で取引を始めた。陛下の軍隊は常にスルタンの艦隊を支持する用意があるが、知っている限りでは、目標はメフディエではなかったのか？　艦隊はトリポリでなにを求めているのか。マルタ騎士団の植民地に手を出すことは、全キリスト教世界をたちあがらせることになる。つまり、騎士団の先端は教皇に届くのであるから、教皇を戦線に巻き込む前に、単に、カルロスだけを相手にするようにと、アラモン男爵は暗示していた。

「カルロスからのメフディエに関する返書をわしらは長い間待っておった。いい加減な使用人によって送られた拒否の回答を受け取ったからには、なすべきことはなにもなかったのだ」と提督はつくりごとを言った。

スィナン・パシャは実のところ陰険さにかけては申し分なかった。

「さらには……マルタの友人たちと同盟を結ぶべく、マルサの港に入ることすらあえてしたのだ」と、笑いものになることもためらわずに、彼は逸話すら語った。

兄のルステムが彼を海の真ん中に送り出さなければ、自惚れ屋で、巨大な腹、巨大な頭、おしゃべりなこのスィナンは、いい野菜仲買人になっただろう。男爵の不満をこのようなばかげた物語で中断させた太鼓腹の提督は、最後の警告として、一番先の塔の前に槍を立てることを命じた。塹壕が掘られ砲弾が防護壁の後ろに並べ始められると、アラモン男爵は、マルタ人として知られている城砦の戦士たちの間に、総司令官ガスパル・ド・ヴァリエルと城砦の司令官デスロシュ、砲手たちの長のシャンベリとトルテボス・パエモのような、フランス系の騎士がいることを告白せざるを得なかった。

「彼らはフランス人か、マルタ人か?」とスィナンは侮蔑的な態度できいた。

「トルコ人かな、このマグレブ人の船長たちは?」とアラモン男爵はうまいこと言い返した。

レイスは、城砦に強制的に徴集されたがいつでも反抗する用意のあるカラブリア出身の若者たちがいることをどこからか知っていた。会見に加わる人員の中に俺たちが選ぶ代表者を入れるという条件で、男爵の仲介をまともに受けると伝えた。その提案が受け入れられて、人員が決められた。代表者の中のカラブリア人だと俺が知っている者には、城にいる同郷の者に、城砦を包囲している者たちの中に〝オシャリ〟がいることを囁くという密かな役目もあった。

交渉は結果が出ずに長引いていた。砲弾が互いに撃たれ始めた頃、城壁の背後から逃亡してきた、〝オシャリ〟という言葉しか口から出ない男がレイスの前に連れてこられた。この脱走者は、俺たちが必死に待っていた、中にいる仲間たちの代弁者だった。彼はレイスの前で、城砦の秘密を語り始めた。それによると、乾いた石で建造されたサンチャゴ塔とサンタ・バーバラ塔に砲撃が向けられた瞬間に、中にいる四百人ほどの同郷の者は連絡が〝オシャリ〟に届いたことを理解して、城砦の司令官に対して叛乱の旗を掲げることになっているのだった。

　四日目に二つの塔は同時に陥落した。開けられた通路を閉ざしにかかる者は見られなかった。ド・アラモン閣下はひどく心配して、血を流さない和平の道を探して、虐殺（みなごろし）を阻止すべく提督を説得するようサーリヒ・レイスに懇願しては、壁の背後に閉じ込められた者たちのために部下を次々と送っていた。最後には城壁の向こうに移って、自ら交渉をし、議論をし、知恵を貸し、努力の成果として、城砦の鍵と引き換えに命を助けられた騎士たちとともに、二百人ほどの勇士もマルタに連れて行くために船に乗せた。

　目ざとさのお陰で、トリポリ征伐は血を流さずに六日間で終結した。スィナンはこの安価な勝利でいい気になっていた。レイスは、自由になった同郷の者たちを祝って、彼らに人差し指のないフランシスコ派の僧侶について尋ねていた。俺はといえば、捕虜たちの中にむなしくエミリアを探していた。これほどの年月、これほどの辛苦、努力の後で、ついにトゥルグト・レイスは太守となり、俺たちはスレイマン大帝の翼の下で、安全な場所にたどりついたのだった。三日月の旗を飾った城壁の中ほどで、サーリヒ・レイスがもってきたカフタンをトゥルグトに着せようとしていた時に、どこからか、ケッレ・ハッサンが悪態をつきつつ、ひどく心配そうに現れた。鼻で荒い息をしていた。誰のさしがねか、スィナンの補佐官の宦官のムラトが、トゥルグトの代わりにトリポリの太守に任命されたというのだ。

スルタンのした約束の責任者であるレイスを、一〇人の目がいぶかしげに見つめた。サーリヒ・レイスがスルタンの勅命を袋の中から出して振ると、トゥルグトは足元のわらじ虫を見つめて、「この種のしわざにつける薬はない！　今日は提督なるこの馬鹿者、明日の長は、あの〝幸運な虱〟だ。アッラーがわしらのスルタンを、この不吉な虫けらどもから守り給わんことを」と呟いた。

彼はその手をサーリヒの肩に置いて、「偉大なるレイスの道はここにて尽きる」と付け加えた。

バルバロスから遺されたガレー船は、艫でうなだれて揺れる船旗をマストから降ろし、碇を上げて、帆を広げると、岬の突端を回る時の一発の砲声で別れを告げた。


勝利の翌日、残る者たちと別れを交わすマグレブ出身のレイスたちの顔には、哀悼の辞をのべる表情があった。チェクディリは次々に碇を上げて出て行く。スレイマン大帝の艦隊は崩壊し、知性、能力は無知と不吉にその場を譲るのだ。大洋の風で満杯に膨らんだ帆は、屍を禿鷹に渡して、再び生まれることを約して沈む太陽に向かって空を舞う鷗に似ていた。

ジェルバに戻る途中で、パロという浅瀬を迂回しているとき、サーリヒ・レイスが、スィナンの渡したメモを手にして、全速力で櫂をかいてきて俺たちに追いついた。あのどうしようもない提督はその手紙で、誤解されたことを嘆いていたのである。トリポリの太守はトゥルグトに約束されていたと、もちろん彼は知っていた。大臣たちの公式な決定が届くまで宦官のムラトをその任務に臨時に任命したということ、スルタンは、勇敢さと忠誠の見本である海の獅子を待っていると確信していること……サーリヒ・レイスは、故意になされたこの裏切りを知ったにもかかわらず、決定を早まらないように、四〇年来の同志に忠告していた。俺たちが艦隊から離れることによって、名誉と勝利の果実を無知蒙昧なスィナンに引き渡すことになるのだ。彼は、トリポリ太守をトゥルグトに与えられない場合は、ギリト島のカンディエで艦隊から別れて俺たちとともに残ることを、クルアーンの上に誓った。

サーリヒ・レイスはトゥルグトを説得し、自分がした約束をも守った。帰途、カンディエに着く前に、四十数艘のガレー船がイスタンブルに送られた艦隊から別れて、俺たちは冬を過ごすためにプレヴェザ湾に向かった。

俺は思い悩んだ。スレイマン大帝のした約束、書かれた勅書、サーリヒの努力、宰相次席の色黒(カラ)のメフメトの支持、なんといったらよいのか、全てが……ルステム、ヒュッレム、ミフリマハの三人組の回す碾き臼の石の間に粉粒となって消えたのだった。スィナンは、イスタンブルに着くやいなや、類なき英雄のように迎えられるがいい。俺たちは四年前に離れた入り江で、なす術もなく、ヴェネツィアと行き来するガリオン船を眺めて日々を過ごした。プリウリという名の者に送られたルステムの小麦満載の幾艘ものガリオン船は、噂によれば、港での関税すら免除されていた。

次々と届いた三つの報せは、陰謀屋のルステムのたくらみの報告書のようであった。春の最初の報せを感じた頃、宮廷から来た勅書でハッサン・パシャがアルジェリアの太守を免じられたこと、二番目の春の報せとともに、パシャの肩書きを与えられたサーリヒ・レイスがアルジェリアの太守に任命されたこと、第三の春の報せとともに、サーリヒの代わりにスィナンの養育係の地位が、艦隊顧問に任命されたトゥルグトに与えられたことを知った。指示によれば、トゥルグト・レイスに従う俺たちは今のところ、現在の位置にとどまり、春にこの地を通る艦隊に参加するようにとのことであった。太守を引き受ける前にイスタンブルに行かねばならなかった。文字どおり、「分割して統治せよ」の政策が実施され始めたのだった。わかるにはわかったが、一度賜った地位を取り消されることは、宮廷と俺たちの間のすべての架け橋を崩すという意味になるのだった。サーリヒ・レイスは出発する前に、誰が大提督になろうとも、春の艦隊を待つことを、四〇年来の友であるトゥルグトに約束させた。

俺の心は滅入って、別れて行った者の次第に小さくなる帆が、神秘に満ちた水平線で見えなくなるまで眺めていた。

イタリアの海岸で

　春の終わりには、俺たちがいたプレヴェザ湾に、スィナンの配下にある一三五艘のガレー船、四艘のカリタ、二艘の運貨船、それとは別に、セニョール・アラモンが自分の三艘の船の碇を下ろした。見下す雰囲気を取り去ったように見える大提督は、今回はトゥルグト・レイスを旗艦の甲板でもてなし、フランス国王の使者と一緒に準備した計画について、彼の考えを訊いた。教皇ユリウスとカルロス、パレルモ公とナポリ王ドン・ペドロ、サレルノ公とカラブリア王の摂政との間にある確執を利用して、テッラチーナ湾で俺たちに加わるフランス艦隊と協力して、カルロスの手からナポリを、ジェノヴァ人たちの手からコルシカを獲ることができるはずであったが、大提督なる者の、病気によってさらにひどくなった乏しい能力は、幸運による成り行きを理解できるレベルではなかったのだ。

　テッラチーナ湾で五日間待っていたにもかかわらず、ストロッツィの指揮下にあるフランス艦隊からは報せがなかった。俺たちはローマの港であるオスティアにまで足を伸ばしたが、そこでは艦隊に必要な食料確保に教皇の配下が直接たずさわっている一方で、ドリアが三九艘のガレー船とともに、ジェノヴァからスペッツィアに来たのを知った。彼が艦隊を集結するために向かう航路は、俺たちにはすでにわかっていた。四〇艘ばかりの船でジェノヴァから出航し、スペッツィアでトスカーナのガレー船団と合流し、ドイツ人の兵士たちを乗船させ、ナポリでドン・ペドロの船団と、メッシーナでマルタの〝ストロ〟とよばれるガレー船を補充するのだ。トゥルグト・レイスは、待ち伏せするためにテラッチナ湾に戻って、ポンツィアーネ諸島で待つことをスィナンに進言した。あの病気もちの提督が、一度だけでもトゥルグトの指示に従っていれば、あるいはまた決められていた指図を待たずにスルタンのガレー船に攻撃の命令を下したりしなければ、あの満月の晩に俺たちはあと一歩のところでドリアを取り逃すことはなかったであろう。ドリアは先発隊の後を追って諸島に来るところを、突然向きを変えて、待ち伏せしている俺たちをすれすれにかすめて、船団とともに全速力で櫂をかいてサルデーニャに逃れたのだった。マグレブ人のレイスたちは、地獄のような激しい追跡の後で、先行するホアン・デ・メンドゥサの七艘のガレー船を捕らえて、ナポリの軍隊に送られる金貨でいっぱいの金庫を手に入れたが、俺たちが体験した失望の前で喜びは喉元で引っかかった。俺たちはドリアが失敗したことと、七艘のガレー船と金貨の詰まった一四の金庫で満足せざるを得なかった。成功と考えられるこれらの戦利品を、羊飼いのように海に無知な提督に引き渡す代償に、俺たちはコルシカとパレルモを獲る用意があった。ところが……スィナンは疲れてしまったのだ！　捕虜や戦利品は、いずれにせよ、この脆弱な男の成功と記されることを知っていた。彼にはこれで十分だったのだ。同行者であるアラモンのだんなの、冬をトゥーロンで過ごすようにとの申し出にもかかわらず、提督はイスタンブルに戻ろうとした。

スィナンから報告を受けたルステムは、秋の最初のこの日に、弟の大提督のために輝かしい歓迎の儀式をも準備した。スィナンの旗艦は七艘のガレー船を従えて、岸辺に群がる人々の勝利の歓声の中をボスフォラス海峡を、金角湾を、宮廷の海辺の屋敷の前を、一週間の間徘徊した。これほどのひどい陰謀は俺を嫌悪させたが、とはいえ頭をたれて従うしかなかったのだ。ひどく祭り上げられた、テンの毛皮のカフタンを着たあの男が、愚か者であるにもかかわらず、鼻輪をつけた山熊のように見世物にしている七艘のガレー船は、いったい誰のお陰で獲得されたのだったか！

怠惰と悲観主義のうちに過ごした冬の間中、造船所内で、はっきりしない噂が汚水のように広がり始めた。スレイマン大帝を不思議な病が蝕んでいるそうだ、軍隊を指揮できる状態ではないという。アナトリアの連隊は総司令官が必要だそうだ、皇太子のムスタファが父親を帝位から降ろす目的で、アマシヤ周辺に軍隊を整えて、ペルシャのシャーの弟ミルザと組んだそうだ！　母親がマヒデヴランであるこの皇太子は、自分の息子を帝位につけたいヒュッレムを妨げる皇子であった。三人組の企てた避けることのできない陰謀を疑う俺たちがムスタファのために祈っていた頃、ルステムがアナトリアの平野に向かって出発したことを知った。

旗に百合の花をつけた三〇艘のガレー船が港に入ったのを見たとき、俺は驚いた。解任されたストロッツィの代わりに復帰したポーランは、テッラチーナでの待ち伏せを逃した後で、若いサレルノ公をも伴い、金角湾くんだりまで来ることを選んだのだった。スルタンがトゥルグトの配下に四○艘のガレー船を賜ることも、もともと彼の主張によって実現したのであった。春の終わりに、俺たちは、ポーラン船団とともに、あの陰険な化け物たちによって蝕まれているイスタンブルの豪壮な丸屋根を後にして、あのきらびやかな町にひっそりと別れを告げたのであった。

　百合の花のついた旗と三日月のついた旗で飾られた巨大なモトン湾は、春が過ぎたのに色褪せることのない花畑のように俺の目には見えた。昨日と今日を目の前に見せる象徴が一五年間で初めてともに並ぶこと、全ての権力に対して自分の足で立つために一生涯、嵐にも、いかなる動揺においても、やむなく一八○度向きを変えざるを得ないわけではないことを俺に思い起こさせた。この心穏やかな環境で、現在が過去と混じり合うことは将来への自信を植え付けて、この瞬間の喜びを味わうために、心の中の震えを、思考の圧力、経験の忠告、現実的可能性の外に置いておくべく努力し、幸せが空想の海で道に迷った言葉のように理解されるのを避けていた。入り江に入ってきた百合の花の紋章の三艘の新しい船は、俺の努力を支えるかのようだった。これらのガレー船が俺に子供時代の世界の神聖な思い出をもたらしたのを感じ、俺は過ぎ去った時間、越えてきた距離、定義する場所を解き明かそうとしていた。証明を必要としない回避の予感！　埠頭に現れたサン・ブランカル男爵の真っ白になった顎鬚は、三日間だけ王様にお仕えしたわたし奴(め)が、あの子供が、死んだような海で集めた睡蓮に似ていた。彼はコルフから来て、アンリ国王からトゥルグト・レイスに宛てて書かれた書簡を手に持っていた。飾り立てた文で〝壮麗なるトゥルグト殿〟と手紙は始まっていた。「われらは貴殿の長年にわたる経験と勇敢さを賞讃している」と書かれていて、最後に、「創造主たる万能の神が貴殿をその聖なる庇護の下におかんことを禱願する。フォンテーヌブローにて筆を執る。一五五三年六月六日、アンリ・クラウス」とあった。

王は、味方と敵を明らかにする、賛辞溢れる書簡で、海岸の町で行われることになる〝自分の軍も陸から援護するであろう〟襲撃において、手に入れるであろう戦利品をトゥルグトに差し出していた。陸からの援護とは？ どこの陸地について話をしているのか、アンリ・クラウス陛下は？

「シエナだ」とムッシュ・ポーランは明らかにした。

「シエナだと？ シエナへ行くにはガレー船ではなくて、騾馬が要る」とレイスはあきれ返って呟いた。

ポーラン・ド・ラ・ガルドによれば、一族内での諍いに、つまり、スペイン戦線、ドイツ戦線、フランドル州内の問題に、教皇ユリウスに、そしてあのルターという名の僧侶にうんざりしたカルロスは、神聖ローマ帝国議会に王国の帝位から降りると威していた。ちょうどいい時期だから、トスカーナ公国も奪って、彼をひどく痛めつけるのは悪い考えではなかった。フランス軍がシエナに向かって進軍している頃、ポーランとトゥルグトはリヴォルノ海岸から襲撃するはずであった。オトラントからピサにいたる略奪の戦利品が、この仕事の支払いとなるであろう。俺はそわそわする一方で、同盟もし、同胞でもあるポーランの部下たちと、距離をおいておかなければならなかった。このやむをえない共同行動は、両方の乗組員たちの頭から、信心のない異教徒と同じ側に立つことからくる居心地の悪さをなくすには十分でなかったのだ。フローリン金貨、ドゥカット金貨の魅力を前に異端の概念をも忘れてしまう商人たちとは反対に、戦闘の中で育ったこの男たちは、信仰のために戦う磨きのかかった戦士たちであった。その配下のキリスト教徒の兵士たちを、イスラム教徒たちとともに、しかもイスラムに改宗した者たちの側で、教皇の信者たちに対して闘うべく送りだすムッシュ・ポーランの状況は、決して気分のよいものではなかった。

　コトロネの近くで、カラブリアの暴君ドン・ペドロ・ド・ウッリエルが、スキラチェ海に近いロック城に滞在していることを俺たちは知った。コロンナと名付けられた岬を回るとき、百合の花の紋章をつけたガレー船が先頭を行き、俺たちのカリタは後に続いた。入り江と、遠ざかる岬に近い海岸を物思いに耽って眺めていたレイスは、突然眉をしかめてその目を前方を行くチェクディリを見つめて、猛獣のように姿勢を正した。ポーランのガレー船が水面の高さにある城砦の前に兵士を上陸させていた。俺がまさにこの城砦の名を尋ねようとしたとき、レイスはびっくりしている総舵手を押しのけて舵を掴んで、低いが聞き取れる声で、「前へ（アヴァンティ）」と喚いた。鯖の後を追うメカジキのように、ガレー船はとび出した。俺はびっくりして口をあんぐりとあけたままだった。ポーランのレアル号に向かって弓から離たれた矢のように進んだ。レイスは友人の提督を舳先の鉄爪にかけるつもりだったのだろうか。まさに衝突する寸前に、一〇クラチ（約一八メートル）の距離で回転して狂った悪魔のようにレアル号と並ぶと、暗闇で遠吠えする狼のように叫んだのだった。

「男爵！　命が惜しかったら、部下を引き返させよ！」

　誰もと同じように、ポーランもこの理由のない憤怒のわけがわからなかった。〝オシャリ〟は冗談をする性質（たち）ではなかった。手は半月刀の柄を掴み、目はポーランを睨みつけ、フランス人の船に飛び移ろうとしたとき、トゥルグト・レイスが急場に間に合った。

「ウルチよ！」

「ウルチもムルチも聞かぬ！」とレイスは喚いた。「直ちにあの犬どもを船に乗船させろ。」

一五年の間、彼の影のようにその傍らにいた俺も、このように狂おしい激しさを見たことはなかった。トゥルグト・レイスが来たことで安堵したポーランは、兵士たちを呼び戻そうとしたのだが……。

「どうもこうもない、直ちにせよ」とトゥルグトは呟いた。「一生涯眺めていた海岸で、何年も後で、幻想のように見えていた入り江に出遭うことがある。幻想は足を踏み入れた瞬間、神聖さを失う。ためらわずに進め、わが友よ。何ものも心情を止めることはできぬのだ。」

子守唄を歌うかのように砂浜をなめる疲れた漣（さざなみ）は、蜃気楼からあがってくる蒸気に別れを告げた。過去において、遠くを流れるローヌ川の水は時間と空間を越えてこの入り江で出会い、彼の常にない激しさの理由を俺に明らかにしていた。

もう俺にはレイスの生まれ故郷がわかったのだった。


ラ・カステッラといわれるこの小さい入り江を俺たちは平穏のままにそっとしておいた。エルベ島のムッシュ・ド・テルメという名の男から、シエナを征服したアンリ王の軍勢がコルシカの征服を準備していることを俺たちは知らされた。

五日のうちに、バスティアへ、翌日はサン・フロランに、四日後には、山中にあるコルトに、そして、最後にボニファキオに俺たちはフランス国旗を掲げた。協定に反して、ポーランは、トゥルグト・レイスに略奪を妨げるように求めた。あと残るは、アジャクシオとカルヴィだった。最初にカルヴィか？　俺たちは北に向かって出発したが、スペインの三連隊がカルヴィの城壁の内に置かれていた。秋が来て、過ぎて行った。戦利品の面で失望したトゥルグトは、ポーランに三万エキュの賠償を求めた。宮廷のお偉方は報酬を待っていた。国王から援助を得られないポーランは、トゥルグトにカルヴィ略奪を約束して、宮廷に贈答品を持っていく必要のないことをしきりに言っていた。いわく、政府の大臣たちも、宮廷のスルタンもイスタンブルにはいないのだと。ヴェネツィアから送られる報せのお陰で、絶えず報せを受けるムッシュ・ド・テルメの言うところによれば、スレイマン大帝は軍の最高司令官として、ペルシャのシャー・タフマスプに身の程を知らしめに行ったそうだ。

「いつのことだ？」

「八月の最後の日にだ」とポーランは言った。夏の終わりの、軍が総司令部に戻る準備をしている頃、ペルシャのシャーに対する征伐にどういう意味があるというのだろうか。この話には何か怪しいところがあった。

そう、この時期外れの行幸の恐ろしい秘密を、俺たちは金角湾に碇を下ろしたときに知った。トルコで、〝立法者(カーヌーニ)〟、ヨーロッパで〝壮麗(マグニフィセント)〟と呼ばれているスルタン・スレイマン大帝は、長男のムスタファを絞め殺させるために行幸をしたのだった。国家の仕事を相談する口実で呼び寄せた、自分を崇拝する愛する息子を大テントの中で、啞たちの油脂を塗った投げ縄に引き渡すことになんら不都合を見なかったのである。王冠を被った淫売の野心の犠牲にされた、三十八歳の端麗で、勇気ある、礼節を知る、教養ある、周到な皇太子のために、人々はこぞって涙を流した。あのヒュッレムという飾り立てた女はスルタンの死後皇太后になることを妄想し、愛する息子バヤズィトに帝位への道をあけるために、何人もの価値ある人々を、また多くの人々の価値を、ためらうことなく踏みにじっていた。俺たちが出航する前に、民衆の頭を混乱させた、ルステムの広めた薄汚い噂を聞いてはいたが、海賊であれ、最悪の悪魔であれ、人間の中の誰がこのような嫌悪すべき狡猾さを思いつくだろうか。怒りに駆られて、ならず者の息子を殺すことはあるかも知れないが、息子の自分に対する愛を餌に利用して罠に陥れることは決してしない。否、決して、誰であっても、これらの海の盗賊の誰であっても、養子にした〝他人のこども〟に対してすらこのようなひどいことは認めない。〝壮麗（マグニフィセント）〟なる形容詞はどの美徳によるのか。蜘蛛の巣に絡んで、のたうち回る蝶のように、陰謀に自分の心を奪われた立法者（カーヌーニ）の法律（カーヌーン）が俺たちに何を語るのか！　あのルステムの蜘蛛が、たくらみ、謀をしつつ、息子たちの中の一番いい者を蜘蛛の巣に引っかけて、最後には父親に絞殺させたのであった。その息子は、大臣のアフメト・パシャが警告し、嘆願したにもかかわらず、表敬のために、父親の手に口づけをすべく信頼してその傍らに赴いたのであった。ルステムの首を討つことを望む兵士たちが叛乱に立ち上がらなければ、威厳が揺らいだあの〝壮麗なる〟スレイマンが、ルステムの代わりに軍が尊敬し、民衆の賛嘆を勝ち取っていたアフメト・パシャのような人物を連れてこなかったら、事件に嫌悪を感じていた俺たちは、二度と戻ることのない途に出ることをすでに決意していたのであった。アフメト・パシャは、死ぬまで解任されないという条件でこの職務を受け入れた。スレイマン大帝は約束することはした。そう、〝死ぬまで〟と。それはいいが、死は、何によるのか。この品行方正で、忠実で、誠意ある人物は、どうして諾（イエス）と言ったのか。〔その約束にもかかわらず、一五五五年に処刑された。〕

その年の終わりには、ルステムは寵を失い、格下げされた。提督のスィナンが病で死ぬと、約六〇艘の船からなる艦隊は、大提督の地位にふさわしいとは認められないトゥルグトに任された。マルタの船団の長となったラ・ヴァレットという名の者は、シチリアとペラジ諸島の間にある海で賦課税をとっていた。このラ・ヴァレットは過去において、その頃トゥルグトの補佐をしていたキョステクリ・レイスに捕えられて漕ぎ手として鎖につながれていたことがあった。レイスは、アラビア語、トルコ語を含めて七つの言語を話す、プロヴァンス出身のこのマルタ人の価値を認めていることを隠そうとしなかった。身代金を払われて自由の身になったラ・ヴァレットは後に、トゥルグトが捕囚から救われることになった身代金の交渉で役に立った。このマルタ人は夏の終わりには、メリッラからのガリオン船一艘と、トリポリ藩主に送られた鉄の鋳造物満載の別の商船と、イェニチェリ軍に召集された者の運搬のためにオスマン帝国の艦隊によって賃貸借されたヴェネツィアの大型船を戦利品の中に数えていた。命を受けて、ナポリの前で姿を見せざるを得なくなったトゥルグトは、右腕と頼むウルチに、二人のマグレブ人のレイスを連れてこの無敵の猟人を捕獲するように求めた。

相手がよく知っている海で動いている海賊を探すときは、探す側にとって海は果てしなく見えるものだ。このラ・ヴァレットは、シチリアのリカータにいるかと思えば、トリポリの海にあるタチュラの近くに幽霊のように現れては消えるのだった。レイスは、海を探す前に、マルタとケルケンナを中に含む円の中心点のように見えるペラジ諸島で待つことを選んだ。

海のただ中で、ほとんど見えない、厳しい外見を持つランペドゥーサ島は、海の怒りに挑む岩の積み重なりである。この険しい、無人の小島は、災難で助かった者に希望を与える世界でただひとつの避難所である。波、暴風、つむじ風、灼熱の太陽……死の天使アズラエルの仲間であるそれらは、死に瀕した災難を受けた者に新たに呼吸を与えるべく努め、死の天使を断念させるのだ。未来に向かって開かれた道は、それらの不幸な人々を山の斜面の洞穴の中に、無名の聖人の墓所とその枕元に刻まれた切り株の正面に描かれた聖母マリアの姿に向かわせる。地面に埋められた水溜場にはいつも水が、慈善のために片隅に置かれた籠の中にはオリーヴ、棗、干した無花果、乾パンがあって、生き返り、過去を問いただし、将来を心配する、ひどい目にあった事故の被害者たちの目に希望の光のように輝くのだ。人生は、終わったと思われた点から再び芽ぶいて、神秘的な土の山と干からびた一本の木の根元で希望が再び生まれるのだ。何を信じていようと、死から生に戻り、苦しみから教訓を得た幸運な人間は、残りの人生を、その心の中に愛を不死のものとする神殿の基盤を作るために過ごす。事故の犠牲者、逃亡者、イスラム教徒、キリスト教徒……ランペドゥーサ島では誰も他の者を襲うことはしない。事故にあった者たちはこの神聖な場所で、食べ、飲み、眠りに出会うのである。そこを通りかかる船に飛び乗って人間社会の生活に戻るあの幸せな日まで。

ピンクっぽい光が、入り江に碇を下ろした小さな船を見張っているかのようだった。やっと五百カンタル（約二八トン）ばかりの大きさのこの古い船は、遠くから見ると、洪水が襲った渓谷で、狼が来るのも心配しないで水面にある苔を食む年老いた雄山羊に似ていた。ヴェネツィアの海でみられるマルチリアネ船を思わせる、艫、舳先が平たい外観を持つ船は、ある者は手に籠を持ち、ある者は松葉杖をついて洞穴によじ登った巡礼者の帰りを待っているのであろう。この船はそれほど遠方から来たのだったのか。この庇護者のない羊はそれほど安心して寛いでいるのか。

揺れる碇の鎖の音で、ゆすぶられた俺の注意は、この不恰好な船の上に猛禽のように飛び掛り、そこから、翼を羽ばたく鳩のように山の斜面の洞穴の入り口に向かって高く舞いあがる。沈む太陽の光が空を色とりどりに染めて、紫っぽい光を暗くなりつつある水に付け加える。魔法の息吹が俺たちの頭上で、雲と戯れて、にこやかな霊感の妖精の肖像画を描きにかかる。俺の空想の中で生きている妖精は厩舎で芽生えた愛の微笑み、エミリアだ！　巡礼者たちは影を水面に映して、小径をゆっくりと降りてくる。洞穴の後方に現れた三日月とともに、マストの支索にもたれて雲を眺めていたレイスが水の上を歩くのを俺は見た。そして小道に着いたのを、それから空の唇の間から生まれつつある月の光に向かって上昇していくのをいっとき俺は見た。幻だったのか？　この奇妙な光景は、母親から聞いた物語が現れたものだったのか。

船のひとつから高まるエッザーンは、帆を上げて沖に出てゆくあの不思議な船にあたかも挨拶を送るかのようだった。海岸の砂利の上には、三日月を思い出させる切り分けられた西瓜の皮が、少し前方には十字架の形に置かれた二本の松葉杖があった。前方の上甲板にもたれて物思いに耽るレイスの、世界の重荷を担うアトラスを思わせる広い肩が、俺には少し猫背になったように思えた。時間の彼方に固定された夜の中で、何世紀もの希望を、絶望的に待っている物憂い状態があった。

一二艘の船が一二日間、シチリアからジェルバへ、ケルケンナからメディナへ、海岸の隅々までを調べた後で、出発点にむなしく戻った。ラ・ヴァレットは消えてしまったのだ。

一二日間の後で、この癪にさわるマルタ人が家に戻るのを待っていた時、マルタに向かって進む、俺たちのカリタによく似た一艘の船に俺たちは気がついた。こいつは敵に庇護を求める逃亡者だったのだろうか。胸のところに描かれた十字を自慢げに見せている操舵手を捕えることは、いとも容易だった。惨めな状態の船と、やっと一〇人ほどの戦士で、戦闘をする状態ではなかった。賢く振舞って、降参したにもかかわらず俺たちの質問にこたえようとしなかった。

「お前の名は?」

「ハイメ……ロザーダです。」

「この船を泳いで手に入れたのか?」

「……」

「おまえ自身の船はどこか?」

「船長の権限は俺にはない!」

「お前は騎士ではないのか。」

「そうだ。」

「なら、この戦利品はお前のご主人の騎士がくれたのか。その老練の騎士は誰か。」

「……」

「その名は？」

「メイモン。」

「どこにいるのか。」

「知りません。」

「よろしい……ラ・ヴァレットは？」

「知りません。」

その背に打ち下ろされた鞭が、一度、五度……。

「知りません、知りません……」

ハイメ・ロザーダはお偉方の計画についてはなにも知らなかった。彼が言うことを避けていた事件は、鎖から解放された百人ほどの漕ぎ手が明らかにした。これは、メディナの近くでラ・ヴァレットによって捕えられ漕ぎ手にされた、アブドゥルラフマン・キョステクリの船であったのだ。何年も前に自分を漕ぎ手として漕ぎ台に縛った者を、捕えて、漕ぎ手にすることはめったにあることではない。万事がうまく行くのだろうか、この罰当たりのラ・ヴァレットの幸運は。

マルタ人を捕らえたという幸運を俺たちはうまく使わなければならない。この厳しい敵をもっとよく知るために、俺はハイメを漕ぎ台には繋がなかった。マストの元に鎖で繋がれた、頬骨に傷痕のある、鉤鼻で、大柄な男は真っ黒い目をしていた。飲むことも食べることもせずに、さまざまな言葉で話しかけてみたが無駄だった。ついにある日、彼の黙秘に耐えられずに俺は攻めた。

「何で黒を着ている？（クモ・ヴァ・ケ・シエス・ヴェスティ・デ・ネグレ） 喪中なのか、それなら死んでしまえ（テ・クレーボ）」と、からかう口調で俺は叫んだ。

彼は憎悪に満ちた眼差しで、「俺が喪に服しているのを嗤うな！（ヌン・デュン・ゴイ！ リゲス・パス・デ・ムン・ドウ） お前やお前たちの仲間が生きている限り、俺は喪に服す……（オー、ル・プルタライ・タン・ケ・テュ・エ・レイ・ティエウ・サレス・エン・アケストゥ・ムンデ）」と言い返した。

歌うことを拒否していた俺たちの鳥は、プロヴァンス語を知っていたわけだ！ 一縷の希望の光だ。

「どうやって習ったのだ？」

この言葉を、と俺は言いそうになった。

「まさにお前のようにだ」と彼は俺の言葉をさえぎった。

「だが、俺はプロヴァンス出身だ。」

彼は納得しなかった。

「そのどこだ？」

「ボーケールからだ。」

彼は縁日の評判を知っていて、聞いたことがあるという。改宗してもしなくても、俺が洗礼を受けていたことが彼を喜ばせた。俺は、拷問をするような残酷者には見えなかった。もしかしたら、やむをえない時には、彼を助けてくれるかも知れなかった。ハイメ自身はカスティリヤ人であるにもかかわらずプロヴァンス生まれのラ・ヴァレットをカタルーニャ人のメイモンよりは好んでいた。横柄で、軽蔑的な雰囲気をしているものの、高貴な〝青い血〟の貴族たちに特有な自惚れはなかった。彼は頭でレイスを指し示して、「あれは誰だ」ときいた。

「彼も……本当はカラブリア人だ。」

「トルコ人ではないのか、あんたたちは。」

「その通りだ。トルコ人と言われる、俺たちは。カスティリア人のお前と、プロヴァンス人のラ・ヴァレットや、カタルーニャ人のメイモンがマルタ人であるようにだ！」

「俺たちはマルタ人ではない。俺たちは、聖ヨハネ騎士団に仕える者だ。」

このような著名な、輝かしい組織のメンバーであることに、彼が誇りを感じていることがその声から俺には感じられた。

「聖ヤッヒャと預言者の後継者のカリフとの間に問題があるのか？」

「ヤッヒャとは誰のことか？」

「聖ヨハネだ……、バプチストの」と俺は説明した。

「ならば、後継者のカリフとは？」

「現在はスルタン・スレイマンだ。俺が聞いた限りでは、彼はひれ伏して祈るとき、聖ヨハネに慈悲を乞うそうだ。」

驚いたハイメは言った。

「だがしかし、お前の忌々しいソロモンではなかったのか、あの聖人と戦ったのは？」

「どこでだ？　いつのことだ？」

「あの……その……お前も俺もまだ生まれていなかった、そのときは。」

思い出そうとしたハイメは、最後には時間も場所もまぜこぜにした。

「そうだ、ロードス島でだ。」

「その時以来、喪に服しているのか。」

「見ての通り俺の服は真っ黒だ。確かにそうだ、俺は喪に服している。騎士たちは、彼らは復讐の赤を着る。あんたのカリフも何のことかよく知っているはずだ。」

「お前はまだ騎士にならなかったのか？」

俺の問いはあいまいにきこえたようだ。身代金の額を決めるために、俺が何か引き出そうとしているとでも思ったのか！　彼の悲しげな眼差しを、俺の目は見逃さなかった。

「俺は騎士ではない。騎士になるためには、八代にわたって貴族でなければならない。」

その声には軽い自嘲があった、彼は付け加えた。

「しかも、俺のために誰が身代金を払うものか。」

「どうしてだ？」

「なぜなら」とハイメはうなだれた。「俺たちの間では、凡庸であることは罪になるのだ。」

秋の中頃。イスタンブルへ帰る道すがら、俺はハイメ・ロザーダとしばしば語りあった。子供時代のこと、偶然について、運命について、俺たちは話した。彼はマルタにいる騎士団のことを俺に話した。それによれば、騎士たちのほかに、修行僧、仕える者たち、寄付をしてそこで生活することを望む者すら島にはいるそうだ。マルタ島とは別に、多くの国にも、修道院、教会、大麦の畑があるそうだ。マルタでは、八つの言語が話されるようだ。伝統に従って、財務、造船所、倉庫の責任者である〝えらい親方〟は、プロヴァンス系の者の間から選ばれるそうだ。孤児院や病院の責任者である慈善施設は大抵フランス人、守備団の長はドイツ人、シャンショリエと言われる印章関係はカスティリア人、羅紗屋はアラゴン人、厩舎を経営するのはイギリス人だった。組織の母体である艦隊は、もっとも経験のある、もっとも堅固な者に任されるそうだ。大親方の留守中はその代わりにオーヴェルニュ生まれの騎士がみていた。

「その大親方というのは誰だ?」

「その度に選挙で選ばれる貴族だ。」

「誰が選ぶのだ?」

「騎士たちだ。」

「それはいいが、彼らは祈禱をするのか、それとも戦に行くのか?」

「祈禱もするし、戦にも加わる。」

「海賊業もするのか?」

「我々には教皇の許可がある。」

「略奪のためか?」

「お望みなら、我々は海賊であると言おう。」

「略奪者から海賊にまで! ここだけの話だが、この必要な許可を出すのは誰か?」

「そりゃもちろん! 略奪品の一部をもらうという意味では、支配者の全てだ。」

マルタ人に与えられた許可書に対して誰がなんと言えたか。彼らは俺たちがアルジェリアの殿様に支払う二倍を教皇に払っていたのだ。計算は、教皇の分け前を除いた後で、残ったものの一二パーセントを大親方に、一パーセントずつを修道院と裁判官たちに、地下牢の番人のアルゴンズィーに……と分け前が配られた後に、生命の危険を冒して戦利品を獲得した船長の騎士に一一パーセント残る。その一一パーセントですら、自分のために、かなりのガレー船を装備できるのだった。

「わかったが、一文無しになることに関する誓約とは？」

巨大なガレー船を装備したのは、金持ちになるためではない、異教徒と闘うためなのだ。事実、あの世に行ったとき、騎士たちには、後に残す遺産もなければ、世継ぎもないのだ。

「ならば、ハイメ、あのお前の騎士のメイモンが、子供を持ったことがあるかどうか本人に訊いたのか。」

なんでそんな必要があるのかと言うように、ハイメは肩をすくめた。

「行って、マルタの娼婦たちの胎に何を宿したかと聞くわけには行かぬ！」

ハイメ・ロザーダは、肩幅の広い、頑丈な身体の、がっしりした男だった。鎚矛を握るために作られたかのような熊手のような手、狭い額、角ばった顎……これらは知的な遊びには関心を持たない人間の徴だった。身体は石のようだった。

「組織に入れるためには、頑丈な身体つきでなければならない」と言って自慢げに胸を張った。

俺に親近感を持っていて、もう俺のことを、イスラムに改宗した他の者のようには見なかった。

俺の過去を知りたがったので、俺は話した。一生を修道院の壁の後ろで過ごしたいとは思わないことを言った。

「僧のマントを着ることを誰があんたに強いることができるか」と異をとなえた。

「慣わしだ。ヴォヴェールに親父の領地があった。」

「へえ！　あんたは下の息子だった、そうなのか？」

「そうだ。」

ハイメによれば、聖ヨハネの騎士たちの多くは高い家柄の下の息子たちであった。

「黴が生えることを望まない者はずらかるものだ。あんたはどうしてしなかったのか」と彼は責めた。

「マルセーユに戻ることができていたら、もしかして。たしかあそこには、あんたたちの組織の修道院や、旅籠や浴場（ハマム）がある。それはいいが、あの……教皇がいなければ、マルタは……」

「いいや、大げさに言うな」とハイメは異を唱えた。「教皇は自分の分け前を獲る、それだけだ。国王や皇子たちに対して俺たちは頭を下げない。本当は彼らが俺たちの後を追うのだ。自分たちが船を出すからと頼むのだ。俺たちは決して頼るあてに困ることはないのだ。正統であること……」

その通りだ。何ヶ月も前に、俺たちが見捨てられて、ドリアが俺たちを追っていた頃、俺たちマグレブ出身の船長たちは、どこに逃れるべきかわからない状態になった。トゥルグト・レイスは安全を砂漠にもとめたのだった。

「何がなければならないと、さっきお前は言ったのだったか？」

「正統性」とハイメは繰り返した。「正統であるためには、自分がなくてはならないものにならなければいけない、わかるか。」

　無頓着な外見にもかかわらずハイメは賢かった。彼が語ったことから、宗教のために闘う騎士の情熱が十字軍以来絶えていたことがわかった。寄付をする者たちは全財産を寄付して組織の翼の下に身を寄せる。卑しい農奴、貴族の次男以下、もう通用しなくなった社会の規則によって傷めつけられ逃げ出した者たち……これらの勇敢な戦士たちにとって、目標は、彼らを無視した伝統を今日も守護することではなかったのだ！　陸で、海で戦って、英雄になったり殉教者になったりする、これらの生まれながらに葬られた人々は、父祖に復讐するかのように、棺を踏みつける権利をついに得たのだった。その比翼の下に、守られるべき猛禽として滞在している限り、生きる権利を認められたと知り、元々なすべきことをしているのだった。

　少しして、突然、「幸いなるかな、義を求める者、その人は飽くことを得ん！」と、ハイメはため息をつき始めた。

「それはどういう意味か」と俺は訊いた。

　床に敷くのに使用していたマントを肩にかけて、「なんでもない」と呟いた。

「俺の胸にかけてある十字架を見てくれ。四つ葉のクローバーだ。それぞれの葉に二つの先が、つまり八本の先がある。これはイエス様から出ている言葉だ、幸せにいたる道は八本の腕に分かれる。」

「正統であることとそれがどんな関係があるのか。」

「正義を求める者とか？」

「そうだ。」

「俺にとってこれはあの八本の腕のうちの最初のものだ。」

「わかった、そのほかの七本は？」

ハイメ・ロザーダはそれらを覚えていなかった。

「それなら、最後のは！　幸いなるかな、正義のために命を失った者たちなのか？」

彼はそれは聞いたことがなかった。

ジェルバの勝利

この世の都イスタンブルは、あたかも尽きることのない混沌としてこの地上に建てられたかのようだった。スレイマン大帝は地方への行幸中で、留守を守る大宰相であるカラ・アフメト・パシャは有能であったにもかかわらず、大臣会議の決定の隠れた力の大きさが次第に目につき始めた。奇妙な形で、重要なポストから、価値のある、清廉な人物が外され、その代わりにおべっか使いだの陰謀屋だのが次々に任命されていった。レイスたちの最年長で著名な地図製作者であるピーリーは、配下にあった老朽船がアラビア海でポルトガルのガレー船団を圧倒できなかった咎で、エジプトで処刑された。トゥルグト・レイスはというと、その経験といい、有能さといい、名声といい、艦隊の長として宮廷の指示に従っていたにもかかわらず、なぜかオスマン海軍の大提督の地位にふさわしいとは認められなかった。冬が終わる頃、大宰相のアフメト・パシャの激しい反対にもかかわらず、大臣会議によってこの地位に、安っぽい書記のようなピヤーレという者が任命されたのを聞いたときは、俺たちはびっくりして、何と言ってよいかわからなかった。サーリヒ・レイスがあの海を知らぬ羊飼いのようなスィナンを養育したように、これからはトゥルグト・レイスもこのピヤーレの養育係を務めることになるのだ。

俺は、その夏三十歳になったが、自分が年取ったと感じていた。トゥルグト・レイスが新しい提督にその仕事を教えに行くとき、俺たちは造船所で働き続けていた。銀貨四〇枚の日当で、スルタンの守護船長の地位に任命されたウルチ・アリは、手も足も縛られた状態であった。怠惰で、たいくつな時間だった！　時は過ぎていった。金角湾の淀んだ水を、ヒュッレムを、ルステムを、俺たちを封じている権力を呪っては、俺は一日を過ごしていた。ペルシャのシャーを追ったり、自分の息子の皇太子のムスタファを絞殺させたりした二年間の後で、スルタンの〝勝利の〟帰還を、トゥルグトは見ることができなかった。なぜならその一ヶ月前に出航していたから。

ほっそりした漕ぎ舟(カンジャバシュ)、軍需品を積んだガリオン船、艀によって、軍全体をボスフォラス海峡の一方から対岸に移すべく、ウスキュダル湾で俺たちは待機していた。俺の仕事は、海軍を代表する栄光ある席に位置を占めることであった。

腰に半月刀、肩にはアライボザンと呼ばれる信管つきの鉄砲で装備したイェニチェリ兵の後から、カフタンを着たり、色とりどりの服装をして、ある者は長靴を履き、ある者は大砲の胴に似た筒状のターバンをつけて、埠頭に下りる政府の高官たちや、法官たち、イェニチェリの護衛たち、長老たち、僧侶たち、首にとんがり帽子の端をまいた砲手たちが、あの世から戻ってくるかのように、ゆっくりした足取りで進んでいた。騎馬兵や歩兵たちの真ん中で二頭の駱駝の背に座る、二人の白い顎鬚の老人の手にした銀糸の刺繍の入った包みのひとつにはクルアーンが、もうひとつには預言者ムハンメドが着たと言われる聖なる上着があることを俺は知った。九頭の馬が先導するメフテル軍楽隊の後から、四〇騎ほどの騎馬兵の中央にスレイマン大帝が現れた。道端に集まった民衆の賞賛の声にもかかわらずスルタンはひどく老けていた。猫背になった肩、悲しげな眼差しで、スルタンは乗っている純血種のアラブ馬の歩を数えているかのようにうつむいていた。「神よ（フウ）……真実の瞬間に（ゲルチェクレル・デミネ）」と掛け声をかけるベクターシ派の長老たちにすら気がつかない風があった。俺の目は周囲にいる司令官たちや大臣たちの中にルステムを探した。延々と続く武装した兵士たち、兜を被った騎馬兵たちの間にでもいるのだろうか、あの権力虱は。メフテル軍楽隊がウスキュダル広場に着いたとき、突然大砲がとどろいた。ボスフォラス海峡の波打つ水は、色とりどりの、ありとあらゆる提灯をつけた大小の船の下に消えた谷間に似ていた。日が沈むとともに、太鼓やクラリネットの伴奏で船の甲板で輪になったり、掛け声をかけて踊り狂う者たちや、マストや帆桁のてっぺんで星のように輝くランプや、喜びを天に届かせる花火によって、海峡の暗い水は縁日の場となった。

あの愛され、敬われた皇太子ムスタファが殺されたのを、この迎合的な民衆は忘れたように見えた。この世で民衆の愛ほど恩知らずなものがあろうか。いかがわしい者たちによって脳に注入された尊敬または憎悪の感情によって満足する、この変わりやすい、意志のない群衆から何が期待できただろうか！　妻や娘に騙されたスレイマン〝壮麗（マグニフィセント）〟大帝のきらびやかな帰還の二ヶ月後、帝の忠実な友、清廉な大宰相アフメト・パシャに――理由もなく――処刑の勅書が出されても、あの目を覚ますことのない民衆はなんとも感じなかったのだ。クルアーンの上に誓って、「死ぬまで」

宰相に留めると約束したのではなかったのか、あの偉大なる支配者は。その言葉通り死ぬまでだった！「彼が死ぬのは御意による」のだと、悪賢い娘のミフリマハが提案したのだ。

俺たちは精神的には死んだも同然だった。ルステムは宰相の座に再び座した。俺たちは眠れぬ夜を徹して将来を見きわめようとしていた。就任したばかりの提督の前に開かれたどのドアも、養育係のトゥルグトに道を開けなかった。アフメト・パシャが処刑されて、サーリヒ・レイスもアルジェリアに行ってしまうと、俺たちは頼る者もなくなった。不可解なるやり方でトリポリに〝殿様〟として任命された不機嫌なムラトは死んだ。この地位は本来トゥルグトに与えられるべきものだった。スレイマン大帝に約束を思い起こさせる時期が来たのだが、宰相のアフメト・パシャの運命を見るならば、スルタンは、約束を果たすために奇妙な手段に訴えかねない。危険があっても、その傍らに近付く機会を俺たちは見つけなければならなかった。

「四日後は祝祭日（バイラム）の第一日だ。スルタンはバイラムの朝の礼拝をアヤソフィアでされる。嘆願書は平和の門とモスクの間で受け取られるのだ」とレイスは知らせた。

宮殿からアヤソフィア・モスクに至るスルタンの通られる途中は、物見高い群衆がびっしり詰まって、押し合いへし合いしていた。お偉方の何百人もが中央の中庭で席を取るために夜半からやって来た。夜明けの最初の光とともに、朝の礼拝の呼び声の後で、宰相〝虱殿〟は宮殿においでになっていた。賛辞の言葉で迎えられたみじめなルステムの奴は、大臣会議に臨むためにうす暗いうちに通った一方で、海の征服者である、この肩書きのない大提督、偉大なるトゥルグトは、側近たちの注意を引くべき場所を探して舗道にいっぱいの群衆の間で道をかきわけていた。宮殿の中庭から声が高まった――

「陛下が動かれる、スルタン陛下万歳！」

手を頭にやる挨拶や、スルタンの手や衣服の裾に口づけする挨拶が始まったに違いない！　しばしの沈黙の後から、叫び声が再び高まった――

「陛下は休まれる、スルタン陛下万歳！」

宮廷でかつて働いた書記官から、この叫び声の秘密を俺は教えてもらった。つまり、兵士たちによっていっせいに口にされる叫び声は、何某のお偉方が敬意を表したときに、作法上スルタンが立ち上がるべきかどうかを指示していたのだ。

「スルタン陛下」と俺は心の中で繰り返していた。「偉大なるスルタン……よい一生を！　良心や法を犯すことなく、立法者（カーヌーニ）の名にふさわしく生きられんことを！」

昼ごろ門が開けられた。兵士たちが前に、後方にスルタンの側近たち、長老たちの中央に、白馬の上のスレイマン大帝が現れた。行列に道をあける兵士たちが、手を高く伸ばして差し出された嘆願書を集めるとき、トゥルグト・レイスは群衆をかき分けて側近に向かって足を踏み出そうとしたが断念して、スルタンの馬に向かい、その鐙に手をかけた。

「スルタン陛下、約束されたお言葉はどうなりましたか。」

バイラムで生贄にされる何千頭もの羊のように、トゥルグトが喉元を掻っ切られるのを助かったのは、飛び掛る兵士たちを手の動作で止めたスルタンのお陰であった。突然あたりは静かになった。俺はびっくりして何も聞こえなくなった。スルタンの鐙に取りすがったトゥルグトとの間で行われた話が尽きることなく続くように思われたとき、偉大なる支配者が側近を呼び、側近が供の長老に手で合図すると、長老が馬から下りて自分の馬をトゥルグトに渡すのを見た。神に感謝の祈りをするために、トゥルグト・レイスがスレイマン大帝の後についてアヤソフィア・モスクに入るのを、俺は涙に曇った目で眺めていた。

トリポリの入り江の小さい島々の前にある岬に建てられたマンドリク塔は、防波堤のない広い投錨地からなる港の番人のように聳えている。小さな町を思わせる都はというと、四年前俺たちが破壊した二つの塔の欠けた城壁を頼りにしている。ちっぽけな宦官のムラトは町を発展させなかったのだ。

「空中を飛び交う砲弾に対しては勇気は役に立たぬ！　女みたいに壁の後ろに隠れるのか！　わしらの力は砦を建てるためのものではない、獲得するためだ！」と言うトゥルグトも、修理は不要だとみなした。

遅くではあったがパシャの位に至った六十代の海の覇者は、ついに太守に任命されたのであった。俺たちは冬の日々を情報を聞きながら過ごした。大帝の赤毛の災いであった妻のヒュッレムは、地獄に行ったそうだ。悪魔の奴め、不必要なまでに長生きしたものだ！　アルジェリアを壊滅させた疫病は、サーリヒ・レイスまでを道連れにした。冥福を祈った。兵士と船乗りは宿敵同士のようだった。サーディ族を煽動するオランの町の年老いたアルカウデーテ伯爵は、内輪揉めで無力となり、疫病が猛威をふるうアルジェリアを痛めつけるために、スペインからの援軍を待っているそうだ。

カルロスが一五年前に舐めた壊滅の復讐を果たすことは、彼にとっても名誉となるに違いない！噂によれば、カルロスは精霊に取りつかれたそうだ。玉座も王冠も放り出して、ポルトガルに近い辺鄙な修道院に引きこもったそうだ。フランス国王アンリはスペインのフェリペ（原註――フェリペ二世。神聖ローマ帝国のカルロスの息子）とドイツのフェルディナントの間で、フェルディナントはフランス国王アンリとスレイマンの間で、さらにスレイマン自身はフェルディナントとペルシャのシャーの間で挟まれて苦労している一方で、彼はこれらの心配から解放されていたのだ。俺に言わせれば、カルロスはおかしくなったのではなかった。俺の心の中に彼に対する親近感が芽生え始めた。

砂漠に近い藩国でトゥルグト・レイスは機嫌がよかった。戦闘や冒険になれていたこの男は、いまや遠い土地で起こっている事件に耳を傾けるのみであった。モスタガネムの戦いにおいて、エル・ヴィエホとして知られているアルカウデーテは敗北して、恐怖に駆られた連合軍によって踏みしだかれて死んだそうだ。カルロスもついにこの世を去った。その二年前に、帝国を息子のフェリペと弟のフェルディナントの間で分割して以来政治の舞台から引きこもってはいたものの、その影は、西に対しても東に対しても支配を続けていたのだった。自らの意思で隠遁したが、あの世が強迫観念になると、魂は引き渡したものの、肉体がアルカウデーテのように踏みにじられて惨めな思いをしないことを確認するために、生前に自分の葬式に参加することを望んだそうだ。修道僧や、嗚咽に咽ぶ使用人たちが準備した感動的な葬式に彼はひどく影響されて、このばかげた芝居の二日後に本当に死んだそうだ。

季節は移り変わって行った。春が終わって、夏に引き継がれるとともに、国王アンリが、カトー＝カンブレシスと言われる場所でフェリペと奇妙な協定に署名したのを俺たちは知った。つまり、フェリペはアンリの手から、イタリアにあるすべての領地を取り、アンリの娘を妻に娶り、その妹を愛するサヴォイア男爵と結婚させようとしたのだ。アンリという王冠をかぶったばか者は気が狂ったのか。俺の心の中に奇妙な苦い味が残り、「くたばればいい！」と呟いた。

そんなことを言わねばよかった。アンリ王もその年のうちに、パリでの槍の試合で、目に命中した槍の打撃で死んだのだった。

北風のように、時は何もかも奪っていった。このはかない世から立ち去っていった者たちの誤ちから、残った者は教訓を得ないのだ。ヒュッレムの死から一五ヶ月後、愛する息子たちのセリムとバヤズィトはコンヤの平野で酷い戦いをするにおよび、敗北した弟のバヤズィトはペルシャのシャーのもとに逃れた。

小春日和の暖かい日々、俺たちがジェルバで時を過ごしていたとき、二ヶ月前に行ったシチリアから戻ってきたカターニア出身のジャーフェルが何か企んでいる風があった。レイスは彼が何事でも裏表があるので疑っていた。それでも彼は賢く、いつも何か土産を持ってきた。しかし今回もってきた報せはよいものではなかった。つまり、ラ・ヴァレットはマルタで大親方になってから、シチリア王のメディナ・セリ男爵とともにジェルバあるいはトリポリを征服するために、ナポリから五艘、シチリアとトスカーナから四艘ずつ、教皇から三艘、ドリアから一一艘のガレー船を、メッシーナ海峡に結集したというのだ。

「ドリアだと？　まだ死んではいなかったのか。」

「彼の甥の息子だ、この新しいドリアは」とカターニア人のジャーフェルは説明した。片足を墓穴に突っ込んではいるものの、老いぼれのドリアも生きているそうだ。なぜか死なないそうだ。

「ドリア一族から欠けた者はいない」と言ってトゥルグト・レイスは数え始めた。「まずあの老いぼれ、それから甥、今度は甥の息子だ。新米の名はなんだ。」

「ジャンアンドレア。」

そうだ、トゥルグトはその父親と知り合ったのだった。コルシカのジララッタ湾で敗北させられたせがれの提督（若いジャンネッティーノ・ドリアに対してオスマン帝国が与えた名）を忘れることがあろうか！　父親の遺産が息子に遺されたのなら、あの四年間の捕囚の代価もこの若いのが支払わねばならない。この二〇年間に蓄積された思い出！　死んだような海で、エミリアに会える希望で帆を上げて、夏が来る前に縁日に間に合って行き、一緒に人生の扉を開けるために格闘した日々の思い出をさえぎる防波堤の砂の山を払いつつ、俺はこの二〇年を過ごしてきたのだった！

今は、思い出を掘り起こしている場合ではない。兵士、大砲、武器、食料を満載した三艘のガリオン船と二艘の軍貨船が、このおぼつかないドリアの配下の艦隊にシラクサ湾で加わったのだ。冬の眠りの準備をしていたフランス艦隊、老いぼれたスレイマンの衰えを好機と見たフェリペは、トリポリとジェルバの征服を決めたのだった。集結した五〇艘ほどの船は、いい天候を待つつもりはなかった。

春一番が吹いた日、トゥルグト・レイスはフムト・スークにある軍の駐屯地に援軍を送った。俺たちもカスティル塔で棗（なつめ）の梱、オリーヴ油の樽を積むのに精を出した。カンタラの濁った海は、一〇年前に同じ場所で体験した信じ難い伝説を俺に思い出させた。沈黙に埋没した当時のトゥルグト・レイスが目に見えるようだった。あの膨大な作業、絶望と一縷の希望の中で、とある飛躍によって奮起して水面下に水路を開けて、満月の援けによって船を一晩で装備したあの時間を俺は再び体験していた。

「月を創ったアッラーに感謝する！」

過去から湧き上がる感情の中で、フランシスコ派の僧侶のように、水に、太陽に、月光に俺は感謝していた。俺に警告するかのように喚く鷗たちが艫と舳先の間で水平線を見張っているとき、俺は沖に、薄暗がりの中に駱駝の隊商を見たかと思った。悪戯好きな妄想だ！　一〇年前、俺の脳の襞に染み付いた恐怖の幻を現（うつつ）と思ったのか？　蜃気楼、薄暗がり、大地、水……隊商……駱駝の隊商か？　駱駝ではなかった、ガリオン船に似ていた。入り江に向かって進む奴らめ！　俺はせいいっぱい喚いた。

「レイース！　沖を見てくれ！」

数えるのは難しいが、一〇艘から一五艘の船がカスティル塔に向かってゆっくりと滑るように進んでいた。入り江に入って、碇を下ろすつもりなのだろうか。俺たちの居場所を見つけたのか。レイスは書記に短い手紙を書かせた。「彼らはここにいる。ガレー船四〇艘だ。面子を忘れて、駱駝の道から逃れろ！」と。トゥルグト・レイスをロッガあるいはフムト・スークで見つけるはずの馬に手紙を託した。

この恐るべき客たちは、約一マイル（約一・九キロメートル）沖で碇を下ろした。俺たちがいるのを知っていたのだろうか。結果はどうであれ、船底に油を塗らねばならない。漕ぎ手たちが櫂を握ろうとしたとき、レイスは止めるように命じた。

「船荷を降ろし始めよ！」

そして「埠頭の側からだ」と付け加えた。

これほど自信を持って話す人間はめったにいない。埠頭の側は、やって来た者たちに面していた。無事に港に着いた、誰ともかかわりのない商人の船のように、俺たちは梱包した荷、樽、籠を下ろしにかかった。薄暗がりの中で見えたガレー船は、俺たちとかかわるつもりはなかった。小商人たちの船には関心のないこれらの高貴な船団から高まる鎖の音や汽笛の音を俺たちは聞きながら、上甲板や甲板で点され始めた灯りを横目で眺め、大急ぎで櫂受けに油を注ぎ、櫂の軋み音を妨ぐために端を布でくるんだ。静かに、そっと出航した後で、俺たちがまだそこにいるかと思わせるようにランプをつけた二つのブイをレイスは海に置かせた。碇を上げる代わりに、ブイに繋がれていた鎖をたくみに海に放した。荷を降ろした俺たちの船は藁で造られたかのようだった。沖に出るためには、カスティル塔とガレー船の間から、四〇本の足のある鮫を思わせる、先頭の鉄製のガレー船の傍らを通り過ぎなければならなかった。各列の先頭の経験ある漕ぎ手の頭が、櫂の平たい部分が海面で音を立てないようにと他の三人の漕ぎ手に指図していた。俺たちは暗い海で、物音を立てずに、ごく微かな徴でもあれば後も見ずに逃げるつもりで、耳をそばだてて、ダツ（魚）のように泳いでいた。この静かな夜には、ガレー船から高まる声、食器のぶつかる音さえ聞こえた。船には志願者した漕ぎ手のみ置いたことを、俺は心の中でレイスに感謝した。なぜなら、自殺志願の捕虜が静けさを破って叫び声をあげたら、どうなっただろう。櫂の平らな面は暗闇の中で水面を撫でて、わずかずつ俺たちは沖に向かって進んだ。あの真っ暗な晩、俺たちは息をすらひそめていた。もう一度カンタラに来るかって？　まっぴらだ！　この不吉な穴から、俺たちは二度奇蹟的に助かったのだ。三度目は疑いもなく首をおいていくことになっただろう。

ありがたいことだ！　あの悪魔の地域から出るや否や、俺たちの運命は変わった。トリポリに警告し、漕ぎ手を新しい者に変えて再び航海に出て、宮殿における愚か者たちを取り除く目的で櫂をとったとき、五〇マイル（約九三メートル）前方にあるパロの浅瀬に集まった灯りに気が付いた。幽霊か、あるいはガレー船の群れか、舳先で松明を燃やす鰯漁に出かけた漁師であったのか。しかし……冬に鰯漁か！　櫂を止めて、俺たちは待った。東の空が白み始めると、鰯漁船のかわりに、ガリオン船やガレー船が現れ始めた。

「こいつらは海の真ん中で何をするのだろうか。」

「もしかしたら、既に仕事をやってしまったのかも知れない」とレイスは呟いた。「トリポリでやったのかも……」

疑いは沈黙を蝕んだ。トリポリは奪われたのか。トゥルグト・レイスはジェルバで閉じ込められたのか。チュニジアの諸港、そしてたぶんトリポリもスペインの手にあるのなら、俺たちが行ける場所はあるのか。最後にはイスタンブルだ！　それはいいが、長い航海には水や食料が必要だ。大海原をこのように調べ上げているのなら、入り江などもうあまり安全とはいえない。狐のように遠くから船を調べていたレイスは、空気を嗅いで、モヘヤのような雲を指差して、「明日、夜明けとともに風は北西に変わる。彼らの狙いはどこか。トリポリか、ジェルバか」と呟きながら、レイスはその手を俺の肩に触れて、「一〇年前、カンタラから逃げるとき、創造の神はシチリアの船を俺たちに恵んでくれた」と付け加えた。「今日はカンタラからの二度目の逃亡だ。新しい褒美があるかも知れない……」

翌日、海面は北西の風で震えた。碇を上げたガリオン船の一団は帆を上げて、ガレー船とともにジェルバに向かった。トリポリは確実に取れるのだから、捕獲のリストにフムト・スーク城砦も付け加えようということだ。浅瀬に碇を下ろした、見捨てられたように見える、舵が故障したらしい一艘の不運なガリオン船は、帆を上げたが、断念して下ろした。

「創造の神は勇敢な民族を忘れない！　さあ、行って、お恵みをいただくことにしよう」というレイスの声が、薄暗がりの中で高くなった。

故障して置いていかれたガリオン船に、夜の真っ暗闇で二艘の船が船べりにつけるとどうなるか。奇蹟を期待するか。この不恰好な奇妙な船に、水夫長補佐だという者以外にスペイン語を話す者が一人もいないのがわかると、俺は驚いた。問い詰めると、水夫長補佐官はついに告白した。

「わしらはスペイン人ではない！」

「わかったが、ならば、どこの国の何者か。」

「ディエッペから来た。」

なんてことだ！　彼らはフランス語を話している。

「お前たちはフランス人か？」

水夫長補佐官は頷いた。

「この尊大な雄牛どもの中で、お前たちはなんの用があるのだ。」

船主の指示に従った以外には、彼らは何の罪も犯していなかったのだ！　錫や銅をマルタで下ろして、残った火薬の樽、武器、砲弾等はゴンザーガ男爵のためのものだそうだ。

「船主がそう望んだのです、仕方がありません！」と船長はこぼした。

「あそこで何を待っていたのか？」

「約束の場所だったのです。」

「どうしてお前たちの船は別の場所にいたのか。」

「彼らの言うことを、聞かないですむように。」

「何を聞かないためなのか？」

「わしらをばかにしてカバチョ（スペイン人がフランスから来た移民を蔑んで呼ぶ言葉）と言うのです！」

「お前たちをまともに扱わなかったということか。」

「そうです！」

「全部で何艘の船があったか？」

「大小取り混ぜて三五艘です。」

「ガリオン船団の一番上には誰がいたか。」

「アンドレア・ド・ゴンザーガ。」

「ジェルバの周辺に何艘のガレー船があるか?」

「約四〇艘から四五艘。」

「一番上にいるのは誰だ。」

「ジャンアンドレア・ドリア。」

「兵士は何千人くらいだ?」

「聞いた限りでは、一万二千人です。」

「この仕事の中心人物は誰か?」

「メディナ男爵セリです。」

「船長たちの名は?」

「聞きませんでした。知りません。」

知らないということはあり得た。俺は、スペイン人とはいい仲ではない不運な船長の背中に鞭を使うことなく、事情をより知っていると見える水夫長を示した。レイスの前にその男を引きずって行った。

「どこの出身だ。」

「ニースだ〔ニースは十六世紀には半自治のサヴォィイア公国であった〕。」

「狼だといいばっている、ろくでなしの船長たちの名は?」

「わしはフランス人ではない。ニースの者だ。」

頬に一発見舞われると、不遜な水夫長はしゃべりだした。

「ベレンゲル・デ・レケセンス。」

「シチリアの船の責任者は彼か？」

「そうだ。」

「よろしい、ほかに何か？」

「……」

拳骨で眉の辺りが切れて、血が流れ出すと、「ヴィンチェンゾ・ジガラ、ベンディネッロ・ディ・ソリ……」と並べ始めた。

なんたること！ 彼らはジェノヴァ人だったのだ。頬に開けられたナイフの傷で、頑固な水夫長はしゃべりだした。教皇のガレー船にはフラミニオ・オルシーニが、フィレンツェのガレー船には、ジェンティーレ侯爵……そのほかに、ジャック・ロレンティ、ジョゼッペ・ダラゴーナ、フェリペ・ジガラ、ステパノ・ディ・マリ……。

「この一味の中にはマルタ人はいないのか。」

「いる。」

「何艘か？」

「五艘……六艘のガレー船だ。」

「そのかしらはラ・ヴァレットか。」

「違う。騎士テシエレだ。」

「彼らはトリポリを襲撃したか？」

「いいや。」

「なら、何を待っているのだ？」

神経が弛緩した頑固者の水夫長は、うめいたり、泣いたり、跪いて嘆願したりした。

「知らない！　誓って言うが、わしは知らないのだ、だんな。何をしているのか、彼らもあまりよく知らないようだ！」

一応はわかった。一刻も早くイスタンブルに至って、宮殿のお偉方の前で、俺たちも跪いて、嘆願しなければならないのだ。


伝説のような巨大な町は、冬の眠りから目覚めたかのようだった。覆い布を開けられた艀の空っぽの倉庫は、大あくびをする巨大な口に似ていた。宮殿を取り囲む庭園や、ドームや、城壁は、冬の眠りから目覚めた太陽の黄色っぽい橙色の光の下で微笑んでいるようだった。あたかもドームが子供を生んだかのようだった。町を見下ろすある丘の上に、新しく建てられたスルタンのモスクは、豪壮さをアヤソフィアと競っていた。何年もの間、スレイマン大帝は何を待っていたのか。雲の中にひっかかっていた夢を把握できるように手の指のように蒼穹に聳える四本の尖塔を一番後に建てたのか？

この重要な丘の裾に、山の斜面に生える茨のつる草に似たもうひとつのモスクが目に入った。その形や造りは、モスクというよりもむしろ倉庫に似ていた。

「これは畏れ多い虱の廟ですよ」と、俺はレイスをつついた。

「どうしてわかるのだ。」

「忘れましたか。ここには祈禱所があった。明らかに壊したんです。恥知らずな虱殿の証文だ！　奴のようなおべっか使いで貪欲な者のみが、スルタンのモスクの裾に、自分の廟を建てさせて、この世の恵みをあの世に持っていこうとするんだ。基盤となっている倉庫を見てください！　天の支配者も自分のように賄賂使いだと奴は考えているんだ。」

レイスがどう考えたかは俺は知らない。造船所に戻ったとき、あの倉庫のある廟がルステムによって建てられたのを俺たちは知った。

弓形の屋根の下で完成されて、橇台の上から一艘ずつ滑らせて進水された船やら、材木、大麻、油脂、松脂、タールを運んできて下ろした荷車やら、汗びっしょりで走りまわる人間やらで、造船所は巨大な蟻の巣を思い出させた。実のところこれほど活動的であるとは予期していなかった。ピヤーレ提督がスペインの謀った姦計を知っていることがわかって、俺たちの喜びはこの上ないものとなったと言える。俺たちが集めた情報と提督の情報網の間に違いはなかった。スルタンの承認によって作業はスピードを増し、ピヤーレは春には出航の許可をすら得ていた。

その四週間、俺たちは厚遇された。レイスは銀貨百枚の褒美をすら相応とみなされたのだった。星占い師は、艦隊の出航の儀式のためにレジェップ月の八日（一五六〇年四月四日）が適するとした。その前日、朝の礼拝とともに造船所に来た大臣たち、軍や宗教のお偉方たちの間に〝畏れ多い虱〟

を俺は見た。ヒュッレムの死後、少しやつれたようだった。昼ごろ、宮殿から来た造船所の長官は、発表された命令を大きな声で読み上げると、大臣たちは立ち上がって、埠頭で待っていた提督の旗艦の席に着いた。慣例の儀式にのっとって、海辺の離宮に行かねばならない。そこで、スルタンの御前で、提督のピヤーレはテンの毛皮のついたカフタンを着るのであった。ピヤーレの位置にあるべきトゥルグト・レイスのことを俺は考えた。彼はトリポリに着いただろうか。トリポリからジェルバへと俺の頭は飛んだ。いとしい小島が若造のドリアの手に落ちたのは疑いもない。航海に出る命令書をバルバロスの墓に持っていくこと、前提督スィナンのために兄のルステムが建てさせたモスクで礼拝をすること、これらの人々すべてをある場所からある場所へ移動させること……すべてこれらは、終わることのない見せかけの儀式であった、アッラーよ許したまえ、あの日スィナンのモスクでした礼拝の所作の間中、俺はぶつくさ言っていたのだ。

　永遠の憩いの場所で眠るバルバロスに別れを告げて、俺たちはかの地を離れた。宮殿の前を通り過ぎるとき、何発かの大砲を撃って海辺の離宮に挨拶をして沖に出た。最初の休憩地はイェディクレであった。ガレー船一艘につき約五〇人ほどの兵士の運搬に二日をかけた。二度目の休憩地はダーダネルス海峡であった。後宮庭園といわれる所で、カリナの塗装に使う松脂（やに）の着いている幹を積み終わらないうちに嵐が突然襲った。対岸に避難して、嵐が収まるのを待った。三日後再び航行したがまた嵐、ボズジャ島（アダ）で一晩を過ごし、出航したがまた嵐、ミディリ島で四日を過ごした！　ミディリの後、ヒオス島、サンドロス、キテラの島々……一向に大洋が見られない。なんたることだ！この艦隊は気楽な役人たちを満載したのか！

モトン湾で八〇艘のガレー船を結集してから、提督は宮廷から受けとった勅書を開けて読んだ。目標がマルタ島であることを知ると、俺は驚いてしまった。ジェルバを救うために出航したのではなかったのか。

「レイス?」

モトンにいる間レイスは何も言おうとしなかった。一週間陸で待っていた兵士たちを必要に応じて分けて船に乗せてから、一週間はマルタの双子の島であるゴッゾを襲撃した後で、ジェルバに向かった。俺は一五日後になって事実を知ることができた。提督が読んだ命令書は、カターニア人のジャーフェルのような二重スパイを誤らせるために途中で書かれた偽りの書であった。勝利に酔っているジェルバ征服者たちを警戒させないことが必要であった。

ペラジ諸島の沖で吹いていた強風は突然嵐に変わり、間もなく嵐は旋風となった。蜘蛛の子のように散らばる船は、口に泡吹く怪物のように攻撃してくる波頭に一瞬見えたが、波窪に下がると見えなくなった。俺たちはひどく怖ろしくて、波のてっぺんの向こうに幻のように見え隠れする小島の背後に、避難すべき穴倉を見きわめようとしていた。

マリア様の姿と不思議な聖人の墓が一緒にある魔法の島ランペドゥーサの水晶のような水に碇を下ろすと、海は突然鎮まり、悪夢は終わった。前方と後方が平べったい、役に立たなくなった古びた船が、まだそこで、飢えた狼が来るのにも構わず水面に広がる苔を食む年寄りの山羊のように、平然と波に揺れていた。

「レイス、見てください、いつかの平べったい船が!」

上甲板に背をもたせたレイスには、つかの間の人生の敗北や勝利の彼方にある雲に何かを問いかけている風があった。激しい天候にもかかわらず、時の移ろいも気付かないように見える恬淡たる船はそこにいた。松葉杖によって小径をのろのろと洞穴に向かう一人か二人の不具者。間もなく息絶えようとする夕日が空を染めて、紫がかった輝きを暗い海に加えるのだ。天空に広がる光の束の間で霊感の天使の魔法の息吹が雲を蹴散らして、頂の後ろに現れた、ほっそりした、震える三日月をだきしめるのだ。砂利の上に置いていかれた松葉杖は露で洗われて、快方に向かった悔いは岬の後ろを廻る魔法をかけられた小舟の通った航跡にくわわったであろう。船のひとつから暁の礼拝の呼び声が高まる頃、あの平べったい船が、薄暗がりの中で影のように水面を滑って、入り江の端に至り、岬の後ろに消えていったのを俺は眺めた。現実とは思われない出来事に気が付いた者はいなかった。砂利の上に、二本の松葉杖が十字架の形に置かれていた。思い出のせいで、その十字架の上に西瓜の皮を俺の目は探した。地面を這うこの植物が夏にのみ、救世主を待ち望むために流される涙を渇望する土地に育つことを俺は忘れていたに違いない。

その翌日、シャーバン月の十六日（一五六〇年五月十一日）は、旋風の余韻の軽い風が波と戯れているようであった。散り散りになった船が集結したのは夕刻になった。これほど時間が失われたからには、ジェルバが奪われたのは疑いもない。慎重に振舞わねばならない。夜の闇の中で島の二一〇マイル（約三九〇キロメートル）沖に偵察に行った者たちを俺たちは待った。恐れていたことが起こったのだった。つまり、フムト・スークの城壁にはスペインの旗が飾られていたのである。海岸とガリオン船の間を行ったり来たりするボート、後部が細く長い舟の類、商人たちの小舟……活動しているのか、それとも狼狽しているのか。俺たちが来たことを知っているのか。彼らの意図は何か、戦うのかあるいは逃げるのか。提督のピヤーレはレイスに相談した。

「彼らに戦う準備をする時間を与えてはならない」とレイスはためらわずに警告した。

提督の命令で、大小の船の全てのマストが外され、敵の大砲が破壊するであろう木材から決死の矢のようにとび出して身体を刺す先の尖った木片にやられないように、木材の全てを綱や鎖とともに船室に運んだ。流される血で滑らないようにと、甲板をすっかり濡らして、大粒の砂で覆った。火災が起きた場合に炎から守るために火薬の樽を濡らした布で覆った。熱くなった大砲を冷やすために水を満たしたバケツを掛けた。そうだ、瞬きをする間に、すべての準備はできた。敵の艦隊が水平線にはっきり見えるや否や、それに向かって巨大な三日月のように広がって、静かに前進する俺たちの八十数艘のガレー船から、大太鼓とともに轟く、人間の血を凍てつかせる唸り声が高まった。

「アッラー、アッラーのほかに神なし（ラーイッラーヘイッラッラー）。頭はむき出しで覆いもつけず、胸は痛みで焼け爛れて、剣は血に塗られ、何人もの首が斬られた、この戦場で。三人の大聖人、七人の預言者たち、四〇人の見えない聖者たち、ムハンメドの言葉、預言者の光、崇高なるアリ。われらの先達、われらの師はハジ・ベクターシ・ヴェリである。真実の瞬間に神（フウ）と言おう。」

天と地を覆うこの唸り声が目標に近付くにつれて、敵の船は、いずれも大砲を並べた三艘の強大な戦艦の後ろに隠れようとした。攻撃しようとする怖ろしいライオンに対抗するために助け合う水牛のように、海の真ん中にできた輪の周囲を俺たちは素早く包囲して、その中に突っ込んだ。戦艦から降り注ぐ砲弾にもかかわらず俺たちが突っ込むのを見た、十字架の印をつけてふんぞり返ったガレー船は、鱸（すずき）の群れに襲われた鯵（あじ）のようにばらばらになった。近距離で、庇護者を失った巨大な戦艦には襲撃者が殺到した。鉤が船の手すりに掛けられ、水夫たちが攀じ登り、大砲の音に、剣のぶつかる音や呻き声や悲鳴がとって代わった。戦艦が頼りにならないのを見たガレー船は、全力をあげて逃げ始めた。俺たちにはこれらの逃亡者が必要だった。示し合わせたかのように、俺たちマグレブ出身の船長たちはいっせいにこれらの逃亡する貴族たちの後を追った。俺たちの前で、助かることしか考えない、鶏冠の折れた闘鶏たちは、力をあわせて俺たちの船を攻撃することを考えつかない。鉛色の船の辺りまで来た時、俺たちの船の舳先にある三台の大砲が火を噴くと、逃げようとする船の胴の水面のあたりに孔が開いた。その場で横倒しになった、陸に向かって引きずられるその傷ついた動物の上に飛びかかろうとしたとき、レイスが俺にもう一艘の、鱸のところにスルタンの車を思い起こさせる赤い上甲板のある船を示した。競争に再び激しく火がついた。腹いっぱい食べ、勇敢で、自分の意思で働く俺たちの船乗りたちは、逃げる船の足に鎖を繋がれ、飢えて痩せさらばえた捕虜の漕ぎ手たちよりはるかに優勢であった。両者の間の距離はみるみるうちに狭まった。逃げる船の近くに来た頃、俺たちの三台の大砲が再び同時に轟いた。スペイン船の上で飛び交う角材の破片のように素早く動いたレイスは、一瞬にして俺の傍らにいた。舵を掴んで、旗の側にいる漕ぎ手たちに櫂をまっすぐに立たせることを命じた。船が横に並ぶと、「片側に寄れ」と叫んだ。

　左舷にいた漕ぎ手たちがいっせいに右舷に寄ると、それぞれ一五アルシュン（約一〇メートル）の長さで砦のようにそびえるあの重い櫂（原註――ガレー船の櫂は長さ一二メートルで、釣り合いをとるために鉛が入れてある）が、ひっくり返った樹木のように隣にいる船の上に崩れ落ちて、水夫や戦士たちをシリンダーのように押し潰したのが、今日いまだに俺の目に見えるようだ。その船で、息子たちともども捕らわれたヴィンチェンゾ・ジガラはメッシーナ出身のジェノヴァの貴族だった。下の息子は——運命が何を孕んでいるかは知る由もないが——、この回想録を書いている今日のオスマン帝国の艦隊の提督チャアラザーデ・スィナン・パシャであるが、そのときは十五歳の虚弱な子どもだった。

シャーバン月の十八日の、このジェルバの海上での戦いを話すと、誰もいない時は英雄のように歩きまわって、強い敵が出て来ると驚いて逃げ出す偽者のごろつき仲間を人並みに扱ったことになる。二艘のカリタが引っ張ってきたガレー船の中で手足を縛られていた男は、教皇の提督フラミニオ・オルシーニ以外の何者でもなかった。ジルジリの方角に逃れようとしたもう一艘のガレー船は、デヴェ・ホジャによって攻められると、岩礁に突っ込んだ。主だった者たちが海に飛び込み、陸に足が着くや否や、後も見ずに逃げたさまを俺は眺めていた。逃げた者たちの中に、ドリアがいたのを知っていたら、デヴェ・ホジャは疑いもなく追跡したことであろう。しかもそのドリアは、その日の晩遭遇した船に飛び乗って逃げてしまったのだ。同じガレー船にシチリア国王の代理メディナ・セリもいたことを知ったレイスは憤ったが、逃げた者はどうしようもなかった。翌日の昼に、二〇艘のガリオン船、二二艘のガレー船が戦利品のリストにあった。フムト・スークの大砲の下に避難した五艘のガレー船以外に何艘が沈んだか、何艘がマルタに、シチリアに辛うじて逃れたか、俺は知らない。ナポリ艦隊の提督サンチョ・デ・レイバとあの素性のわからないレケセンスも何千人もの捕虜の中にいた。力はあったのに不安と躊躇がこの争いを敵にとって非常に高くついたものとした――提督の書記官、水兵たちの頭、乾パン管理の聾のスヘイルの外に、三人の藩主を俺たちは失っただけだった。

俺はこの仕事の困難な部分は片付けたと思った。あとは海上の後で陸での片付けがあった。ところが、島の首都と考えられるフムト・スークにある城は難攻不落なものとなっていた。俺たちが知っていた古い砦は、岩石によって高くされて、砲弾の影響を減らすように棕櫚の根と粘土を混ぜた漆喰に似た厚い層によって覆われた城壁、その城壁の四つの角に建てられた四つの塔、塔の間の険しい崖の上に並んで置かれた突き出た銃眼、その銃眼に沿って延びている見張りの道、正面の門は水の満ちた広い壕の上を昇降する橋によって守られた、豪壮な城砦にかわっていたのだ。この堅固な城砦に近付く唯一の道は、海の側の岩場の間に隠れた細い水路から城壁の下にある小さな入り江に入り込むことであったが、そこも残念ながら五艘の船の大砲によって、泳ぐ要塞となっていた。

要するに、仕事の困難な部分は済んだのではなくて、これからだったのだ。数ヶ月のうちに様相を変えたあの古い砦を再び奪うことは、決して容易なことではなかった。提督は、古株のレイスたちに、ガレー船を陸に上げるように、破損を受けたものは岩場でばらばらになった敵の船の装備を使用して修理するように言った。ピヤーレは勝利の凱旋を準備しているのだろうか。勝利に到達したことは、ジェルバを解放してから宣言できるのだった。レイスは城砦を包囲すること、包囲のために必要なものを陸に上げることを、ピヤーレに説得していた。城砦と同じくらい重要なこととして、あの城壁の中に避難している、その身代金としてその者の体重ほどの金貨が約束されている多くの船長や司令官たちがいた。

翌日、ありがたいことに、約二千人の戦士と大砲、砲手とともに、無事に、まさにいいタイミングで現れたトゥルグト・レイスは、チュニジアの海岸に用意した連隊が遅くとも一〇日のうちに援軍に駆けつけること、チュニジアの太守ハフシレルも俺たちに毎日百カンタル（約五・六トン）の乾パンを届けることを告げた。

季節の初めであった。帰還まで時間は十分にあった。納得したピヤーレの命令で、二日のうちに一五門の大砲と、五千人の兵士、食料、テント、武器、さまざまの品物を運ぶ底の平らな一本マストの帆船が行ったり来たりしはじめた。ラマザン月の三日目であった。城砦から脱走したシチリア人たちから、中での情報を得ることを始めた。城砦はドン・アボル――本名はアルヴァロ・デ・サンディ――と呼ばれる者の指示の下で地獄と化していた。彼らが言うことによれば、二〇年前アルジェリアでカルロスと一緒に戦ったこの男の命令下に、城砦には何千人もの難民がいるにもかかわらず、夏が終わるまで足りる食料と武器があった。城壁の内部の二つの貯水槽の外に、やや渋い味がするものの飲むことができる水がいっぱいの井戸も二つあった。

決定権は提督のピヤーレにあったが、実行するのはトゥルグトとウルチの二人が一緒に決める決定によった。レイスは状況を掴んだ。要するに、狭い水路に五艘の船によって造られた泳ぐ塞は、海からの侵入を不可能にしていた。陸からは、塹壕や、濠や、俺たちのものよりはずっと強力な大砲を備えて強化された城壁があった！　城壁の内部には、壁に開けた孔を瞬時にして修理する、何事にも応じる決死の連隊、おまけに夏の終わりまで足りる食料と武器である！　さて、それでは何をすべきか、どこから始めるべきか？　二つの井戸の位置を確認したレイスは、とるべき方法を明らかにした。つまり、まずあの二つの井戸である！　食料を分け合わねばならない者たちの数を計算しているドン・アボルは、時々城砦の門を開けて、俺たちの上に惨めな者たちを投げ捨ててあの世に送ったりしたが、一五日間で地下に穴を穿った後、井戸は俺たちの手に落ちた。城砦から脱走した者たちの言うところによると、ポルラーという名の魔術師が海水を蒸留して、一日に約三〇樽の飲み水を得るのだそうだ。泳ぐ塞が見張っている小さい入り江で、お偉方が三人、五人と逃げ出す目的で小舟が建造されるのをも、俺たちは遠くから見た。逃亡を阻止するためには塞を破壊する必要があった。城壁の奥に引きこもったように見えるその片隅には、陸に上げられた大砲の砲弾は届かなかった。デヴェ・ホジャは水面にガソリンをまいて火をつけることによって、あの忌まわしい塞を焼くことを提案した。悪い考えではなかったが、炎をその方向に送るためには風が必要だった。ところがその頃は風はまったくなかったのだ。

夏の暑さはさらにひどくなった。俺たちの大砲が降らせた砲弾は目標の半ばまでも届かなかった。城砦を取り囲む壁の粘土の層に埋もれた。砲弾が城壁の内側に届くためには、迫撃砲を固定できるしっかりした堅固な塔を造らなければならない。ドン・アボルは広大な土地を砂漠にしてしまって、半径二マイル（約三・二キロメートル）には一本の木も残っていない。俺たちはジェルバの住民から一ダースの棕櫚の丸太を一ドゥカットで買い付けた。ラマザン月の最後の日に、城砦の四方に、俺たちが望んだような大きさの、一五アルシュン（約一〇メートル）を超える八角の木製の塔をついに建てることができた。高いところにおかれた四門の迫撃砲の砲弾が城壁の上を越えて、ドン・アボルの隊列を恐怖に陥れ始めた。死を賭して逃げてきた者たちによれば、城砦の中は地上の地獄であった。貯水槽は乾き、魔術師のポルラーの道具を動かすために燃やす枝も棒切れもなかった。

俺たちは降伏の旗が揚がるのを待っていた。カンタラの入り江で俺たちが真夜中に見えなくなって以後起こった出来事を知る目的で、俺たちのテントに押し寄せた脱走者たちと俺はおしゃべりに耽っていた。敗北を互いに相手のせいにするセリとドリアの間には、仲たがいをおこす縁起の悪い黒猫が入り込んでいた。俺たちが目標としてトリポリではなくジェルバを択んだ理由を知っている者はその中にはいなかった。

そのとき、「俺は知っている」といって、中から一人の年寄りが飛び出した。

その年寄りは骨と皮に痩せさらばえて、声は震えていた。

「お前の名は?」

「オルチです。」

「オルチだって? その名を持つためにはお前を割礼をしていなければならない! その齢で……」

「船長、俺はすでに割礼している! バルバロスの兄のオルチがわしらを不信心者の手から救ってくれた日に、わしは生まれたのだ」とその哀れな男は説明に努めた。

この白い顎鬚の男は四十歳なのか?

「お前はどこの生まれか?」

「ジルジリです。ドリアという異教徒の船で漕ぎ手の刑に科せられていました。丸々一二年間です、船長。あんたらが閉じ込められた二回とも、わしは出口をふさぐガレー船の中にいました、一〇年間の間隔を開けて。そのたびにあんたらが助かるように祈っていました。その祈りは聞き入れられました」と言って、その男は手の甲で頬に流れる涙を拭った。

あのつらい日々を、一縷の希望で櫂を漕ぐ捕虜たちの苦しみを、俺は見たし、知っている。主人の勝利とは、足首が鎖に繋がれたままでいることであり、主人の敗北とは溺れ死ぬこと、あるいは、運がよければ、万が一ではあるが自由解放ということである。

「そうだ、ジェルバを択んだのだった」と言って、その苦労した男は本題を思いだした。「トゥルグト・レイスがトリポリにいると彼らは考えていたのだ。」

彼らはフムト・スークに鉄砲を撃てば届くほどの距離の砂浜に上陸したそうだ。痩せさらばえた不幸なオルチは、城壁にくっつける泥を踏む役をする奴隷の間に入れられたそうだ。ハーリジ宗派のシェイクのメスドは、カルロスの僕になれるように十字架をつけたセニョールに、鹿四頭、駝鳥を四頭、鷹を四羽、駱駝一頭、そして毎年六千エキュを献上することを約束したそうだ。

包囲が二ヶ月に及ぶと、粘土を塗られた壁は乾いて、ひび割れし、ところどころで崩れた銃眼によって、あの豪壮な城砦は暑さで窒息しそうな魔女に似ていた。

俺たちがその降伏は今日か明日かと言っていると、ある晩、昇降する橋の向かいにある俺たちの塹壕から喚き声や武器の音が高まった。剣のぶつかる音、罵り声の原因を調べていると、闇の中からシャルヴァルを着た影が幽霊のように滑って塹壕の中に飛び込んだのに俺は気が付いた。おかしくなった歩兵たちが互いに殺しあっているのか。なんといってよいか、どうしてよいかわからないで、凍てついていると、ひとつの声が闇夜を劈いた。

「控えろ、男ども、ドン・アボルの犬ども！」

ドン・アボルの犬どもは服装を変えたのだろうか。警告を聞いた船乗りや兵士はただちに塹壕の中に飛び込んだ。喧騒、殺し合い、誰が誰を殺すのか。この目くらめっぽうの血を流す喧嘩で、兄弟を殺した者も創造主は許したことだろう！　黎明が濠に積み重なった死体を目の前に広げると、城砦の橋が降りて門が開き、武装した何百人かの兵士に続いて、ある者は半月刀を、ある者はナイフを手にした何千人ものならず者が興奮して俺たちに攻撃してきた。どうしたことだ！　二ヶ月半前ガレー船や、ガリオン船で逃げることしか考えなかったこれらの家鴨たちは、この日、あの最後の審判の日に、狂った雄牛みたいに、裸足で何も被らず、飛び掛ってくるのだった。天国に入るために人生を諦めた、この手におえない怪物たちを阻止しなければならない。マグレブや東方出身者たち、兵士、騎馬兵たちは、この狂った者たちをコントロールするために前進基地を空けた。昼ごろやっと剣を交えた後で、あの狂った一団を二つに分けることに俺たちは成功した。城壁に近い者たちは逃げ戻り城砦に避難し、海の側にいた者たちは、海に飛び込んで五艘のガレー船からなる不吉な塞で息をついた。俺たちが最後の止めを刺そうとしたとき、ジェノヴァ出身のドゥルムシュ・レイスが、びっしょり濡れた、負傷し、疲れ果てた一人の捕虜を連れてきた。疲れ果ててはいたものの誇り高く見える中年のこの男は、ドン・アボル以外の何者でもなかった。城砦が一刻も早く降伏するようにと、俺たちが彼を城壁の前に連れて行ったときに、どこから高まったかもわからない「アッラー、アッラーのほかに神なし（ラーイッラーヘイッララー）」の掛け声とともに、手に負えない、訳のわからない攻撃が始まった。昨夜の信用できないやり方のせいで、昨夜以来の復讐しか頭にない船乗りたちが、兵士たちの隙間から城砦に突入したのだった。その興奮の中で、前方にいた者は、地面に立てられたハリネズミの矢のような、先の尖った杭に貫かれたが、後から来る者たちはそれらの死体の上を通った。火薬に火をつけるには火花が一つあればよかった。地獄を思わせるこの異常事態を止めることは不可能だった。その日まで、上の者にしたがっていると思われていた一群は突然――略奪、侵略に構うことなく――周囲を血の海にする残虐者の群れと化して、何もかも破壊し、城内に捕らわれていたモスリムの捕虜をすら刀に掛けたのであった。

積み重なる死体の前で、俺は言葉も出ず、動けなかった。二〇年前のアルジェリアの城壁の上での、俺の新しく生まれ変わった状態を考えていた。カルロスの兵士たちによって包囲された町で、その頃キリスト教徒だった俺は、「イスラムの壁が崩れ落ちたら、同じ信心の仲間に出会える」と言っていた。もちろん単純な時期だったのだ！　破壊の誘引に捕らわれた狂気の者は、相手の生きる権利を認めるのか。この嫌悪すべき虐殺に直面して俺の目は過去に向かう。十字軍に敬意を表する僧侶や、「聖戦」を賞賛するイマムの声が俺の耳に響く。母親の顔に時々現れるあの神秘的な微笑みに身をよせたいと思った。思い出の中に現れる母親は髪が乱れ、運命を呪う怯えた眼差しで、俺が親父の鶏小屋の鶏を殺したといって俺を叱るのだった。理由がなく見えるあの嫌悪すべき殺戮を俺にさせたのは、復讐だったのだろうか。昨日復讐を果たした犠牲者は俺だった、しかし今日は塹壕で襲撃にあった兵士たちだ。明日は失望した誰かだ。頭に小ターバンを結び、シャツを着た、信心深い者、不信心者、彼らは暗い穴の中で互いを殺すことで忙しかった。ほんの昨日のことだ。怒り狂った正規の兵士たちが、「神はその僕たちを守る！」と言いながら、暗闇で動く全ての影に刀を当てた。罪のない者たちの冥福を祈ろう。

ジェルバは再度征服された。四二艘の船と提督と司令官が戦果である。鎖に繋がれた何千人もの捕虜で艦隊は金持ちになった。バルバロスの死以来一五年を経て、海には再びただ一人の覇者があった。勝利を自分で一人占めした愚鈍なスィナンとは逆に、提督のピヤーレはレイスたちのレイスに名誉を与えることを考えて、艦隊はまずトリポリに立ち寄ることになった。

船で覆われた湾は、旗が飾られ、松明で明るく照らされた広場や通りのせいでトリポリは祭りの場所となっていた。何年もの間忘れられていたその町の住民は、三日間眠ることを忘れた。三日三晩の間、艦隊のイスタンブルへの勝利の帰還に同行を求めるピヤーレに、トゥルグトは、「あんたの勝利はわしの勝利ということだ。提督よ、わしは年を取った。手や、服の裾に口づけをすることもできなくなった。腰を二つに折るほど深く頭を下げることももうできない」と言い訳を言って、レイスを指差した。

「あんたはこいつを連れて行きなされ。この名誉は誰よりもこのウルチのものだ！」

別れを告げるために、レイスが屈んでトゥルグト・レイスの手に口づけをしたとき、俺は心の中で悲しみのようなものを感じた。俺たちを名声への道に押しやる成功は、水面に出るために別れの瞬間を待っている気恥ずかしい感情や、親密さや、優しさを押しやった。碇を上げる船の膨らむ帆、天に向かって高まる一斉射撃が、海岸に立っている、人間の強さと同時に弱さをも象徴するトゥルグト・レイスに挨拶を送っていた。

ダーダネルス海峡の入り口で、熱狂的な歓迎は始まった。湾岸警備のボートは規約に反して民間人を満載し、潮流に抗してはるかゲリボルまで拍手喝采で俺たちと同行した。そこから先、イスタンブルの古びた城壁が遠くからかすかに見え始めたとき、造船所から来たほっそりした漕ぎ舟が、海面を覆う大小の何千もの船の間に道を開けていた。これほど多くの船に覆われて、海は地下の湖と化した。立錐の余地もないほど混んでいる両岸や、城壁の上から高まる叫び声の真ん中で、人々の重みで撓んだ木の枝が熱い風の息吹で揺れる蔓薔薇を思わせた。旗艦の後ろから、国旗を海中に引きずる惨めな状態になった敵のガレー船の一団を海辺の離宮の前に展示して、ガラタの埠頭に碇を下ろしたのは昼になっていた。日が沈む頃、何千もの種類の、さまざまな彩りの提灯で飾られた船の下になったイスタンブルの海峡は、海と言うよりもむしろ、花々で飾られた谷間に似ていた。マストのてっぺんに星のように光る灯り、太鼓やクラリネットとともに、甲板に作られたぶらんこを揺らしながら、帰還した者たちに賞賛を浴びせる若者たちは、このうえない興奮をいや増すのだった。海からとび出しているかのように見えるピラミッドの中央でのこの祝賀は、次第に五年前のスレイマン大帝の帰還を祝う狂ったような夜を思い出せた。

翌日、スレイマン大帝は、皇太子セリムの下の娘である、自分の孫のゲヴヘルハンにピヤーレと婚約の契りをさせた。スルタンはトゥルグトのことも忘れていなかった——カフタンとクルアーンと水晶をはめ込んだ大刀を春に渡すようにとの栄誉を俺たちに賜った。

冬の間、俺たちは西から届く泣き言を聞いて過ごした。スペインは、ジェルバの一件にかかわらなかったと主張して、東方の海での航行の自由を求めて、カディスとトルトサ間の海岸を襲う横暴な海賊を宮廷に訴えていた。たとえば、ナポリ国王は船でサレルノへ行くことができないとか、フェリペの使者は昨年の夏のヴィルフランシュの襲撃の責任を、ウルチ・アリのせいだと言ったりしていた。その襲撃でサヴォイア男爵は〝ならず者たち〟の手から辛うじて助かったのだとか！　フランスは、あの海賊の〝オシャリ〟によって奪われたディエッペのガリオン船の返却を求めていた。〝オシャリ〟と彼らは言っていたが、ピヤーレは、問題のガリオン船がドリアの艦隊にいたこと、ウルチ・アリは昨年の夏はジェルバにいたこと、したがって彼がヴィルフランシュにいることは不可能であったのをよくわかっていた、ルステムが病気であることを好機とみた提督は、来るべき季節のために、一二〇艘のガレー船の装備を許可する勅命をも獲得した。

しかし残念ながら、春の終わりには、何も準備できていなかった。この間に過ぎた時間に、ルステムはスペインとヴェネツィアへの保証のために、あの有益な勅命を取り消させてしまった！　大提督ピヤーレは四五艘のガレー船で満足しなければならなかった。もとよりザンテ島より先に出ることも禁じられてしまっていた。

夏の終わりに俺たちはナヴァリノ湾にいた。悪い報せと同様に、二つの良い報せが次々に来たのだ。レイスは、スルタンからの贈り物をトゥルグトに渡すためにトリポリに行くことを提督から許された頃、老いぼれのドリアの死を知った。イスタンブルからは、さらに喜ばしい報せが来た。虱殿のルステムも死んだのだった。その悪事に罰が当たりますように。

俺たちがいないのを好機と見たスペインは、チュニジアの海岸に近付き、ハルカル渓谷に必要な物資を上陸させていた。俺たちはトリポリに行くためにジェルバの側から廻った。俺たちが発った後で建てられた、頭蓋骨で造られたあの怖ろしい塔を見ないでもよかった。しかもフムト・スークの住民たちによってブルチ・エル・ルス塔と名付けられ、異教徒の頭蓋骨で造られた怖ろしげなピラミッドは預言者モハンメドにささげられていた。イスラムの戦死者のためには、記念碑もなければ墓もない！　あるいは彼らの頭蓋骨もこの骨の山の中にあったのか？　俺にいわせるなら、イスラム教徒も熱心な異教徒も、その頭蓋骨はすべて同じなのだ。

イスタンブルでの冬の日々は、噂話を聞くことで過ぎる。噂によれば、ヒュッレムの死後、息子たちの争いによって老け込んだと見えたスレイマン大帝は、ペルシャのシャーの下に身を寄せた後で、カズヴィンで子供たちとともに処刑された下の息子バヤズィトの末路から感じた悲しみで、誰にも、愛した娘のミフリマハにすら、会いたくないそうだ。母親の醜悪な生き写しであるこの性悪女は、夫の〝虱殿〟から遺された八一五の農園、何千ヘクタールもの土地、四八〇の水車の粉挽き所、一万七二二〇人の奴隷、一一〇六頭の駱駝、金の延べ棒五百、銀の鞍六百、クルアーン八百冊、鐙二千、一三〇組の鐙、千本以上の槍、宝石をはめ込まれた剣七百、七〇万ドゥカット、一一二〇万枚の銀貨、これらすべてのもののほかに、櫃いっぱいの金の腕輪、数珠、約五千着の毛皮のついたカフタン……要するに地獄にもって行くことのできない類稀な宝物を、片足を墓穴に突っ込んだスルタンの父親に喚いて求めたそうだ。孫娘のゲヴヘルハンをピヤーレと、イステミハンを第二宰相に任命されたソコッルと結婚させて、悲哀とともに独りぼっちになったこの世とあの世の覇者は、この巨大な帝国を支配できる者を探しているそうだ。

新しい大宰相は、ダルマチアのブリチカ島で生まれた、ボスニア出身の太っちょ（セミズ）というあだ名のあるアリ・パシャで、その名の通りひどく大柄で太っていたので、その巨体を乗せる馬を見つけるのは容易ではなかった。しかし細い漕ぎ舟に乗ることは彼にとって馬に乗るよりも容易であったために、造船所にしばしば視察に来たこの大宰相は、尊大なルステムの反対に、陽気で、洒落のわかる性向であった。ある夕刻別れ際に、「倉庫は空っぽだ、小麦も、大麦も残っていない！」と言って、ピヤーレを眺めながら、からかった。

「わしのような百オッカ（約一三〇キログラム）の男や、お前のような新婚の者や、背丈三アルシュン（約二メートル）のソコッルを国家はどうやって養えるか！」

そして「これは重大な問題だ。あの貴族たちをどうされたのだ」とその後から訊いた。

「どの者たちをですか？」

「ジェルバから来た者たちだ！　その一人ずつの身代金はわしの財産の一〇倍はある！」

実際は、この人物がフェリペの伯父のドイツ皇帝フェルディナントと八年間の停戦条約に近く署名するであろうことは誰もが知っていた。事実、条約は署名され、俺たちは夏の中頃、サンチョ・デ・レイバやドン・アボルの一隊が、堂々と胸を張って立ち去るのを不愉快な思いで見ていたのだった。自由になったジガラは下の息子をメッシーナに連れて行けるようにとさらに二ヶ月待ったがむだだった。西の貴族の家柄で、下の息子の将来に何が約束されているかをよく知っているこの野心家の青年は、戻ることを拒否して、割礼を受けてスィナンの名を貰い、イスタンブルに留まった。

ジェルバの勝利には、彼の地の下に眠る千人ほどの俺たちの戦死者がいた！　俺たちはあらゆる危険を賭して何のために働いたのだったのか？　自由になった海から、どうしてその報いを受けなかったのか。チュニジアを押さえて、海岸をセウタにまで延長し、スペイン領内のイスラム教徒たちに叛乱を唆し、フェリペを悩ませることもできたのだ。ヘッラドゥラ湾でスペインの二八艘のガレー船を沈没させた嵐さえも、俺たちには範例となることはできなかった。二年前にジェルバで獲得された勝利で宮殿は麻痺して、大臣たちの一団は無気力になっていた。チュニジアの太守ハフシレルの使者は、チュニジアに対する援助の要請を拒否する大臣会議の面々の前で、そのシャツを引き裂いた。ジェノヴァ人をその島から追放するために、艦隊の援助を期待して、冬のさなかにやって来たコルシカのサンピエロも、同じ返答を貰ったそうだ。マルタ人たちが海で一番いい思いをしていた。ロメガという名の男が、アレキサンドリア湾でメッカから戻る巡礼たちをさらったが、何もされなかった。噂によれば、誘拐された巡礼たちの中にはミフリマハの乳母もいたそうだ。

春が来るとともに再び甦った自然は、なぜかスレイマン大帝に慰めを与えなかったし、艦隊にも活気を与えなかった。ロメガというジャッカルは、今度は故皇妃の近親者で、アレキサンドリアの藩主である高齢のアフメト・ムスタファを、妻と娘とともにそのガリオン船ごとマルタに連れて行った。政府はつんぼの綽名のあったムスタファの代わりに、ウルチ・アリ・レイスをアレキサンドリアの藩主にしただけだった。

マルタの敗北

なぜかわからないが、あのエジプトという国は、俺には物語から現れた夢の世界のように思われた。書記の話によると、その昔、偉大な男たちを蠱惑した魅力的なベドウィンの美女がこのアレキサンドリアの町に住んでいたそうだ。海岸から四〇マイル（約七五キロメートル）の距離まで照らす巨大な灯台のおかげで、近くを通る船を夜の蛾のように港の中に引きいれたそうだ。船荷を奪われた船長は、口にひと匙の蜂蜜、頭には駝鳥の羽で作られたターバンをつけて自分の港に戻るそうだ。これもまた書記の言ったことだが、このベドウィンの女は、宮殿の地下に積み上げた葦から作ったパピルスに描かれた絵から知識を得たという。

ある日、その蠱惑的な魔女の宮殿は燃え上がったそうだ。炎に呑みこまれた知識の源泉のパピルスは蛇に変り、瓦礫の間に丸まったそうだ。成功で盲目になった魔女は胸のふくらみを開けて、密かな目的によって延びたり縮んだりするこの悪賢い化け物に、自分を恋するべく乳を与えようとしたが、この企みで今度はあの世に行くことになったという。

歴史は、遺物を展示して証拠を明らかにし、幸運な者は進歩する。月日は記憶され、何千年もの経験を示す過去から教訓を得るように努力する。伝説はというと、はるかな昔から、歴史的事件の証人になることに厭いて、時間や空間を脇に置いて、失われた言葉を捜し求めて疲れ果てた詩人の幻想に現れる物語を作りだすのだ。

アレキサンドリアに近付くとき、書記は自分の語ったことが本当であることを証明すべく、歴史的な出来事をちりばめて出来上がった伝説の基盤になる灯台を探していたが、その目の輝きは次第に失われていった。あの巨大な灯台は影も形も残っていなかったのだ。アレキサンドリアは、二つの入り江を支配するフォーク型の半島の端の、湖と海の間に聳える約八マイル（約一五キロメートル）の長さの城壁に囲まれたごく普通の町であった。船底を蝕む虫のいる水にも、綱の鉄輪を錆びさせる砂の海底にもかかわらず、西に向かって開いている港は賑わっていた。あのロメガといわれる貪欲者がなぜこの海でうろうろしているのかは明らかであった。つまり、大麦、小麦、棉花、羊毛、棗、毛皮、アラビアの砂漠を通ってくる香辛料、ヌビアから運ばれる駝鳥の羽、貴族のハーレムに送られる黒人の奴隷たち……あのならず者のマルタ人がこれらを自分のあの不毛の島でみつけられるかって？　二年間、ロメガを見つけるために俺たちは海のいたるところを探した。彼が一人では航行しないこと、大抵サン・オウバン島で共犯者と一緒に仕事をしたのを俺たちは知った。知ったことは知ったのだが、一向に見ることはできなかった。俺たちは彼を見かけることができなかったのだ！　この海の番人がウルチである限り、あの狐を見るどころか、その名をすら聞くことはなかったのである。

情報の中心地は、トリポリやアルジェリアではなくて、むしろ商人たちや巡礼者たちが宿泊するアレキサンドリアであった。痛風をわずらっていたスレイマン大帝は大臣会議に加わらず、誰をも御前に呼ばなかった。殻に閉じこもり、人々の目や心から遠く離れて、四〇年間の支配の間の、一生の栄誉となった外征や戦、一族内の姦計、追い求めた政治を思い出したくはなかったのだ。イスラムに修道院のような場があったら、彼もカルロスのように、隠遁者の国に逃れただろうか。酔いどれの息子セリムと、寡婦となり、人付き合いの悪い、喧嘩好きな娘ミフリマハ以外には、人生になにも残っていなかった。

その野心を満足させるために、どこの誰を攻撃すべきかを知りかねていたこの強情な娘のミフリマハは、年老いた乳母を救うために、もし彼女が死んでいたら復讐を果たすために、マルタを壊滅させることを考えていた。隠遁した父親のスルタンから援助を得られないのがわかると、民衆の怒りを煽動することに努め、乳母や、アフメト・ムスタファや、身代金の払えない何百人もの捕虜の嘆願書を広場で読ませては、母親から、夫から遺された財産を騎士と称するこれらのならず者を地獄に送るために使う用意があることを、民衆や外国人たちの前で大声で喚くのだった。釈放されるために一万八千枚の金貨が用意できなかった前藩主のアフメト・ムスタファの死の報せが来ると、民衆の間で、特に兵士たちの間で、スルタンの沈黙に関してあれこれ取りざたされ始めた。死んだのか？　民衆から、軍からその死を隠すだろうか？　疑惑が大きくなると、スレイマン大帝はある晴れた金曜日にモスクに行くことを、また行くためには町の中を廻ることをやらざるを得なくなった。イマムの説教によって煽動された会衆は、復讐をもとめたそうだ。モスクのイマムも、「わしらが聖地を訪れる権利はいつもたらされるのか？」と説教壇のてっぺんから喚いたという。スルタンは急いで馬上の大臣会議を召集して、二通の手紙を読んだそうだ。そのうちの一つで、亡きアフメト・ムスタファは、「わしらの鎖は陛下の勝利の剣のみが断ち切る！」と書いていたそうだ。四〇年前、ロードス島を征服した際、島を出るときに、今後海賊業をしないと誓った誓いを守らないマルタ人を非難してやまない、大臣たちの話を長々と聴いた後で決定を下したスルタンは言った。「誓いを守らない異教徒を壊滅することはイスラム教徒の義務である。時を失せずに行われる航行の首長は、わが提督であり、わが臣民トリポリ太守の言に従うべし……」トリポリ太守だと！　トゥルグトはスレイマン大帝の信頼の栄誉に浴したのか？　無為の五年間の後、このような厄介な航行において唯一頼りになるのはトゥルグトとピヤーレの存在であった。しかし準備が進行する中で、遺憾なことに、あの性悪のミフリマハはルステムの随伴者であった第五大臣の赤毛（クズル）のムスタファを引き入れたのであった。「あの犬どもを壊滅させる、そうでなければ自分は死ぬ！　この白い顎鬚を御信頼下され、スルタン陛下！」と喚いて、〝赤毛〟とあだ名のあるこの呆けたムスタファは総司令官の座を掴んだのであった。

春の中頃、かつて見られない艦隊——一三〇艘のガレー船、一〇艘のカリタ、八艘のガリオン船、三艘の馬運搬用の船、二万人の兵士、八万の砲弾、八万カンタル（約四五〇〇トン）の火薬——がシャーバン月の二十八日（一五六五年四月一日）、イェディクレから出港したのを俺たちは聞いた。その費用がミフリマハによってまかなわれたという〝スルタン〟という名の船、船室が金銀の細工のある二八列の無花果の木で作られた豪華なガレー船は、総司令官のムスタファの支配下に置かれた。六艘のガレー船とともに、航行に参加するつもりの俺たちは、来るべき指示を待っていた。俺たちは実際遠くにいて、気持ちも遠く離れているアレキサンドリアの入り江で忘れられたかのようだった。艦隊が出航したことを聞いてから、一ヶ月半後やっと、いつものようにネグロポンテ、あるいはモトンにおいてではなく、マルタで合流するようにとの命令が届いた。このわけのわからない情報の遅れには、必ずや秘密が隠されている。

マルタという肥沃でない、やせた土地は、至る方向から吹く風にさらされた、岩と塔のある城壁に囲まれた島である。水が乏しい。ぼんやり者の村人は、雨水を保持し、また乏しい作物を山羊から守るために、山の斜面に石ころで堤を作る。ハムルンとかゼイトゥンのようなアラビア語の名の町に住む二万人ほど住民を養うために、小高い丘に置かれた風車で大麦、蕎麦、黍を挽いて混ぜて、残ったフスマも、粉に加える。高い壁に囲まれた有力者の居住地であり首都である古い町、メディナは島の中央にある。真に堅固な場所である港では——海から見ると——両手の指を広げて親指をくっつけた形で、岬は水を入り江と港に分ける。真ん中の、二本の親指にあたる一番大きい半島の先端のセベッラスの山に、サンテルムという名の最近造られた城砦が聳える。この城砦は、右にマルサンクセット、左にはマルサという出入りを監督する。左手の小指はラ・ルネッル、薬指は英国の港で、中指はガレー船の港、人差し指もサングルという名を持つ。サングル岬上に聳えるサンミシェル城砦の騎士たちの本拠地はサンタンジェ城で、漁師たちの言うところでは古い町のメディナに地下道でつながっているとのことである。

ラ・ヴァレットは用心のためだと言って、城壁にくっついているすべての住宅を完全に破壊し、撤去していた。ガレー船港とサンタンジェの間に八百歩の長さの太い鎖を引いていた。捕えた捕虜たちの言うところによれば、ヴェネツィア鋳造所の作った最高傑作であるこの鎖は、その輪ひとつ毎に一〇ドゥカットかかったそうである。

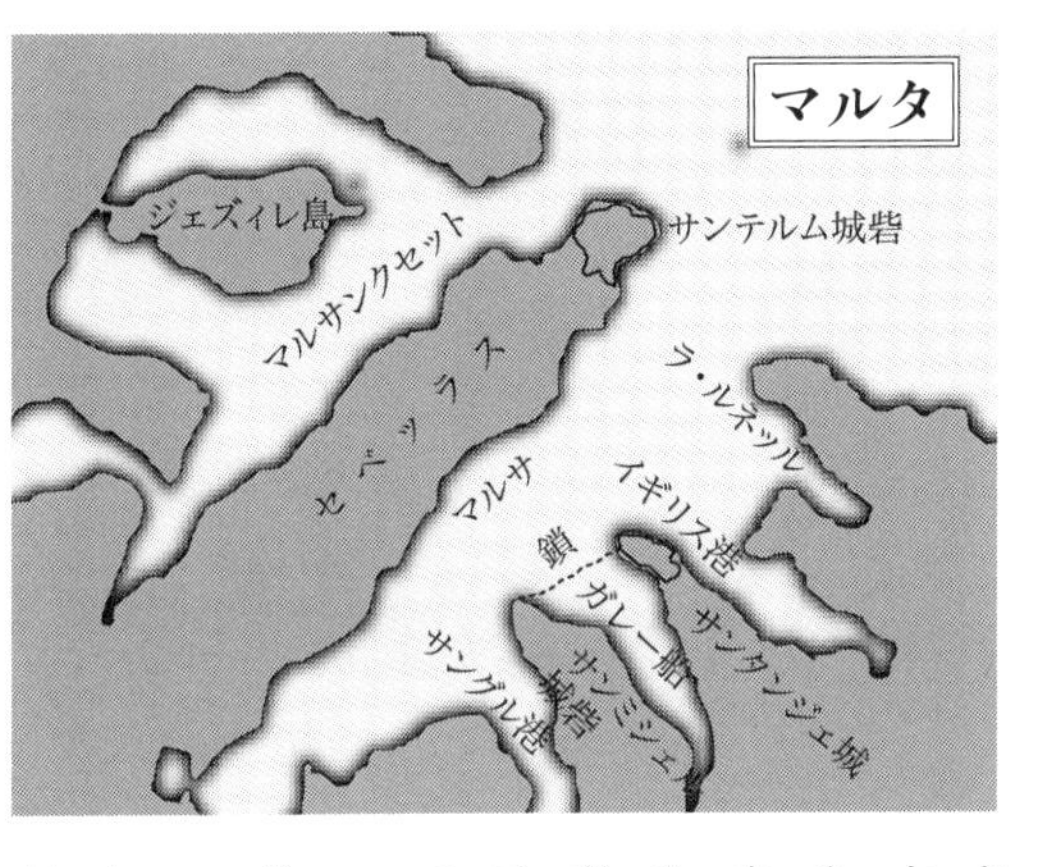

六艘のガレー船と六百人の戦士たちとともにアレキサンドリアから出航してマルタの海上に俺たちが着いた時には、ここに既に一〇日間留まっていた艦隊の内に、俺たちの目は黒い布を頭に巻いたトゥルグト・レイスをさがした。武器弾薬や兵士たちを一刻も早く上陸させたい赤毛(クズル)のムスタファと、船を守るために何よりもまず安全な港を求めるピヤーレの間に意見の相違が起こった。艦隊の責任者は、スルタンによれば、提督であった。自分の配下にある三万人の兵士に対して、島を防御する兵力がせいぜい六百人であることを知った総司令官がしびれを切らして、預言者イエスの昇天した日、復活祭に、ラ・ヴァレットに対する悪ふざけとして、サンテルム城砦に攻撃の命令を下したのが、あの地獄の時間の始まりとなった。きわめて簡単な軍隊の知識をすらもたない、均衡を欠いた総司令官の指揮による攻撃は考えられないものであった。一発か二発の大砲の音、攻撃、

退却、城壁を囲む濠に積み重なった血だらけの何百人もの戦死者。翌日、再び攻撃、退却、さらに何百人の戦死者……この恐怖の日々の間中、包囲されていない城砦から援軍を受けるサンテルムの守備隊は、オスマン軍をなし崩していた。このようなばかげた成り行きでは、スレイマン大帝の軍隊は一ヶ月で崩壊する運命にあった。

俺たちが来てから一週間後に一三艘のガレー船と一〇艘のカリタとともにやって来たトゥルグト・レイスは、この入り組んだ港に着く前に、島の西にあるサントマス埠頭に上陸した。サンテルムの前で起こった出来事を知らないかのように、連れてきた二千人の兵士とサンミシェル城砦の七百歩向かいに、その晩掘った塹壕から出た土で守備のための小山を作り始めた。夜明けとともに、指令を出す立場にある者全てを呼び集めた。トゥルグトの到着で兵士たちが活気付いたのを見た総司令官は、その日まで無視していたピヤーレの傍らで集まりに加わった。無駄になった二週間の総決算、つまり、港を見つける希望で島の周りを廻った三日間、どこから、どうやって、手をつけるかがわからなかったために過ぎたその後の三日間、常識に反して、何千人もの兵士、大砲、武器をサンテルム半島の限られた土地に留まらせて無駄にした一週間、そして屠殺場に向かう山羊や羊のように生命（いのち）が死に送られた最後の長い四日間の総決算だった！

「これはどういうことだ？」とトゥルグトは総司令官と向かい合った。「あんたの意図は塹壕を死体でいっぱいにすることなのか？」と。

七〇年の生涯、半世紀にわたる経験！　それがスルタンの総司令官でなくて、預言者であったとしても、トゥルグトはこの全く無知な、愚か者に敬意を示すことはできなかった。このような気ちがいじみた馬鹿げたやり方はいうまでもなく、陳腐な作戦すら尊敬しなかった。彼によれば、すべての城砦にはそれぞれの弱点がある、全ての羊にはそれぞれの襞や皺が、すべての土地にはそれ固有の弧があり、すべての人間にはそれぞれの秘密があるのだった。司令官を嫌悪する戦士が敵の勇士に敬意を感じることは十分ありうるのだ。

「あのサンテルムという城のために、何千人もの兵士を犠牲にするつもりだったのか。」ピヤーレはムスタファを問い詰めた。

「しかも、あのこの上なく困難な城砦を?」

今度はムスタファがピヤーレを非難した。

「済んだことは済んでしまったのだ! サンテルムの向かいにわしらの大砲は何門あるか?」

「一つは四門の、もう一つは一七門の砲兵隊だ。」

「残りは?」

残っているのはガリオン船の倉庫にあったものだ! 司令官は、あの狭い岬の上には十分な場所がないので、残った大砲をマルサンクセット港に下ろせるようにと、サンテルムの落ちるのを待っていたのだ。

「サントマスの入り江に全てを下ろせ!」トゥルグトは単刀直入に言った。

この首脳会議は夜半まで続いた。俺たちだけになった時、トゥルグトはレイスに文句を言った。

「あの気ちがいの道化にどうして何も言わなかったのか?」

「忘れる勿(なか)れ、あの気ちがいの道化は、司令官だ」とレイスは答えた。「わしらが誰であるかを訊くことすらなさらなかった。しかもわしらが着いた時にはすべては済んでいたのだ。」

「いつ着いたのだ?」

「ピヤーレより一〇日後だ。今日で一週間になる。」

「なら、艦隊に加わるようにとの命令をいつ受けとったのか?」

「艦隊がナヴァリノに到着した後で。」

「わしが命令を受け取ったのは、艦隊がナヴァリノを出てしまった後だった。大国も頭のおかしい女の命令下におかれると、見ろ、わしらの身にも何が起こることやら」とトゥルグトはため息をついた。

「どの女のことだ?」

「自分をスルタンだと思っているミフリマハのことだ。あの〝虱殿〟の未亡人だ。あの気を滅入らせるおしゃべり女は、支配権を握るためなら、父親をすら犠牲にするのをためらわないのだ!」

事態を振り返って見ると、トゥルグト・レイスの言うことは事実もっともだった。甘やかされた、貪欲で、わがままな癇癪もちが、マルタ征伐が行われるようにと二年の間民衆を煽動して、父親を悩ませ、この仕事のために自分の金をつかったのだ。彼女の考えでは、マルタは一ヶ月もあれば呑み込んで消化できる、価値のない一切れだったのだ。この勝利の栄誉は、亡き夫の嫌ったあのトゥルグトの、あるいはジェルバの一件以来彼と行動を共にしているピヤーレのものではなくて、個人の、ミフリマハのものであるべきだったのだ。遅れて届いた指示、全能なるスレイマンから軍の司令官の地位を望む厚かましさを示す総司令官に献呈された豪華なガレー船……そうだ、そうだ、今にしてわかるのだ。もしすべてがあの癇癪もちの女の計算通りに進展していたら、俺たちは単にムスタファの勝利を寿ぐためのお飾りとして存在することになるのだった。ところが、事態は計算したようにはいかなかったのだ。

レイスはトゥルグトにサンテルム城砦に武器を運んでいる船を指し示した。サンタンジェから撃たれる巨大な砲弾を逃れるために、マルサンクセット側に置かれた二一門の大砲はマルサを巡回する船を妨害することはできなかった。なんとしても、地下壕を向こう側に向かって前進させて、マルサ側に、砲兵隊を置く必要があった。

ガリオン船から引き出してサントマス湾に下ろされて、牛に引かせた大砲六門と、砲兵隊三隊がサンタマルゲリテの丘の上に、一三門の大砲と砲兵隊一隊はイギリス港に、四門の大砲と砲兵隊一隊もサングル港の上方に配置され始めた。サンテルムの城壁のすぐ下での作業は、サンタンジェから発射される砲弾にもかかわらず、マルサの方向に進んでいた。後は沖を見張ることが残った。艦隊は、足元を走り回るモグラに気が付かずに、関係ないところで威張りちらす地獄の番人に似ていた。シチリアから来たガレー船が七マイル〔約一三キロメートル〕の距離にまで近付いたこと、そして暗闇を利用して、六艘の並んだボートがサンテルムの埠頭に荷を降ろして逃げたことが俺たちの耳に入ってきた。

「ウルチよ、わしが思うにはピヤーレには手助けが必要だ」とトゥルグトは呟いた。

「古い付き合いだ、行ってやれ。彼はまだメルテム〔夏に陸から海に吹く風〕のささやきを解読することを知らないから。」

メルテム、漣(さざなみ)、鷗たち、漁師たち——それらは俺たちの旅の道連れだ——、彼らがマレチャ湾で二艘のシチリアのガレー船が四百人の男たちを降ろそうとしたことを俺たちに知らせてくれた。奴らはそれはすさまじい勢いで逃亡したので、俺たちは捕えられなかった。三日後、ピエトラ・ネグラの六マイル（約一一キロメートル）沖で六艘のガレー船を確認したが、彼らも引き上げた。陽は沈もうとしていた。逃げる者たちを追跡しようとしたとき、レイスが止まるように命じたのだ。なぜなら、帆をいっぱいに上げた一艘の船が俺たちに向かってきていたから。なぜかわからないが、心の奥から湧き出る恐怖が、薄闇が降りた海面を血の塊のように滑るこの赤い帆の船を止めたいと思った。

薄暗がりに見える影は、何かはっきりとわからないものを告げていた。そのはっきりしないものが水面に出ると、得られた確信はたじろいて、秘められた慄きが自信を包み込み、血管の中の血液に浸透して凍てつかせる。胸から切り離されるかのように、どきどきする心臓の鼓動が感覚に触れると、影は再び闇の世界に消えて、怯えた目が、沈む太陽で赤く染まり始めた帆の上に、悶える人間の姿を描きにかかる。血の塊のように無言で滑るようにやって来た帆船は、不吉な鳥のように、一つの生命の終焉を俺に告げていた。

「レイス！」

喉下で詰まった俺の息は、帆船から高まる叫び声と混ざった。

「レイース！　ウルーチ！　すぐ来てくれ！」

すぐ来いだって？　何に、誰のところに？　自分に「どうして」と繰り返したがわからなかった。

ぼんやりと「どうして」と繰り返した。答えを知るためにではない……事実を知るのを遅らせるためにだ。

「トゥルグト……か？」

「そうだ。」

「死んだのか？」

「死んではいないが……尽きるところだ。」

サンテルムの城壁の前で、地下壕を掘っていた時、サンタンジェから撃たれた砲弾の爆破した大岩の破片が、弾丸のようにこめかみを貫いたのだった。銃口からほとばしる煙が、雲のカーテンのように空を覆って、月光の半分を闇に埋めていた。サンミシェルの向かいで、中央に半月のある赤と白の旗が、夜の涙で重くなってくしゃくしゃになったハンカチのように、旗竿いっぱいに垂れ下がっていた。轟く砲台！　サンテルムの城壁の上に稲妻が落ちていた。テントの中で、燭台の震える灯りの下、床に敷かれた寝床のうえに、敷布に包まれた「影」が長々と横たわっていた。頭に巻かれた包帯から、耳の端、唇、息も絶え絶えの人物の輝きを失った片方の目が見えた。裂けた唇の間からのくぐもった呟きが、クルアーンから祈禱を読むイマムの単調な声で遮られた。

「やめろ！」とレイスががなった。

「何か言おうとしている、黙って、聴こうではないか！」

遮られた白い顎鬚のイマムは黙した。

レイスは何か狂気の沙汰を起こしそうな、苦痛に満ちた彫像のように薄暗い部屋の中に立っていた。今にも城壁の上に身を投げて、死を蹴散らして、あるいは死を求めて、あるいはまたこの戦場を屠殺場とした吸血鬼のムスタファの命を取ろうとしそうだった。名目上の敵はマルタであった。しかしこの不幸を自らの命であがなわなければならないのは、あの野心に燃える、無知で、身の程知らずの耄碌であった。

彼がその心の中によぎることを実行するかも知れないと恐れて、俺は走り寄った。トゥルグトの唇の間から「ヤギ」に似た言葉が出た。苦痛と復讐心に満ちた俺は、あの世から来る息を言葉と思ってしまったのか。あの世に旅立つレイスの中のレイスは、興奮したウルチを「途を踏み違えた山羊」と扱ったのか。

「山羊……たち……母……さん」ともう一度呻いた。

「うわごとを言っている」と脈を診ていた医者が言った。

四日三晩死に近づいて行くこの価値ある存在は時々目を覚まし、その目はテントの入り口に釘付けになる。かすかに動く唇は、キラキラと輝く日の光に、一年のうちで一番長い日々に別れを告げていたのだろうか。俺は、途切れ途切れのこの声と、時々寒さで震えるように揺れる身体と、遠くから聞こえる叫び声や、俺たちのいるテントの前にある小山に飛んできて埋まった砲弾の間をむすびつけていたのだろうか。あの消えた言葉は、この世を去る恐怖ではなくて、静寂にまみえる喜びを説明しようとしていたのだろうか。「母親、父親、城砦、山羊、山、海、小舟、船」のような言葉だったのだ！　レイスの中のレイスは、時間と空間の外にいる影と対話しているのだろうか。「べレニチ、チャタル島、カラバア……」知らない、聞いたこともない場所である！　七年後、レイスの命令でロードス島にある造船所を視察に行った帰途に、俺はやっと、人生という細い糸の二つの端を一箇所に持ってくることによって、子供時代が山の斜面を転がり転がりしながら、今際の息と一つに繋がる神秘の輪の秘密についに到達したのだった。

そう、ベレニチは山々に挟まれた渓谷で三軒ぼっちの家のある村だった。日が遅く昇り、早く沈む山の斜面で、山羊、山鶉、雉鳩たちが、はいはいする子をトゥルグトチャと呼んだ。そのはいはいするトゥルグトチャは、二本足で立てるようになったその日から山羊の後を追って頂に攀じ登り、はるか下方で、時には怒り狂って泡立ったり、時には果てしなく平らに拡がる海を眺めて、一日中物思いに耽るのだった。夕方には、巨大な火の玉がチャタル島の斜面を下方にゆっくりと滑り降りるのを、水平線の彼方から空が色とりどりの波紋状に彩られるのを見るために、頂上にある隣村のカラバアの裏を廻って山羊の囲いに戻るのだった。夜を昼に変える太陽は、海から生まれて、海から眠りに入っていった。峡谷で生まれた空想をばかにする調子で水の上で滑るように飛ぶ鷗を、新米の牛飼いは見飽きることはなかった。あの水は人間を引き寄せて連れて行くそうだ。岩場の間からとび出す怖ろしい怪物がさらっていった捕虜を、再び見ることはないという。メッカの方向で水平線に消えるそうだ。経験をつんだ年寄りたちは、カラバアと預言者の国のメッカとの間に、ロードスという盗賊のねぐらがあるのを知っていたそうだ。それよりずっと近くで、カラバアまで歩いて半日のところにゼフィリアという半島の上に、トゥルグトの世界を暗くする悪魔たちが巣食う不吉な砦（今日のボドルム城塞）があった。子供時代の空想力で何千回、山羊たちを聖地を救う英雄に見たてたことか、つまらない棒切れを、手にした剣だとして、啄木鳥や鴉や兎や狐に何度あの不吉な城壁への攻撃の命令を下したことか……生きてきた生涯、過ぎた日々の後で、サンミシェル城砦の前で死に瀕した七十歳の老人が今際の息の下から、「前進」と呟くとき、その弱々しい声は子供の声だった。発作のせいで体が飛び上がった時、頭をまっすぐにしたのは、頭から離れないあの呪われた城砦を見るためだった。間もなく離れていく肉体をまさぐるその指に、俺は枕元にあった数珠を握らせた。魔術師の幻を真っ二つにしようとする勇士が一生涯剣の柄を握ったその指は、あの世で救命ブイになるあの大事な数珠を掴めなかった。「父さん、母さん」という呻き声は、水平線を征服する希望で、ある日旅の船に飛び乗って戻ることのなかったことへの、山羊たちを放ったらかしにしたことへの自責の念から来ていた。ほんの二、三日前俺に「羊飼いをばかにするではないぞ」と言ったのは、家を、牧羊地を懐かしみ、砂浜に置いてきた一人ぼっちの仔山羊の呼び声を聞いたことから来ていたのだ。大洋の、時間の、最後の息の霞む世界から、経帷子を思わせる赤ん坊のおくるみを引きずってきた仔山羊たちは、呪われた城砦の陥落の吉報のようだった。

無慈悲な太陽が枯渇して呻く大地を焼く、一年で一番昼間が長い日に、身動きもせずに横たわるトゥルグトは突然幽霊のように上半身を起こして、「ジョウ……サイ、ジョウ……サイ」と繰り返して寝床の上に倒れた。

「城……砦が……おちた……おお……仲間……たちよ」と呟いたのを俺は聞いた。

その瞬間から、医者が唇の前に持っていった鏡は息で曇ることはなかった。サンテルムの陥落を喚きながら知らせる伝令を見ることのできない、動かない瞳孔は、長年輝かしい夢を育んだ太陽のテントに入り込んだ光線を見ていた。
俺たちにとって神聖なる亡骸が暑さで腐敗しないようにと、内臓を除去して、タールで覆って、自らが墓所と選んだトリポリ・モスクの中庭に埋葬するべく船に乗せるとき、俺は涙が止まらなかった。

サンテルム城砦で行われる式典に俺は全く行きたくなかった。ピヤーレとレイスに頼まれて、あの抵抗するラ・ヴァレットに向けて、冷静で論理的な警告を書いた。要するに、敗北が明らかなこの島において起こる不祥事を避けるために、降伏の旗印を掲げるならば、本人および配下の者たちが、大砲、鉄砲、全装備ともどもシチリアに移ることを許す。しかも評価に値する守備をした者たちには、その給料の四倍を授与するというものであった。内容については誰もが同意した、一人を除いて。

「スルタン陛下はわしにマルタの犬どもと交渉する資格をたまわらなかった」と言って司令官は同意しなかった。

レイスは今から四〇年前、ロードス島征服の際にスレイマン大帝が彼らを無事に釈放したことを思い起こさせたが、「スルタン陛下ご自身が全員を剣にかけよと命じられたのだ」とクズル・ムスタファはわめいた。

サンテルムを失った後で、マルサンクセットが包囲されて、マルサが孤立し、外界からの援軍の望みのないことを知ったラ・ヴァレットは、このような申し出を拒みはしない……あの吸血鬼のムスタファが恐怖の殺戮を始めてさえいなかったら！　サンテルムの中にいる生きている者も、死んだ者も、さらには自分たちの艦隊で漕ぎ手として働いているキリスト教徒の捕虜をさえ、理由もなく刀にかけたのだった。俺たちマグレブ出身の船長たちは、この気が狂った男が俺たちの捕虜をも同じ運命にあわせるかと恐れて、耳を澄ませて、沖に逃げる用意をして待機していた。槍の先に切断した頭を乗せたり、磔にした死体でいっぱいの船が、緩やかな潮流に乗ってマルサからサンタンジェに向かって滑って行った。激しい抵抗に報復するためにこの嫌悪すべき司令官が取った方法……それは残虐行為であった！　最終的な勝利の日、勝利は時間の問題だと確信して、この成功を自分だけのものとするために、提督のピヤーレが旗艦の外に出ることも禁じたのだった。城砦が陥落した二日後、その唇にハイエナを思わせる微笑を浮かべて、彼はこの〝神聖なる死者〟を永遠の憩いの場、墓所となるトリポリに運ぶようにレイスに求めた。トゥルグトはもうこの世にいなかった。彼の意図はその補佐官のウルチ・アリ・レイスをも遠ざけることであったのだろうか。

その日の晩に、あの嫌悪を催す屠殺場から俺たちは離れた。血に飢えた吸血鬼は、のこっている者たちと、落ちることのない城壁に攻撃を繰り返し、濠は死体や瀕死の者たちで溢れた。サンテルムの塔の上に俺たちの旗が波打っていたが……二五年間の俺の経験から来る予感では、十一月の風が吹く頃には、その旗はもうそこにないであろうと心の中で感じた。

この狂った司令官を止めることができる唯一の存在はトリポリで埋葬された。トゥルグト・レイスの死去を知って叛乱を起こそうとした船長たちを、レイスはかろうじて静めることに成功した。マルタから届く報せはいずれも気持ちのよいものではなかった。たとえば、司令官に対する仕返しとして、ラ・ヴァレットも手にある捕虜たちの頭を斬った。斬った頭を斧をつけた槍の先にのせてサンタンジェ城の城壁の上に並べたそうだ。胸を三日月の形に切った死体で満載の船をサンテルムに向かって流したそうだ。ピヤーレからの伝令は、俺たちが一刻も早くマルタに戻ることを求めた。ラ・ヴァレットに対する援軍がメッシーナ海峡で艦隊を形成したそうだ。本当のことを言えば、マルタの勇士たちの英雄的行動が、怠惰な王侯たちをやっと勇気づけたのだった。

マルタに戻ったとき、俺たちはやつれたたピヤーレを見た。ますます調子にのった司令官は、艦隊の全部をマルサンクセット湾に入れるようにとピヤーレに圧力をかけて、イェニチェリ兵や歩兵の中で残った一握りの戦士の補充として、船乗りを陸軍に入れるように要求したそうだ！　手を血で汚した、狂った暴君は、陸上での戦いをまったく知らない船乗りにイェニチェリ兵の格好をさせて戦いに引き入れるために、戦死した者や瀕死の者の服を脱がせてもってくるように配下に命じたそうだ。周囲は日照りで渇いて、一晩中降りた露の下にいて下痢で死んだ負傷者でいっぱいだった。この狂った異常者は、誰も彼も死に送り込むことで善行を施したとでも考えているのか。

俺たちを背後から攻撃する軍隊が島に上陸したという報せは混乱を引き起こした。内部から崩れはじめようとしていた。ピヤーレは今度は司令官の脅しを無視してボートのすべてを陸に送り、退却の命令を下すと、俺たちは二日二晩ですべてを船に載せた。

神が罰として敗北を総崩れに変えたいと思った時、罪人の頭には希望の灯りに似た光がちらちら見える。背後から攻撃するだろうといわれた軍が唯の一中隊であったこと、酒を飲んだ頭のおかしい者の証言であったことが、この狂人を完全に激怒させるには十分以上であった。生死の間をさまよった船の帰還者たちを、スルタンの司令官という肩書きで脅したり、軍曹たちの前で小突いたり、鞭で脅したりして、飢えと病気でやせこけたこれらの不具者たちを頑健な戦士であるかのように再びボートに満載した。あの不運な者たちがメディナの町のこじきのように海岸の砂利の上に倒れこんだ様は、それは哀れだった。背にテンの毛皮をはおり、腰には柄にルビーを嵌め込んだ剣を佩いて、頭にはサファイアをつけたターバンをかぶったこの勝利に憑かれた悪魔は、拍車をかけ、死後名声を博すであろうこれらの傷病兵の軍を、あの敵軍の剣にかけるつもりでメディナへ引きずっていった。サンテルムはラ・ヴァレットによって奪回された。艦隊は帰還を待つべくサンポウル湾に来た。

帰還とは何たる語か！　総崩れ、殺戮、失敗！　二日間待った後で、メディナに通じる道の山の斜面は、頭を切断しようとする騎士たちで覆われた。伐採された雑木林のように、三万人の軍隊から残った影が斜面を下に向かって逃げようとして、疲れ果てて倒れたり、躓いたり、這ったりしては、俺たちの目の前で頭を切られるのだ。海岸に無事に達する者たちのためにレイスと一緒にボートを準備した。

あの地獄のような日、もしピヤーレが大砲をとどろかせて騒ぎの真ん中に砲弾の雨を降らせていなかったら、今日この回想記を書いているペンは折れていたであろう。やせた大地は死体で覆われた。今まで恐怖とは何かを知らなかった完璧なる軍隊から生き残った者が、傷ついた動物のように海に向かって這っている、ボートに詰め込まれる、泳いでガレー船に達せると思った者は溺れていった。びっしり満載のボートに最後に俺たちが飛び乗った。隣に座っている髪も顎ひげも白くなった男の、ぼろぼろになった上着と折れた剣に俺は気がついた。クズル・ムスタファ以外の何者でもなかった。赤くなった目を空に向けて、「汝、天にいる者よ、見たか！　命を取るのは剣ではない、運命なのだ！」と、あの〝天にいる〟創造主に話しかけていた。「見ておれ、そうだ、見ることになるだろう、あの卑しい犬どもをひどい目にあわせてやる！」と。

二つの世界の支配者のスルタンのことを俺はそのとき考えた――知識、知能はやってきたのと同じように、なくなるのだと心の中で言った。壮麗なるスレイマンですら、最後には貪欲で、性悪な、追従者たちの罠に落ちた。いったいどうして、大急ぎの馬上の大臣会議中に、軍の将来を狂人の手に渡したりしたのか！

喪に服するかのように、長い黒衣に身を包んで舳先にある大砲の傍らにかがんだレイスは、丸くなっては崩れて戻る波を見つめていた。別世界に耳を傾けている修行僧のように、彼は三日三晩飲みも食いもしなかった。

アルジェリアの太守

慣れていない者にとっては敗北はつらいものだ。ことにその敗北の原因が、勇敢を装った無知とか、策略とか、弾圧、下劣さによるものであったのならなおさらだ。回る運命の車輪の堂々巡りから抜けだす必要を感じながら、その中から出られない直観力を持つ稀有の人々は、地球の裏側で隠れ家を見付けることを夢見る。マルタでの壊滅以来、トゥルグト・レイスを、その成功を、名声を、特に一時的な狂気のように俺たちの目に映った砂漠への逃避のことを、俺はしきりに考えた。俺は同じ道をとる用意があった。レイスにその考えを打ち明けたが、彼はとりあわなかった。イスタンブルからきた伝令が大宰相太っちょ（セミズ）アリ・パシャの死後、後任者のソコッル・メフメト・パシャからの命令でウルチ・アリ・レイスがトゥルグト以後空席になっていたトリポリの太守に任命されたことを知らされた。その地位にふさわしいと見られたことへの誇りとともに、感謝の念が俺に中に生じた。この気持ちは、俺たちがトリポリに着いてから一〇ヶ月後に、スレイマン大帝がハンガリーの国境のシゲトといわれる場所で逝去されたことでさらに強まった。息子を殺したことは許されないが、それ以外はこの世を支配する権力者として壮麗なるスレイマン大帝だった。この偉大な者の死によって、レイスが感じていた感謝の念にはさらに責任感が加わった。

運命とは奇妙なものである！　生命の誕生を俺は見たことがなかったが、生命の終焉、絶望、恐怖の場面は、俺の記憶の中で、あたかもブルチ・エル・ルスと言われるピラミッドの中にある頭蓋骨のように積み重なって留まっている。

兄弟たちの間の抗争を無事に生き延びた、スレイマン大帝のただ一人の息子セリムが国家の長に座した。弟のバヤズィトに対する征伐を指揮したこの新しいスルタンをとても愛していた、婿のソコッル・メフメト・パシャは、大宰相になる用意ができていた。彼が野心家であったことは言うまでもないが、その野心にふさわしい人物であり、権力はあったが、上品であり、決してルステムのように貪欲ではなく、進歩的で、優れた人物で、シゲトといわれる場所でスレイマン大帝が息を引き取った時、その枕元にいたと言われている。兵士たちが精神的に動揺しないようにと、内蔵を除去して、防腐処理をしてミイラにした亡骸を玉座の下に隠して、スルタンが病気というわさを広めることをさえあえてしたそうだ。スレイマン大帝に筆跡が似ているジャーフェル殿が嘆願書に返事を書き、スルタンに似ているボスニア人のハッサンがスルタンの車に乗って、帳の後ろから兵士たちに挨拶を送ったそうだ。

親戚であることだけでなく、長年にわたってこの上なく有能に任務を遂行し、スルタン崩御の際に彼が取った処置によって、新しく玉座に着いたスルタン・セリムの目にとって、ソコッルをなくてはならない存在にした。ソコッル・メフメト・パシャはトゥルグトの価値をも知っていた。いまや、事態はよい方向に向かっていることを考えれば、すべてを放り出して逃げ出すことに意味があるのか。物事の路線には、上がり下がりがあるが、俺のはいつも下降の傾向にあったことを告白しなければならない。レイスは上昇線上にいた。彼の前には、将来の日々が築かれるのを待っていた。蚕は生まれて、這う生活をし、繭を紡いでその中に隠れ、死んで、別の美しいものとして新しく生まれ、蜜を吸い、羽を羽ばたき、大空に高く舞い上がるということは、人間にとって模範となるのではないか？　地下で、地上で、成功や失敗……今日まで俺たちは這いずってやってきて、俺は四十歳になった。繭を破って出るために、宰相のソコッルがウルチ・アリをトリポリの次にアルジェリアの太守に任命するとは、実のところ、俺は思いもつかなかった。

アルジェリア、運命が俺を奴隷として投げ出した町に、太守の息子として戻るとは！　俺の目には、三〇年経って港はさらに狭く、城壁はより低く、脆く見えた。日干し煉瓦で造られた小さな家々の間を走る、人影のない、ひっそりした道、凶作のせいで、その左右の露店が消えた大通り！　鎖の先につけられた頭蓋骨が揺れている長く続く城壁。地下牢は半分空であった。商店街にはかつての賑やかさはほとんど残っていなかった。船長たちの言うことによると、この凶作は異教徒のガレー船が誰のものでもない海で獲物を獲ったせいだった。フェリペの六〇艘のガレー船に、バルセロナで建造が完成した四〇艘のガレー船が加わるところであった。それとは別に、マルタ、ナポリ、シチリアの艦隊も……マルタでの壊滅以来この三年間にトルコの大艦隊という語がきかれなかったことも考慮すると、アルジェリアが襲撃されるのは時間の問題である。

アルジェリアはもう、昔のアルジェリアではなかった。その将来が危機に瀕しているにもかかわらず、イェニチェリ兵たちと船乗りたちが互いにいがみ合っていた。つまり、船乗りは、ガレー船に乗るイェニチェリがよりよい配分にあずかるのに対抗して、年をとったり、不具になったりした海のベテランのためにイェニチェリに認められた権利を要求していた。

見張らせていた者たちによれば、ギスリエーリという名の者がピウス五世という名の教皇になって以来、この二年の間に、エジプトで、シリアで、クリミアで、イエメンで問題があったオスマン帝国に対して十字軍を送るべく努力しているそうだ。フェリペはいつもしていたように、カラブリアやシチリアから兵隊を徴集して、俺たちの右と左に広がる海岸を襲撃するのをためらわなかった。その日まで、海岸いっぱいに個別に働いていた船長たちは、ウルチ・アリの存在を知って、三〇年前のような高速艦隊に似たものを作るべくアルジェリアに次々とやって来た。凶作の後で、今年はいい収穫がありそうだった。放っておかれたアルジェリアには、レイスの到来によって安全な環境ができ始めた。

俺が若いころに会った修行僧に、将来俺たちに何が待ちかまえているかを教えてもらうために、俺は税関の門の辺りをしばしば歩き回った。後ろまでいっぱいに開けてある門の入り口は、混雑しているにもかかわらず生気がなく、騒音にもかかわらずひっそりしていた。神に対する、人類に対する愛を生き、説き、広めるためには、乞食の格好で現れて、予言をして、ある日忽然と見えなくならなければならなかったのか！

「あの人はどこの生まれで、どこから来たのだろうか、レイス？」

「カラブリアからだと思う。」

俺はからかわれているのかと思った。

「カラブリア生まれの修行僧ですか？」

「そうだ、清貧の誓をしたフランシスコ派の僧だ！　ここに初めて来た時にあそこにいた、あの門の入り口に。」

「一〇本の指がちゃんとありましたか？」

レイスはただ微笑んだだけだった。

「割礼を受けていましたか、どう思いますか？」

「乞食の宗教なんぞ誰が構うものか！」

「モスクで説教するように将来予言していました……」

「将来を感じ取るためには僧侶やホジャにならなければならないのか！　彼は悪魔のヒメネスの悪から逃れた何百人ものフランシスコ派の僧のひとりだった。」

　カトリックの僧侶がイスラムの修行僧になるか？　スペインの地から逃れてきた避難民たちの言うことを聞くにつれて、俺はそれはありうると考えるようになった。支配者が、いやいやではあれ決めた、信仰を自由にするという約束を守らない、カルロスの子供時代に摂政を引き受けた残酷なトレド司教ヒメネスについて彼らは俺に語った。故意にでっち上げられたばかげた中傷のせいで、拷問台で血を吐いて、火中に投じられた哀れな改宗者（コンヴェルソス）の処刑人である、司教の格好をしたこの悪魔は、グラナダの広場で、何世紀もの学問や長年の苦心の著作を何千冊も焼いた後で、自分の宗教上の兄弟とも言えるフランシスコ派の信徒をも追及させることをためらわなかったことになる。キリスト教にイスラムから改宗した者、ユダヤ教から改宗した者たちが、神聖な日と考える金曜日や土曜日にドアを開けておかねばならない義務は、この異常な司教が地獄に行ってから五〇年後も続行されているそうだ。公用語以外の言語を話す者は見せしめのために道で鞭で打ちのめされたそうだ。イマムによる結婚、割礼は、したがって禁じられた。礼拝の前に身を清める者が水を使うからといって、この不吉な国では改宗者の住んでいる地区の水汲み場は封鎖された。

カラブリア生まれのレイスは、この軽蔑された〝コンヴェルソス〟たちを兄弟のようにみなして、徴兵の後人口の減ったアンダルシアに目を向けた。変装した俺たちの仲間がそこの海岸を歩き回ったり、騾馬の御者の格好で山の洞穴に隠れた〝ムデッジル〟(改宗した元イスラム教徒)たちの間できわめて密かに様子を窺ったりしていた。アルプハーラスの住人たちはおそれおののいていた。その中で、忍耐が切れそうな、尊敬されていた二人の人物、ディエゴ・ロペス・アビネッボとフェルナンド・デ・ヴァロルは、ついに武器を取るしか方法はないと決心した。ディエゴがアブドゥッラー・イブン・ムハンマドで、フェルナンドもムハンマド・イブン・ウマイヤであることを俺は後になって知った。その日からレイスは一秒も無駄にしなかった。集めた槍、剣、ピストル、鉄砲を、モスクの中庭に積み上げた。アルジェリアの住民の間では、弓二本、剣二本、ピストルを二丁持っている誰もが、そのうち一つをアルプハーラスにいる兄弟たちに寄付することを求められた。一週間でモスクの中庭は武器庫となった。武器弾薬は六艘の船に積まれた。月の出ていない晩に、日が昇る前に、この泳ぐ武器庫は気ちがい（デリ）メミのカリタの後について碇をあげて出発した。その一〇日後、待たれていた嵐が起こった。

グラナダの叛乱はクリスマスの晩に始まった。「アッラーは偉大なり（アッラー・アクベル）」の呼び声で立ち上がった民衆が山に上ったとき、その数は数千人になっていた。一週間後にグラナダが、一ヶ月後にアルメリーアが、半数は武装した約三万人の叛乱派の手に落ちた。スペイン人がそこで困難な立場になったことを聞いたアルジェリアの住民や移民は、モスクの中庭に衣類、食糧、武器、弾丸を運び、これらすべての装備、火薬、武器は四百頭の駱駝に積まれて、敵の支配している海を最短距離で越えるために、メザグラン港に集められ、海岸を諳んじている船長たちのおかげで容易に対岸に渡った。

息子のドン・カルロスを牢に入れさせて、もしかしたら殺させたフェリペの悩みを、北から来る風は俺たちに知らせてくれた。南東から吹く風は、イスタンブルの造船所で四〇艘ほどのガレー船が建造中であるとの吉報を知らせてくれた。西から移住したユダヤ人――ヤセフ・ナシともジョセフ・ミカともいわれるが――によって費用を負担された援軍が、スペインの海上にまもなく来るのだ。レイスは、ウマイヤの兄弟の一人をアルジェリアに連れてこさせて、調停の使者としてソコッルの傍らに送った。強大になったピヤーレの艦隊を、少なくともマジョルカの前で見られたら、フェリペは万事休すということになる。アルメリーア、グラナダ、シエラ・ネヴァダの山々は改宗者〝コンヴェルソス〟の手に移った。誰に援助を求めたらよいやらわからないフェリペは、シチリアから、ナポリから、さらにはロンバルディアから連れてきた軍隊を、義弟のドン・ファンの命令下に渡した。モロッコ王朝は海岸沿いに建てられたスペインの要塞の奪回にとりかかった。マルセーユ沖で突然起こった嵐は、バルセロナの港に着こうとしていたカスティーリャ知事の命令下にある艦隊をめちゃめちゃにした。興奮した民衆の心にはスペインの貴族たちの土地を征服する希望が芽吹いた。「流罪か、あるいは死か！　フェリペよ、今度はお前が選ぶ番だ！」といったような叫び声が広場にひびいた。

このような興奮した状況で、メッシーナからやって来たガングッザという名の男が自分をカステッラ生まれだと言って、どうしても甥の太守に会いたいと港で主張した。この奇妙な人物について俺が知らせたとき、レイスのしかめた顔に、暗い影が現れた。会見は、もとより瞬きをする間に終わった。レイスが、手振りで、二人の兵にガングッザを連れて行くように命じ、この素性のわからない親類に「さあ、行け！　死にたくなかったら、二度とわしの前に現れるな！」と言ったのを、俺は昨日のことのように覚えている。

そのとき直ちに、ふさわしくない申し出を断ったのだと俺は考えた。不愉快な部分は自分だけにしまっておいたレイスは、ガングッザから聞いた悪い可能性を俺に話した。スルタンの艦隊はここには来ないで、キプロスに行くそうだ！　ヤセフ・ナシは、俺たちが期待したように、父祖を殺したり絞首刑にしたスペイン人に復讐する代わりに、あの島〔キプロスのこと〕を獲得する夢に財産を費やしたのだった。

スルタン・セリムの注意を俺たちに向けさせたいレイスは急遽、ある決定をくだした。つまり、チュニジアの町は、港の入り口にそびえているハルカル渓谷によって海からの侵入を許さないが、陸上の襲撃は、容易な仕事だと考えられる。この町を侵略するために、四千人の兵士と、騾馬に引かせた八門の野戦砲とともに、道中で、この問題を支持して参加する戦士たちをも計算に入れて、サルデーニャ人のラマザンとともにチュニジアに向かった。レイスは俺にも、武器を集めて、シエラ・ネヴァダの山々に送る役目を課した。

元イスラム教徒たちの叛乱はドン・フアンの抑えられる類のものではなかった。アルメリーアのほかに、フリグリアナ、セロン、ゲハル、ガレア、カスティル・ド・テッロ、ティホラが、パルシェナ山脈から平地に降りてくる叛乱派の手に次々に落ちていった。〝死を賭した〟戦いと宣言したフェリペの脅しにもかかわらず、グラナダさえも包囲された。俺たちは倉庫にあるだけのピストルや剣や盾を、そして奴隷一人に対して得たいくつかの銃を船に積んだ。俺たちの部下たちは、元イスラム教徒を叛乱に立ちあがらせるためにアラゴン領内を走りまわった。アラヴァという名のスペインの貴族は「願わくは、あの犬が彼らを、これらの身の程をわきまえない者どもを、武装する前に、罰せられますように」と議会でわめいていたそうだ。彼が〝犬〟と言ったのはオスマン朝のスルタンのことに違いない。その犬の僕たちを、その日、俺の近くにいた何人かの名を数えるならば、カラブリア出身のレイス、ヴェネツィア生まれのハッサン、コルシカ生まれのメミ、サルデーニャ人のラマザン、ナポリ生まれのメフメト、ディッペ生まれのジャーフェルそして……プロヴァンス生まれのわたくし奴だ。

イスタンブルでは、艦隊をキプロスに送ることを望む何人かの大臣たちと、アルジェリアに送りたい宰相のソコッルとの間で意見の相違が生じたものの、秋の第一日目に、同時に、最初はヴェネツィアの造船所で、すぐ後からイスタンブルのある地区で火事が発生すると、問題は決着した。つまりスルタンの艦隊は、ヴェネツィアの所領であったキプロスを撃つことになったのだ。

俺たちの努力にもかかわらず、オスマン帝国の艦隊を西で見ることはできなかった。孤立した俺たちは、戦をフェリペの領土に持ち込む希望を失った。艦隊の支援なしでは、かの地で、立ち上がった民衆はどこまでやれただろうか。

まもなく、夏ごろグラナダから来た報せはひどく悪くなった。山岳地帯にいた者たちは持ちこたえたが、都市や村にいた者たちはドン・ファアンの軍隊に頭を垂れるしか仕方がないようだった。傭兵たちは町や村を踏みにじって、この地獄の鬼ともいうべき軍隊は、〝平和主義のモロス〟をすら誘拐して捕虜とし、〝戦闘的モロス〟と称して奴隷として売ったり、女や娘たちを陵辱したり、財産を奪って土地を所有したりした。アブドゥッラーとムハンメドつまり、ディエゴとフェルナンドは傭兵たちに殺された。彼らを失った後で、たまたま選ばれたエル・バーキという名の者はカルロスのならず者の息子に頭をたれて、あれほどの努力や、犠牲になったあれほどの人々は無駄になったのであった。

レイスは、政府がスペインを征服する代わりに、敵というよりもむしろ商人である、ヴェネツィア人の手にあるキプロスを攻めることを選んだのをどうしても受け入れることはできなかった。俺たちがうんざりして、何をしてよいかわからずに、政府を、宮廷を呪っていた頃、トラーパニ港に四艘のストロ船がいるとカターニア人の海賊が知らせたのをレイスは吉報とみなした。五年ぶりに初めて、マルタの海を前にして息を引き取ったトゥルグトの魂を喜ばせる機会が、予期しない瞬間に手に入ったのだ。復讐を果たすつもりで、俺たちはシチリアに向かって帆を上げて、櫂にしがみついた。

ゴッゾ島のサン・デミトリ湾沖で、俺たちがその四艘のストロ船を襲ったとき、戦闘状態になる機会も見つかぬうちに、一瞬にして散り散りになって、二艘はシチリアに、二艘はマルタに向かって逃げ始めた。戦闘を避けるマルタ人などかつて見たことがない！　レイスは直ちに、リカータに向かって逃げる大きな黒いガレー船に三艘のカリタを、フリウルに向かう二艘に五艘のカリタを割り当てた。俺たちも、パッサロ岬に向かって全速力で逃げる四艘目を捕らえる役を引き受けた。マルタ人を追いかけるとは何たる名誉か！　興奮して、さらに夢中になった漕ぎ手たちは、ありったけの力で櫂を握った。まさに捕らえそうになって、俺たちとの間が弾を撃てば届く距離になった時、その巨大な船から——驚いたことに！——風呂敷包みやら、梱やらを、そのうちに、牛、馬、羊をも海に投げこみ始めた。岸につくために荷を軽くしたにもかかわらず、次第に速力が落ちた。警告の砲声に、ついに櫂を止めた。

船の名はサン・ジャンで、船長の名はヴォグデマルだった。

「どこからきたか？」

「アリカタ。」

「その前は？」

「トラーパニだ。」

カターニア人のちっぽけな海賊は、うそを言わなかったということになる。

「わしらはかなり前に、ここにいた」とレイスは呟いた。「お前たちはマルタから来なかった。」

ヴォグデマルはうなだれて黙っていた。

「お前たちはマルタからは来なかったのだ！」

「いや、俺たちはマルタから出発した。」

「よろしい、どの方角へか？　航海は西へとは見えないが！」

「……」

「言うと差し障りがあるのか？」

「いいや、ない」とヴォグデマルは関心がなさそうに肩をすくめた。

そうだったのか！　俺たちが知りたかったことがわかった。その残りは後になって出てくるだろう。レイスはあることを疑って、話題を変えた。

「お前たちが海に投げ込んだ牛や羊の中には……豚は見なかったが。」

イスラム教徒のレイスの気に入るかと思って、「わしらのところには豚はいない」とその中にいた一人が飛びついて言った。

「おまえ！　ここに来い……」

その男はボーケールにいた野菜仲買人に似ていた。

「お前の名は？」

「ニコラ・ド・ヴァロリです。」

「職務は？」

「ガレー船の視察官です。」

「こいつを絞首刑にせよ！」とレイスは喚いた。

俺はびっくりした、この癇癪の原因はなんなのか？　真っ青になった、太っちょの視察官の首にロープを巻くことによっておれたちは何の得をするのか？

「どうして彼を？」と思わず俺の口から出た。

「ガレー船は荷を運ぶ船か！」とレイスはぶつぶつ言った。

「視察官、お前は牛や羊で敵と闘うのか！」と再び喚いた。「こいつを投げ込め、行って、いなくなった牛や羊の群れを海の底で探させよ！」

抵抗しない者を絞首刑にするような意味のない名誉は、俺のものではない。いつもしていたように、今度も、男の商人風の性格を利用するために、分捕り品の俺の分け前としてこの男を求めた。彼らがメッシーナでドリアと待ち合わせるべくマルタから出航したことを、まさにこの男から俺は知ったのだった。教皇のピウスはキリスト教徒の支配者たちを結集して、巨大な艦隊を実現させるべく夢中になっているそうだ。


　フィオラマ川の河口で座礁した、真っ黒な、巨大なストロ船を泥から救うべくつとめていた色黒（カラ）のホジャは、この信じがたい出来事に俺たちと同じくらい驚いていた。

「やつは窮した鰹みたいに海岸に駆け込んだ！」

「全然抵抗しなかったのか？」

「全然だ！」

「サン……何といったそのストロの名は？」

「サン？　ああそうだ、サン・ニコラだ。」

「ああ、それで乗組員たちは？」

「みな逃げた。そのうち三人を捕えることができた。」

「船長の名がわかったか？」

「ああ、その名はサン・ギルメンテとかいった。」

何年も後になって俺が知ったところによれば、その臆病なサン・クレメンテは、ヴァチカンに逃げ込むことに成功したそうだ。そして教皇からは許されたが、マルタに戻ったとき、同志たちが首を刎ねたそうだ。


フリウルの一〇マイル（約一九キロメートル）北で、海面に浮かんでいる木片や折れた櫂、席に鎖でつながれたまま溺死した捕虜たちを見ると、俺はムラトとメミの戦いがひどく激しかったという結論を出した。ばらばらになったストロ船を見張っているかのように、俺たちの二艘のカリタは沈まないように互いに寄りかかっていた。気ちがい（デリ）イマムは、傷に追い討ちをかけるように、「まあまあ、こいつらはひどく手強い者だった」と言って、苦々しさを隠すように顔をそむけた。

俺たちが手に入れたこの三艘目のストロの名は、サンテ・アンだった。ばらばらになったマスト、太綱、帆、頭が吹っ飛んで穴だらけになった死体が、折れたり壊れたりしたベンチの上で鎖から救われた捕虜たちの席に座っていた。傷ついた者たちが呻いている。自由になった六〇人ほどの割礼を受けた者が、アッラーに感謝している。手足を縛られ、顔をしかめた元戦士の新しい捕虜たちが、焼け跡と化した上甲板の下で、来るべき日々の悪夢を味わっている。俺たちの二艘のカリタでは、砲弾の開けた穴を職人たちがふさごうとつとめていた。

俺は好奇心から、ストロ船のベンチの数を数え始めた。右舷に二九列、同じ数だけ左舷に、各列に五人の捕虜だ！　それに、船乗りのほかに百人ほどの戦士……、舳先には大砲、船べりには火焔銃、一五〇カデム（約五五メートル）のこの鮫と並ぶと、左右に二二列、各列に三人の漕ぎ手のカリタはベラ程度に思われた。捕虜の四分の三は同じ宗教の者だった。戦闘に入る前に鎖が外され、自由にまみえるか、あるいは天国に行く権利を得るかが望みで、狂った狼のように敵の上に攻撃する。それだけでなく、戦うことを職業にしている騎士たちの技も加わると、一艘のストロがどうして俺たちの二艘のガレー船に、あるいは四艘のカリタに匹敵したかがやっとわかった。取っ組み合って、歯には歯をの激しい戦闘の結果、ストロを手に入れることができた。あの四艘の巨大なものが、ばらばらになって逃げる代わりに、一緒に闘っていたら、俺たちはどうなっていたことであろう。スルタンの艦隊はキプロスにいるはずだった。四艘のうちで一番大きい黒いストロの旗を、ピヤーレの後任者の提督、朗誦者（ムエッズイン）の息子のアリ・パシャに届ける役はカラ・ホジャに与えられた。

一艘は黒く二艘は赤い、三艘のストロは、埠頭の端から端までをいっぱいにした。祈禱する者、感謝する者、ほめ言葉、叫び声、勝利の祝いで空中に打たれるピストル……兵士たちはごった返す混雑をコントロールしようとしていた。レイスが埠頭に足をかけた瞬間、女たちの舌を震わせる嬌声で壁が崩れるかと俺は思った。イェニチェリ兵のかしらですら、船乗り風に手を胸に当てて船から下りる者たちを迎え、砲手、大工、職人の後から、捕虜であった者たちが浜辺に飛び降りて、石や砂利に口付けした。ある者は両手を胸のところに持っていって神に感謝し、ある者は興奮して埠頭に倒れて立ち上がれなかった。

事態が過度になることを心配したレイスは、漕ぎ台に繋がれた捕虜たちの鎖を外して、今回は地下牢に入れる前に二日間猶予した。そして牢番長に、勇敢に闘ったサンテ・アンの船乗りや兵士たちの食べるものや飲み物に特に注意するように命じた。この心遣いの理由が俺にはわからなかった。

「これらの残酷な豚どもに名誉を与えるのはどうしてですか?」

「あの残酷な豚どもは度胸がある者たちだ!」

「どうして……」と俺は言いそうになった。

「剣を選んだからには、剣にふさわしい者にならなければいけないのだ、息子よ!」と言って俺の言葉を遮った。「あの美しいガレー船は牛を運ぶためのものか! この世で、誰もがそれにふさわしい場所に来られたらよいのだが!」

艦隊と税関の入り口の上に掛けられて展示された三艘のストロ船の旗や、戦旗、マルタの白い十字架のついた盾、黒いガレー船の舳先から剥された聖ヨハネの浮き彫りなど……そうだ、これらの勝利の象徴は、太守の宮殿に集まった船乗りとイェニチェリの間にある仲違いをとりのぞき、この間に、船長たちは冬を他の場所で過ごす習慣をも忘れた。被害を受けた五艘のガレー船を造船台にのせて、残ったものにも目を通すためにすべての船は造船所に入れられた。

「申し出るのは僕が、それを認めて評価するのはアッラーが」と口で言うことは容易だ。申し出て、努力したが、レイスは認められる栄誉には浴さなかった。俺たちが取り逃がしたフェリペの王位や王冠に比べたら、埠頭に繋がれた三艘のストロ船は――それは俺たちが神から賜ったマルタの宝石だが――ちっぽけな慰めだった。

レパントの悲劇

約四〇艘の船からなる艦隊とともに、アルジェリアは繁栄を享受した。城壁は修理され、商店街は活気づいた。キプロスから戻ったカラ・ホジャは敵の意図を一向に理解できなかった。一八二艘のガレー船がカンディエからロードス島の方角に出航した後で、二手に分かれて、六〇艘ほどが途中で舵をかえてメッシーナに戻ったというのだ。スルタンの艦隊はといえば、キプロスの帰途、ヒオス島に立ち寄ったそうだ。マニヤのあたりで、ヴェネツィア人の煽動によって村人たちが謀反を起こしたそうだ。アルバニアの山岳地帯の叛乱は勝手に進展していった。

「誰のせいだったのか?」とレイスはぶつぶつ言った。「フェリペに最後の止めを刺すべくすべて準備ができていたところだったのに、どうしてヴェネツィアの商人を相手にしたのか!」

冬は春の支度で過ぎていった。来る報せはいずれも気分のいいものではなかった。キプロスでは、マゴサの要塞がいまだにしっかりそびえている。アルバニアの山岳地帯や、ドゥカジン平野、エルバサン、オフリド、シュコドラでの叛乱は一向に鎮圧されない。俺たちがガレー船の装備を終えたころ、イスタンブルから送られたある船が、遅くともムハッレム月の初め（一五七一年五月二十六日日）までにネグロポンテの南のクズルヒサルという名の入り江で艦隊に加わるようにとの命令書を持ってきた。

クズルヒサル湾に、一〇八艘のガレー船、百艘のカリタ、二〇艘のガリオン船は入りきれないことを計算した提督の朗誦者（ムエッズイン）の息子のアリ・パシャは、カンディエ湾をより適当とみなした。艦隊と同行するその二人の息子と、息子たちの養育係アル・アフメトは、ジェルバの戦闘でのジガラとその二人の息子のことを俺に思い出させた。ソコッルの送ってよこした伝令から、ヴェネツィアの艦隊の一部が分かれて、別の場所に停泊していることを知った。つまり、ヴェニエロ指揮下の艦隊の半分以上はコルフで、クイリーニ指揮下の六〇艘ほどのガレー船もカンディエの後方のハニヤ港で待機していた。これは、この六〇艘ほどのガレー船を港に閉じ込めることができる思いがけない好機だった。

「アッラーの恩寵は貴下の上にあります、提督殿！　二度とない好機です。これほど多くのガレー船を失うことは、怪物に決定的な打撃を与えることになります」と主張するレイスに、「航路は決まっているのだ。聖戦の目的は異教徒の一人や二人を捕らえることではない」と提督は答えたそうだ。

「無知蒙昧の狂信者め！」とレイスはつぶやいた。「聖戦だと！　命令だと！　知能というものを見たことのない牡牛め！　このあたりの海上で起こっていることを、五千キロも離れたイスタンブルでどうしてわかるのか。」

クイリーニに触ろうとしない提督は、レスモの町を襲撃しただけであった。イェニチェリの長を務めたモスクの朗誦者（ムエッズイン）の息子のアリ・パシャが、提督として今までにやった唯一の仕事は、兵士の一隊をイスタンブルからキプロスに連れて行ったことであった。無知で、経験が浅いことは、キテラに向かう船団の、整わない、混乱した進み具合から明らかであった！

「イェニチェリの長だったそうだ。あそこに戻ればいい、くそったれめ！　輸送兵卒上がりで提督が務まるものか」とレイスはぶつぶつ言っていた。

カンディエから来た船から報せが来た。いわく、レスモで立ち上がった者たちは、ヴェネツィア人の貴族たちの家を焼き、破壊し、興奮した民衆はスルタンの艦隊から援軍を求めているそうだ。この救援を求める声に対して、「やつらなんぞ、どうなろうとかまわぬ」と提督は放っておいた。

狂信者の頭が理解した職務とは、服従を異教徒虐殺と同一視しているのだ。それ以外は、良心、知能、権利、法律は国家の仕事であった。ダルマチアの海岸を襲撃できるというのに、レスモなど問題ではないというのだ！

提督が、モトンの襲撃で得た戦利品の一部を要塞の司令官に預けた後で、北に向かっていたとき、俺たちが追跡した一艘のガレー船は、全速力で逃げてコトルの港に逃げ込んだ。要塞になったこの港は、ドゥブロヴニクの土地にあった。ドゥブロヴニクはオスマン帝国に属するものの、独立した共和国であった。一種の不可侵の権利のあるこの地帯を侵略することはできないことを知っているレイスは、ヴェネツィア国籍であるそのガレー船の引き渡しを要求するために、カラ・ホジャを港に送った。コトルの町の議会から送られた使者との交渉は二日ほどかかった。

「ご自分をわたしどもの立場に置いてみてください」とその男は嘆願した。

「置こう、置く、それはいいが……あの船の名は?」

「サント・トロノです。」

「帰属は?」

「ヴェネツィアです。」

「ご自分をわたしどもの立場に置いてみてください」とその男は繰り返した。「わたしどもはスルタン・セリム様の臣民と考えられますが、利益は受けていません! その一方で荒れ狂う獅子をどうやっておさえられましょうか?」

「荒れ狂う獅子とは? ヴェネツィアの総督のことか?」

「そうです。そうですが、もう総督は一人ではないのです、太守さま! 教皇は望まれたことに成功されました。その背後にスペインがいます。」

「フェリペか?」

「そうです。艦隊の長にドン・フアンを持ってきました。近くナポリに来るそうです。」

俺たちはドゥブロヴニクの使者が、交渉をどこに持っていきたいのかがわかり始めた。つまり、ヴェネツィアに所属する船を引き渡す代わりに、俺たちに価値ある情報をくれる用意があるということだった。

「教皇は誰を集めたのか?」

「ほとんどすべてを！　ドリアは約五〇艘のガレー船の先頭に立って、トスカーナの一二艘のガレー船はコロンナの指揮下に、サンタクルス侯爵の三一艘のガレー船……マルタ人も近く彼らに加わります。」

「マルタ人だって？」

使者は微笑んだ。俺には彼が愉しんでいるように見えた。

「あなた方の成功は伝説になってよく聞いております。皆さんはマルタのストロ船を三艘押収されましたが、彼らはその翌日シチリアから二艘買いました。」

「その長には誰がいる？」

「セニョール・ジュスティニアーニです。」

「よろしい、コルフにいる艦隊は？」

その男は頭を振った。

「ヴェニエロのことですか？　皆さんはわたしよりよくご存知でおられます。コルフを離れました、ヴェニエロは。」

「彼のガレー船は何艘あるのか？」

「わたしの推定では五五艘。」

「よろしい、今どこにいるのか？」

「すべてメッシーナに集結しました。」

「カンディエにいるクイリーニの六八艘のガレー船は？」

「それは別です。」

「彼らの目的は何か？」

「アルジェリアか、キプロスか、今のところ誰も知りません。スルタンの艦隊を攻撃する勇気があるかもわかりません。」

ドゥブロヴニクとの暗黙の了解があるにもかかわらず、朗誦者（ムエッズイン）の息子のアリはコトルを包囲した。さらには、川を見ないうちに裾をたくし上げるように拙速に、艦隊が冬をこの港で過ごすことをイスタンブルに知らせたのだ。俺たちは五ヶ月航海していて、乗組員は疲れている。漕ぎ手、捕虜、兵士、怪我人、病人、船にいっぱいの捕虜たちには食料が必要だった。コトルの城砦は抗戦し、夏は終わろうとしていた。激しい議論のあった会議で、ある決定がなされた。秋が来る前に包囲を解いて、冬を過ごすために艦隊はプレヴェザへ行くことになった。

教皇の艦隊の居場所については、うわさ以上には明らかではなかった。レイスが強硬に主張したので、提督はカラジャ・アリを間諜としてメッシーナ海峡に送った。病人と捕虜をモトンに連れて行き、モラから集められた連隊をプレヴェザにつれてくる仕事はレイスに課せられた。

その帰途、俺たちはオスマン帝国の艦隊がプレヴェザを離れてパトラス湾に行ったことを知った。つれてきた二千人とともに俺たちがそこに着いたとき、レパント城砦の前でのんびりとねそべっている艦隊を見たのだった。何百艘もの大小の船が、穏やかな海と同じように、入り江でゆらゆらしていたのだ。ここで安穏としている間に、船の手入れをすることを考える者もいなければ、近親者に会いに行くという名目で陸に上がった漕ぎ手志願の中で戻って来る者もほとんどいなかった。敵はメッシーナで集結しているそうだ……集結した、だからどうなのかと！　この無関心さはカラジャ・アリが戻るまで続いた。

「二三〇艘のガレー船、二八艘のガリオン船、七〇艘の快速艇戦艦だ！」

提督は突然眉を顰めた。

「二三〇艘だと？　どこにだ？　メッシーナにか？」

「何で驚くのですか」とレイスはきつく言った。「コトル以来わしらは繰り返して言っていたではないか！」

司令官のペルテフ・パシャは雰囲気を和らげようとして、「偉大なるアッラーがわしの証人です」と言いながら、カラジャに向かってきいた。「メッシーナで港に入るのにどうやって成功したのか？」

「パシャ」とカラジャは答えた。「前帆の帆桁がもげた敵の船が、三日月の旗をつけて、ジェプケン（トルコ人の上着）を着て頭に布を巻いた船乗りを載せて、俺たちの言葉を話して俺たちの中に混じったら、見分けられますか？」

俺たちは耳をそばだてて聴いていた。

「しかも、メッシーナでは、昼も夜も往来は途絶えません。ジェノヴァから、ナポリから、カンディエから、コルフから、そうです、次から次へと来ます。共通の言葉もなければ、共通の指令もありません。誰かの後について、夜の闇の中で港に入ったり、誰かの隣から出て行ったりするのに、天才である必要はないのです！」

考えに耽っていたペルテフ・パシャは、もうカラジャの言うことを聞いてはいなかった。ここにも間諜がいるのだろうか。彼は自分を納得させるために、「やつらにその勇気はあるまい」と呟いた。「わしらがここにいる限り、海に広がることを彼らができるものか！　集結するがよい、彼らは集結したのと同じように、まもなく散り散りになる。」

提督に送られたレビユルアッワル月の二十七日（一五七一年八月十九日）の勅命が、レパントに届くのに一ヶ月かかった。俺たちが冬をコトルで過ごすと考えた宰相のソコッルは、一三〇艘のヴェネツィアの、さらに一三〇艘のスペインのガレー船が、ノヴァに来ることを知らせてきて、提督に「六ヶ月分の食料を送った。もし敵の艦隊が現れたら、決定を下す前に必ずやアルジェリアの太守に相談することを忘れる勿れ」と警告していた。この書簡以後、提督がレイスの言葉に耳を傾けるようになると俺は思ったのだが、教皇の艦隊がコルフに近づくのが見えたにもかかわらず、レイスの警告を気にかける者はいなかった。装備が傷んで、冬の眠りの用意をしている船、逃亡者のせいで漕ぎ手が半分になった漕ぎ手たちの席、ソコッルが送ったが一向に俺たちの手に届かず、どうなったかわからない食料……見張りの二艘の快速艇からの、敵の艦隊が近づいたのを知らせるうれしくない報告の後で、無頓着、無気力は、不安、狼狽となった。誰もが勝手なことを言った。「入り口を閉めよう！」「湾から出て攻撃しよう！」「ここにとどまって、城砦からの大砲の保護の下で待機して、情勢を見よう！」

遠くからコルフの海上の様子を探ってきたカラ・ホジャによれば、あの島〔コルフ島〕の向かいにあるヤニヤ海岸から出航する用意のできている敵の艦隊は、一六二艘のガレー船と、六〇艘の快速艇からなる。これらがレパントにまで入り込むには、パトラス湾の入り口から二五マイル（約四六キロメートル）入ったところの、一つの砦が守っている狭い海峡を通らなければならない。この海峡は越えられないと考える司令官のペルテフ・パシャとこの航行の責任者たち、つまり、提督、アルジェリアの太守、ロードス島のジャーフェル・パシャ、バルバロスの息子のハッサン・パシャ、ショロク・メフメト、サーリヒの息子のメフメトが会議をして、海峡の砦の補強と、現在の位置での大砲に守られての待機を提案した。

「幾日間か？」と提督は反駁した。「スルタンの艦隊はモグラのように隠れはしないのだ！　どのぐらいか……」

「それは彼らが望むだけ」とレイスは直ちに言った。「わしらは自分たちの土地にいるのだ。コトルに行った品物は戻る。腹がすき始めれば、彼らは解散の決議をする。」

「船は羽を毟られた鵞鳥のようだし、逃亡者のせいで漕ぎ手は不足している」とレイスは付け加えた。「ここに留まろう」と。

会議に参加した者たちがレイスの言うことをもっともだとした時に、キプロスで長い間抗戦していたマゴサの城砦の陥落の報せが提督をさらに硬化させた。

「ガレー船一艘につきせいぜい漕ぎ手が五人不足していることが、理由になるか。アッラーの聖戦だ、スルタン・セリムの名誉を考えよ、恥ずかしく思え！　わしらの血管を流れる血は……」

マゴサの獲得の報せと、提督の激しい演説が最後の決め手となった。犠牲は何であれ、この地獄に堕ちた異教徒どもの前に出ることを避けるべきではないと。

レイスは夢中になった人々を静めようとした。カラジャとホジャの証言の間の食い違いを明らかにし、メッシーナとコルフの間で艦隊から分かれた五八艘のガレー船の所在を知る必要があった。

「悪魔どもに呪いあれ」と提督は呟いた。

「勇者と見られたいのですか！　責任は貴下のものだ」とレイスは向かい合った。「それほどお望みなら、立ち上がりなされ。時を失することなく碇をあげて沖に出よう、なぜなら……」

「なぜならも、かにやらもあったものか！」と提督は怒り狂った。「スルタン・セリムの艦隊が尾を巻いて逃げたとは言わせぬ！　神の加護で異教徒のやつらを踏み潰してやる。」

今度はレイスの怒りが爆発した。

「提督、失礼だが、言わせてもらう……」と喚いた。「今日まで戦いを勝ちとったのはモスクの読経者(ムエッズィン)たちか？　バルバロスとともに、トゥルグトとともに戦った戦士たちよ、お前たちは知っている。砲弾で船の竜骨に穴があいたときに、乗組員はまず岸に泳ぎつくことしか考えない。今わしらの近くには岸がある！　あんたは壊滅の支度をしなされ、蒙昧の徒め！」

「信心の足りない者たちのでっち上げだ」と提督はまだ抗っていた。

俺たちにできることはなかった。提督の肩書きを持っている愚か者が決定を下したのだ。不遜な異教徒たちに身の程を知らしめるのだという。相手を説得できないレイスは、「せめて、旗艦の提灯、船旗を外してくだされ！　隊の志気を崩すために、まず最初にあんたが標的にされる！」とふんぞりかえった提督に言い返した。

「ならぬぞ！　スルタン・セリムの艦隊は戦旗を降ろすことはないのだ！」と、頑固で能なしの愚か者は宣言した。
偵察から戻った船から、敵の艦隊がパトラス沖のエキナデス諸島に来たことがわかると、提督の命令に従って碇をあげて、その艦隊を太鼓やクラリネットとともに、狭い海峡の先に入れた。北側の海岸に沿って沖に向かって進み、スクロファ岬でカリタに引かれた巨大な戦艦を認めた。その後にガレー船の一隊がつづいている！

二つの力を隔てる距離は次第に狭まっていく。両方の船は互いを数えられる状態になった。陸の側には、アレキサンドリアのショロク・メフメトと異教徒（ギャヴル）のアリの指揮下にある三五艘のガレー船と一八艘のカリタの向かいに、敵の二艘の大型戦艦（ガレアッツァ）とその背後の五三艘のガレー船。俺たちの向かいにも、敵の二艘の大型戦艦とその後ろの五〇艘のガレー船と二〇艘ほどの快速艇が位置を占めた。中央では、提督の命令下の四七艘のガレー船、三八艘のカリタは、敵の別の二艘の大型戦艦とその後方の七〇艘のガレー船と五〇艘ほどの快速艇と向かいあった。補強部隊として、後方に俺たちの五艘のガレー船と二〇艘ほどの快速艇がいた。敵方には、オクシア運河で待っている三〇艘のガレー船の後方軍が存在していた。左右を見ているうちに、俺はむなしい計算を始めた。二艘の快速艇は一艘のカリタに、二艘のカリタは一艘のガレー船に等しいことを認めるなら、俺たちの向かいのいるこの大型戦艦の一艘はガレー船の何艘分になるのかと。

何艘分のガレー船に等しいかということは、傲慢な提督が中央から攻撃を始めたことによってわかった。雷鳴、黒煙の層の中で、あの大型戦艦から撃たれた砲弾が海面を沸騰する大なべと化し、沸騰する大なべで精霊に憑かれたかのように、俺たちの三艘のガレー船が木っ端微塵になる様は、終わりの始まりを宣言するかのようであった。あの天国の牡牛が始めた攻撃を止めることは不可能であった。大型戦艦は塹壕に隠れた狩人のように、一斉射撃によって次々に間断なく、向かって来る傷ついた鷲を木っ端微塵にして水に埋めるのだった。俺たちの向かいにいる二艘の大型戦艦によって、後方で待つ五〇数艘のガレー船を攻撃する代わりに、レイスは灯明や旗を外した命令下にある船の前を沖に向かって前進した。結果が最初からわかっている戦に加わらないで、ずらかるつもりだったのだろうか。そのような可能性を考えることすら俺には辛かった。彼は何をしようとしていたのか？ 遠ざかるにつれて、あの脳みそなしの提督の指揮下にある船たちは、蜂を攻撃する、腕も翼も折れた、血の海で見えなくなる蚊を思わせた。俺たちが沖に向かうと、驚いたことに、俺たちに当てられていた敵のガレー船も後を追う。距離を狭めないで、俺たちを追跡する。風のない天候では、自力で進めない二艘の大型戦艦からは、次第に離れた。あの二つの泳ぐ砦が見えなくなると、レイスは、外していた旗を高く掲げることを命じて、突然右舷に舵を回した。右舷とは……俺たちの後から敵のガレー船が来ているのだ！ 五〇対五〇で、力は互角だった。全力を挙げて櫂を掴んだ。奇妙なことがおこった。その瞬間から、俺には遠い大砲の音も聞こえなかったし、櫂も、漕ぎ手も、海も見えなかった。一艘の船の艫に揺れる白い十字のごく小さい船旗が、近づくにつれて俺の目には大きくなって、俺の脳みそに魔法をかける一方で、互いにぶつかり合う船の轟音で奮い立って、復讐の野心で燃える血に飢えた猛獣のように、俺はマルタの船の船べりに飛びついた。両手でつかんだ刀、彼らの鎧、冑、盾の上に雷が落ちる、狂った地獄の鬼のように、俺は頭や目や影を……よみがえった過去の幻にぶつかっていた。生きている者も死んだ者もかまわずに、その上を踏んで進み、船長室に向かって飛び出した瞬間に、新たな轟音とともに海からとび出して次々に俺に襲ってくる化け物に対して苦戦していた瞬間に、鋼の手首が俺の腕を捕らえて隣の船に俺を引きずり込もうとしたときに、俺は本能的に白い十字の船旗を掴んでいた。

「道を開けろ！　櫂を掴め！」とレイスが叫んだ。

その轟く声で、時間や空間のない世界から俺は地上に戻った。あのとき見えたり聞こえたりした、俺の苦痛、喜び、欲望を魔女の大釜で溶かした錯乱の原因は何であったのだろうか。俺の耳は、大砲や鉄砲の音や、唸り声を聞き始め、怒りが盲目にしていた目が見え始めると、敵のガレー船によって取り囲まれたことを理解した。俺たちに割り当てられた五〇艘のガレー船と格闘しているとき、敵の艦隊のすべてが俺たちの上に攻撃してきた。龍を思わせる大型戦艦もゆっくりと水平線に見えてきた。艦隊の全体が来たからには、提督の運命は決まったというわけだ。左舷はまだ攻撃にあっていなかった。俺は矢のように飛び出して、頭が捥げた漕ぎ手の死体を押しのけて、生きている残りの二人と一緒に櫂をつかんだ。

敗北の無念さ！　必死さ！　時間と空間の概念は再び海に消えた。俺たちが疲れ果てて櫂の上に倒れたとき、日は沈むところだった。海はいつもの静けさに包まれていて、陸地は消えていた。体中が血にまみれて、頬に痛みがあった。痛みの原因を探す俺の指は左の耳をむなしく探った。俺の鼻のように、耳のあったところにも血だらけの孔があった。こめかみからあごにかけてある剣の傷と、胸から外に出ているあばら骨は、破裂した頭蓋骨や、穴だらけになった死体や、なくなった腕や脚に比べれば幸運だった。命をとらなかったアッラーに感謝をするために頭を上げると、俺たちの中の一人の小便が俺の顔にかかった。

「やめろ、やめてくれ、書記さんよ！　あんたの学問と知識で俺をすっかりめしいにするんだから！　医者を……」と呟いたが、操舵員の青い顔を見て俺は黙った。

「書記は？」

書記は！　書記はもうこの世の人ではなかった。あのベドウィンの女王（クレオパトラ）が望みを絶ったこの不吉な湾で戦死した長年の友人の亡骸を、パトラスの水が洗っていた。

巨大な艦隊のうち、一八艘のガレー船、一二艘のカリタ、二艘の快速艇だけが俺たちについてきた。いずれもがこの地獄の日の傷痕を残していた。麻のくずを詰められた砲弾の穴、裂けた帆、折れたマスト、ひどい状態の甲板、短くなった櫂……修理できるものは修理し、傷を癒すために、三日三晩沖で過ごした。レイスはあの恐怖の戦いの後、スルタンの艦隊が散逸したことを記した書簡を書いて、マルタ人の白い十字の船旗と一緒にイスタンブルへ送った。

「残ったのは俺たちだけか」と俺が訊くと、「知るものか！」とたしなめられた。

偵察から戻った快速艇から、勝利した敵の艦隊が、オスマン帝国のガレー船を引きずって、帰途ポタラからレフカスに送られたことを知らされた。

「さて」とレイスは姿勢を正した。「ザンテへ……」

「ザンテだって？　パトラスの入り口にある島ですか？」

「殺戮から生き残った者があるかどうかと、お前はさっき尋ねはしなかったか？　ムエッズィンのやったことを見てみようではないか！」

「気にすることはない」とレイスは付け加えた。「心配するようなことはない。彼らは、いまや猛獣のように獲得した戦利品の分配で夢中だ……」

惨事の三日後、被害の確認のために俺たちはうなだれてレパントに戻った。殺戮の後に残った光景は、〝被害〟という言葉では理解されない！　あの巨大な艦隊は〝被害〟にあったのではない、〝壊滅〟に遭遇したのだった。愚かな攻撃の結果は明白なる敗北であった。壁の脇に並べられた何百の死体の中に、忌々しい提督、一〇人ほどの藩主、六〇人ほどの船長、水で膨らんで腐り始めた死体……勝った艦隊はスルタンの一二〇艘の船を犬の死骸のように引きずって連行し、俺たちのほかには、あちこちに散らばっていた数艘の快速艇と、城砦の大砲の下で守られた六艘のガレー船、それに二艘のカリタを計算に入れても、四四艘の船が残っただけだった。城砦の守備の者によれば、ペルテフ・パシャは、海に飛び込んで海岸に逃れたそうだ。陸に上がった者たちが土地の住民によって殺されたことを知っている兵士たちは、司令官が生存しているかどうか知らなかった。オスマン帝国の土地で、どうして住民がオスマン帝国の兵隊を殺すのか！

「城砦の司令官は……」と俺はきこうとした。

「フィルデウス殿(ベイ)のことですか？」

腐敗し始めた死体の間にフィルデウス・ベイは横たわっていた。この不吉な海から一刻も早く離れて、イスタンブルに行かねばならなかった。

「わしらはどんな顔を引っさげて宮殿に行くのか？」とレイスはぶつぶつ言っていた。「報せは届いたことだろう。その落胆の中で、誰に罪を負わせることやら？　最初に自分の前に来た者に怒りをぶちまけるものだ。イスタンブルに行く前に、ある限りの水に浮かぶことができるものを集めて、せめて外観だけでも艦隊にふさわしい船にしようではないか。」

教皇の艦隊はザンテからコルフに移ったそうだ。マルタ人も多分旗竿に新しい船旗を揚げたことだろう。俺が正気を失っていたあの瞬間をしきりに考えた。一艘のガレー船からもうひとつに飛び移って、一騎打ちをすることは、単にマルタ人への復讐の問題ではなかった。俺たちは復讐は一五ヶ月前にしていたのだから。ところが、一五ヶ月前に、ゴッゾで荷船のようにうろうろしていたストロ船、は戦わずに降伏して、十字架のついた船旗はただの布切れのように俺たちの手に入った。俺はイエスのかけられた十字架を剥したかったのだ。子供のときに何度も、母親や父親、特に僧侶には知らせずに、死に瀕したイエスの死骸を生き返らせるために、寝床の枕元に掛けてある磔の像を盗んだのだった。手と足に打ち付けられた大釘を抜いて、傷に膏薬を塗り、厩舎の藁の下に隠していた。朝早く、家の人々が起きだす前に、回復期に入った俺の病人のところに行って悩みを分かち合うのだった。馬丁たちが厩舎で黴の生えた乾草を変えていた時、秘密を知っていたエミリアはそれをカーディガンの中に隠して抱きしめて、その罪のない捕らわれ人に自分の温もりを与えていた。僧侶は悪魔が家に憑いているという結論を下した。頭がおかしくなった母親のため、この縁起の悪い城を俺たちは出なければならなかった。エミリアと共に楽しく過ごした場所から離れないようにと、俺は自分が犯した罪を告白して、懺悔することを考えた。僧侶に対する恐怖で心臓や胸が砕けるかのように高鳴ったのをいまだに覚えている。あの日、レパントでの地獄の日、血に飢えていた敵に対して俺が感じた敵意、憎悪が動機なのか、あるいは、子供時代から俺の中にあったあの磔にされた罪のない捕らわれ人を、血の色の赤い幟を立て、立ち上がった龍の爪から救うという情熱で、興奮して我を忘れたためだったのか。

秋が深まった。敵の艦隊はメッシーナに向かった。湾の濁った水は、目を抉られたり、頭や腕や脚を失ったりして、動物から作った皮袋のように膨らんだ死体を海岸に打ち上げた。この惨憺たる光景の中で、イスタンブルから来る報せを俺たちは待っていた。

「殺戮の三日後に俺たちがここにまた戻ることを誰が考えられただろうか?」

「そのとおりだ」とレイスはつぶやいて、「行って、モトンを探ってこよう」と言った。

栄誉

「その方はスルタン陛下に書簡を送って、残存した船団に関して知らせた。余は以下を命じた……」

と始まる指示書で、散逸した船をしかるべきところに集めること、大臣ペルテフ・パシャおよび提督のアリ・パシャの消息に関して、詳細なる情報を至急に自分に届けることを、ソコッルは求めていた。

散逸した船！　これはレイスの創り出した語であった。これらの四四艘の船以外に残った船があるというのか！　何艘が沈んで、何艘が敵の手に渡ったか、どうして俺たちにわかるのか！

「わかったとしても宮殿に知らせる時機ではないのだ」とレイスはつぶやいていた。「惨事を知らせる者はいつも疑惑がかけられるのだ。」

ペルテフ・パシャは逃げのびることができたそうだ。死ななければ行方不明者の中に入っている。

ひどい話だ！　提督の朗誦者（ムエッズイン）の息子のアリ・パシャの消息を知らせるくだりになると、俺たちはひどく苦労をして、あの愚か者に対して名誉にふさわしい言葉を見つけて並べなければならなかった。どうしたらよいかと思い悩んでいると、最初の書簡から四日後、朱の印で封緘した勅書が来た。

「西の島々（ガルブ・ジャザイル）〔アルジェリアのこと〕の太守に告げる――

九七九年ジュマディルアーヒル月の八日（一五七一年十月二十八日）を以て、わが海軍の提督の地位ならびにジャザイル太守に汝を任命し……」

という勅書の最初のことばを読むや否や、俺の耳は興奮で後は聞こえなくなった。「わが海軍の提督の地位に汝を任命し」の文章は俺の頭の中で壁から壁へとこだまして、驚きは喜びに、勝利感に変わっていった。提督の地位をレイスに賜ったのか。勅書の朗読が終わると、俺は使者の手から勅書を奪い取った。封印を調べて、信じがたい思いでそれらの行を何度も読んだ。「提督の地位ならびにジャザイル太守に汝を任命し……」どうしたことか！　俺の肩越しに俺と一緒にその文章を読んでいた白いあごひげの男に、俺は尋ねなければならなかった。

「大宰相殿はレイスがすでにアルジェリア（ジャザイル）の太守であることをご存知ではないのか？」

「もちろん知っておられる。」

「アルジェリア太守が提督になると、アルジェリア太守の地位をもう一度与えられるのか？」

俺の無知加減を測っているかのように俺の顔を眺めていた白いあごひげの男は言った。

「あのアルジェリア（ジャザイル）はここで言っているジャザイルではないのだ！」

「おやまあ、いくつジャザイルがあるんだ、おじさん？」

「西のジャザイルはあんたらが来たところだ。白い海のジャザイルとは地中海のこれらの島々のことだ。お前さんはアラビア語を知らんのか？」

「知らぬ。」

「ジャザイルとは〝島々〟のことだ。故提督のバルバロス・ハイレッディン以来、これらの島々は提督の命令下におかれているのだ。」

「つまり、おじさん、この提督任命の件には変なところはないのか。」

「ない。お前さんはどこからそんなことを考えたのか？」

壊滅や、これからの困難な日々や、俺の傷や、飛ばされた俺の耳のことや、儀礼を忘れて、モトンの太守やイェニチェリ兵たちや船乗りたちの前で、新しい提督に抱きつかないように、俺は自分を抑えた。

「さあさあ、何も変わりはしないのだ！」と、敬意を表するために人々がその手に口付けするのを好まないレイスは、腕を組んでその言葉をくりかえした。「わしらは生き残って、寿命が延びたのだ。これからなすべきことはいくらでもある。」

そうだ、あの日、あの穹（そら）にいる創造主に俺は感謝の祈りをしたのだった。この類なき日を神々しい光で寿ぐ太陽は、輝きつつ水平線に滑り落ち、微笑む妖精が戯れる雲によってエミリアの幻を大空に描いていた。運命のいたずらを理解できない瞬間には、舳先の上甲板の前で彫像のように立っているレイスは物思いに耽っていた。俺はその肩に触れた。

「あの神の力の意図は何なのか？」と彼は呟いた。「創造した人間に何の復讐をするのか？　愛と憐憫を説き礫にされたあの罪のない囚われ人の信者たちを処刑人に変えて、その後で、その処刑人を地獄に送る仕事をわしのような禿にゆだねるのだ！　預言者アリの剣は……」

「剣を選んだからには、その剣にふさわしくなれと言ったではないか！」

鷗たちの叫び声が夜のしじまを劈く。

「お前の言うとおりだ。運命を問う時間はとうに過ぎた」と言いながら、足にまとわるロープを蹴った。「海で消えることが提督のつとめか！」

彼は話題を変えたいかのように、「お前は知っているか？」と付け加えた。「わしのいとこだとかいうあのガングッザという男が、なぜアルジェリアに来たのか？」

「どうしてですか？」

「教皇からの申し出をわしに伝えるためにだった——カラブリアの男爵の爵位と好きなだけの財産とだ……」


コトルに送られたが途中で紛失した食料が、モトンに届いた。戦死して守備兵がいなくなった海沿いの藩主たちは、将来を不安げに眺めていた。モラにいる頭目であるマカリオス・メリッシノスに従って謀反に立ち上がった村民に、ヴェネツィアから援助が来た。レイスは、スルタン・セリムに感謝の意を表明する書簡に、要塞の惨めな状況を説明するメモを付け加えさせた——生気のない砦に緊急に援軍が必要だった。色黒の(カラ)ピーリー・レイスによってイスタンブルに送られたこの報告書に対して、モトンの藩主の命令下にあったものの、誰も省みず朽ちるにまかせられた三艘のカリタが、傷病軍人たる俺たちの船団に加えられた。

ナウプリア、ネグロポンテ、ヒオスの海岸に守備の目的で置いておかれた船や、碇を下ろしたまま朽ちていた傷んだ船……水に浮かぶことのできるすべての船は俺たちの役に立った。大急ぎの防水修理、一応のペンキ塗りを施し、外観だけとは言え、艦隊の残りの船団に新たに艦隊の雰囲気をもたらして、想像していた勝利の帰還の船乗りたちの代わりに、せめて帰還兵にふさわしい形でイスタンブルに戻ることをレイスは考えていたのだ。イスタンブルから戻って、俺たちに加わったカラ・ピーリーは、どうやってか、提督の地位はソコッルのおかげであることを探りあてていた。

「どうしてわかったのか?」

「スルタン・セリムはエディルネで狩猟をしていたそうだ。ソコッルとピヤーレはレパントでの壊滅が知らされるや否や、スルタンの傍らに行ったそうだ。あんたへの勅書はそこで、その場で署名された。お前さん以外にこの海でこの身分にふさわしい者があるか！」

その提案はスルタンの二人の婿から来たことは疑いもない。あの二人は俺たちのことを認めて、考慮してくれたのであった、俺たちもあの人たちのことを考えなければならない。あちこちから集めて船団に加えた三〇艘ほどのぼろ船は、歓迎の式典をやりすごすには今のところ十分だった。

さまざまの色とりどりの旗で飾られた七〇艘ほどの船が、飾り立てられた不具の帰還兵のように、宮殿の埠頭を回って、金角湾に碇を下ろした。巨大な町はひっそりとしていて、埠頭には数百人の関心のある者たちがいたが、狂ったように海を満たす小船の代りに、出迎えに来たのは六艘のほっそりした船だった。体を二つに折るほど深く礼をして敬意を示した造船所の所長は、任命の儀式が神聖な金曜日に行われることを告げて、尊敬すべき長官を邪悪なまなざしから守るために、その場で直ちに厄除けの煙が炊かれた。

海岸からヒポドロウムに出る坂道の中ほどに、オスマン大帝国の門がある。集まった人ごみの中を、三〇人ほどの兵士とメフテル軍楽隊の後ろから、ソコッルから贈られた雪のように白いサラブレッドに乗ったレイスが、静々と坂を上ってくる。オスマン帝国の政庁（バーバアリ）の中庭で（原註——着服の儀式はスルタンが着せる時は宮殿で、大宰相が着せる時はバーブアリで行われる）、寒さにもかかわらず、色とりどりの法衣を纏いターバンをつけた高官たちが、敗北者の中の唯一の勝利者、幸運に恵まれたあの勝利者の到着を眺め、ひそひそと話していた。頭には白と黄の帯の入った真っ青なターバンをつけた儀典長官が、何列にも並んでいるイェニチェリ兵の前を通り、半月刀を抜いた隊長たちが守る建物の前にレイスを連れて行った。ビロードを張ったベンチが取り巻く、絨毯で覆われた巨大な場所であった。胡坐をかいて座っている六人の大臣の真ん中に、ソコッルの長身が見えたように思われた。慣習としては、カフタンを着るべき勇者がそれに向かって進みカフタンに口付けするが、ソコッルはこれを待たないで立ち上がって、レイスに挨拶し、その知識と知恵を称え、大臣たちの傍らに座るようにすすめた。ローズウォーターの香りが拡がって、果実のシロップがふるまわれた。頭には麺棒を思わせる二カルシュ（約四五センチメートル）以上もある白いターバン、背には木綿の薄紫の法衣を着た、父親のような雰囲気のある書記が、巻いてあった勅書を両手の間で縦に広げた。スルタン・セリムは、提督にふさわしいアルジェリアの太守アリに、パシャ（大臣クラス）の肩書きを下賜し、イスラムに改宗した者に特有の〝ウルチ〟という俗称を〝剣（クルチ）〟に変えたのであった。ソコッルの合図とともに、侍従たちがその周りを取りかこんだ。俺の目に涙があふれて、「レイス」と呟いたとき、金糸の帯の入った儀式用のターバンとテンの毛皮のついた袖口が四つある襦子のカフタンが、あの無名の一族の不運な子供をクルチ・アリ・パシャ、オスマン帝国の大提督にしたのだった。

見た

権力

トゥルグト・レイス亡き後の七年間は俺たちに、名誉や栄光が、泥沼に育つ蓮の花のように、精神的に尽き果てた状況で芽生え、花咲くことを示した。王宮の薔薇園で咲く恥ずかしげな一輪のように、名も知られずに咲いていた。七年の間隔をあけての二つの敗北は、輝かしい帝国に果てしない泥沼の雰囲気を与えた。不安な将来を恐れる支配者たちは、その手綱を似非者ではなく真に資格のある者に託すことに気がついたのであった。国営造船所の敷地内にある提督の御殿は、ついに海の男を主人に持ったのであった。

敗北の一六日後、先見の明のあるソコッルは、弱点の詳細について報告させて、時を失せずに、造船所での百艘ほどのガレー船の建造を計算し、荷船にいっぱいの木材を埠頭に積み上げた。砲弾製造所では一〇オッカ（約一三キログラム）の砲弾の鋳造の命令が出された。レイスはレパントの敗北から教訓を引き出した。キリスト教徒が俺たちの前に引き出した、四方に砲台を備えたあの巨大な大型戦艦（ガレアッツァ）を少なくとも八艘建造できるように、造船所に属する敷地を金角湾いっぱいに延長してスルタンの庭園にまで広げた。ほとんど毎日、船室を緑の羅紗で敷き詰めた細身の小舟（カンジャバシュ）で提督を訪れるソコッルは、仕事場で何時間も過ごしては、いかなる細部をも見て知ろうとした。仕事の進み具合が気に入ったに違いない、竜骨が完成したあるガレー船の前で、「切り取られたあごひげは再び伸びる。腕が切られるとその人間は一生不具者となる」と呟いた。

「この言葉は本当だとバルバロ（ヴェネツィアの大使）も知っている」と付け加えた。

〝切られたあごひげ〟とはレパントでひげを剃られて奴隷となったオスマン帝国の艦隊を指し、〝切られた腕〟とはヴェネツィアがもぎ取られたキプロスを暗示していた。揶揄というものはたいていの場合真実であるが、俺にとって、無念とともに思い出される〝真実〟とは、スペインで逃した機会であった。あの島を失うことによって不具者となったヴェネツィアは、剣を左手につかんで、知友をかき集めて、無知蒙昧の徒の後について行った羊の群れをレパントで壊滅させたのだった。キプロスの問題がなかったら、もしかしたらスペインの王座は、今日俺たちの手に移っていたかも知れないのだ。

「山を揺り動かさんとする決意は、敗北を勝利に、壊滅を成功に、古ぼけた小船を艦隊に変えるるのだ」と言いながら、大宰相のソコッルは将来に対する希望をより強固なものにした。

「その通りです、閣下。その通りなのだが、残念なことに艦隊は船だけからなるのではないのです」とレイスは悩みを説明することにつとめた。「これらの船には、荷船いっぱいの碇、鎖、ロープ、帆布が必要なのです。」

レイスの遠慮のない話し振りを、大宰相は気にかけることなく、哀しげなやさしい眼差しで、「価値ある提督よ、この国は、必要ならば、碇を銀で、帆を繻子で、ロープは太い絹糸で作らせよう。それほどに強力であるのだ。必要なものがあれば、わしのところに来るがよい」とソコッルは保証した。

その後の出来事は、大宰相の言葉が絵空事でないことを証明した。註文の品々を順序だてて送りだす職務の役人たちは、自分たちの家を見ることができなくなった。ブルガリアのサマコから五カンタル（約二八〇キログラム）の碇を、エディルネとゴロスとブルサから櫂を、ビガやトゥズラやイダ山脈からタールとピッチを、サムソン、セラニク、メネメンから麻を、ティレやエジプトからは導火線やくず綿を調達するために、緊急を知らせる命令がオスマン帝国の四方の国々に行った。鉄工、大工、職人たちの中で仕事が遅い者は辞めさせられて、その代わりにトラブゾンやバトゥムから、より腕のいい者がつれてこられた。生産性の面では、ガリポリの陸上の船置き場は国営造船所にひけを取らなかった。この二つのほかに、スィノップで二二艘、スゼボルで二五艘、ケフケンとヴァルナでそれぞれ一五艘、ケメルで一〇艘、アンタリヤで一三艘のガレー船が建造中であった。黒海の小さな諸港は、遅くとも三、四ヶ月以内に一八列から二〇列ある八〇艘の快速艇を進水させるはずであった。サモトラキは二百艘の船にのせるボートを作ることになっていた。パトラスの海に沈められたスルタンの旗艦の代わりに、長さ六八カデム（約二五メートル）、幅二五カデム（約九・五メートル）、左右に三五列ずつ、各列に五人の漕ぎ手の……豪壮な新しいバスタルダを作らねばならなかった。

何よりも重要なのは、レパントで戦死したり捕虜になったヴェテランの海の狼を補充することだった。船体に防水のための詰め物をするとか、帆を扱うとか、大工、砲手になるためには、海で何年もかかって得られる経験が必要だった。これらの資格のある者は少なかったので、テント布と帆布を区別できる者を帆担当にしたり、生き残っていたロープ係を操舵手にし、操舵手の中から、何百人もの人命の責任をもつ船長（レイス）を養成しようとした。島々から集めた漁師を漕ぎ手に、イェニチェリの溜まり場からつれてきた新米兵を二ヶ月の訓練で砲手に育てたりしたのだった。モルダヴィアから運んできた導火線つきの鉄砲を発射できる兵士や、荒れ狂う海での生死をかけた戦いで船を訓練した馬のように扱うことができる船長を、艦隊は渇望していた。捕虜となった俺たちの仲間を、身代金を支払ってとり戻すことはしないのだろうか。支払わなければならない身代金は、少なくとも今度は、皇子やその養育係の代わりに、国家や国民に役に立つ能力のある人間を救出することになるのだ。それに、あの〝分割払い〟というやり方があるのだ。ドン・アルヴァロ・デ・サンディに約束された身代金は、一〇年間で支払いが終わらなかったことを知らぬ者はない。

「わしらが確認できた限りで、敵の手に落ちた者の記録をモトンから送りました」とレイスは言いかけた。

「そうだ、それらの名簿は手元にある。それはいいが、大切な提督よ」とレイスの方を向いたソコッルは唇をゆがめた。「先ほどあんたが言ったように、艦隊は裸の船からは成り立たない。それらを動かすことができる有能な船長、経験を積んだ船乗りが必要なのは誰もが知っている。敵がこのことを知らないはずがあろうか！　ヴェネツィアのあの一〇人委員会の憎悪すべきやり方を聞いたことがあるか？　遺憾なことに、提督よ、身代金も何も待つことなく、役に立ちそうな者は誰でも、彼らの手に落ちるや……絞首刑に処したのだ。」

　これほどの残虐さがあろうか！　何ができるのか。済んでしまったのだ。起こったことがソコッルの耳の入ったのだった。実際、彼が聞いていない、知らないことはないようだった。父方や母方の伯父一族、甥たちからなる広い大家族の網のおかげで、イスタンブルや異国で、さらにはフェリペの宮殿で行われる姦計に至るまで、彼は知っているのだった。彼が機会を逃す唯一の原因は距離だった。ハンガリーで、ダルマチアで起こった出来事は二、三週間で知らされ、アルジェリアから、ジェノヴァから、スペインから報せが届くには一ヶ月かかった。

　大臣室に積み重なる交信、報告書、海に関する証書、レビユルアッワル月（一五七一年八月）の末にレイスの前任者、朗誦者（ムエッズィン）の息子の名で知られているあの残虐なアリに送られた書簡のすぐ後から、週に二、三通次々に送られた伝令によって、敵の艦隊の誕生を、動向を、航路を、ノヴァのあたりに来たことを知らせ、ドン・ファン、ヴェニエロ、クイリーニ、コロンナのような先頭に立つ者の名を並べたてるソコッルが、いかにこの仕事に精通しているか明らかだった。尊大で傲慢な提督に彼が送った指示書で、「アルジェリア太守に相談することを忘れなきよう」の文章を見るや否や、俺は、嘘は言うまい、あの朗誦者（ムエッズィン）の息子を何千回も呪ったのだった。推測に基づいていた知識は、実際に見た者たちの証言で完全にされていった。カラジャ・アリはメッシーナで見たあの巨大な戦艦を闇の中で大きいガリオン船と思っていたし、カラ・ホジャはコルフで四〇艘ほどのカリタが沖に運んできたあの泳ぐ砦のことを知らなかった。向かいあった勢力が戦闘の用意ができた時についても、有益な情報があった。ショロク・メフメトの指揮下にあった海岸に近い最右翼の向かいに、愚か者の朗誦者（ムエッズイン）の息子がカンディエで無視して逃したヴェネツィアのクイリーニが位置を占めたのだった。中央にはスペインのドン・フアン、ヴェネツィアのヴェニエロ、トスカーナのコロンナが、俺たちの向かいにはマルタ軍勢とドリアがいた。ショロク・メフメトやギャヴル・アリのような経験ある船長たちの勇敢さにもかかわらず、最右翼は龍から打たれる砲弾の下で海に沈み、生き残った者たちは海岸に逃れたのだった。捕われてヴェネツィアで絞首刑に処された者の中に、ギャヴル・アリとショロク・メフメトの名があった。中央では、前に言った龍の炎で破壊されて海中に沈んだいくつものガレー船を考慮せずに、ドン・フアンの上にまっしぐらに進んだ提督は敵に取り囲まれて、あの忌まわしい魂は地獄に送られた。レイスは最左翼で、陸から遠い位置を望んだのが今わかった。経験ある狐と、屠殺場に送り込もうとする家畜業者の餌食になる怒り狂う牡羊との違いは、まったく別の二つの結果にいたるのだ。レイスは、海岸から遠くにいるように、そして状況を見てよく判断することなしに攻撃しないようにと、何度も説明したが無駄であったのだ。海を牧草地、敵の戦火を罪のない稲妻と考えて、予告を虚言、批判を反抗、調査のために必要な時間を逃亡と理解する、勇敢さにあこがれてめくらめっぽうに自殺に走った、あの脳みそ無しの提督にわからせることはできなかったのだ、遺憾ながら。

　俺が驚愕の眼で、あの泳ぐ砦の炎の下で俺たちのガレー船がばらばらになるのを見つめていた時、レイスは敵の状況を調べて、大型戦艦が強力ではあるものの、同時に動きがにぶいことに気がついた。アッラーの怒りのように降り注ぐ砲弾から逃れるために沖に向かって突進した〝オシャリ〟が、教皇の艦隊を後方から攻撃する可能性を疑って、ドリアも俺たちの後を追って沖に出ることによって、激しく砲撃する大型戦艦から遠ざかることになった。この巧妙な作戦の結果、赤い舌の龍の前で自分たちを屠殺場の羊と感じていた俺たちは、今度は五〇艘のガレー船に後を追われて、道に迷って狼の餌食になろうとする羊のように感じ始めたのだった。そうだ、あの日に起こったことは前に話したと思う。提督を一瞬のうちに片付けたドン・ファンが俺たちに向かってこなければ、ドリアは今頃あの世にいたのだ。

「艦隊を任せられる他の者がいなかったのですか?」

「お前の考えでは他に誰がいたのか!」

「ピヤーレが!」

「なぜかわからぬが、ピヤーレは寵を失っていた。理由は誰も知らない」とレイスは頭を振った。

「なら……あんたは?」

「読んでみろ、これを」と言いながら、巻いてある証書を差し出した。「敵の艦隊が何をするかは当時はっきりしていなかったのだ!」

「アルジェリア太守に……航行に出なければならぬ緊急の事態が発生の際には、わが指示によってのみマグレブを離れるべし」とその書には書かれていた。そうだ、ここに見られるように、マグレブを放り出す代償にキプロスの占領を決めたのは、ソコッルではなかったのだ。

冬のさなか、国営造船所は蟻の巣同様だった。ヴェネツィア国営造船所の火事のことを忘れていないレイスは、大柄な水兵の数を二倍にして、そのなかで比較的能力のある一五〇人ほどを消防夫に加えた。能力に応じて銀貨三枚から五枚の日当をもらうこれらの若者に、帆や、櫂や、碇の使い方を、ボートの手入れを教えることで俺の日々は過ぎた。大工、鉄工、職人たちは、大屋根（穹）の下で熱心に働いた。銀貨八八万八千枚の海軍の予算は、国庫によって二倍にふやされた。それぞれの肩書きの授与の際に、その身分に達した者に賞与を与える義務があり、この人手不足で昇進は次々に行われた。アルバニア人のメミ、色黒（カラ）のアリ、色黒（カラ）のハッサン、イーサ、ムーサのようなレパントの大虐殺の生き残りのマグレブ出身の船長たちは、銀貨八〇枚の日当で上級船長に任命された。

提督の管轄下にある海は、ダルマチアの海岸からロードスにまで伸びる。レイスは、俺を大小さまざまの造船所の視察に送り、俺は来年の航行に参加できる職人、大工、砲手の名簿を作る役目を与えられて、島々を経て、ロードス島にまで行った。カトリックのヴェネツィア人によって何年もの間財産を没収されて、信仰、礼拝や儀式を禁じられていたが、オスマン帝国のおかげで修道院や教会に再びまみえたギリシャ正教の二人の黒い長衣を着た僧侶をも、俺は船に乗せた。キプロスに戻る二人の僧侶の、捕虜生活から解放された奴隷を思わせる幸せそうな様子は、この旅中ずっと俺たちマグレブ出身の船長たちに、あの高くついたキプロス征伐を忘れさせたのだった。俺はこの機会を利用して、トゥルグト・レイスの故郷の村をも訪れた。過去を、日々を、将来を練り上げる奇妙な変貌の過程の中で、海の征服者が、一千フェルサハ（約五千キロメートル）離れた血なまぐさい島で息を引き取る時、出会おうと努力した山羊たちを探し求めるうら若い羊飼いの夢を、俺は一日中生きたのだった。

　春の半ばに俺が戻った時、造船所には、大臣たちに献上される贈答品をマストのてっぺんに吊り下げ、〝ジャンデリア（アヴィゼ）〟と呼ばれる色とりどりの布で覆われて、進水の用意ができた六〇艘のガレー船があった。船が進水されるときに、スルタンが造船所に臨席されることは伝統だったが、一日に四艘として二週間かかる。儀式を好まないスルタン・セリムは、この面倒な仕事を大型戦艦を進水させる日だけに限った。船を進水させる吉兆の日を調べるのは星占い師の仕事だった。

「願わくは、今月の日々がすべて吉兆であるように！」とレイスはこっそりと耳打ちした。

　レイスの警告によって、星占い師は、吉兆な「日々」の代わりに、吉兆な「時間」を見つけるべくつとめて、見つけ出した。つまり、夜明けの礼拝と夜の礼拝の間の時間はすべて吉兆なのであった。この宣託の結果、ガレー船は、毎日仕事台から下されて、生贄の動物がささげられるまで橇台で待った後で、海に向かってすべり降りるのであった。切られた動物の右半分は造船所内の台所に送られ、左半分は夜の礼拝の後で貧しい人々に配られた。

　作業の最後の頃は外国人の客人が俺たちの周囲に見られた。フュルテンバッハという名の者は大型戦艦に設置される大砲の位置を調べるのに忙しかった。ホウゲンベルクとホフナーゲルという名のドイツ人の二人組は港と町の図をいつも描いていた。一番面白い、一番おしゃべりで通訳の必要なしに理解し得る人物は、フランス国王の大使アクス司教であった。提督と親交を勝ち取るために違いない、週に少なくとも一度は造船所に立ち寄って、イエス・キリストとかアッラーの語に触れることなく、フランス人に関して話をしては俺たちを楽しませた。宗教関係者にしては、陽気で楽しい雰囲気があった。しかも彼は教皇に関する出来事をよく知っていた。彼が話したところによれば、戦争から七ヶ月経った後で、同盟国のスペインとヴェネツィアとの間でいざこざが起こったそうだ。勝利が誰のものかについて争い、戦利品の分配すら、いまだにできていないということだった。

「ヴェニエロはスペインの支配に我慢できない」とある日彼はもらした。

「それはいいが、わしらの海岸を襲撃しなければよいが」とレイスは冗談めかして不満を言った。

「したくても彼はできません、提督殿。ドン・ファアンの主張で元老院は彼を解任したのです！重要な人物ですが、一度も会われませんでしたか。」

「いいや、その機会はなかった。」

「ヴェニエロはスルタン・セリムの近い親類です。もちろん婚姻によるものですが」と笑いながら付け加えた。

ヴェネツィア人のヴェニエロがスルタンの親戚になるのか！　この思いがけない出来事に興味を持って、「それはどうしてか」と俺は飛びついた。

「そうです、ヌルバーヌ姫の父方の伯父ということになります。」

司教は続けた。

「失礼をお許しください。もしお望みでしたら、その過去をお話ししましょう。」

その日、彼は俺たちにこの過去の話を詳しく話した。提督ヴェニエロの甥にあたり、パロス知事である父親ニコロ・ヴェニエロと一緒にその島に住んでいたチェチリア・ヴェニエロ＝バッフォは、プレヴェザ戦争の一年前にバルバロスの配下の者たちによってさらわれた時、十二歳だったそうだ。幸運にも、運命は彼女をマニサで、皇太子だったセリムのハーレムに伴ったのだった。

「チェチリアはそこでヌルバーヌになったのか？　その娘は本当は誰なのだ？　ヴェニエロか？　バッフォか？」

「両方です」と過去を暴く司教は答えた。ザンタノという名の貴族の女性と結婚していた浮気者のニコロは、別の貴族の女ヴィオランテ・バッフォとの間に娘をもうけた。女たらしの父親は、自分の愛人の名を与えてその娘を届け出たそうだ。

「ヌルバーヌ・ヴェニエロ＝バッフォか！」

「そうです、レパントでの敗北の報せを聞いて、彼女が悲しんだか喜んだか……誰も知りません。いずれにしても、伯父のヴェニエロのように彼女も、勝利をドン・フアンのものとする報せは聞きたくもなかったということです、私が聞いた限りでは。」

今の皇太子の母親ヌルバーヌ姫の系図を知っているほど事情に詳しい話好きで、知識のあるこの男は、何を言いたいのだろうか？　外交官にふさわしい態度で近づいて、ソコッルの西洋に関する態度に新しい見解を持つ必要があることを、それとなくほのめかしていたのだろうか？

ある日の昼休みに、あの二人のドイツ人の描いたアルジェリアの港のデザインを調べているとき、「なんと魅力のある地域でしょう！　あなた方がおいでにならないと、あの美しい国をスペイン人の怒りから誰が守れるのでしょうか」と彼がため息をつくと、俺たちはその意図がわかった。

「カラ・アフメトやデリ・メミ……この仕事ができる者は沢山いる！」

「軍隊もなく、艦隊もなく……」

「三〇年前もそうだったのだ、大使閣下」と俺は飛びかかった。

「使者の言は咎められない」という言葉で、大使閣下は言いたかったことをやっとのことで口にしたのだった。

「アルジェリアの将来に心配を感じている国王は、スルタン陛下のお許しがあれば、兄弟のムッシュをそこに送ることを考えている、と私が知っていると言ったらどうお思いですか？」

「アルジェリアに関しては心配ない」とレイスは言って微笑した。「行動はそこで行われるのだ。わしらは三ヶ月後そこにいる。」

この沈着な外交官は、息子の国王〔シャルル九世〕を後見人のように支配する、母親であるメディチ家の女〔カトリーヌ・ド・メディシス〕から、どんな指示を与えられたのであろうか。

「送りたい使者の名は〝ムッシュ〟か？」

「国王の弟アンジュー公……」といって司教は黙った。

「『使者の言は咎められない』と先ほど言わなかったか！　心配することはない」とレイスは言って大使を安心させた。「わしがどう考えるかを聞きたいのなら、それは別だ」とレイスは付け加えた。

「『あなた方は動かないで、今の位置にいるように』と言うが。」

スパイたちのおかげで新しい艦隊が二、三ヶ月以内に海に出るのを知ったヴェネツィア政府が、交渉のテーブルにつくのをソコッルは確信していた。商業、特に東方の海での利益は、この商業国にとって死活問題だった。

司教とのおしゃべりをレイスから聞いた好奇心の強いソコッルは、「フランス国王は弟を何のためにアルジェリアに送りたいのか?」ときかずにはいられなかった。

「フェリペの野望を邪魔するために」とレイスはぶつぶつ言った。「友好の印だそうだ!」

「提督、貴殿はどう考えられるか?」

「司教に、動かないで今の位置にいるようにと言いました。」

「国王がフェリペを攻めれば、わしらとの友好関係はもっとよくなるではないか」とソコルは微笑した。「わしらの艦隊は一年中あの辺りの海に留まるのだ。」

「まだです、閣下。願わくば二年後に。」

「本当は一年後でも二年後でも五年後でもない」とソコッルは今度は苦々しく言った。「国王はもうスペインを攻めないのだ。彼をフェリペと戦うように説得できる唯一の存在を片付けたのだから、メディチ家出身の母親のおかげで。」

「それは誰のことですか?」

「ポーランの後任者のコリニー提督だ。」

国民の間では〝ユグノー〟と言われる、教皇によって異端とされたグループが、パリの王宮の前で刃にかけられたのを、俺は口をぽかんと開けて知らされたのだった。

ソコッルが予測したように、ヴェネツィアは春の初めにオスマン政府のつき出した条件を受け入れて講和条約に署名した。つまり、キプロスをオスマン帝国の領土と認めて、三〇万ドゥカットの戦争賠償金を支払う。ザンテ島の年貢金もこれまでの五百ドゥカットの代わりに、一五〇〇ドゥカットに値上げする。フランスとヴェネツィア以外のすべてのガリオン船に対して島々への上陸を禁止。占領した領地を相互に返還。先方に利になる唯一の条項は捕虜の交換の部分であった。なぜならヴェネツィアにはオスマン帝国の捕虜というものは残っていなかったのだ。例外なくすべて殺されていたのだから。

アンジュー公に関しては、「スルタンはイスラム世界に属する土地を教会に所属する者にゆだねることはできない」という意味の拒否の回答を残念がる司教に、「新しい友好の印ですかな、大使閣下？　生贄の祭日をともに祝いましたね」と提督は言って、ユグノーの虐殺をほのめかす意味の言葉で迎えた。

恥ずかしい思いをしている大使を傷つけないようにと、俺は頭を窓の方に向けた。遠くに見える、金角湾の入り口に向かってすべる小船に乗っている黒い長衣の二人の僧侶は、ヴェネツィアの圧力から救われて、イスラムを強制されることなく信仰の自由に出会えてキプロスに戻ったあの二人の僧侶を思い出させた。疎外された者に対して懐を広げて受け入れるこの国の寛容さが、いつまでも続くことを俺は心の中で願った。

気まずい思いをしているように見える司教は、トルココーヒーを一口飲んで、コーヒー占いをするかのように茶碗を逆さに置いてから、レイスに向かって、「皆さんがわたしの言葉をひとつひとつ疑いを持ってごらんにならなければ、ヴェネツィアからシチリアにかけてのいろいろな言葉ではやっている詩(うた)をお見せする勇気がでるかも知れません」と言いながら、ポケットから折りたたんだ紙片を取り出して、最後の手札を出した。

「大砲や鉄砲の仕事が詩人に霊感を与えるとは、誰が想像しただろうか?」

「使者の言に咎めはありませんですよね! どうぞ、ごらんください」と司教は俺に紙片をさしだした。

その行を読んでいる時、俺は笑わないように自分を抑えた。

行って、洗礼を受けなされ、オシャリ、
あんたのためにいいことだ
同じ宗教を信じているスペインに
渡しなされ、あのアルジェリアを
一刻も早く航行なされ、ローマに
祝福を授けられて
その前に跪き、許しを乞うて
罪を告白しなされ、教皇に

おやまあ！　俺はその文句を三度読んだ。俺が顔を上げると、提督はその手を司教の肩に置いて笑っていた。

「事態がこれだけならいいのですが、ペラ地区にいるイスラム教徒でない臣民たちと親しくしている、あなた様の親戚だと言っては、あることないことをしゃべる者に関心をもたれるようにお勧めします」と警告して、司教は大使館に戻るべくいとまごいをした。

ペラでヨーロッパ人たちと親しくしているこの不思議な人物とは誰か？　この穏やかで落ち着いた司教は、どうして突然こんな話をでっち上げるのだろうか。彼が語るすべてに多少は真実があり、その真実の背後には、確実な計算があるのだった。つまり、クルチ・アリ・パシャをしばしば彼が訪れることや、姫君とヴェニエロの間の親戚関係を知らせようとする努力は、彼がスペインの一番の敵で、大宰相に一番近い者であることを知っていることから、ヴェネツィアとフェリペの間にある諍いがスルタンにとっても、国王にとってもいい結果になるであろうと彼が考えることから出ていた。アルジェリアに関しては、あの悪いメディチ家の魔女の食欲を抑えるためだった。いいや、この親戚の噂話は彼のつくりごとではありえなかった。

「よろしい、お前が好きなようにするがよい」とレイスはその仕事を俺に任せた。

ペラ地区は、ガラタ埠頭の上にある丘である。ヨーロッパ人が住んでいて、庭のある家々と、大使館が建ち並び、モスクのない独特の地区である。フランシスコ派の修道院の教会はヴェネツィア大使の屋敷の隣に聳える。オスマン帝国の屋敷は一階建てで、デヴシルメという制度で徴集された異教徒の有能な子弟が育てられて、才能によって軍や内裏に振り分けられる前に居住している小さい宮殿である。

　ペラの住民たちに関する情報を得るために、俺は壁で囲まれたこの地区を治める長と接触することから始めた。この興味深い地区には、ジェノヴァ人、フランス人、ドゥブロヴニク人の後から、フラマン人とイギリス人も来始めたのである。これほど多くの民族のうちの誰のところに滞在しているのだろうか、あの不可思議な親戚なる者は？　調査を始めてすぐに、港に、フランスの旗をつけたガリオン船が入ったのに俺は気がついた。大急ぎで、頭の小ターバンともんぺ（シャルヴァル）とジャケット（ジェプケン）を脱いで、プロヴァンス人の船乗りの服装を着た。彼らはトゥーロンから来たそうだ。その晩は三〇年前の思い出が戻ってきた。四〇年前、あの港で碇を下したバルバロスの艦隊、その通訳だった俺、トゥーロン人の商人たちや、小売商、彼らとのささやかな友だちづきあい……。

「サヴォヨたちはどうしているか？」

「元気でやっている。」

「それなら、ゴーベール一家は？」

「ゴーベールか？　ああそう、元気だが……」

　俺は年取った親父のことを聞いたのだが、彼らは、俺の知らないその息子や孫のことを話した。話したり、笑ったり、プロヴァンス風に毒づいたりして楽しんだ。調査のために俺は演技をしていたのか、あるいは、思い出の世界で、川が子供時代の郷愁を運んでくる場所から数マイル離れたトゥーロンでの若い日の思い出を慰んでいたのかはわからない。

「ここにどのくらい滞在するのですか？」

大砲の鋳造に必要な錫、火薬の製造に使う硝石、加工していない鋼、鉄、銅、粉砕機用の石、布、絹布、紙や筒などをおろして、代わりに、小麦、絹地の梱、胡椒や香辛料の箱を積み込むために、少なくとも一ヶ月は必要だった。彼らに町を案内したり、飲ませて酔っぱらわせたり、売春宿に連れて行くためには十分時間があるはずだった。同じ日に、乗組員の中で靴を履く権利があるただ一人の男、船荷の責任者で、税関や港の手続きをする書記と知り合いになった。その男は俺を、天から降りてきた天使だとばかりに傍らから離さなくなった。俺も彼のおかげで、ガラタに仕事場を持ち、ペラに屋敷を持つ幸運なる少数の人々と関係ができた。商売の専門家たちは、ガリオン船いっぱいの品物を持ってきて、ガリオン船いっぱいの品物を買い付けるこの男を、自分たちの家に招待するために競い合っていた。次から次へと終わることのない招待で、ジェノヴァ人や、カタルーニャ人や、ギリシャ人や、ユダヤ人の家族の生活を見て、俺は彼らの考え方がわかり始めた。こんないい機会はまたとない、あの陰謀屋の〝親戚〟が誰の家に滞在しているのかを突き止めなければならなかった。スペインの敵であるレイスの尊厳を傷つける目的で、「外見はイスラム教徒に見える提督が、クルアーンの代わりに聖書を読んでいる」と主張したり、「ローマ教皇があの重要な人物に約束した爵位」などと次々に尽きることなく並べ上げたりする、フェリペによって送り込まれたと俺が確信しているこのペテン師を、宮殿の密偵よりも先に俺は捕らえなければならない。レイスをよく思っていない一派の手に渡ったら、この仕事はひどく困難になる。

三日もしないうちに、大柄な船乗りがこのおしゃべりの鸚鵡を造船所に連れてきた。俺が考えていた通り、おしゃべりの男はガングッザ以外の何者でもなかった。俺を、アルジェリアで出会った船長を見ると、恐怖で真っ青になった顔がにたにた笑いをした。厚顔ぶりが板に付いていたのだ、この恥しらずは。

「これはなんという出迎えぶりだ」と彼は偉ぶった。「ご主人に会うためにあらゆるところへ行ったのだよ！」

「……」

「人は出世すると、昔の一族を忘れるそうだな！」

「……」

「赤い蠟燭で呼ばれたからには……ご主人に会えるのかね？」

俺はこの恥知らずのならず者を無言でじっと見つめていた。

「さあさあ、船長のだんな、もう御前に出ようではないか！」

沈黙は時には話すよりも役に立つ。ふんぞり返りが効を奏さないのを見ると、彼は帆を下ろして、

「船長のだんな、話さねばならないことがたくさんあるのだ！」

「片一方の耳が残っている！　言うことがあれば言え。」

船乗りたちの存在が心配だそうだ。俺と二人だけで話したいという。

「船長のだんな、ご推察の通り、非常に重大な、非常に密かな職務を引きうけました。この職務はいとこである提督殿と関係があります。あの方に、ただカステッラのガングッザが来たと伝えてください。」

「父親に会えなければ、息子に問題を話すがよい。」

「船長、あんたはルカの息子ですかい？　わしの甥というわけだ！　彼の名はルカ・ガレーニだ。わしの母親もガレーニだ。ガングッザと結婚したからといって、わしが悪いのではない！」

この親戚関係は本当なのか？　実のところ、俺はしばらくの間なんと言ってよいかわからなかった。彼が会いたいというレイスの名をごまかすことはあるまい！　一五日間のうちにトゥーロン人のガリオン船から高まっていた過去の香りが、俺の鼻先に来た。俺はプロヴァンスの若者のように話したり、罵ったり、笑っていたのだ。あの時レイスは……そうだレイスは、この恥知らずな男に、立ち去って、二度と前に現れるなと警告したではなかったか！

「お前はどうして来たのか？」

「彼に言うべきことが……」

「ペラ地区では誰もが知っている！」

ガングッザおじさんは驚いた。

「どうしてそんなにつらく当たるのかね、甥よ？　誰が……何を知っているのか。」

「教皇様が、教会を裏切った提督にカラブリアで男爵の爵位を与えると。」

「男爵どころか、サレルモ公国をだ。教皇様は神の言葉を伝えられるのだ。神は教皇に、ルカがその宗教に忠実であったと言われたのだ。」

「お前はあの従兄弟をよく知っているのか？」

「ああ……」

「まだ会いたいか？」

「はい。」

「どうなろうと、お前の責任だぞ！」

あれほど騒いだ後では、彼はその言を取り消すわけにはいかなかった。俺はガングッザを船乗りたちに見張らせた。

レイスは、昼の礼拝のために身を清めていた。

「狐を捕まえたのか」と俺にきいた。「また、あのガングッザか？」

俺はうなずいた。

「アルジェリアに来た時は、カラブリアの男爵の爵位だった。今度は何を持ってきたか？」

「サレルモ公国だ。」

レイスは水差しを床に置いて、ゆっくりと立ち上がって、窓に近づいた。その目は宙にそそがれた。憂鬱そうで、何か決心する前であるのは明らかだった。太陽と戯れる雲に考えを求めるのか。よく考えてから彼は言った。

「求めたのは先方で、当然のことだ！　その両の足に砲弾をひとつずつつけて、海にほうりなげてやれ！　大空に求めた幻を、海の底で見出すだろうよ。」

チュニジアの征服

海辺の離宮で、俺たちは新しく進水した船の展示を見ていた。大テントの下の、頭に巨大なターバンをつけ、金糸銀糸のクッションの真ん中で胡坐をかいた、垂れ下がった頬とまばらな黄色いあごひげの虚弱に見える人物がスルタン・セリムであることを知ると、俺は開いた口がふさがらなかった。生気のない青い目をして、航海に出る艦隊に無事を祈る一言二言を待っている人々の彼方の虚空を見つめていた。実のところ俺は奇妙に思った。開かない唇の間から漏れた呟きが、待たれていた演説の始めであり、終わりであった。気分がすぐれなかったのだろう、痺れた下肢を直すために、腹を左右に動かして台座の上で姿勢を正したこの貧弱な体躯は、誰にも信頼の念を引き起こさなかったとはいえ、俺は今日でも、少なくとも自分の無力を知って、国の治世をその仕事をよく知る者の手に任せた、あの酔いどれの故スルタン・セリムの冥福を祈るのだ。

艦隊が海に出るのは初めてではなかった。冬と春の間中、乗組員の訓練や、砲手に砲撃の仕方を教えたりするために、提督はエーゲ海の外に出ないで全員に訓練させていた。この誰をも傷つけることのない周航のある時、朝早く、どこから現れたのか、トスカーナのコロンナが俺たちの前に出てきて、空砲で俺たちを煽動しようとしたが、レイスは直ちに戦闘体制を取った後、少しも動じないで、「勇気があるのなら攻撃してみろ、犬め！　お前とは二年後に会うぞ」と歯の間から呟いた。翌日、日の出とともにコロンナは消え失せた。

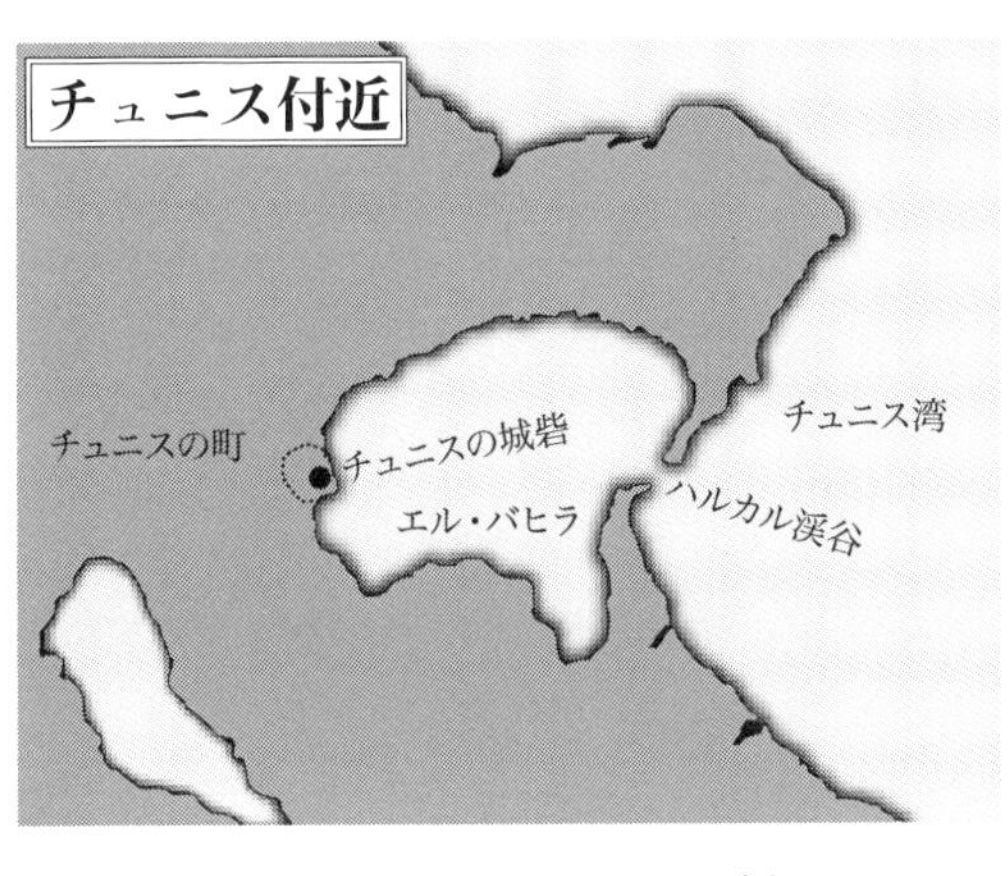

三度目の夏、イスタンブルを離れて、レパントの敗北の後でドン・ファアンが手に入れたチュニジアに向かって海に出た艦隊は、道すがらカタルーニャの船を捕らえて、七月の半ばにハルカル渓谷まで三マイル（五・五キロメートル）の距離のカルタゴ湾に落ち着いた。レイスは、この港の入り口に建てられたハルカル渓谷と言われる城砦の誕生を見たし、俺もトゥルグト・レイスとともに行った長い航行の時、エル・バヒラと呼ばれる内海の唯一の入り口である小さな水路の北側を支配するこの要塞が、四つの塔を持つ城となったのを見たのだった。

アルジェリアでペストが猖獗をきわめた年に完成したこの城は、今ではあの狭い水路の両側に鎮座する豪壮な要塞であった。ハルカル渓谷は、母子の魔女について言及するように、古い城、新しい城と呼ばれていた。俺たちが最初の偵察に出た時、塔から撃たれた大砲は、八つの頭のある龍の口から飛び出す炎のようだった。赤い舌を持ったこの龍にしばしば武器弾薬や食料を運んだので、カタルーニャのガリオン船の書記はその性向をよく知っていた。彼はあざけるように、「提督、やっても無駄ですよ」と絶えず繰り返した。

「ドン・ペドロ・カレッラが自分の物としたくても、カトリックの聖人たちですら何もできません!」

レイスは、態度は大きいが……おしゃべりなこのカタルーニャの書記を適当に扱っていた。

「海岸にあるあの二つ塔を、わしは知っているように思えるが……」

「そうかも知れません」といって書記は飛びついてきた。「ひとつは聖女バルベ、もうひとつは聖ジョルジュで、古い塔が残ったものです。」

「聖ジョルジュの北に……」

「聖マルタン塔です。」

「水路の左側にあるのは?」

「聖アンブロワーズ。」

「そうか、後ろに見えるのは?」

「古い城砦に属すジャックとミシェル、新しい城砦のジャン、アルフォンス、ピエール、フィリップ……」ハルカル渓谷を聖人たちが守っていた。

「城壁を取り囲む濠も見えるか?」とこのおしゃべりな化け物は偉そうに言った。「あの水ではガレー船すら走ることができる! 壁の厚さは二二カルシュ（約五メートル）、行って見なさい。古いのと新しいの。その上この城壁は二重になっている。近づいてみなされ、五百ばかりの砲弾が……」

「その通りだが。わしらは急いではいないのだ、セニョール。この包囲が何ヶ月かかるか、お前は知っているに違いない」と、レイスは意気消沈の風を装ってほのめかした。

「好きなだけ包囲してみなされ! 食料、飲料水、火薬、砲弾のことを言っているなら、ハルカル渓谷は大きな町だ。店や倉庫をあんたが見たら! 何でもある。井戸、貯水槽……さっき見た聖ジャック塔の底には粉砕機まであるのだ。」

俺たちは本当に困難な仕事を始めてしまった。どこから手をつけるべきか。城壁を海から攻撃することは……不可能だ! 城砦の大砲の射程距離は船の大砲よりも長い。なんとしても俺たちの攻撃力を城壁のところに置かねばならないのだが、この長いひものように伸びている城壁の両側には、そのための場所があるのか! レイスは包囲のことを司令官に相談した。

「砂漠や、平野、山のことはわたしはお答えできます。しかし、これは海岸です。決めるのは提督殿です」と言いながら、〝イエメンの征服者〟という綽名で有名な司令官のスィナン・パシャは、謙虚なところを示した。

マルタやレパント以来、利己的で、無知で、狂信者の長を、俺はひどく恐れていた。レイスの気性を知っているソコッルは、その種の司令官だと称する役立たず者ではなく、チュニジアの征服のために、俺たちのために、紳士的で、勇敢で、その道の達人であるアルバニア系のスィナン・パシャを選んだのだ。彼は大宰相の呼びかけに応えて、エジプト太守を辞めてやってきたのであった。彼はレイスと一緒に作戦行動を協議した。

最初の仕事として、カルタゴ岬から一マイル（約一・六キロメートル）の距離にある井戸の水はや苦味があるので、俺たちのいるところに近く、城砦の大砲の届かない場所にあるうまい水を見つけるべく掘り始めた。二〇カルシュ（約四・五メートル）の深さでぶつかったうまい水の層は、よい徴候であった。俺たちは配下にある一四艘の船によって、城壁の左にあたる海岸に上陸する予定であった。俺の役目は、この地がドン・フアンの手に入ってからはカイルアン地域に引きこもったが、いまや補強部隊として配下の軍隊とともに陸路をひとっ走りして駆けつけて、チュニジアの町の城壁の前に位置を占めた、以前の太守のサルデーニャ人のラマザンに援軍として駆けつけることであった。俺は無事に上陸に成功して、内海バヒラの周囲を回ってラマザン船長の傍らに行った。彼は大洋への郷愁を取り戻すかのように俺を両腕で抱きしめてから、町を取り巻く城壁に向って、「彼らは棒切れや枝や粘土で、八ヶ月で建てたのだ」と言って、城壁のてっぺんに置かれた六つの塔を示した。

「石はなかったのか?」

「ないのだ、お若いの、どこでみつけるのかね?」

「それなら、ハルカル渓谷は?」

「あそこの建設は八ヶ月ではない、八年前に始まった。当時は誰も関心をもたなかったから、大岩を荷船で運んできた。お前が見たやつは八ヶ月で造られた。」

「八ヶ月か！」

「それだけではない。内部をひと目見たら！　奴隷たちの言ったことによると、それぞれのお偉方は自分の宮殿を造ったそうだ。」

「棒切れや木の枝でか？」

「いいや、それは別だ。やつらは残酷だ。人々の家のすべてを、さらにはスヴェイカ門モスクをすら破壊したり、千年前の彫像や石柱で自分たちの屋敷を造ったのだ。」

「宝や財産を、棒切れや木の枝で守ろうとするのか？」

「棒切れや木の枝だけではない。」

「ほかに何があるのか？」

「聖人たちがいる。」

「ジャン、ジャック何とかのような……」

「そうだ……それに司令官の名前も加えろ。」

「昇天した者たちをか？」

「まだ昇天していない」と言って、ラマザンは微笑した。「あの北にある塔は、総司令官サラザールのだ。その少し先にあるのは司令官セルベッローニのだ。ジェズィーラ門の向かいにあるのはドリアの名を持っている。」

「ドリアだって？　やつは海を捨てたのか？」

「いいや、そいつではない。甥の一人だ。」

「セルベッローニ塔とサラザール塔の間の、フェリペの紋章をつけているのは、〝スペイン門〟だ」とラマザンは付け加えた。

騎兵や歩兵たちと一緒に運んできた二〇オッカ（約二五キログラム）の砲弾を撃つ中型大砲は、俺たちが来た三日後、〝スペイン門〟を木っ端微塵に破壊した。その後の仕事はラマザンに任せて、俺が戻ると、ひとつは聖ピエール塔、もうひとつは聖マルタン塔に面して、苦労して作られた築山の上に建てられたふたつの聖堂と、それとは別に、それぞれの塔の向かいの七門ずつの大砲を持つ砲台によって、ハルカル渓谷の城砦が包囲される時が来た。塹壕が掘られ、トンネルが城壁に向かって穿たれて、準備はできているのだが、なぜか攻撃命令は出ていなかった。

「これほど多くの命をどうして破滅させられようか！　時期が来れば、大砲が轟音を発するのはもちろんだ。しかし崩壊した瓦礫を踏んで進むほうが、砲弾の中で城壁によじ登るよりいいのだ」と言って、レイスは待ちきれないでいる兵士たちを落ち着かせるべくつとめていた。

「パシャ」と言って指令官に向かって、「降伏するように、もう一度呼びかけよう。わしらの気持ちが楽になるように」と言った。

来た返事は、予期された通りであった。つまり、「城砦の鍵は来て取らなければならない。支払うべき代価をよく計算すべし」と城砦の司令官ドン・ペドロ・カレッラは書いていた。

包囲の一三日目に、天地を揺るがす雷鳴とともに雲の間から太陽が現れた。大砲がすべていっせいに炸裂することによって城壁に亀裂が開いて、塔は崩壊し、銃眼は裂け、壁のてっぺんから下へともんどりうつ死体が濠に積み重なった。熱くなった銃口を冷やすための休憩の後、再び地獄の空気が昼夜をついて続いた。

城砦の壁の二つの足の間になる水路のバヒラ側にある出口を、底にはめ込まれた杭に張られた太い鎖が封じていた。その晩、大砲はなぜか静かだった。城壁の下から、ひっそりと進み、船乗りたちの一隊とその出口を見張っていると、岸辺でかすかな物音がして、水路の中からも櫂の軋る音に似た音が聞こえて、俺たちは片隅に潜んで待った。俺たちが隠れている場所に向かってひとつの影が、そして水路の出口に向かって二艘の小船が静かに進んだ。何が起こっているのかを理解するために、身動きせずに待つべきか、攻撃して捕らえるべきか決心しようとした時、俺たちが潜んでいた場所で俺たちを発見した貧民が、あわてて逃げにかかった。逃げるのを追いかけ、そいつを捕らえた瞬間どこから来たとも知れない銃が三発撃たれた。水路からの水音からすると、待ち伏せされたとの恐怖から自ら水に飛び込んだのは数人ではなかった。捕虜の手と口を縛って、俺たちはそこから離れた。

前を歩く捕虜を追い立てて連行している時、俺は手に熱い液体を感じた。その男は背中に傷を負っていたのか？　あるいは逃げる時に刀傷を受けたのか？　塹壕に着いた時、その液体がどこから来ているのかがわかった。俺の人差し指の関節から先が切れてぶら下がっていた。ぶら下がっている先端がつながっている皮膚を切りとって、血だらけになった関節の場所に小便をかけ、傷を布切れで縛る仕事は船乗りの一人に任せた。四本半の指は、今日このささやかな回想録を書くのには十分すぎるほどだ。

俺たちが捕らえた男は、水路の出口を探らせるために送られたスペイン人の兵士だった。泥だらけで、その爪は土中でトンネルを掘るモグラの爪に似ていた。ところどころつぶれた冑を、俺は彼の頭から取った。髪は汗と埃でべたべたになっていた。

「地下道を掘るのはつらい仕事だ、わかっている」と俺は言いながら、器の水をその手にかけてやった。

「そんな仕事は知りません」と言ってやつは横を向いた。

「知らなければ教えてやる。いやだと言っても、お前をあのつらい仕事から救ってやる。片輪者には、地下道掘りはできぬから。その木の台の上にお前の手を置け」と俺が言って、腰の半月刀を抜くと、「待ってくれ、船長！」とそのモグラは悲鳴を上げた。

「目には目をだ。手を出せ！　さもないと腕を肩から切るぞ！」と俺は叫んだ。

半月刀をまさに振り下ろそうとした時、「助けてくれ」と叫んで男はしゃべり始めた。

「船長、後生だから、やめてくれ、わかった、地下道は俺たちが掘った！」

「どこでだ？」

「聖マルタン塔の前でだ。」

その晩、聖マルタン塔から俺たちの遠距離砲のおかれた築山の下まで掘られた地下道が、いつでも爆破する準備のできた火薬の樽でいっぱいであることを知らされた。このモグラはそのほかにもいろいろ知っていた。フェリペによって自分の兄弟のハーミドの代わりに国王と宣言されたものの、チュニジアの町の中では身の安全を感じないムハンメド・モッラは、一族と財宝とともにハルカル渓谷に避難していた。昨夜、一人はレイナ、もう一人はロヤザという名の二人の船長が快速艇で城砦にひそかに潜入することに成功したそうだ。フェデリゴという名の人物と一六門の大砲を埠頭に置いた後で、ロヤザは引き返して、レイナも戻るところだったが俺たちに捕われたのだ。

俺の切断された指は役に立った。俺たちのあの巨大な大砲が置いてある築山の下に置かれた三二樽の火薬を、俺たちは見つけた。問い詰められたレイナは、ドン・フアンがスペインにはいないことを吐いた。

「今はどこにいるのか?」

「ジェノヴァにいました。」

「配下に何艘のガレー船があるか?」

「三〇艘。」

苦労させずに、俺たちの問いに答えたレイナから得た情報は、通報者から得た報せによって完全なものとなった。レパントの戦の後でヴェニエロとの仲違いしたものの、ヴェネツィアの支援なしでは、ドン・フアンはここらの海へは来なかった。沖は問題はなかったが、海岸から海岸へと、チュニジア城からハルカル渓谷に絶えず援軍を運ぶボートでいっぱいの内海バヒラを監督する必要があった。レイスはスィナン・パシャに、ラマザンとともに必要なだけの軍をつれて、あの棒切れと枝で造られたチュニジアの壁の内側に集まっている害虫を一掃することを提案した。

俺たちの向かいで、昼も夜も黙ることなく、壁の後ろにある心配そうな空気を吹き上げるように、時々撃たれる砲弾! すべて同じ時に同じ場所に砲撃する俺たちの大砲が、城壁に開けた穴は、奴隷も聖人ももう修理できなかった。塔もふくめて落ちるのは時間の問題であった。マルタでの壊滅の原因となったクズル・ムスタファの気ちがいとは反対に、命の大切さを知っている提督は、絶えず補強した力が一歩ずつ城壁に近づくのを待っていて、攻撃の命令を出そうとしなかった。一〇日の間、城壁は砲弾によって叩かれ、迫撃砲や小型大砲が、金属片やら石を包んだ布を油に浸し火をつけたものを、壁の上から古い城砦の中庭にまで送った。この間にレイスは、敵の策略を自分のために利用した。つまり、聖マルタン塔の向かいにある築山の下で手に入れた三二樽の火薬を、同じ塔の強化された通路を爆破するのに利用したのだ。地獄と化した城砦から出て、攻撃に移ろうとした守備隊が、手に入れることができた品物で濠の上に橋をかけようとしているのを見たレイスの、「橋の必要はない、さあ、行くぞ!」の声で大太鼓が轟き、あの戦慄させる行動の掛け声が天地に鳴り渡った。

「アッラー、アッラー、イッララー……」

敵が来るのに対抗して、用意された橋から城砦へ次から次へと突入する兵士たちは、昼前に二つの塔にオスマン帝国の旗を立てた。四方に散らばった死体、耐え難い臭気！　壁の割れ目から這いずりながら古い内側の城に移ろうとする者たちは、矢で射られて狩の獲物のように積み重なった。終わりが近づいたころ、レイスは殺戮を止めて、城砦の司令官に最後にもう一度、降伏を呼びかけた。司令官から兵士にまで手を出さないと約束をくりかえしたにもかかわらず、城壁からは声がないと、新しい城砦の内部に運ばれた小野戦砲が、古い城砦の壁に開けられていた砲弾の割れ目を大きく開け始めた。梯子が塔にかけられた。午後の礼拝の呼び声とともに、聖ジャック塔と聖ジョルジュ塔のてっぺんに、三つの三日月の付いた旗が揚げられた。俺たちは、武器を捨てて降伏した者たち、女たち、子供たち、商人たち、ムハンメド・モッラをそのハーレムとともに教会に集めた。司令官のドン・ペドロ・カレッラは、従者たちとともに聖ミシェル塔に辛うじて逃げ込んだ。レイスは、命を保障するとの約束を新たにすべく、使者として、ディエゴ・オソリオという名の提督の配下にいた時に俺たちに投降したヴァレンチアーノを送った。

塔の入り口に家族や従者とともに現れたドン・ペドロ・カレッラの顔は、その時俺には百歳の老人のように見えた。腰が曲がり、剣を渡すべくレイスに向かって進むとき、彼は「鍵はもう必要ない。神がわれわれの罪を許されんことを」と喉に引っかかる声で呟いた。

レイスはその剣を彼に返して、カレッラをその家族とともに自分の旗艦に送った。

俺たちが到着してから五週間後に、八つの塔を持つハルカル渓谷の命は尽きた。死者と捕虜の名簿はいまだに俺の手元にある。死体の間で見つかった、一五人ほどの負傷した司令官の取調べが始まった。

「名は何か?」

「ドン・フアン……フィゲロア。」

「これらの者のうち、どれがお前の仲間か?」

フィゲロアは前に出て、かがんで、床に並べられた死体の間の何人かの胸に十字を描くようにして示した。

「ドン・ペドロ・マヌエル……バナビデス……バラウア……ベラシオ……」

レイスはもう一人に向かって言った。

「名は?」

「エルコレ・ド・ピセ。」

「よし、示してみろ。」

「ボッカフォスカ……バッラセルカ……バルトリ……」

うんざりさせる、単調な声で行われる死体数の記録は続いていった。

「アルティエダ……カナレス……モンターニャ・サラザール……」

サラザールだって! 彼もあの世に行ったのか。町の日干し煉瓦で造られた城壁を捨てて、ハルカル渓谷を守るためにここに来たのだったのか? スペイン人が八つの頭のある怪物をいかに重要に思ったかの証明であった、この移住は。あの忌まわしい龍を地上からなくすことを、提督は誓ったのだった。

棒切れと木の枝で造られた、俺たちの気に入らなかったチュニジアの城壁は、思いがけない形でまだ立っていた。レイスは守備兵たちの志気を下げるために、ハルカル渓谷の陥落を宣言した後で、町の全民衆に――兵士をも含めて――生命の保証をすることに関して、俺にスィナン・パシャのところに行くように求めた。鼻をなくし、耳をなくし、頬に傷をうけ、四本半の指の手でカレッラの言葉を考えながら、俺は神に対する負債を少しずつ支払ったことを、道すがらつぶやいていた。終わることのない戦が俺の習慣になってしまったのだ。

「徳行あるセニョールたちへ
ハルカル渓谷が陥落し、ドン・ペドロが捕囚の身となり、反抗に及んだ者たちは不幸にも正義の剣に頭（こうべ）を垂れたことをみなに知らせる。城砦を引き渡した暁には、最上位から最下位に属するすべての者もの身の安全を保障し、そのほう三名に、各人五人ずつの部下を伴いここを出ることを許可することを約す。さもなくば、ハルカル渓谷の命運を考慮するべし。
――総司令官エクレム・スィナン・パシャ、
ジェマジュルアッワル月五日（一五七四年八月二十四日）」

そうだ、スィナン・パシャが書かせた警告書はこのような内容だった。俺は本文を読んで、「そのほう三名」の部分にパシャの注意をひいて、「サラザールは死にました、パシャ。後には主だった二名の司令官が残ります」と俺は注意した。

「そのようなことにかまうな。必要なのは城砦の降伏である」と総司令官は気にかけなかった。

「ですが、パシャ、サラザールの死に言及しないことは、ハルカル渓谷の陥落に関して疑惑を持たせることになります」と俺は主張した。

「もう遅い。警告書は既に書かれた。それにあそこにいたサラザールとここのサラザールと同じだとどうしてわかるのか？」

総司令官はヴァレンチアーノを呼ばせて、「この手紙をもって行って、本人の手に渡せ」と言いながら、礼拝前の身を清めにかかった。

俺はヴァレンチアーノにそっと、「サラザールを知っているか」ときいた。

一度出会ったという。

「お前が中で彼を見ることができなかったら、死体は聖ジャックの塔の下で見たと言え。そうしないと、誰にもハルカル渓谷が陥落したことを信じさせられないぞ。」

ヴァレンチアーノは証書を胸元に入れて出て行って、壁の後ろに消えた。ひとつの築山の後ろに潜んで、城壁の上に白旗が上がるのを見る期待で一日中待った。日が沈もうとした時、城壁のてっぺんから巻かれた紙が投げられたのを俺は見た。ヴァレンチアーノはどこにも見えなかった。塔の上で時間をつぶしている色とりどりの旗の間に、吉報である白い布を俺はむなしく待っていた。返答は否だった。わかっていた。このしばしの静寂の後に、大砲が轟いてまた殺戮が始まることだろう。俺が隠れていたところから出てパシャを説得に行く時、思ったとおり大砲が轟音を轟かせ始め、石や土と一緒に俺は突然ひっくり返った。ぼろきれのように地面にぶつかって、昼が夜に転じて真っ暗になり、俺は気を失った。

敗北、勝利、復讐、期待、希望……無から生き返った人間の皮膚が接触を感じて、声が闇を貫いて、目がどんよりした世界で動くものを見始めると、震える影が形となり、声は話し始め、撫でる手は特効薬のように身体に広がり、胸は夢が湧き出す泉で愛しい者の幻を見始める。明り取りから入りこむ光の束が照らす、髪を覆ってうつむいたマリア様に……エミリアに似たある顔が慈悲深い眼差しで俺を見ていた。俺の頬の傷痕、耳と鼻の代わりにある俺の顔の孔を隠すために、顔をそむけようとした。俺はしたかったが、できなかった。足元にいる、頭を肩の中に落として悲嘆にくれる彫像を、レイスに似ていると思った。俺は声をかけようとした。片足を墓穴に突っ込んだ、瀕死の戦死者から来る奇妙なうなり声を俺は聞いた。それは俺の声だったのだ。エミリアの双子かと思われる妖精の顔の微笑み、姿勢を正して立ち上がった影像が、顔を天に向けて何か呟いたのに俺は気が付いた。祈禱をしていたのだろうか。

生と死の間を往還した時間！　砲弾による衝撃で割れた岩が、俺を昏睡状態にさせたのだった。痛みが、頭、胸、脚を爪先まで包んでいたにもかかわらず、俺の身体は自分のものではないように思えた。仰向けに寝ることでこわばった背中を楽にしようとして横に向こうとすると――ああ神様――右脚がないのに気がついた。砕かれた下肢を膝の辺りから切断し、熱いオリーヴ油で焼いた時、あたかも命が自分の物ではないように思えて、苦痛、痛みをその空白の瞬間は感じなかった。薬草や種々の塗り薬からなる包帯に包まれて、半分になった俺の脚はスカーフの代わりにターバンを巻いたようだった。

飛び散って、存在しない足の指が、どうして痛むのかと俺はしきりに考えた。時が過ぎ、傷は癒え、人間は慣れて、この残酷な人生で手元に残ったもので過ごすのだ。あれから一五年が経った。冬の季節がめぐってくると、木製の義足をつけた俺の無くなった脚がいまだに疼くのだ。

スルタンの旗艦は診療室になった。レイスは、自分の船室を俺に、武器や書類や個人の物のための部分はカレッラの家族に与えた。広いとは言えないものの、一〇カデム（約四メートル）四方のこの部分は、船室の中では息をつける唯一の場所だった。俺が聞いた限りでは、ドン・ペドロは病気だった。俺が半ば気を失った状態でこの世に戻った時間に、霞んだ姿として時にはエミリア、時には聖母マリアのような微笑む幻だと思った妖精は、幻ではなくてドン・ペドロの娘だった。二つの世界の間を行ったり来たりした意識は、あの苦痛の日々に、過去を未来から、現実を幻から区別する賢明さにまだ遭遇していなかった。やつれた、不幸せな司令官の姿は、俺が子供時代を過ごした忌まわしい屋敷から追放された哀れな馬丁の影と混じり合って、心の目が見分ける妖精の輝く顔は、俺の睫毛の間から流れる滴の彼方に消えて行った。エミリアは一人の妖精で、目鼻のはっきりした、幸せに酔った健康な子供の作り出した幻想だった。今日、俺が憧れる愛というものは、もう、遠くで輝く、手から逃した珠玉のように見なさなければならないのだ……そうだ、そうだ、しかし寝床から出ることのできなかったあの絶望的な日々において、時には一房の葡萄を、時には一椀の柘榴のジュースを手にし、その顔には人間の尽きることのない諍いを忘れさせる微笑で、毎朝過去から出てくる崇めたくなるような天使のように、エミリアは俺の枕元に現れるのだった。俺は幻を見ていた。動かない、血の気のない唇の間から俺は神に感謝したかった。時々、痛みが俺の心臓に針を刺すと、おれは心の中で呪った、生きているエミリアをあの世の天使に神は変えたのか、と。そして俺を何に！　最も激しい戦でも、自分が不具になることはまったく考えられなかった、「びっこ」という語を不遜にも他人に対して使うこの不運な僕(しもべ)を、神は何たる状態にしたことか！　長い年月に俺が受けた苦痛は、感謝の念をめしいにしていた。鼻、耳、指と言っているうちに、今度は脚をなくして、ぼろぼろに散らばっていく俺自身によって罪の償いをしたことになるのか？

　和平の使者にふさわしいとみなされた彼らの態度をうけいれることのできないレイスは、俺の命を救ってくれた神に感謝のために生贄にされるべきものが、四本足の羊ではなく、愚かしい、二本足の残酷横暴な者たちであると裁定して、急いで戦線に復帰した。三週間後、チュニジアの城砦はハルカル渓谷から、二度と生き返ることのないように徹底的に破壊されたのであった。

レイスは、その気性に反して、今度は略奪や、さらには殺戮をさえ許したのであった。生き残った者の中に、城砦の司令官ガブリオ・セルベッローニ、ドン・ペドロ・アギラルとマルリアーニという名の者がいた。俺がモンターニャ・サラザールと勘違いしたアンドレス・サラザールは、息を引き取る前に、レイスに「これらは戦争の果実なのだ、提督」と言って目を閉じた。バヒラの真ん中にあるシャクル小島に避難して、助けを乞う二百人ほどの守備兵の中から、くじ引きで選ばれた五〇人ほどが解放され、残りは奴隷としての人生に足を踏み出した。三〇年前に、バルバロスがトゥルグトを釈放させるために身代金とともにジェノヴァ人たちに渡された、チュニジアの北の海岸にあるタバルカ島に到着することを望んだパガン・ドリアは、三人のベドゥインの助けで一艘の小船に乗って逃げたそうだ。このドリアは不運な男だった。ベドゥインたちが彼の喉元を切り、頭を槍の先にさして司令部に持ってきた時、レイスは審問することもなく三人を絞首刑に処した。なんたること！

「どうしてあの男たちを絞首刑に処したのですか」と俺が反問すると、「生きたまま連れてくることもできたのに、下郎どもは！」とぶつぶつ言った。

「『そいつの裏切りがお前の役に立っても、裏切る人間は憎悪すべきやつらであることを忘れるべきでない』とスペインの諺は言う。」

これほどの戦利品とは！　十字架がついたり、獅子がついたり、龍がついたりした三五本ほどの戦旗、大小一二五門の大砲である。レイスは、チュニジアの守備のために四〇門ほどの大砲を別にして、残り（原註——チュニジア征服で獲得された大砲は、今日イスタンブルのハルビエにある軍事博物館とトプカプ宮殿の庭園で見られる）をイスタンブルへ送るべく船に乗せて、ハルカル渓谷の城壁の足元に三〇箇所の地下道を造らせた。俺たちの出発の一日前、バヒラの出口は、地下の火を噴出するあの山々を思わせた。何千もの雷鳴に等しい轟音で木っ端微塵になったハルカル渓谷は、不敗の名声とともに水に沈んだのであった。

帰途、俺たちはモトンで小春日和を過ごした。三年前ここへ来た時は、レパントの海戦でやっと生き残った四〇艘のひとつであった。レイスの名声はあの泥沼から躍り出た。俺はといえば、勝利への道で片輪になった。そうだ、片輪にはなったが、希望のつぼみが俺の胸の中で再びふくらみ始めたのだ。エミリアはどこに行ったのか？　船出して以来見えなくなった。空から降りてきた天使は船酔いでもしたのか？

敗北を自分の責任だとするドン・ペドロは、娘の心遣いにもかかわらず、飲むことも食べることもせず、青ざめて、苦痛も痛みもなく痩せ衰えていった。医者たちによれば、メランコリと呼ばれるこの病の原因は不治の憂愁であった。ある時、提督に会いたいと言った。なにを話したのかはきけなかったが、その会見の後で、レイスの良心を蝕む何かがあることを俺は感じた。

敗北を受け入れることのできないドン・ペドロは、その二ヶ月後モトン湾で息を引き取った。エミリアの苦痛を分かつために、松葉杖によりかかって、隣室に行った時、彼女は青ざめた顔で、両手をきつく組んで父親の亡骸に祈禱をしていた。後世のために書き始めたこの回想録で、出来事や、感情や思い出すすべてを書きたいと思っているが、人生の精髄を見出したその瞬間のことは、人間の震える感情に発言権を与えられる日まで俺の心の隅に隠しておきたい。

片隅に座り込んでいたレイスは、心の中でうごめく悩みを分かち合いたいかのようにその手を俺の肩に置いて、「彼が船乗りであったことをわしは知らなかった」とやっと聞こえるような声で呟いた。

「城砦、要塞、それはいい、しかし彼は何よりもまず船長であったそうだ。亡骸を海に放つことを望んだ。」

何たることだ、とでも言うように頭を振った。

「自分の娘をもわしに委ねたのだ、アリコよ。」

舌がどもる瞬間、咽頭には肺腑から高まる呼吸が閉じ込められ、声は音節に、音節は単語にならずに口の中で解けてしまう。俺は興奮で仰天して、なんと言ってよいかわからない少年のように驚いていた。

「どうしようと考えるのですか?」とやっと口ごもって言った。

エミリアを、と言いそうになったが、船室から出る時きこえた礼拝の呼び声が俺をいさめてとめた。

「穏やかに眠れるように、礼拝をこんなに形式ばらなければならないのか」と俺はぶつくさ言った。

レイスは、高まる声の方向に頭を向けた。

「悪夢に満ちた終わることのない夜！　この男は死ぬ前に自らを地獄になげこんだのだ。」

「ドン・ペドロが？」

「ああ、言うまでもない、彼以外に誰がいるか！　わしに人間の印象を引き起こした数少ないスペイン人だった。気の毒なことだ。戦に負けることでこの世の終わりが来るのか！　創造主の愚かな僕(しもべ)の告白を聞く僧侶よりも、もっと多くのことを彼が見たのは確かだ。呵責の中であの世に行ったのだ、あの男は。」

俺が何のことをどう解釈したのかを理解したいかのように、俺の顔を奇妙そうに見て、「あの世に行った男の苦悩と願いをお前に言ったのだ」ときつく言った。「わしが死んだら死体はどこへなりと好きなようにしてくれ。」

「だからどうなんだ！　俺たちだって戦死者を清めないで埋葬するではないか！」

帆に包まれたドン・ペドロの亡骸は、船の手すりからモトンの海中に葬られた。深いところに見えなくなった経帷子が水面に残した点を、次第に大きくなって消えて行く輪を、エミリアの苦悩に満ちた目は見つめていた。

昼はだんだん短くなっていった。沈む太陽の赤い光にもかかわらず、身罷った愛する者の上にかがみこんだ、枯葉のように青ざめた顔を、紫がかった波紋が海面を覆うまで俺は見ていた。あのうつむいた頭から出てくる魔法の息によって細く細く流れる雲で、にこやかな妖精が微笑んでいた。手すりにもたれたあの神々しい存在に近づきたいと立ち上がろうとした。したのだが、あの残酷な運命がもう一度俺の脚を滑らせて、十字の形になった松葉杖の上に俺は倒れた。気がついたときは、日は沈み、痛みがぶり返して、流れる雲は闇に埋もれていた。半分になった指で、半分になった脚を揉み始めた。揉むことによって、俺の顔を、心を痛めつける傷から、とりなしを求めていた。
城壁から高まる礼拝への呼び声は、信者たちを礼拝にいざなう。幻に終止符を置いて、血の気のない夜明けの空は、微笑む妖精のいない自然を死の空気に染めた。ねずみ色の雲は優しい幻を映し出さない。何百もの船から高まる〝アッラーは偉大なり（アッラーアクベル）〟の声にもかかわらず、スルタンの旗艦は俺の目には空っぽに見えた。

「レイス、エミリアはどうなりますか？」

「どうなるかって？」

レイスは考えこんだ。

「奴隷商人が寄ってこないうちに。」

「生まれ故郷に送り返すのですか？」

「異教徒はわしらにアッラーが託されたものです！」と旗艦のイマムが口を出した。

「もしや……アリコよ……あの別嬪を、あの生娘を娶りたいか？」と俺の気がかりをさぐる二つの眼が訊ねていた。

俺はその場に棒立ちになった。父とも言うべきレイスは、俺が女神を自分のものにすることを求めたのか。鼻のない、耳のない、歩けないアリコが、あの天使に抱かれるというようなことがどうしたら起こるのか！　怒り、腹立たしさ、疑惑……希望……もしや？　運命が焼け跡と化したアリコの男の機能はその心のように健全だ！　あの……もしかして……天から降りてきた女神が、あの戦士のたねによって、この乱れた世界を正す天才をこの世にもたらすのか？

人の心はなんと自分を騙すことができるものであることか！　不滅の愛をいかに求めて探したことか！　一瞬のたわ言を、俺は笑って通り過ぎた。

「憐憫から来る優しさにたよる一生！　そんな将来は容赦してくれ、提督！」といって、俺の躊躇を理解しようとつとめるレイスに俺の決意を伝えた。

「宮殿のハーレムに……」と彼は言いかけた。

「あんたが彼女と結婚すればいい！」と俺は叫んだ。「あんたは手も脚もちゃんとある。彼女を娶りなさい！　提督の妻に目をつけることなど誰もできない、レイス。」

気が狂った者のように「あんたが彼女と結婚しなさい」という俺の叫びは、俺の耳に響いている。俺の声で言葉になった運命の怒りの前に、レイスは驚いて見開いた眼を床に向けて、熱情と言われる概念の不思議を考え考え、頭を振って立ち去った。


イスタンブルへの航海に出る一日前に、雲間に見えては消える太陽の弱い光の下で、俺はエミリアの、ヴェネツィア人のハッサンは提督の介添え人として、イマムの前に並んだ。必要な所作が行われた後で、「アッラーのほかに神なし（ラーイッラーヘイッララー）」の文句を何とか発音して、俺たち改宗者の中に加わったエミリアは、スルタン・セリムへの敬意の印としてセリメという名をもらった。一緒に過ごした三五年間のうちで、特にあの日、俺、びっこのアリは、提督のアリと心も身体もひとつであることを感じたのだった。

不吉な王宮

凱旋する艦隊のために準備された歓迎は、ダーダネルス海峡の入り口から始まった。町の人や村民を満載した沿岸警備隊の船が、拍手喝采で取り囲んだ。潮流に逆らって進む俺たちと競う海豚(いるか)に伴われて、海峡を越えて、イスタンブルの古びた城壁が見え始めた時、造船所から来たいくつもの細身の舟が海を地下湖にして、互いに寄り添って、巨大な筏に等しいものを形成して、何千もの船の間に俺たちに道を開けようとしていた。俺は十五歳若返って、ジェルバからの帰還したときのお祭り騒ぎを体験していた。しかも今回の勝利はレイスの勝利だった。その日は、あたかも、単なる艦隊の帰還ではなくて、死者の甦りの日だった。墓は開いて、解放された苦悶する魂を、天使が色とりどりの衣装で飾り、秋の最後の日々は春の陽気さに満ちていた。書記はよく「死後の生、蘇り」という言葉を繰り返していた。そうだ、あの日、あの光り輝く時間の中で、海岸や、山の斜面や、城壁や、ドームに溢れる人々の中で、生きている者や生き返った者と一緒に彼も俺たちを見ていたのだと、俺は確信した。

スルタンの臨席された海辺の離宮の前をガレー船が一日中次々と通り、大砲製造所（トプハーネ）から造船所（テルサーネ）まで埠頭に沿って並んだ時、日は沈み、何千もの色と種類の提灯で飾られた船の下になったイスタンブルは、海峡の海というよりも、花々を鏤めた谷間に似ていた。マストのてっぺんに星のように輝く灯り、甲板に吊られたハンモックの上で、太鼓やクラリネットの伴奏でゆらゆらと揺れながら艦隊の者に賛辞を呈する若者たちは、この興奮をいや増すのだった。海面から飛び出すかのように見える、光るピラミッドの中央で、わめいたり、飛んだり跳ねたりする影……二〇年前のスルタン・スレイマンの、一五年前は俺たちのジェルバからの、帰還を祝う狂ったような晩を次第に思い出させていった。片脚で長い間立っているのに俺は慣れていなかった。この過度になって行く興奮は、俺のエネルギーを下げていった。レパントの敗北は俺たちを尊厳と尊敬にめぐり合わせた。チュニジアで獲得された勝利は、麻痺した人間の挫折感を褒美として俺にくれた。暗い水の中で落とした貴金属を探すかのように、船の手すりにもたれて、物思いに沈んでいる無言のエミリアは、歓喜にも祝宴にも気づかずに、明日を問うていた。

艦隊の凱旋を祝うために、神への感謝として千頭の羊の生贄を捧げた後で、俺たちは離宮での儀式に参加した。翌日、スルタン・セリムは造船所を訪れた。少なくとも三千ドゥカットの価値のある豪華な剣を提督に賜った。かつてないこの評価褒章の振る舞いの一五日後、ラマザン祝祭日の第一日目の思いがけない時に、スルタンの死の報せが来た。ハーレムの娘たちとハマムで行った楽しみの最中に亡くなったことを後になって知った。ソコッルはその死を極秘裏に扱っていた。祝祭日（ラマザン）

の五日目にやっと俺たちに会いに来た。

「旗艦を送る時が来たのだ、提督殿。」

「どこへ？」とだけレイスはきいた。

「ムダニヤへ。」

ムダニヤの港は、父親の死の報せを待つ皇子たちの滞在しているマニサまで馬で三日の距離にある。

「警護隊長をか？」

「ハッサン隊長は三日前に行った。」

八年前、当時皇太子であったセリムに父親のスレイマンの崩御を知らせるべく、ソコッルがハンガリーから送った者がハッサン隊長だった。

「イェニチェリ兵たちは知らない」とソコッルは警告した。「決して誰にも知らせるな。」

メッカの方向から吹く南南西の風でうねる波がマルマラ海を荒れさせた夜、晩の礼拝の時刻の後で嵐の海に突っ込んで行った、灯りを取り外した旗艦は、ムダニヤに二日かかってやっと着くことができた。この予期しなかった災難は国民に高くつくことになった。その一日前にムダニヤに着いた皇太子は王位を他の者に奪われないようにと、偶々港にいた、パシャの肩書きがあったにもかかわらず〝殿(ベイ)〟と呼ばれる国璽尚書(ニシャンジュ)のフェリドゥンの船に飛び乗って、追い風を利用して、帆をいっぱいに揚げて全力を挙げ、夜半には仲間とともに宮殿の埠頭に上がり、神聖なラマザンの八日目（一五七四年十二月二十三日）の東の空が白む頃、唖の死刑執行人に引き渡した五人の兄弟たちをも絞殺させたのであった。報せを聞いて宮殿に駆けつけたソコッルは、上目遣いで、陰険な、自分に差し出された果実のシロップをまず宰相が飲むことを求める猜疑心に満ちた人物を、その向かいに見たのであった。この二十八歳の気難しい不吉な梟は、八日前から宮殿の冷蔵所に置かれている父親の亡骸を埋葬する前に、即位の儀式の準備を命じたのであった。

起こった出来事を知らずに俺たちが宮殿に来たとき、慶事の門の前にきらびやかな玉座がしつらえられているのを見た。垂れ込めた雲の下、陰鬱な空気の中で行われたこの即位式を、黒いターバンと黒い法衣をつけた大臣たちは〝国をあげての喪〟の日に変えた。権力欲に夢中の、残酷な皇子が玉座に座すとともに、敬意を示すべくその手や服の裾に口付けする儀式が始まった。慣習として、まず最初に大宰相のソコッルが頭を下げたが、彼は差し出された手を見ないふりをして、テンの毛皮のカフタンの裾に口付けするようにして、立ち上がった。思いがけないこの行動は、儀式に参加していた高官たちから、支配者に対する挑戦として受け取られた。

そうだ、神聖なるラマザンの八日目に、ムラト三世としてオスマン帝国の玉座を襲った梟は、父親のスルタン・セリムの亡骸をアヤソフィアの中庭の永久(とわ)の憩いの場所に埋葬する儀式に加わる労をとることすらしなかったのである。絞殺させた兄弟たちの死体を埋葬させるためには、夜の来るのを待ったのであった。

即位の二日後、金曜日の夜明けに造船所に来た隊長は、スルタンをエユップでの太刀を佩く儀式につれて行くために、旗艦を海辺の離宮の前に待機させるようにとの書を持って来た。

〝後任者はたいてい〔前任者より劣るので〕前任者を懐かしませることになる〟と昔の人は言ったそ

うだ。あの日、離宮の前で待機していた旗艦は、後ろにおべっか遣いの一行を従え、頭にはエメラルドでできた三本の羽飾りをつけたターバン、黒いあごひげ、尊大な態度の背の低い人物を迎えなければならなかった。人々を見下そうとするが、この困り者のスルタンの、ひよこ豆みたいな丸い目には、意味のない苛立ちがあった。挨拶もなく、いばった足取りで後方の船室に行って、座布団の上にゆったりと座った。右側には自分に似て尊大な、四十、四十五歳くらいの、宗教行事をつかさどる役人の振りをする坊主に席を与えて、提督に、「さあ行け」と言うように黒いひげの顎を振った。地区ごとを回る告示人がスルタンがエユップに行くことを知らせたので、金角湾の入り口で俺たちの周囲を野次馬の小船が取り囲むと、前を行く細身の小船に乗っている白いあごひげの従僕が、杖の先に突き刺した儀式用の長いターバンを左右に傾けては、スルタンの代わりに民衆への挨拶につとめた。俺が若い時、スレイマン大帝の時代には、注目に値すると思ったこの芝居は、奸計とペテンとにうんざりした老年の俺には滑稽以上のものを意味していなかった。

〝勇敢な〟スルタン・ムラトは、先祖の廟を訪れながら、馬で戻るのを望んだそうだ。「失せろ、忌々しい奴め」と俺が呟いたのは、ありがたいことに、報せをもって来た隊長に聞こえなかった。酒と歓楽の好きな故スルタン・セリムは人々に憐れみを感じさせたのに対して、その息子の行動、取る態度、さらには眼差しすら俺たちを不快にした。この男には信頼できない、猫をかぶった面があった。姉妹であるエスマハン、ゲヴヘルハン、シャー姫とそれぞれ結婚している、大宰相のソコッル、第二大臣ピヤーレ、第四大臣ザル・マフムウト、それに父方の伯母ミフリマハの娘であるアイシェの夫は第三大臣のアフメト・パシャというわけで、要するに、国家の上層にいる高官のほとんどすべては義理の兄弟であった。キプロスの征服者である第五大臣ララ・ムスタファ・パシャとチュニジア征服の際の司令官であった第六大臣スィナン・パシャとの間には傷害沙汰があった。この陰険で偽善的な、王冠をかぶった蛇が、ソコッルを筆頭とする真の支配権を持った大臣たちの間に、親戚関係があってもなくても、不和の種を蒔くために必要な時期を狙っているのは確かだった。彼は一年ほど待って状況をつかんだ。まずソコッルの取り巻きから彼に近いとして知られている国璽尚書フェリドゥンを解雇し、その執事を絞首刑にした、ニシャンジュ・フェリドゥンを片付けることから手をつけた。宮殿内に薄暗い権力が配置されていった。その中で特に二人の名が注意を引いた。一人は、宗教大臣のハーミト・マフムウト・エフェンディの決定にすら目を通す権利のある者で、エユップに行った時に威張っていたサーデッティン師(ホジャ)だった。二人目は、クロアチアの宗教結社のメンバーで、スーチャという綽名をつけられた、〝スルタンのシェイク〟として通用していた不思議なハーフズ〔クルアーンをすべて暗記している人〕であった。うわさによればこのハーフズは、マニサで玉座に座す野心で父親の死の報せを待ちきれぬ思いで待っていた皇太子に、どこから思いついたのか、四の付く日に王位につくことを予言したそうだ。予言の四週間後に、スルタン・セリムの死の報せが届くや、スーチャは突然新しい支配者のお気に入りとなったそうだ。男の世界では事態はこのようであった一方で、女の世界であるハーレムでも事情はひどく混乱していた。ドゥカジンのレズィ村生まれの、九歳の皇太子メフメトの母親であるアルバニア人のサフィエ姫と皇太后であるヌルバーヌとの間の不仲のその日その日の勝利者は、スルタンと言われるこのうぬぼれた荷馬の気まぐれによるのだそうだ。

蛇の巣窟である宮殿、萎えた造船所、不安な思いの政府！

「白アリが土台を蝕んでいる！　スペイン人の必要はない、この有様では帝国は滅びる！」と提督は嘆いていた。

「俺たちは希望を持って待ち、そしてそれは来た！　その力を、その名声を、どこで、何のために、使うことを考えているのですか？」と俺は話題を変えて彼の心配を安らげようとした。

俺の問いをどう解釈したのかはわからないが、提督は返事をしなかった。

「俺にはわかっている」とさらに俺は追いうちをかけた。「その名を永遠に遺すことを考えているんだ。」

彼はアヤソフィアの見事さを、心を奪われたように見ていた。

「この荘厳さを見てみろ」と微笑んだ。「千年を経た。あと千年ももつ。お前が言ったことは本当だ、お若いの。このような神殿の正面にその名を刻むこともあるのだ！　後の世代に語るべきそれ以外の言葉をわしは知らぬ！」

「レイス！」

「なんだ？」

「なら、何が必要か？」

「俺が回想録を書くのにモスクは要らない！」

「水辺で、頭を休めることができる場所だ。」

船長にとってペンとは、与えられた命令を紙に書き、倉庫にある在庫品を帳面に記し、船から下ろしたり積んだりした荷の記録される帳簿に関わる、一つの道具であった。責任者は、一日中帳面に書き続けても一生では足りない。手にペンをとる者についてこのような印象を持っていたにもかかわらず、彼は長い間考えていた。春には一緒に、造船所からボスフォラス海峡沿いに九マイル（約一六・五キロメートル）の距離にある静かなタラビアの入り江に別荘の建造を始めた。まもなく書記たちの帳簿からは見えない、傷ついた過去がインクで綴られるのだ。海岸に聳えるこの建物のために費やされる金が、戦利品の俺の分け前からは取られなかったのは確かだった。建築材料には憐れみの跡さえもなかった。感謝に満ちたこの建物の土台には、愛と尊敬からなる屋根が葺かれたのだった。

「自分のモスクはどこに建てるんですか、提督？」そのための土地の割り当てはスルタンの気分によるのだった。密かに会合する一味と何かを企んでいる、女の問題でもルーズなこのファラオは、もう大臣会議にも立ち寄らなかった。彼を見かけた者があったら褒美ものだ！　海の征服者である偉大な提督が、望みを伝えるために侍従長の仲介に頼るのだ。

宗教祭日（バイラム）の前日、番兵の水夫が俺がレイスの部屋に入るのを制止した。確固たる指示があったそうだ。提督は邪魔されたくなかったのだ。理由？　俺のことをよく知っている水兵は、理由を知らなかった。心配で、暗鬱な気分で戻りかけた時、俺の木製の義足が床板で立てた音を聞いたに違いない、中から番兵に、「かまわぬ。入ってよい」と声がかかった。俺はためらうことなく中に入った。マルタでの壊滅の後、三日三晩脱ごうとしなかった黒い長いコートにくるまっていたレイスは、試練に耐える修行僧のように床に座り込んで、誰かと果し合いをしている風があった。

「あの不吉な梟から来た返答を読みたいか？」と言いながら、レイスはゆっくりと身体を起こした。

「これは何の返事ですか。」

「土地の割り当てだ。」

コートを身体に巻きつけて、窓に寄り、太陽と戯れる雲を眺めた。それから俺の方を向いて、「これを読んでみろ」と言いながら、皺になった一枚の紙を差し出した。俺は読んだ。その返事は――

こんなことが二度と起こりませんように――

「スルタンの永代所有を司どる役所には割り当てられる土地はない、海の覇者なる者はその修行僧の宿坊を海に建てるべし！」

「……」

「見たか、これが小金目梟の返事だ。」

雲のキャラバンに突然稲妻が落ちた。

「行って、あの侍従長に会え」とレイスは突然かっとなった。「行ってそいつに言ってやれ。スルタン陛下の仰せはごもっともだ。わしらの祖国は海原だ。わしは宿坊を海原の上に建てる。あのちっぽけな土地など要らぬ。せいぜい大事にしまっておけ！」

その日から、四〇艘の荷船が石切り場や海岸からあるだけの岩を運んできて、大砲製造所の目の前の海の埋め立てに精を出した。一ヶ月もしないうちに、巨大な岩場が水面に現れると、宮殿から、飛脚が次々にやって来始めた――スルタンの冗談を提督殿は誤解されたのだ、と。あの大切なお方の価値を知らないことがあろうか、スルタン・ムラト陛下が！　土地ほど豊かなものがあるのか、このスルタンの永代所有の土地を司どる役所には！　このような神聖なる企てのために、どこなりと所望する土地を与えたであろう……。

「神はわしに預言者の言葉によって、『心の壁龕（ミフラブ）〔モスクの中で、メッカの方角に向いている壁の窪み〕を海に造れ』と言われた。波がその丸屋根（ドーム）を越えようとも、わしは海の只中に神殿を築く」と言って、レイスは受け入れなかった。

なぜ創造者は、役立たずのペテン師に手を差し伸べるのか？　玉座に座らせたスルタン・ムラトという名のジャッカルの前にある困難は、一つずつ除去されていった。教会に対して叛乱を起こした人民をどう扱ってよいかわからない、ドイツ国王になったばかりのルドルフと、東方交易の継続を願うヴァネツィア国は、オスマン帝国と合意できるためには多くの犠牲を払う用意があるように見えた。ペルシャのシャー・タフマスプは、五〇年間王位に座った後で、宮廷内での困り者に悩んでいた。アンティル諸島への航路上でイギリス人たちによって悩まされていたフェリペは、レイスの艦隊とことを構えるのを避けていたのだ。

モロッコの王位にムハンメドという名のスペインびいきの王が座した。チュニジアの征服の際に俺たちの側についた後、俺たちと一緒にイスタンブルに来て住み着いた、その父方の伯父のアブドゥルメリクは、少なくとも王位の分配に与ることを期待して、オスマン帝国の援けを望んでいた。あの遥かな国で、フェリペの奴隷の代わりに、オスマン帝国の朋友を見ることを望むレイスは、大臣会議の時に、この人物の肩を持つことは差し支えないと見ていた。

その年のラマザンの前夜に、レイスが階段の下のところで、紫色の生皮を縫い合わせた靴を履き、黄色い布を頭に巻いた、腰の曲がった年寄りを、「おやまあ、あんたはヤセフではないか。この格好はどうしたのだ」と言いながら、室内に入れたのを俺は見た。

「健康も、仕事もうまくいかない、頭も働かない……何もかもうまくいかなくなったのだ、提督殿」とその男は嘆いた。「この年月はわしにひどく早く年をとらせた。」

実際に、その男は腰が曲がって嘆いていなければ、俺と同年輩だった。容貌や両脚はちゃんとしていたが、俺よりも疲れ果てていた。

「提督殿よ、時代は変わるのだ」と嘆いた。「スルタン・セリムが亡くなって以来、わしの運は後ずさりしている。」

彼は深いため息をついて、旧約聖書からの引用を呟いた。

「殺す勿れ、盗む勿れ！　これらは遊牧民のために書かれた指示だ！　今日では、その代わりに、『行って処刑人の手に口付けせよ、その男の奴隷になれ』という意味になるのだ。リスボン、アントワープ、ヴェネツィア、リオン、ナポリ……どこでもそうなのだ、提督殿よ。もう習うべきことはないと言う声が、わしの中のどこかで聞こえるのだ。」

指先でその胸に触れた。

「ジョアン、フアン、ズアン、ジョヴァンニ、ヨハンネス、ジョセフ、ヤセフ、ナシ、ナッス、ミカ、ミケ、ミク……いろいろな名で呼ばれた。わしが誰で何者であるか、それ自体不明だ。」

俺にはしだいに、彼が何者であるかがわかり始めた。自分を抑えきれずに、「キプロスをどうするつもりだったのか?」と俺は言った。

彼は失われた夢を探すかのように、窓から入りこむ光に目をやった。

「わしら、土地のない、祖国のない者たちに一つの……祖国を。」

「この一〇年間ナクシェ島〔ナホス島〕はあんたのものだ〔原註――一五六六年にエーゲ海にあるナクシェ島はスルタン・セリムによってヤセフ・ナシに貸与された〕。人々の間でナクシェ男爵と自ら称したではないか。そこにその祖国を築くことに問題があるのかね。」

「その通りだ、提督殿。しかしもう遅すぎる。人生で成功が訪れるのが早すぎると、人は自分を預言者だと思ってしまう。望むことと実行することとの間の違いが、後になってわかったのだ。」

運ばれてきたコーヒーを一口飲んで、彼は教訓的なその過去を話し始めた。

「ヴェネツィアに避難したとき、わしは二十六歳だった。なんと言っても若かったのだ。あの地の残酷な議会のことを聞いたことがあるだろう。彼らが、リスボンやスペインから移住したマラーノ〔ユダヤ教からキリスト教に改宗した者〕たちを追放する決定をした時、身を寄せる小さな島をわしはあの残酷な議会に望んだのだった。わしらはマラーノではなかったのか。わしらはみなキリスト教徒だった。それなのに許されなかった、許されなかったのだ、多くを望みすぎると言って。」

「一三年後に」と彼はつづけた。「故スレイマン大帝がユダヤ人のヤセフにタベリエ〔今日のイスラエルにあるタベリエ湖の湖畔の土地〕を賜った時、同名のハハム〔ユダヤ教の祭司〕のヤセフ・ベン・アルドゥトを急遽送って、俺たちの間から何百人もがそこに移住したが、わしはなぜかその地を踏まなかった。夢を培うことの方が、国に到達するよりよく思えたのだろうか、この理不尽な人間にとっては？」

空から落ちてきた大粒の雨が、部屋の中を覗きこむようにガラスを打った。レイスは知りたい問題に入る前に食事が運ばれるのを待っていたが、ヤセフはこの招待の理由を理解したがっていた。彼はナクシェ島でのこの二年間の税金をまだ納めていなかった。

「商売は不振なのだ、提督殿」と彼はため息をついた。「二二年前わしが作ったメンデス（原註――ヤセフ・ナシと義母グラシア・メンデスによって作られた、オスマン帝国の最初の銀行と目される貸付機関）は今、破産寸前なのだ。」

「あんたはナシではないか。どうして会社にメンデスの名をつけたのか。」

「それはひどく長い話だ。一生の話だ。話すべきほかのことがあるのでは？」

「時間はいくらでもある」とレイスは微笑んだ。「今日この頃では提督も小船漕ぎと違いはない。」

「人生は失望でいっぱいだ」とヤセフ・ナシは自分の過去に心を奪われて続けた。「わしはほんの一歳の時、母親を失って、医者ミケシュ・アゴスティーニョの息子ジョアンとして洗礼を受けたのだよ、提督殿。父方の伯母グラシアは、本当の父親がユダヤ人のナシ・サムエルであることを、わしが黙っていることを習う年齢になった時に言った。そのときどきでメンデスまたはメンドゥザと言われたが、ユダヤ人だと告発されたベンヴェニステたちが、ポルトガル国王ジョアンに国の総予算に等しい金額を貸与してアントワープからリスボンに移住した時、わしはやっと七歳だった。言うまでもなくそれらの金をわしらは二度と見なかった。「見なかった」と言うのは、父方の叔母たち、グラシアとレイナは、それぞれベンヴェニステあるいはメンデスのフランシスコとディオゴと結婚したからだ。まもなく、借金をした者が貸した方を脅し始めると、わしらは再びアントワープに引っ越さざるを得なかった。そこに到着すると、今度はブリュッセルの司教のとりなしで、教皇がわしらに三万ドゥカットの金を求めた。」

「何のためにか?」

「フランドル州で作られるはずの宗教裁判所の完成を五年後に延期するためにだ。フランシスコはリスボンで死んだそうだ。ディオゴもアントワープにわしらが来た頃、ベンヴェニステ家の財産を妻であるわしの父方の叔母グラシア・ベアトリクスに渡して、あの世に行った。わしらは耐えられずに、再びアントワープから離れた。カルロスの最愛の姉妹であるハンガリー女王マリアは、わしらの全財産を没収したのだった。」

「下着一枚は残ったか?」

ヤセフは微笑した。

「名誉ある提督殿、あんたの財産がいつまでもありますように。あんたは剣を使うことに長けている。わしらは、財産を紙切れの間に隠す能力があるのだ。」

「貪欲な梟を恐れるモグラのように、金を誰かの土地に埋めるのだ」と彼は続けた。「運命はどうしてわしらを、山や荒野で絶えず追いかけまわすのか?」

食事が運ばれてきた。

「運命はお前を〝わしら〟と呼ぶことを可能にした。わしは五〇年間海を彷徨ってきた。困難なのは山や荒野を歩き回ることではない、孤独に打ち勝つことだ」と言いながら、レイスは匙を手にとった。「さあ、食べてくれ、ヤセフよ。」

ヤセフは腎臓結石を病んでいるそうだが、礼儀上食卓に座った。

「話がほかの方に行ってしまったが、提督殿、最後の手段としてヴェネツィアに逃れた時、叔母のレイナは何としてもその地に留まることを望んだのだ。遺産として残されてあった分をヴェネツィアの造幣所に渡した。わしはフランスに住むことに決めていたのだ。ベンヴェニステの財産の一部はフィレンツェ人の偽名でリオンに隠してあった。カルロスと一戦を交える用意があった国王アンリに、一割五分の利子で一〇万エキュを貸した。叔母のグラシアの夢はイスタンブルに到達することだった。今になって考えると、なぜか彼女には遠くを見る知能があったわけだ。スルタン・スレイマンが送ってくれたガリオン船が来て俺たちを乗せた。こうしてオスマン帝国の土地を踏んだのだった。」

「よかった、よかった。それは良いが、どうして事業の名をメンデスと名づけたのかね?」

「ああ、そうだった。言うまでもなく、叔母の財産は彼女の夫の一族ベンヴェニステ＝メンデス家から来ているのだ。」

彼は耳の後ろを掻いた。

「あの信用のおけないフランス国王なる者が、どうして支払おうとしなかったかわかるか? わしが話してもあんたは信じないだろう、提督殿。彼はキリスト教徒ジョセフ・ミクから金を借りたというのだ。ユダヤ人のヤセフに何の貸し借りがあるものか、と! 彼の支配する国では、高利貸し、商売すらユダヤ人には禁じられているそうだ。ああそうだ、言うのを忘れたが、わしはここで、イスタンブルで、生まれてから三一年経って割礼を受けて、ユダヤ教徒になることができたのだ。」

「ああ……それで金は戻ってきたか？」

「故スルタン・スレイマンは、すでにその頃ハジ・ムラトを金の取り立てにメディチ家に送った。」

「取り戻せたか？」

「無駄だった、一銭もださなかった。三年が経った。今度は故スルタン・セリムは、アレクサンドリヤ港でフランス国籍の五艘のガリオン船を捕らえて、船荷を競売で売らせた。貸した金は取り戻せたが、利子はふいになった。」

「利子はイスラムでは罪になる。知っているだろう、ヤセフよ！」

「知っています。知ってはいるが、提督殿、時代は変わるのだ。この国は一向に、金を借りたり貸したりすることを習うことができなかった。皆さんも近い将来このゲームに加わらざるを得なくなりますよ。一万ドゥカットの貸しがルステム・パシャにも……」

「ルステムにか？」とレイスは座り直した。「あの虱のやつはお前にも借金をしたまま死んだのか？　つまり政府はお前に……」

「いいえ、問題はそのことではないのです。近頃は、なぜかわしに対するお役所の扱いが変わったように見えるのです。わしはこの国に少なからず貢献したはずだ！　レパントの壊滅の前に、ドイツがスペインに与しないようにしたのは誰だったか？」とヤセフは言った。

「フェリペを片付けられた最後の瞬間に、あのキプロスの問題でわしらを悩ませたのは誰であったかの？」といってレイスは遮った。「あの災難の二年後に、あの悪党と接触したのは誰だったか？　セルベッローニやアクーニャの身代金を支払うために大事な手をポケットに入れたり、あるいはアルヴァロ・デ・サンディの一八年に亙って支払われない身代金の交渉をしたのは誰だったのか？　ヤセフよ、今までわしらの道は別々だった。過去のことは忘れようではないか。これから後の道を一緒に歩こうではないか、どう思うかね？」

「何というべきか！　おっしゃるとおりです、提督殿。イエスとモーゼの間にはいろいろなことがありました。これから先、この腰の曲がった老人がどのようなお役に立つものか？　ナクシェ島のこの二年間の税金がまだ払えてない。」

「お前さんが言ったとおり、それは問題ではない、ヤセフよ。今日はお前さんの知恵と知識が必要なのだ。いつの日か、モロッコの王が変わったら、フェリペの反応はどうであろうか？」

ヤセフはコーヒーを一口啜って、提督をちらっと眺めた。

「フェリペは手が離せないのだ、提督殿」と彼はよく考えた末に自分の見解を語った。「新世界から来る黄金満載のガリオン船の三分の一近くが、カディスに着く前に海の真ん中で消えてゆく。その一部をポーツマス港で見た者がいる。イギリスの海賊が大西洋で勝手なことをしているのだ。さっきも言ったが、時代は変わるのだ、提督殿。わしらはその時々に合わせなければならぬ。ポルトガルを見なされ、インドへの道を海で発見した。オスマン帝国の宮殿はもはや世界の中心ではなくなるのだ。それも遠い先のことではない、五年か一〇年のうちにだ。」

「アッラーは偉大（アッラーアクベル）なり」とだけレイスは言った。

「そうです、明白なことです。アッラーは偉大（アッラーアクベル）なり、しかし、世界は小さいのです、提督殿。故スルタン・セリムの頃に計画された、スエズのあたりの運河の件はどうなりましたか。創造主のお許しで、あの件は解決したことでしょうが……わしの手元にはもう資金が残っていないのだ。」

「何事にも順序がある。とりあえず、フェリペの意図に戻ろう。」

「わしが言ったように、フェリペが解決しなければならぬ多くの問題があるのです。レパントでわしらをひどい目に合わせた大型戦艦に似た、大砲を装備したガリオン船の建造で忙しい。まさに好機です、すべきことはたくさんあります。ところが残念なことに、お役所はドイツ人の子孫〔北ヨーロッパ系のユダヤ人〕しか見ようとしないのです。」

「ここでドイツ人の子孫がどういう関係があるのか？」

「ハハム〔ユダヤ教の祭司〕で医者……アシュケナージのサラモンが宮殿から離れません。言ってください、提督殿。不動産、倉荷証券、廃棄物、商人などの税を、どうしてドイツ系ユダヤ人だけが免除されているのですか。彼らもわしらのようにユダヤ人だ。セファルディ〔イベリヤ半島や後にイタリアから追放されたユダヤ人〕も、ロマニオット〔ビザンチンのユダヤ人の子孫〕も、わしらはすべてスルタンの僕(しもべ)ではありませんか。」

「税金の問題は勘定方の仕事だ。誰かをやって調べさせる。お前さんはわしが知りたいことに触れなかった。」

「どの点ですか、提督殿。あんたの意図は何か。何が知りたいのかね？」

「アルジェリアがもしマラケシュに進攻したら、フェリペはどうすると思うか？」

ヤセフはまた長々と考えた。

「フェリペは広大な大洋と、自国の間に挟まれたポルトガルの王位を長い間狙っている。セバスティアンはやっと二十二歳だ。うわさによれば、信心深く、熱狂的なキリスト教徒で、アフリカ大陸に拡大することを考えているそうだ。フェリペはというと、今のところオスマン帝国と争うことは避ける。わしの考えでは休戦を求めたことがその証だ。狡賢い狐は幼い狼を追い詰めて、もしかしたら聖戦のためにと言ってアルジェリアに行かせる。」

「セバスティアンを説得するのに、どのくらい時間が必要か？」

「それは子供の相談役たちによる。」

「彼らとは誰のことか？」

「ジェスイットたちです。それと彼の叔父で、フェリペを信用していない枢機卿です。」

「アブドゥルメリクは三日以内にアルジェリアに行く」とレイスは結論を出した。「わしはリスボンで、バリャドリッドで、ローマで起こった一連の出来事の分析をお前さんから待っているのだ、ヤセフよ。この一件は冬が来る前に片付けなければならない。」

日が沈むところだった。暇乞いをするヤセフが、敷居を出る前に、「神の援けがありますように、提督殿」と言って、頭を下げた。

「スペインに行ったら、あんたの友だちを忘れる勿れ。ここにあるスペイン系のシナゴーグの名前をご存知あるまい。言いましょう、お聞きなさい、アラゴネス、セニョラ、マヨレ、クトゥバ……」

昼間の時間が長くなり始めた春の最初の日に、チュニジアの征服の後で大臣待遇に昇格したアルジェリアの太守であるサルデーニャ人のラマザンによって、モロッコが掌握されたことを、俺たちは知らされた。王位に座したアブドゥルメリクは、二ヶ月以内にマラケシュに行くことを知らせるとともに、オスマン政府に二〇万ドゥカットの謝意を送った。

トプハーネの前の海の埋め立て地は、陸に狭い地峡でつながる立派な小島の状態を呈した。提督は、スルタンと呼ばれる大ほら吹きの言葉を繰り返して、宮殿に語るかのごとくに呟いた。

「海の支配者たる者が海に築く修行堂は、海水より生ずるその壁龕は、お前のその卑しい世界に自らを貶めない者たちの範となるであろう！」と。

海から眺めると、アヤソフィアの丸屋根（ドーム）は山の斜面にあるスルタンのいくつかの宮殿の上に座り込んだように見える。そのように何世紀も残るモスク（原註——クルチ・アリ・モスクは十六世紀より残っているモスクの中で、尖塔以外には修復を受けていない唯一のモスクである）の建設に、レイスは考えを凝らしていた。そして最後に、六〇のモスク、三〇の宮殿、数え切れないほどのモスクを中心とする複合施設を造った、建築家のスィナン殿に相談した。彼の作品の中には、そのいずれもが最高傑作であるイスタンブルのスルタン・スレイマンのモスクとエディルネのスルタン・セリムのモスクもあった。高齢にもかかわらず、いまだに活躍している天才は現在、ソコッルのために造船所の入り口の前に、ピヤーレのために造船所の後方に、鳥飼育係長のシェムス・パシャのためにはウスキュダルの海沿いの別荘に、三つのモスクの建設を完成するところであった。

宮廷内の歩調のそろわないよどんだ雰囲気にもかかわらず、外から来る報せには楽観的な空気があった。シャー・タフマスプが五二年間支配を続けた後で、中毒によって死んだ。このよい報せにもかかわらず、ある大臣会議の帰途、「絶望的だ!」と提督はぶつぶつ言った。

「酒色に耽るスルタンから民衆にいいことはない! あれほどの苦労をして造られた苦心のたまものたる船は、港で黴を生やしている。フェリペの大使と称する下郎の前で、手を胸に当てて敬意を表している!」

「フェリペの大使ですか?」

「そうだ、お前が知っている奴だ……クニャレッタ(ドン・マルティン・アクーニャの綽名)……チュニジアで……」

「ああ、もちろん、奴は捕虜だった……」

「いまや、代表団員になったのだ! あの目の利くペテン師は、宮殿の謀反派、不道徳派の銃を手に入れたのだ。」

「スルタンはめくらなのか?」

「スルタンなんぞ糞くらえだ! 気に入らないことがあると、涎をたらして気絶するそうだ。この国はもはや宮廷のものでもなければ政府のものでもない……呪術師サーデッティンとスーチャのものだ。」

あの二人のいかがわしい奴らは大臣会議の派閥をよく覚えこんだ。クニャレッタのために二人の貪欲な大臣アフメトとララを手に入れた。ソコッルの権威を揺るがせるために、無知でかんしゃくもちのアフメト・パシャは、帝国のためになるあらゆる提案や決定を破棄することを自分の役目とした。うわさによればスーチャは、今度はまもなく大宰相になれると言って、この信頼の置けない男を自分にくくりつけたのだった。〝スルタンのシェイクの知恵〟なるものが頂点に座した。あらゆる嘆願書、職務の任命、特別扱いの申請は賄賂により、うら若い少女や少年たちが豪勢なお屋敷の長いすで取引されるのだった。事情を知っている悪名高きスルタンのムラトにも警告が届いたが、無駄であった。この恥ずべき状況を見ないふりをして、あの策略家が毎週末宮殿に持ってくる金貨の詰まった二つの布袋を自分の懐に送るのだった。

大臣会議や政府内で、結論が出ないようにと故意に振り向けられる議論に飽いたレイスは、造船所から出ずに、小島の上に聳えるであろうモスクの下絵の前で何時間も過ごすのだった。ある嵐の晩、建築家のスィナンと二人だけで、宮殿の上に落ちる稲妻によって照らしだされるアヤソフィアを見て、「尖塔が建てられる前はこの傑作はどのようであっただろうか」とたずねた時の、偉大なスィナンの、提督を窺う眼差しは、いまだに俺の目の前から消えない。〔アヤソフィアは、四世紀に建てられ、六世紀に再建されたビザンチン時代の教会であったが、オスマン帝国になって尖塔をつけてモスクとして使用されるようになった。〕

その日、この高名な建築家は、古いスケッチをやめて、新しい下絵を描き始めた。側面に二つ、中央に一つのドーム、左右の回廊、中央部の格子をはめた部分から隔離する柱……出現しつつあるモスクがアヤソフィアの輪郭をボスフォラス海峡の水面に映しだすとは、俺は思ってもみなかった！

夏が過ぎて、秋が過ぎていった。国でも政府でも、あの不毛な、隠された裏の意図のある争いは尽きることはなかった。諍いからできるだけ遠ざかるように努力するレイスは、フェリペの変装した陰口屋たちを追跡するのに忙しかった。

「昨夜、三人が姿をあらわした。」

「ペラにですか?」

「いいや、都合のいいことに、ある隊長の家に滞在している。」

来訪者たちの身分を提督は直ちに知った。

「またもクニャレッタですか?」

「いや、やつはずっと前に帰った。当ててみろ、今度は、あの曲芸師が誰を送り込んできたか?」

「わかりません。」

「推測してみろ!」

「……」

「マルリアーニだ、チュニジアで捕虜になった片目のばかものだ。」

レイスが誰かのことを語る時、身体の障害を綽名のように言うのを俺は初めて聞いた。

「クニャレッタにしろ、マルリアーニにしろ……フェリペは古い奴隷たちを信頼しているのか。

これらの者たちはいつ釈放されたのですか?」

「捕らわれてからすぐ、六ヶ月後だ。あのめくら野郎」とレイスはまた言った。「休戦協定が延長されるかどうかを密かに探りに来たのだ。」

「協定は協定だ、どこに秘密があるのだ？」

「あるのだ！　フェリペは、王冠をかぶったファラオたちすべての目には、休戦を乞う者として見られたくないのだ！」

レイスによれば、スペイン側の罠に落ちてはならないのだ。フェリペが、他の国々のように大使を任命したり、代表者を送る代わりに、この種のいかがわしい男たちに仕事をやらせる理由は、単に軽蔑されるのを恐れてのことではなかったのである。シャーの死によって、ペルシャ戦線が楽になったソコッルが、地中海に力を入れることを阻止するために、今日このごろの有力者たるサーデッティンやスーチャと接触するために送られた風采のあがらないマルリアーニは、三日前からある隊長の家に滞在していた。

彼の仕事がうまくいったに違いない、大臣たちが会議で互いに諍いを始めた頃、ピヤーレの死の報せが来たのであった。

「驚いた！」とレイスは当惑を隠さなかった。「彼とは三日に一度は立ち寄って話したが、きわめて元気だった！」

彼がのたうち回った晩のことは隠されて、心臓麻痺で死んだとされた……ピヤーレの代わりに、アフメト・パシャが任命されたすぐ後、一五日後にスペインとの休戦協定がもう一年延長された。

この季節もまた艦隊はここで過ごすことになるのだ。

暗黒の雲の下で、造船所は冬眠に入った。ある日、提督の居室の前に置かれていた一足の紫色のモカシンの靴は、訪問者が誰かを物語っているかのようだった。

「悪い……事態は悪い」と、この二年半で二十歳もふけたヤセフは嘆いた。「絶望は腎臓にある石よりもわしにはつらいのだ。祖国、信用、金、貪欲……墓穴に片足を突っ込んだ人間には、みな無駄な言葉、騙し言葉のように聞こえる。みなしごという言葉の意味を知らなかったあの頃が懐かしくなった。わしは老いぼれたのだ、提督殿よ。過ぎて行った人生は、あんたのように大洋でコンパスによって陸標を捜し求める。完了してしまった時間の中に投げ込まれた水深計は……思い出の中で埋もれる。」

彼は息を切らせて付け加えた。

「一生が過ぎていった。提督殿、あまり時間が残っていない。二年半前にした約束を果たすためにあんたに会いにきたのだ。スペインとの休戦協定は一年更新された。誰がこの仕事をやったのか？あのドイツ人ではないかね？　ハハムだそうだが、フェリペのあくどい仕事をクラコフで習ったのか？　あんたはわしに意見を聞いた。それはいいが、どうして運命を決める仕事をやつに任せるのか？　スペインの王宮で何が起こっているのか、やつは知っているのか、きいてみなされ。」

「必要ない」と言ってレイスはあしらった。「お前さんの知識に比べれば少しお粗末だ、それは明らかだ。誰のせいかな、友のヤセフよ。」

「誰のせいかどうかはともかく、提督殿！　わしに法律や権利を話させてくれ。あの男はバルバロの通訳で、スルタンの主治医だ、しかも税は免除されている。国家の名で休戦協定に署名するのだ、アシュケナージは！　わしらユダヤ人はこれほどの信用も、かくほどの栄光も、いまだかつて見たことがない！」

「ここだけの話だが、お前さんにも豪華絢爛たる日々があったではないのかな、ヤセフよ。」

「ええ、ありましたとも。ありましたが、あんたが言われたように、あの晴れやかな時間は評価された結果ではなかったのです、提督殿。ベンヴェニステの財産が無かったら、わしの状態はどんなであったことか？」

彼は一瞬物思いに耽ってから、「そうです、より少ない金で、より少ないが……夢のある、より平穏な人生が送れたかもしれなかったが、……どこで、誰と？」と付け加えた。

外から室内を窺うかのように、雪の片が窓ガラスを無言で滑っていった。そう、ヤセフは疲れ果てていた。

「わしは約束を果たすために来たのだ」と言って再び話し始めた。「モロッコの王位にあんたが座らせた者の身の上には、今日まで重大なことは起こらなかった。ところが、憎き狐のやつが、ジェスイットたちのおかげでついに幼い狼を誘い込んだのだ。セバスティアンは女には夢中にならないが、それでもモロッコの王宮への侵攻の経費の三分の一を請け負うと言われて、フェリペの娘を娶ることを受け入れた。それがいいことか！　わしは前に言ったが、あちらの方には、フェリペ自身は行かないのだ、提督殿。」

「あの休戦協定があるのでは……」

ヤセフは俺の言葉を遮った。

「砲弾には名は書かれていないのだ、レイス！　ポルトガルの戦線に送り込まれた傭兵の国籍は明白か？　姦計を操ることに関しては、フェリペの右に出る者はいない。もしあの若造が成功すれば、フェリペは以前に弟のドン・フアンにしたように、賞賛して、世間の目には勝利が自分のものであるようにするに違いない。彼はこの種のことが巧みで、うまくやる。」

「ああ、だがもし若造が失敗したら？　やつはその手を汚さなかったことになるのだ、そうであろう？」

「やつはな！　それだけですんだらいいのだが。価値の無い者の土地を自分のものにするために、一刻も猶予はしない。」

ヤセフは暇乞いをして立ち上がって、腰を押さえながらドアに向かった。

停戦協定が調印されて二ヶ月ほどして、司令官に任命されたララ・パシャはペルシャの地を征服するために軍隊を率いて首都を発った。アルジェリアの太守のサルデーニャ人のラマザンは、フィギグ征伐の戦利品である一万四千ドゥカットを私物化した咎で更迭された。トレムセンに引きこもった旧友のラマザンに、そのあたりにいる兵士を集めて、難儀をするであろうアブドゥルメリクの救援に駆けつけるようにという書簡をレイスは書いた。宮廷と政府との間の争いはますます大きくなっていった。宮廷派のアフメト・パシャは、国を砂漠の真ん中で疑わしい冒険事件に巻き込んだとして政府を非難した。政府も、何も無かったところにペルシャを敵とすることで、一応鎮まっていたと見られる宿命の争いに新たに火をつけたといって宮廷を告発した。

夏の初めに、カディスから出航した豪壮たるポルトガルの艦隊が、セウタの先の、大洋に注ぐララシュ川のほとりに、何百門もの大砲、何千人もの兵士を下ろしたのを俺たちは知らされた。サルデーニャ人のラマザンは、レイスの指示の下に、見つけられる限りの手に武器が持てる者たちとともに、アブドゥルメリクの救援に駆けつけた。俺はここで、この蠍（さそり）の巣の中で互いを痛めつけあい、ソコッルを覆すためにポルトガルの勝利を待ちわびているに違いない、ターバンをかぶった害虫どもの中で、手をこまねいて何もしないで日々を過ごす代わりに、あそこにいたいとどんなに望んだことか。陰険で傲慢なスルタン、その師であるサーデッティンの尊大な態度、シェイク・スーチャと呼ばれるならず者の嫌悪すべきはかりごとを思い出すと、国王フェリペとスルタン・ムラトのどちらがこの国民にとって敵であるのか決められなかった。礼拝は俺にとって重要ではないが、この不安な思いで待っている間、俺たちにとっていい結果になることを神に嘆願していた。

二ヶ月ほどの苦悩の結果、思いがけず、予期した以上の報せが来て俺たちは歓喜した。捕虜二万人、三百門の大砲……セバスティアンはあの若さであの世に行き、モロッコ国王のムハンメドは泳いで逃れる際に溺死したそうだ。予期しないこれほど壮麗なる勝利で、アブドゥルメリクの心臓は喜びのあまり止まったという。かくして、カスル・エル・カビールは、三人の支配者の死んだ戦として歴史に残ることになった。モロッコの国王の位にアブドゥルメリクの弟のアフメドを座らせて、ラマザンはレイスに感謝の恩返しをした。

ララのペルシャでの動き以外には知らされていなかった国民は、この予期しない出来事を聞いて大騒ぎをした。首都をきらきらと照らす松明や、モスクの尖塔に何列にも飾られた灯り……提灯行列は眠りこんでいると見られる宮殿の辺りをなぜか回らなかった。国家の勝利を個人の敗北と解釈するスルタン・ムラトが、愛しいサフィエに抱かれながら、身の程知らずのソコッルを始末するためにさまざまな謀をしているのは確かだった。

宮廷内の暗い権力をちょっと数えてみると、后サフィエとスルタンの師であるサーデッティンとシェイク・スーチャのほかに、色黒（カラ）のウヴェイス・パシャ、黒人でない宦官のガザンフェル、モスクを建造させている、鷹好きの鳥飼育係り長である八十歳代のシェムス・パシャ、ハーレムの側では、ジャンフェダー、ラズィエ、キエラなどの女の名が耳から耳へと語られていた。

秋になって枯葉が散り始めた頃、ハンガリーのブーディンの太守の死の報せが来た。故人が宰相の従兄弟になるソコッル・ムスタファ・パシャでなければ、報せは帳簿に記入されただけであったろう。雷が直撃した火薬倉庫の爆発に耐えられずに首を吊ったというのが、宮廷の関係筋の話だった。この自殺の話は実に滑稽だった。スルタンの厩舎長のフェルファド・アアが、パシャを視察するために——本当は更迭を指示されて——ひそかにブーディンに送られたことは、もはや秘密ではなくなっていた。警護兵たちが実行した裁判なき処罰は数え切れなかった。宰相のソコッルはこれらの話から教訓を引き出すべきだったのだ。

ペルシャの戦線で、ララの軍隊が冬を安全なエルズルムの城壁内で過ごすために後退した時、グルジアのチフリスはシャーの軍によって包囲された。ペルシャが夏の初めに姿を消しても、酷寒とともに解凍された怪物のように戻ってきて土地を取り返すことは、長い間の経験によって決まっていた。季節とともにまた最初からやり直すのだ！　食料不足、病気は軍隊を破滅させて行き、オスマン帝国の財政は莫大な経費に追いついていけなかった。フェリペの配下の者たちが宮廷の薄暗い権力に賄賂を貢ぎ、この泥沼を長引かせるべく全力を尽くす。彼らは、オスマン帝国との交易の土台を築くために英国女王から送られた、三人のイギリス人の仕事をぶち壊しにするところまで行った。その年もスペイン人たちは大いに満足していた。つまり、ララの救援のために、六〇艘のガレー船からなる艦隊は、地中海にではなく黒海に行かざるを得なかったからだ。

「こんな人生は、劣等なる者たちに服従することを教える修行僧の宿坊と違いがないわい！」と提督はぶつぶつ言っていた。

俺自身はと言えば、片足を水に入れて、頭は雲の中に、昼間の日の光に目を細め、夜は星と語り合いながら、夏中を小島の小屋で過ごした。震える蠟燭の灯りで、俺は過去を紙の上に書き記していた。事件は記録するにとどめる。この歴史家としてのつとめに感情を付加することを、俺は職業としてする書記のように、自らに禁じていた。多分感情を打ち明けることをためらっていたのだ。屋敷にエミリアに会いに行くことを妨げるのも、このはずかしい思いだったのだろうか、それはわからない！　もしかしたら、俺の心の中にある感情が、混乱した欲望に溺れて、死ぬまで身を引き裂く悔恨となることを望まなかったのかも知れない。

苦い思い出やら楽しい思い出とともに、一人っきりになったこの穏やかな場所で、我を忘れた四ヶ月が過ぎた頃、ボスフォラス海峡の上方に六〇艘ほどのガレー船が現れた。水をすべる枯葉のように、自らを潮流にゆだねて、ゆっくりと俺がいる場所に向かってやってくる。昔のように、小舟に飛び乗って、帰還する艦隊を迎えに行くために櫂を掴みたかった。しかし、老齢、不具……本当は俺の中にあるもつれた複雑な気持ちが行くことを止めたのだった。小島をなめるようにして通り過ぎた旗艦の艫に立っていたレイスは手で挨拶を送ってきた。家族、友人たちと会って喜びを分かち合うために、最初に宮殿の壁の前に姿を現し、従うべき作法にならって船を定められた場所に投錨しなければならなかった。

レイスが戻ってからは、俺はその屋敷に気楽に行ったり来たりした。エミリアの無言の微笑みは俺には十分以上だった。夜は慣習を捨てて、仕えた者たちを下げた後で、女も男も区別せずに、三人で一緒の食卓につくのだった。レイスは、一つは俺のために、もう一つはセリメのために、二つの小さい礼拝堂を建てることに決めていた。

俺は何かを書き付けた紙を見せて、「見てくれ、俺は自分の神殿を自分の手で建てるんだ」と、紙やペンがわからないレイスとふざけた。

俺はエミリアの礼拝堂を六ヶ月で建てる用意があった。

「ただし、だ」と俺は付け加えた。「あの二つの世界の覇者のスルタンにきこうではないか、提督の妻のための土地が手元に残っているかと？」

エミリアの眼差しは、時々、遠くの海に、流れていく水に引き込まれて、モスクであるとともにレイスの廟の場所ともなる小島をもかすめて、遥かな思い出の地中海に向かった。長い、カールした睫毛の後ろにある潤んだ目を、ボスフォラス海峡の潮流から離し、運命の舟に乗って戻ってきて、食卓で地上の恵みを味わうことができるようにとつとめるのだった。こっそりと遠出をして家に戻ってきた恥ずかしげな若い娘の声で話し始める。

「提督はボスフォラス海峡の空気を懐かしく思われたことでしょう」といったようなおざなりな言葉で、自分がつくりだした空白を埋めようと努力していた。

海の刻んだ厳しい輪郭の顔に、慈しみに満ちた眼差しでレイスは、食欲の無いエミリアを慰めにつとめていた。

「提督と言ったのか、セリメ？　近頃の提督は水溜りでうろうろして小さい壁を造らせる者なのだ！　この四ヶ月で、あのカフタンを着た舟漕ぎが何をしたかわかるか？　ボチといわれる場所に城砦を作らせたのだよ。」

そして、「カルス県を城壁で囲むことに夢中になっているのだ、ララは」と言って俺に向かった。

「『城砦は侵略するためにある』と亡きトゥルグトは言ったものだ、お前は覚えているだろう？」

「忘れるものですか！」

「城壁を小島の周囲に建てる番がわしらに来たようだ、アリコよ。」

何を、誰から守るのを望んだのか？　俺はその時、この当てこすりが理解できなかった。

城壁も、壁も、番人も、見張りも……大宰相ソコッルの運命を変えることはなかった。俺たちは冬を過ごすために、海辺の別荘から離れて、造船所内の宮殿にある大臣会議の建物に再び落ち着いていた。ラマザンまでに一〇日という日、番兵長が、「報せを聞いたか？」といって俺の肩に触れた。

「いや、何の報せだ？」

「宰相が……」

「何がおこったんだ？」

「短剣で刺されたそうだ。」

「なんだって？」

「会議を出る時……」

「大臣会議からか？」

「いや、自分の屋敷の前で。」

「そんなことを誰がしたのか？」

「気ちがいが……頭がおかしいそうだ。」

「傷は重いのか？」

「瀕死だそうだ。」

何たることだ！　口約束に騙されて殺人を犯すばか者め！　自殺の傾向がある狂人か？　どこからこの気ちがいが出てきたのか？

「ボスニア人の修行僧だそうだ。」

しかもソコッルの同郷人だ。

「いったい理由はなんだったのか？」

「金の件だそうだ。たびたび屋敷に来て施しを求めていたそうだ。」

「彼は追い払ったのか？」

「そうではない！　金をとり出そうとした時……」

「その気ちがいは剣を突き刺して、金の袋をとって逃げた、そうなのか？」

番兵はそれ以上は知らなかった。首を振って立ち去った。

提督の部屋の窓の前の灯りの弱い光は、朝まで震えていた。頼んでもどうしても入れてもらえないので、俺は番兵を脅して中に入った。暗黒の日の黒いマントに身を包んだレイスは、「預言者が来たとしても、中に入れるな」という指示を、ドアの前の兵士に出していたのだ。危機の際にはいつもこのような内省に耽るのだった。

「レイス！」

「……」

「レイス、飛脚が入り口に列を成しています！」

「預言者さま」とつぶやいて、彼は顔を上げた。「あの蝮がイスラム教徒のカリフなのか！」

〝畏れ多い〟スルタンを蛇にたとえるとは！　あのあくどいファラオに対して俺はいい感情を持っていない、それは確かだが、興奮でドアは少し開いていた。

「カリフが気ちがいに何ができる？」といって俺はなだめにつとめた。

「どの気ちがいのことだ？」

「それ、あのこじきの……手に剣を持った人殺しは、宰相の家に入り浸りだそうだ。」

「誰がお前にそのでたらめな話を語ったのか」と言って俺の言葉をさえぎった。

「故ソコッルは……」

「死んだのですか？」

「お前はどうしたと思ったのか？　宰相のところへ行く乞食なんぞ見たことも聞いたことも無い。あの卑しい犬は、乞食でもなければ、おべっか使いでもなければ、気ちがいでもない！　あの脳みそなしのぽん引き野郎は、暗い目的の手先となった、金で雇われる人殺しだ！　乞食が袖口に短剣を忍ばせて物乞いに行くか？」

「それならどうやって近づけたのか？」

「嘆願書を差し出すという口実で近づいたのだ。」

その場で捕らえられた人殺しは、両手両足を四頭の騾馬に結び付けて四つに引き裂かれ、その血だらけの部分は、それぞれ広場で民衆に見せしめとしてさらされたそうだ。ソコッルの亡骸はというと、その日のうちに大急ぎでエユップに運ばれて、新しい宗教大臣のシェムセッディンの異議にもかかわらず、清められもせずに埋葬されたそうだ。

「犬のようにだ！」とレイスは嘆いた。

「自らの血で清められる戦死者のように！」とスルタンの師はのたまったそうだ。〔イスラムでは死者を葬る前に清めるが、戦死者と殉教者は自らの血で清められたので、そのまま埋葬してよいとされる。〕

ピヤーレとソコッルが故人となると、あのかんしゃくもちの、無知蒙昧のアルバニア人の気ちがい（デリ）アフメト・パシャが政府の最高の地位に座した。大臣の序列の二番目に昇進したララは、ペルシャの地で、オズデミル・オスマン・パシャの才覚のおかげで夏に獲得したものを、冬に失いつつ、抗戦をつづけ、フェリペはシチリアやナポリで、集団で兵士を徴集していた。同盟国がリスボン出征のために集結したとペテン師のマルリアーニは語っていた。新しいフランス大使のジェルミニー閣下は、同盟国がむしろモロッコやアルジェリアに向けた戦のために徴集されたと主張していた。腎臓結石を病んでいたヤセフが夏の半ばにあの世に行ったために、フェリペの目的を理解するのは困難になった。モロッコから東方にわたる領土の支配は、最後に、無知蒙昧の宰相と、スルタンの母親、妻、姉妹と、一味の中でとぐろを巻いた癲癇もちの蝮の手に残されたのであった。サフィエ姫と旧宮殿に住む皇太后ヌルバーヌの間の競り合いは頂点に達したが、自分の味方の若い（ゲンチ）イブラヒムを侍従長に任命させることによってサフィエは重要な地位を獲得したのであった。

時代の提督

大砲製造所（トプハーネ）の前の入り江の小島の上に建てられたクルチ・アリ・パシャ・モスクは、アヤソフィアの影のように海に映っていた。壁龕の傍らのタイルの並べ方に気を配っていた時、番兵が、ウスキュダルの方角から細身の舟で来た身なりのよい立派な御仁が提督に会いたいと言っていると伝えた。

「誰か？」と建築家スィナンと話していた提督はきいた。

番兵は誰であるかよくわからないようだった。

「その男が言うには……」

「おやおや！　なんと言っているのか？　その男には舌がないのか？」

「提督殿……猛禽類の訓練師だと言っています！」

レイスはゆっくりと振り返って、カフタンを着てターバンを巻いた見知らぬ男を遠くから眺めた。

それから、突然、「これはこれは！　シェムス・パシャ、よくぞ来られた、これは何たる栄誉！」と言いながら、猟師頭を出迎えに行った。

「栄えある提督殿、こちらこそ栄誉に思います」と老齢の人物は返事をした。「ウスキュダルで唱されるわしらのエッザーンの声が、こちらのモスクまで聞こえるだろうかと自分に尋ねておりました。」

「唱する者の喉と聴く者の耳に、そして風の吹く方向にもよるのではないか！」

悪のムラトの一味に数えられ、スルタンの母親のおぼえめでたきこの立派な御仁は、賄賂によって何もかもスルタンにやらせたとの噂がある。亡きスルタン・スレイマンと亡きスルタン・セリムからのお抱えの申し出をも避けていたそうだ。以前レイスは向かいのウスキュダルの海岸にあるモスクを示し、「シェムス・パシャのあの清廉潔白な様子に騙されるな、死人を笑わせることになるぞ。彼は憎悪した者からすら信頼を獲得できるのだ」と言って俺を戒めた。

「時代は変わる、提督殿、時は移ろうていく」とシェムス・パシャはため息をついた。「見なされ、一つはわしの海岸に、もう一つは貴殿の海岸に向かい合った二つの砦〔ルーメリ・ヒサルとアナドル・ヒサル。ボスフォラス海峡の最も狭い地点の両岸に聳える〕がボスフォラス海峡〔トルコ語の海峡には喉の意味もある〕の喉元を絞めて、何年にもなる。」

「……？」

「いまや」と彼は付け加えた。「一つは貴殿の、もう一つはわしの海岸にある、向かい合ったモスクの尖塔が、万能なる神にともに語りかけるのだ！」

一人は太目の銀糸で編まれた箱を手にし、もう一人は螺鈿をはめ込んだ書見台を捧げて後ろに従う、二人の黒人の奴隷に彼は手で合図をした。箱の中から取り出されたクルアーンに三度口付けして、それを額にもっていってから、「ささやかな贈り物だが」と言いながらレイスに差し出した。

〝猛禽類の調教師〟なる者が、俺たちの屋根の下で何を探しに来たのか？

「預言者様はわしらのスルタン陛下に、心の旅路の際に、領土の平和はアリの剣（クルチ）によるのだと言われたのだ。」〔三代目のカリフ・アリは、預言者よりズルフィキャルという名の剣を与えられた。〕

「偉大なる栄光が永遠にありますように」とだけレイスは言って、その栄光がスルタンのものか、預言者のものか、預言者の婿で〝イスラムの剣（クルチ）〟である預言者アリのものかを明らかにしなかった。

「貴殿の栄光も永遠にありますように」とシェムス・パシャはさらに繰り返した。「まさに今日、〝アリ〟と〝剣（クルチ）〟を一つにするのは貴殿以外にあるか、提督殿？　スルタン陛下は、大洋を支配する人間が御前に来るのを待っておられる。」

今度は何が起こることやら！　このいかがわしい老人は、ひどい苦労をして落とし穴の結び目を準備して、罠をかけたのだ！　大宰相の後で、人生に決別する番が提督にきたのか。レイスはこの不吉なことを言う鳥の両目の間に目を据えて、「どこでわしを謁見されるのか？」ときいた。

「わしは海の空気をスルタンにお勧めしたのだ。」

「それはよいことをされた、パシャ。その名誉に提督はいつ浴することになりましょう？」

「明日。よい天気を役に立てることができるとわしは考えたのだ。」

彼はクルアーンに手を置いた。

「ご存知であられるかな？　このはかない人生で、運命の与えてくれる平安に満ちた瞬間を味わうことができるようにと、わしは三人の支配者の治世の間に自分に提供されたあの輝かしい地位のすべてを避けて参ったのだ、提督殿。そのおかげで、眠れない王冠をかぶった者もそうでない者もその精神状態を理解できるようになり、彼らの前で道化を演じる時も、信じてほしいが、本当は自分を楽しませていたのだ。貴殿に、できる限り説明してみよう。スルタンは、若いときの多くの過ちの後で、良心に直面して、将来に向けた決定を下す前に貴殿を傍らに呼ぶことを望まれたのだ。」

この野獣調教師は、綽名の通りに、頭に頭巾をかぶせた鷹を獲物がたくさんいる土地に連れて行くことを知っているのだ。名目は良心が蝕まれるスルタンの、海のお出かけ、ご相談だといっているうちに、処刑人の綱を首に巻きつけるのだろう。

旗艦によって出かけたこの会見中に、スルタンが世界の事情からいかに遠ざかっていたかに俺は気がついた。脳天に大槌を食らったように、レイスの言うことを聴いていた。軍隊の大量殺戮を招いたペルシャ国境の終わることを知らぬ戦で、国庫の財政はうちひしがれていた。この災難を利用してその艦隊と海軍の状態を改め、正して、ごみ捨て場でいばっているフェリペは、オスマン帝国に対して商業上で、フランスに認めた特権と同じものを望み、さらにはフランス大使のジェルミニーを送り返すことをも臆面も無く主張していた。

「マルリアーニは、ヴェネツィア大使の葬儀で最前列の権利を求めています」とシェムス・パシャは言い添えた。

「そのマルリアーニというのはだれのことか？」と世界の事情に疎いスルタンはたずねた。

「スペインの者です。」

「どこに、誰の前に座ることを望んだのか?」

「フランス大使の前にです。」

スルタンは、提督の考えを聞くべく振り返った。

「あの盲の肩書きや身分は何だ?」とレイスは爆発した。

盲というのが誰のことか知っているシェムス・パシャは、「フェリペはこの男を代表団として送ってきました」と説明して、レイスを鎮めようとつとめた。

「代表団だと! この釈放された奴隷がどんな肩書きでスペインを代表するのか? どんな許証を持っているのか? スペインが接触したいのならば、まず、しかるべき人物を送ってよこすべきだ。」

「信任状があるのか?」とレイスは言い張った。「表敬のために手に口付けに来ましたか、スルタン陛下?」

存在しない大使がどうやって信任状を持ってくるというのか! 二人のライヴァルのうち、その資格はフランス人のジェルミニーにのみにあった。誰が前で、誰が後ろかは明白であるのに、フェリペに遠慮するスルタン・ムラトは、両者ともに儀式に参列することを禁じた。

その日から、スルタンと提督の間の会見は、より頻繁に、より親しい様子で行われた。ソコッル亡き後の空白を見たシェムス・パシャは、スルタンの側近の権力を強めるために、最初はレイスの経験と名声を、後には、パシャの地位に昇進させてイェニチェリの隊長にした三十歳ほどのセルビア人の青年イブラヒムの手練を、切り札に使ったのだった。スルタンの后のサフィエのお気に入りの若いイブラヒムが、宮殿に婿として入るとの噂が周囲に広まっていた。

シェムス・パシャは、支配の要所を、つまり提督とイェニチェリ兵の首長との間をつなぎ、このつながりを絶えず強化することを自分の職務とした。マルリアーニが特権を望んでいるとか、ジェルミニーは特権がフランスにのみ与えられていると繰り返し続けているとか、ペルシャが恒久的和平を期待しているとかの、すべての決定、すべての提案は、いまやレイスの意向に従う傾向にあるスルタンとシェムス・パシャとイブラヒムの三人組を通すので、大宰相のアフメト・パシャは、その無知振りとやたらとかんしゃくを起こすことによって尊敬を失った。彼に対して感じられた不快感は、日ごとにさらに明白になっていった。大臣会議で発言をもとめたある連隊長が、給料と封土をあきらめる代わりに、「このパシャが国家の頂点にいる限り、自分は剣を鞘から抜かない」と言ったことばが、気ち(デリ)がいアフメトの心に重くのしかかったのであった。

金角湾が、ひらひらと降る雪の下に見えなくなったある日、フランス大使が、棺の形をした箱を大事そうに運ぶ大使館の使用人を後ろに従えて、思いがけない時に造船所に現れた。遠慮がちで、紳士的であったジェルミニーは、約五ヶ月ほどの間に理解しようとつとめたこの町の人間の、国政の輪の、複雑な習慣や慣習の間で疲れ果てて、大宰相のやり方に絶望した風があった。頭に被り物をせずに御前に出ることが不敬になると習ったジェルミニーは、敷居をまたぐ前にぬれた帽子の雪を払ってもう一度かぶり、靴を脱いで、長いすの上でトルコ人風に胡坐をかこうとしてかなり苦労した。俺がプロヴァンス出身であるのを知ると、その顔に微笑が浮かんだ。「シェムス・パシャはわたしを閣下に委ねました」とレイスに言った。「やっと頼ることができる所管官庁を見つけられました！」

「よくおいでになられた。どうぞ、閣下、どんな問題で、いかにお役に立てますでしょうか？」と言って出迎えたレイスは、遠慮する大使を寛がせるべくつとめた。

ジェルミニーは、ためらって、もじもじした後で、贈答品を献上する許可を求めた。

「このささやかな献上品を、友好の名の下に受け入れてくださいますようお願い申し上げます」と言いながら、あとについてきた従僕に箱を開けるように命じた。

七宝のついた、純金の豪華な壁時計が目の前に現れた。大使の謙虚さを計算に入れたとしても、少なくともこの時計は五百ドゥカットの価値がある。

「なんと言ったらよいのか、閣下、国王陛下のお心遣い、友好の印のこの献上品は、わしにとってスペインの国庫にも等しいものです」と言って、レイスは感謝した後で、「しかしながら」と付け加えた。

「それでも、もし陛下があの貪欲な隣国〔スペイン〕に身の程を知らしめることを望まれた場合は、わしらは全力をあげてその傍らに立って、過ぎ行く時を計算するこの機械の千倍をお返しする用意があることをお伝えくださいますよう。わしの言葉は証文です、閣下。地中海の水が、足元に敷かれた気持ちのよい絨毯でありますように……」

ジェルミニーの触れたい問題――カピトゥレイション〔トルコ水域内で通商と領事の駐在と裁判権を認

めるもので、後世の治外法権につながる）の更新――を提督は知っていた。さらにマルリアーニという素性のわからない男に重きをおかないこと、フランスの朋友である何人かの貴族たちのためにワラキア公国の王位を保障すること、ナシの死以来はっきりしないナクシェ・ドゥカのこと等々……のようなフランスの小さい要望なども提督はすでに知っていた。

「あの偉大な政治家の喪失を、国王陛下はひどく悼みました！　アフメト・パシャについては、失礼な言葉をおゆるしください、あのかんしゃくもちの気性の反対に……」

ソコッルの死後、後任者である気ち（デリ）がいアフメト・パシャのバランスが取れないことにジェルミニーは触れていた。話がどこに行くのかを理解した提督は、「確かに」と言って大使の言葉を遮って、「アフメト・パシャは少々興奮しています、その通りです。しかし時とともに成長するでしょう」と慰めるようにつけ加えた。

「過日、お国のことを二人で話しておりました。わしが若い時、アルジェリアにいた頃、亡き国王フランソワが――御冥福を祈ります――信用のおけない貴族たちに騙されなかったら、フロレンスからメッシーナに至る長靴を征服していたであろうと彼に話しておりました。申し上げたいのは、国王陛下が信頼してくださるなら、経験を積んだ昔の海の狼の言葉は、枝から枝へとび移る王族たちの言葉よりも信頼できるのです。」

ジェルミニーは提督からの保証を、その日のうちに直ちに国王陛下に伝えることを約して、スペインで、シチリアで戦時体制を宣言したフェリペの意図を思い出させて、警告した。

「ご心配なきよう」と提督は暇乞いをする大使をなだめた。「スルタンが朋友の友情を敵の無礼に変えることがありましょうか！」

この最初の会見は、短かったとは言え、後の日々のためのドアを開いた。三日もしないうちに、穏やかなジェルミニーがあわてふためいてやって来た。

「マルリアーニが待っていた、フェリペの送ってよこした献上品が港につきました！」

「心配するようなことはありません。承知しております」と提督は彼を静めた。「せいぜい三箱の……」

「絨毯や羽毛のクッション……それらはスルタン陛下にふさわしい献上品でしょうか？」

「いや、もちろんそうではありません。しかしアフメト・パシャを激怒させる口実になりました、閣下。」

針の筵に座っているようなジェルミニーは、いたたまれずに、毎日心配して来てたずねるのだった。

「あのばかげた交渉はどこに行き着くのでしょう？」

「どこにも至りませんでした」とレイスは、外交官としてはあまりにも繊細で、興奮しやすいこの人物に、事情を説明しようとつとめるのだった。「スペインに対しては、年貢を含めたオランダ県の引渡しと、フランスとポーランドもこの休戦協定に含めることを求めます。」

「確かに、条件は厳しい。もともとあの王冠をかぶったペテン師が求めているものは、和平ではなくて時間稼ぎです。フェリペがデンマーク王、スコットランド女王と、イギリスに対する協定を結んだことをご存知でしょう。」

「好きなようにやらせておきなされ！　わしらは背後を堅固にしなければならないのです、閣下。ララに代わったスィナン・パシャはきわめて有能で、ペルシャが望んだ和平状態が近く実現するでしょう。」

共通の目標と相互の信頼を信じるジェルミニーは、状況を知りたがった。

「使者の言には責任がないというような言葉があると思いますが。」

「確かにあります。」

「それならば、少し前に手に入れた文書を私が読み上げることは差支えがないと思います。提督殿、お許しをいただけますか？」

「どうぞ、読みなされ。」

「ワラキア公国の王位のために大公の傍らに立つこと……五万……」

その後はジェルミニーの喉に引っかかった。

「わかった、わかった」とレイスは言った。「陛下にお伝えください、黄金はそちらでとっておいて結構です。仲介の労はもちろんのこといたします。しかし、それは友のためにするのであって、友の金のためにするのではないと。」

レイスのスペインに対する敵意の理由を、当時俺は知らなかった。ペルシャとの和平の方向を支持すること、フランスを煽ること、イギリスの代表へアボーンを援助すること等は、いずれもスペインの王位の疲弊、崩壊を世界的視野からどうしても見たいとの思いからきていた。エミリアの存在はこの復讐心を鎮めたが、過去から来る苦い思いが残っていただけだった。ただ、あのマルリアーニという忌むべき者が来て以来、灰となっていた憎しみが甦ったようだった。その男に感じた敵意は、やつが貴族でないことや不具であるためというよりはむしろ、フェリペがいんちき屋の奴隷を代表団として送ってきたことを侮蔑的行動と見なしたことから来るのであった。まもなく政府内で起こった事件は、レイスがこの侮蔑と見なしていたことを表している。

ある日の午後、いつものように息を切らせてやって来たジェルミニーは、翌日の昼の礼拝の前に、大宰相がフェリペの配下と会見することを知らせた。

「ご存知でしょうが、提督殿。」

「いいや」とレイスは言って、眉を顰めた。

「どういう資格でこの男を受け入れるのでしょうか?」

抜き差しならぬ難局を解決しようとするように提督は考え込んだ。

「誰がこのことを報せてきましたか?」

「従者が。」

「どの……誰の従者か?」

「アフメト・パシャに仕えている……アガヤノという名の者です。シェムス・パシャは彼を知っています。」

レイスは再び沈黙した。

「大使である私は、国王陛下の書簡の返書を受け取るために一週間待っています」とジェルミニーはこぼした。

「返書……援助に関してのですか?」

「そうです、スペインが攻撃した場合の、あなた方からの援助です!」

「しかし……」と言って、レイスは記憶を確かめた。「その決議はもう書かれたはずだ。」

「疑いも無く書かれたのです、提督殿。わたしが決議の写しを求めた時、大宰相は、決議書もその写しも遺憾なことに失われたと答えたのです。」

ちょうどその時、提督の番兵が、提督を大臣会議に召喚することを知らせる船が宮殿から送られたことを知らせた。ペルシャの国境から来た隊長が和平を求めるシャーの書簡を持ってきたため、スルタンもこの点に関して提督に相談したい由であった。ジェルミニーの頭は特権を与えられたマルリアーニでいっぱいであった。

「御前に受け入れられたというのは本当ですか?」とジェルミニーは愚痴をこぼし続けていた。

「大丈夫でしょう、閣下。紛失したといわれる書簡については、見つかればよいし、見つからなかった時は、わしが自分の手で書く」と言いながら、提督は姿勢を正して入り口に向かった。

アフメト・パシャがその役所でマルリアーニと会見している時に、番兵を押しのけて、挨拶も無く室内に踏み込んだ提督の怒りは見ものであった。

「ペルシャから来た隊長はどこにいる」と彼は言って見回した。

マルリアーニを無視して、硬直した大宰相の驚きで見開いた目を睨みつけると、「こいつは何者か?」とたずねた。

癇癪で有名な大宰相がかっとなって、大荒れするのを俺は待った。予期に反してアフメト・パシャは、「スペインの使者だ」と現行犯で捕まった泥棒のように答えた。

「あの国はいつからわが国に使者を送ってくるのか？」

「自己紹介をさせていただきます、皇帝の代表団です」とマルリアーニは割って入った。

「どういう風向きでここにお前がやってきたのか？」

「閣下はご存知であらせられる」といって、宰相に向かって代表は首を振った。

「スペインは……フランスに与えられた特権と同じものを求めている」と、宰相はどういったらよいかわからずに説明した。

「そうか？　なにゆえにか？」

「通商を自由に……」

「何に対してか？」

「休戦が……延長できるように。」

「休戦が延長できるように」と呟いたレイスは、耳をそばだてて待っているマルリアーニに向かって言った。

「お前にも条件があるのか？」

「これはごく当然のことで……」とマルリアーニは言いかけた。

「物乞いは条件など出さない、嘆願するものだ、犬め！」とレイスは喚いた。「お前の王は片目の奴隷より他に送るべき者がいなかったのか、ペテン師め。」

「……！」

「残っている目も潰してやろうか！　こいつを牢にいれろ！」

にやにやしていた代表の顔が突然真っ青になった。二人の兵士が両脇から抱えた。

「尊敬する提督殿、貴殿に約束する、しかるべく対処する」とアフメト・パシャは飛びついた。

提督の激怒の前に、宰相の癇癪は始まることなく消えたのであった。俺たちは彼がひいきしていた代表が牢に入ったのを知ったのであったが……牢の錠の前には、彼の言うがままになる伍長を置いたのであった。

生贄の祭日以来腹痛を口実にして、宰相はフランス大使以外のすべての会見を取り消した。紛失したという決議の写しは〝偶然〟見つかり、署名され、パリに送られるべくジェルミニーに渡された。

「スルタン・ムラトが、この時期出航させる二二〇艘のガレー船のために一〇万カンタル（約五六〇〇トン）の乾パンをモラに準備しておくように命令したことは、隠す必要はないのだ、閣下。むしろ、うっかりしたように見せて、おしゃべりの者たちのそばで話されて構わない」と提督は忠告した。

感謝の意をどう表現したらよいかわからないジェルミニーは、確固たる足取りで大使館に戻る時には、若返ったようであった。

来訪が待たれているシャーの代理の者たちと気楽に会談に望むために、本当は、スペインとの休戦を支持したいレイスは、亡きヤセフが仲たがいしていたアシュケナージ・サラモンが、捕らわれているマルリアーニとこっそり接触していたことも見て見ぬふりをして、時には怒り、時には沈黙して、望んでいたものを最後に手に入れたのであった——調印された休戦は一〇ヶ月に限定されたものだった。

フェリペはこの限られた期間を好機と見なして、時を失せずに、カディスに集結した連隊とともにポルトガルの国を一挙に手中にした。亡きナシの予言が俺の頭に浮かんだ——「価値に無い者の土地を自分のものにするためには、彼は一分も待たない」、「時は変わります、提督殿、五年か一〇年のうちに、宮殿はもう世界の中心ではなくなるでしょう！」と。事実、時代は変わっていった。セウタのかなたの大洋を見たフェリペは、こちら側の地中海の支配にのみ関心をもっていた。

休戦の調印の一週間前にシェムス・パシャは死去し、寵を失ったアフメト・パシャはイェディクレの地下牢に捕らえられた一味の悲嘆の中で息を引き取った。癲癇の発作で気を失ったり、息を吹き返したりしたスルタンは宮殿に引きこもり、その妻と母親とイェニチェリ兵の長官であるゲンチ・イブラヒム以外の者をそばに近づけなかった。泥沼に咲く花、つかのまの睡蓮のように、提督の姿が首都で見られた。

騒擾から遠ざかり、未来を過去に置き換えて、俺は書くことに専念した。人がこの世に来て、一生が過ぎる……忘却に抗して、誰もが自分の碑を建てようとする。クルチ・アリ・パシャ・モスクは巨大な睡蓮のように水から抜きん出ていた。入り口の正面に刻まれた四行からなる古典文学の詩は、未来に託す遺言のようであった。

大海の皇子、クルチ・アリ・パシャ、時代の大提督が
築きたるこのモスク。願わくは彼が天国に座さんことを、
ウルヴィは見た、聖なる声がその日付を告げたのを、
願わくは此処が、信心を持つ者の礼拝の場とならんことを

年代表示銘（エブジェド）〔アラビア文字に特定の数字を割り当てると、詩や語に特定の年代が現れる〕の計算によれば、ある一生の頂点がイスラム暦の九八八年〔一五八〇年〕であることを明らかにしているこの四行詩は、ウルヴィという筆名の詩人が筆を取ったものだった。最初の行で言われているように、誰もが遠慮し、尊敬する提督クルチ・アリ・パシャは、時代の提督となろうとしていた。艱難の年月に打ちひしがれなかった。銀の縞の入ったターバン、サテンの四つの袖口のついた長い毛皮は、実際よりも長身に見せていた。俺は昼の礼拝の後で、壁龕の傍らに置かれた小袋の中にある銀貨を、宗派信条は何であれ、貧しい者たちに配らなければならなかった。

このモスクが礼拝のために開かれた日、レイスが公式の式典以外に旗艦として使用していた、一〇年前に手に入れたマルタのガレー船の前で、開会式に来た高官たちの細身の舟カンジャバシュやバルタバシュは、頭をたれているように俺の目には見えた。次々に増えていく利己的な者たちの醜い地位争いは、昔の人たちのよさを思い出させた。エミリアも同じ思いだった。イェニチェリ兵の

長官であるあの見目麗しいイブラヒムも、それらの一人だった。恭しく礼儀正しい、親切そうなその態度には、わざとらしい面があった。ララ・パシャが夏の半ばに死去して、宰相に任命されたものの、職務上ペルシャ国境にいるスィナン・パシャは、いまだにイスタンブルに来られなかった。大臣会議は、イブラヒムの無二の親友で、同郷のシヤヴシュ・パシャがとりあえず仕切っていた。フェリペが調印した休戦協定の一〇ヶ月の期限はまもなく終わろうとしていた、提督を恐れて、政府の高官に近づく勇気のないマルリアーニは、期限の延長、通商の自由を何とかして手に入れるために、密かに、こっそりとスーチャあるいはサーデッティンを通して、宮殿に出入りする者、廷臣、女官たち、さらにはスルタンの母親や姉妹たちの手引きで、協力者の大臣たちと連絡していた。オスマン帝国の輝かしい教育機関が毒のある爬虫類たちに占拠され、モグラの巣窟と化した近頃、その輝かしい名の永存はレイスの洞察にその運命を任せた。〝腐敗は上から始まる〟と言われるが、スルタンは癲癇という病が許す時間は、ハーレムの側室たちと酒色の世界に耽るのだった。この種馬のために、マニサから注文した強壮剤や軟膏、愛する母親の宮殿や女たちの屋敷で用意された性欲促進剤を入れた菓子が、妻のサフィエ姫の監督にもかかわらず宮殿に密かに持ち込まれた。サフィエと母親のヌルバーヌとの間で続く権力争いは、民衆の間で知らぬ者はいなかった。ヌルバーヌは、スルタンである息子にこの上ない美女を確保するために、奴隷市場を独占していた。売られた一五〇人ほどの側室の値段は一人千ドゥカットにもなった。見た者たちの言うことには、百人ほどの赤ん坊の泣き声が宮殿のハーレムに鳴り響いていたそうだ。宮殿は泥棒、暴行、殺人、売春が潜む泥沼と化した。ある夜、炭置き場で、宝石箱を強奪されたユダヤ人の宝石商の死体が見つかった。この事件に関してとり調べられた執事で、女たちのお気に入りのルドヴァンという名の横柄な男は、尋問に腹を立てて、「俺に話させようとするな！」と挑んだほどだった。別のある晩には、イェディカプにある、娼婦や男色で有名な地域の水の涸れた井戸から、四〇以上の死体が発見された。その土地の持ち主で、スルタンのお気に入りの船乗りのハリルは、「俺を問い詰めるな！」と脅迫して法官を怒らせた。道徳や正義を司る役人は、職務を遂行できなかった。時々、「言いつけてやるぞ！」と脅したならず者の麻袋に包まれた死体が、漁師の網に引っかかって海底から引き上げられた。

この惨めさのさなかで、マルリアーニは、〝スルタンのシェイク〟であるスーチャの援けで、母親のヌルバーヌの手に五千ドゥカットを握らせる途を見つけて、スペインのガレー船にわが国の領海での商売を許可する五年間の協定が得られた場合は、さらに五千ドゥカットを支払う約束をしたのであった。母親はこの種の仕事の熟練者であった。息子に与えた美女たちのおかげで、目的に見合う値段で国政に干渉することもためらわなかった。スルタンの母親と妻との間の争いでは、年上の方に分があった。その献身ぶりを借りと感じたスルタンは、左右に三〇列、各列に七櫂、上甲板は純銀の、豪華なスルタン用の船の製造を提督に命じられた。スルタンは、金角湾で、母親用に当てられている旧宮殿の前を一巡して、ハーレムの中でと同様に外でも力があることを大切な母上に証明するのだった。

母上のヌルバーヌはと言うと、悪天候であっても口実を作っては絶えず新宮殿にやって来て、ヴェネチア人の父祖にふさわしく、巧みに大臣たちの間でマルリアーニの味方を集めるのだった。レイスは彼の政治感覚には反するこの非合法なやり方のほかにも、アルジェリアの貪欲な太守であるヴェネツィア人のハッサンの略奪や裁判無しの処罰に対して、蜂起する民衆をどう満足させるかにも頭を悩ませていた。ハッサンは、三〇年前、俺たちが手に入れたスラヴィアのガリオン船で書記のお付でいるときに俺たちの捕虜となった、尖った鼻の、陰険な眼差しの、痩せて背の高い男であった。当時はアンドレッタという名の十五歳ほどの少年で、おべっかを使い、巧みに、大胆にだましては、亡きトゥルグトの気に入られた。俺の目にはそいつは人間の姿をした悪魔だった。

フィギグの財宝を横領したとして政府が更迭したサルデーニャ人のラマザンの代わりに、レイスは、俺の異議にもかかわらず、この避けた方がよいハッサンを任命して、艦隊の五艘のガレー船をもその配下に与えたのだった。ハッサンがまだ任地に向かう途中なのに馬鹿なことを行ったのが、俺の耳に届いた。つまり、自分を片付けようと密かに謀ったと疑った船長の一人を、左手を縛って吊り下げて弓の標的にしたり、別の一人を、見せしめのためといって、四頭の騾馬の代わりに四艘のガレー船に縛って四つに引き裂いたりしたそうだ。贋金作りは当然と見なし、肉、野菜、オリーヴ油、蜂蜜、蠟、毛皮の売買を専売にして、税金や人頭税の代わりに集めた小麦を、飢えに苦しむ町の人たちに実際の価値の三倍で売ることをほとんど習慣のようにしたこの悪魔は、その三年間アルジェリアにとって災いとなった。身代金を払うことのできる捕虜は船長たちの手から奪って売り払い、逃亡しようとした者の鼻や耳は自らの手で切り取るのだった。叛乱を企てる前に、この蛸の悪業から救われることを望んで、片隅で密会した民衆は、宗教を司る役人を一つの船にこっそりと乗せてスルタンのもとに送ったのだった。スルタン・ムラトは、ハッサンの代わりに養育係のハンガリー人の宦官ジャーフェル・パシャを直ちに任命した。パシャがイスタンブルに着く前に、提督は何を考えたのか、エステル・キラという名の女の執事を通してスルタンの母親に一万ドゥカットを渡して、更迭された悪魔を絞首刑にするつもりだった息子のスルタンを鎮めることに成功した。イスタンブルから出航したジャーフェル・パシャにも五千ドゥカットを渡して、呪うべきハッサンをかろうじて絞首刑から救ったのだった。

この西方での出来事によって、暗い権力は提督に勝利し、春の前触れの一五日前に、フェリペの片目の部下との三年間の休戦協定の調印に役立った。すべての圧力にもかかわらず、それでもスペインがシチリアよりこちら側で交易することをレイスは阻止できた。よかれ悪しかれともかくも望んだことをやって、恐怖の時間から解放されたマルリアーニは、悪天候をも顧みずに、季節を待つことも無く、偶々来た船に飛び乗って救われたのだった。

春にアルジェリアに航行するために、黴の生え始めた艦隊の補強として六〇艘のガレー船の建造が始められた。美女たちのもんぺ（シャルヴァル）を脱がすのに忙しいスルタンは、エミリアへの礼拝堂の土地の割り当てに関して一年ためらった後で、ようやく決めることができた。その土地はペラの葡萄園の二キロ半先の山の斜面にあった。すっかり春になった頃、俺が土地を平らにする作業を終えて、必要なものを確保して、壁職人たちに支払いを済ませた頃、俺たちがいないと自分は孤独に感じると告白したレイスは、この長い航海に俺たちが同行することを望んだ。それまでに二ヶ月ほどの時間があった。あの蠍の巣窟で朽ちてきた年月の後で、俺ももう大洋の空気を吸いたいと思い、なぜかわからないが、俺たちの若い年月を過ごした海に向かって碇を揚げる前に、礼拝堂の建設を完成させたいと思った。しかし、間に合わなかった。愛する人の名を永遠に残すはずのこの聖なる建造物は、その掩蓋を帰還したときにとりつけるべく、とりあえず聳える壁を大急ぎで木の屋根で覆った。（原註——セリメ夫人（ハートン）モスクはイスタンブル、ギュムッシュスユのセリメ・ハートン礼拝堂（メスジット）通りに登記されているものの、現存しない。今日その場所には、イスタンブルの法官イブラヒムが十七世紀に建造したメスジットが、法官（カドゥ）メスジットあるいはアヤズパシャ・メスジットとして存在している。）

最後の航海

春がまだ深まらないうちに、レイスは、スルタン専用の豪華船でスルタンを回遊させる仕事をイェニチェリの長の愛するイブラヒムに委ねて、出航の命令を下した。イェディクレで止まることなく、一気にゲリボルの外れにあるハレムバフチェとよばれる所に着いた。そこで脂（やに）を塗った木材を船に載せるやいなや、全速力でネグロポンテへと向かい、乾パンの梱と千人ほどの兵士をも乗船させて……急いでキテラに。俺には理解できなかった、レイスがなぜ急いでいるのかが。

「ハッサンに以前の尊厳をとり戻すために急いでいるのですか」と俺は我慢できずに尋ねた。

「ハッサンにではない、オスマン帝国にだ」とレイスは厳しくたしなめた。「モロッコの王位の問題を解決して、セウタからスエズに至る海岸をひとつの旗の下に集める時期が来たのだ、否、遅すぎるほどだ。海岸が藩主やパシャの手に残っている限り、フェリペの影はこの大陸からは消えないのだ。」

持ち主（スルタンのこと）が関心を持たない領地の将来を、その時俺は考えなかった。俺の心の中にあった祖国愛は、……最近は敵国の娘に対する恋の前で色褪せていたのだった。

「モトンで一休みすることを考えますか、レイス？」と俺はきいた。

俺たちはモトンで一休みした。レイスは、碇を下す前に、ドン・ペドロの亡骸を水葬に付した地点を明白にすべく、方位磁針を長いこと調べていた。彼はこの地点を七年前に確認していたというわけだ！ 深みにある経帷子を探しているかのような、エミリアの悲哀に満ちた眼差し。太陽が焼き焦がした銀色の敷布のように広がる水面（みなも）の下へ失せていった愛しい者の上にかがみこむその人の額を、俺は一日中見つめていた。船の手すりにもたれた七年前の神秘的な、青ざめた、あのほっそりした影を、微笑む霊感の妖精は蒼穹に描いていた。愛？ 愛しさ？ 運命に頭（こうべ）を垂れた何もできない者の諦めの微笑？ 初めて……もしかしたら最後になるかもしれないが、俺はその震える肩に絹のショールをかけてやった。

アルジェリアではいつものように噂話が乱れ飛んでいた。失脚した宗教を司る役人と、失脚したイェニチェリ兵の長が、奴隷たちに無料で葡萄酒が配られたとか、捕まった脱走者が罪に問われないとか、スペイン人の仲買人に馬鹿らしいほど安い身代金で捕虜を引き渡したなどといって、穏健で正直なジャーフェル・パシャを非難していた。正気の沙汰ではないこれらの非難だけでは十分ではないかのように、彼を異端とさえ言うのだった。母親がいまだに密かに十字架を取り出しているというのだ！

六〇艘ほどのガレー船はアルジェリアの港をすっかり包囲した。提督は上陸する前に太守を旗艦に招んだ。慎重かつ周到で、まともに話すこのパシャは、陥れられた謀略について肩書きにふさわしい言葉遣いで弁明した。スペイン人の仲買人と密かに交渉したとの讒言は礼儀正しく否定し、身代金の馬鹿らしい額についてはためらった。

「たとえば、どのくらいか？」

パシャの命令で奴隷を安くさし出さなければならなかったことを面白く思っていない有力者の用意した書類が俺の手にはあったが、知らないふりをして、「これらの名前の前についている〝デ〟というのは貴族の意味か」と俺はたずねた。

「わしが知っている限りではそうです。」

「このディエゴ・デ・アエドというのは誰であったか？」

「貧しい僧職の者で、二ヶ月前に教会が身代金を払いました。」

「いくらだったのだ？」

「三百ドゥカットほどのはずです。帳簿に書いてあります。」

「三千ドゥカットだった、亡きトゥルグト・レイスの身代金は。しかもタバルカをも与えた」とレイスはぶつぶつ言った。「四〇年前のドゥカットは今日の二倍の価値があった。それはともかく、リストにはほかに誰がいるのか？」

「ミゲル・デ・セルバンテス・サアベドラ。」

「そう、その片輪はハッサンの奴隷でした。彼がここを離れる前に、そいつを六百ドゥカットで仲買人に渡しました。」

「それ見たことか！」とレイスは言った。「一人の片輪者にこの額だ。立派な身代金だ。」

「レイス、これは俺たちの片腕のミゲルではないですか？　造船所でハッサンに引き渡した奴隷たちの一人の……」

提督がミゲルのような者の記録を帳簿に残したりするものか！　それよりも、はっきりさせなければならないもっと重要な問題があった。遠く離れて、疎遠になったモロッコのアクサにいるスルタン・アフメトはどうしているか？　彼を支えた俺たちに背を向けて、フェリペといい仲になったのか？　ジャーフェル・パシャは話さなかった。

「価値の無い者の土地は……」とレイスは呟いた。

彼は巨大な艦隊を率いてアルジェリアに来た理由を説明して、パシャに陸上での兵力の出動の用意をすることを求めた。パシャは躊躇した。なぜならイェニチェリ兵本部を説得しなければならなかったからである。楽することに慣れたあのならず者たちは〝屠殺場には行かぬ〟と意地を張るし、今のところ収まっているように見える船乗りたちとイェニチェリ兵との間の喧嘩を煽ることになるからだ。そのうえ、提督の手にはこのような軍事行動に関するスルタンの勅命もなかった。両者の三日間にわたる協議の間中、俺は初めてレイスとは見方を異にして、スルタンに警告をすべきだと言うイェニチェリ兵をもっともだと思った。つまり、はっきりと見えるなんらの問題も無いのに、イスラム教徒の支配者に攻撃を仕掛けることは、彼らにとって罪になるのだった。学問、知識、節度と、節操の無い権力との間で、どちらかを選ばねばならなかったのだ。ありがたいことにレイスは前者を選んで、兵士たちの代表者であるシド・ブ・ティカをイスタンブルに無事に届けて、再び連れ戻すために、五艘のガレー船からなる船団を彼等の命令下に与えた。しかし良識はこのたびは通用しなかった。なぜならシド・ブ・ティカの懐には、提督が帝国を築く意図で破壊的行動に出たと告発する多数の書簡があったのだ。もしそのような意図が提督にあったのなら、政府内であれ宮殿内であれ、首都での人材不足の折から、誰が提督と競えたことか。おまけに、提督はそれほど愚か者であろうか？　オスマン帝国の力を二つに分けたら、得をするのはフェリペなのだから！

スルタンからの決定を俺たちが待っていた二ヶ月間、エミリアとその侍女たちを町に案内したり買い物をする五頭の駱駝からなる一行の警護は、いうまでもなく俺の役目だった。どういうわけか俺は、その権利は自分のものだと見なしていた。駱駝の上に載せた座席のオーガンジーの帳の間で、口元まで下したヴェールの切れ目から微笑む彼女の目は楽しんでいるようだった。馬上でその傍らを行く俺は、その目にとって喪った愛する父親の幻であったのか、あるいは……妖精に恋してしまった、混雑するスークで疲れ果てた奴隷だったのか？　そんなある日、彼女はスークの一人の老婆の店先で四つの枝のある星をちりばめた服を見せられて、一行を止めるように俺に手で合図した。それを買うために彼女がその手を金の袋に持っていった時、俺はこの美しい服を彼女への贈り物として買いたいと言った。海から吹く冷たい北西風が、厳冬に死の天使となって大地を凍てつかせるときにも彼女がこの服を着るだろうと言う声が、俺の心の中で聞こえるかのようだった。

二ヶ月の待機の後、イスタンブルから戻ったガレー船の一つからいばった様子で降りたシド・

ブ・ティカの手には、「公儀の支配者に対してなんらかの行動に出ることは命に背くことである」とのたまう勅書があった。宮殿にいる間抜けどもの嫉妬を考えないで、この狂信者を送ったことを悔やむレイスは、徒党を組んでいばりくさっているイェニチェリたちにこの憤りの憂さを晴らさせることを決心した。俺は手を尽くして、この公正なる人間に、それが不当であることを説得しようと努めた。何もないところでことを起こすこと、とりわけ罪のない支配者に攻撃を仕掛けることは、俺たちに災いになると俺は心配していたのだ。

俺が恐れていたことは命にかかわる問題として起こった。レイスが宮殿にいたある日、侍女の一人が俺に会いに来て、エミリアがこの二日間何も食べず、口もきかず、大粒の汗をたらしていると告げた。船乗りの一人を宮殿に、二人を医者のところに、医者がいなければ薬草売りの女を連れて来るようにと、町に走らせた。宮殿に行った船乗りが帆船用品街のバーブ・エル・ウエドで見つけた提督が、船に戻るや否やエミリアの枕元から出てきた薬草売りの女と出会いがしらにぶつかった。身動きもせず、呻くこともせず、何も話さない病人の病気について、何も分からないと告白する老女は、レイスに妻女を説得して、せめて汗でびっしょりになった斑点の柄のついた服を脱がせるように指示した。まさにその瞬間……この世から身罷ることを望む一つの生命が、雲に向かって羽ばたこうとしているのを俺は理解した。胸を引き裂く痛み、睫毛からあふれる滴を手の甲でぬぐって、「そっとしておいてやりなさい！　夢想とともにおいてやりなさい！　一生が始まった日々に戻れるとの願いが幻であるとしても、触れないで、そのわけのわからない願いを乱さないでやりなさい！」と俺は言いながら、船室に下りようとしていたレイスの腕を俺はつかまえた。

死に瀕しているとはいえ、一人の女性に夫以外の男の手が触れることはイスラムの掟では認められないにもかかわらず、レイスによばれて、薬草売りの女の代わりに座った医者も、なすすべがなかった。メランコリと呼ばれるこの病の原因は、癒すことのできない憂愁であった。

「父親のように」と俺は心の中で呟いていた。

人生に厭いた魂が飛び立つことを決めた時、その魂にとっては期待、希望、願い、格闘、復讐……それらは無意味な概念のように見えるのだ。死に向かって羽ばたくこの妖精に自分自身を止め金で結びつけて、ともに死に、ともに生きたいと望むかのように、俺の胸は高鳴った。船室の窓から差し込む光の束が、身動きもせずに横たわるあの妖精の青ざめた顔を初恋の恋人に変えた。つぶれた俺の顔をぼんやり見ているその目を避けるために、横を向いた。枕もとで、地球をその肩に担う彫像のようにうなだれてたたずむレイスが、人生と言われるものをいまだに理解したいかのように見開いているエミリアの目を閉じた瞬間、俺の胸の中で輝いていた美しさや愛や希望の最後の灯火が消えたのを感じた。

そうだ、あの不吉な運命の日、俺が胸の中で何年も持ち続けていたエミリアの輝く顔が、俺たちから永久に失われたのだった。荒涼たる砂漠と化した俺自身の中で、ばらばらになった十字架をつけたり、三日月をつけたりした支配者の旗が、人生といわれる戦場で、死者をも生者をも経帷子のように覆うのだった。あの喪の時間、俺は暗闇の中に落ち込んでしまったかのようだった。

朝の暗がりの中で、暁の礼拝の呼び声も待たずに、俺たちはアルジェリアを離れた。帆は跡も残さず水平線に向かって進んだ。日が上り、日が沈む。運命の創造者に送った俺の祈りを、俺は流れる星にゆだねた。

険しい外観のランペドゥーサ島は、昔からの波ともろもろの渦巻きに挑んで、海のただ中にノアの山〔アララット山〕のように聳えていた。来る者をも立ち去る者をも気にすることなく草を食む年老いた雄山羊のように、マルチリアネ〔ヴェネツィアで見られる小舟〕は入り江に碇を下していた。山頂には人影もなく、その影を水面に映し、時折過ぎる驟雨が残した波模様の暈を帯びた月が、魂が沈黙に出会った洞穴の上に昇りつつあった。イスラムの信仰では死者を棺に収めて埋葬することを許さないというイマムを無視して、レイスは旗艦の大工に栗の木で、長い年月に耐える棺を作らせて、エミリアの水玉模様の服に包まれた亡骸を棺の中に横たえた。名もなき聖者の墓と、聖母マリアの祈りの文句が刻まれてある祠の横のやや下方に掘られた穴に棺を置いて、人が土で覆う墓所から雲に映るあの神々しい微笑は、運命にいたぶられた幸薄い者たちの胸で永遠に輝くであろう。

提督をそっと一人にしておいた。俺は、細い小径を入り江にむかってゆっくりと、びっこを引きながら降りていきながら、神の慈悲に出会うまでは傷ついた心は平安を見出すことはないだろうと、沈痛に考え込んでいた。沈んだ夕日の輝く光で見えなくなろうとしている、微笑む妖精を雲に刺繍するあの魔法の息吹が、俺を呼んだような気がした。愛と優しさに満ちたこの微笑は、別れを告げているのか……俺を招いているのか？　神秘的なその微笑みを解き明かそうとしていると、〝死んだような海〟の睡蓮のように開いた墓所から、解放された魂が飛びながら高く舞い上げるのを俺は見た。一晩中空を羽ばたいていたエミリアの水玉模様の服が、東の空が白む頃、何世紀も経たあの古びた船の帆桁の上にとまり、暁の礼拝の呼び声とともにその不可思議な船が、波もない海を幽霊のように滑って、岬の向こうの、地と空が一つになる水平線上に見えなくなるのを、神にゆだねる思いで俺は眺めていた。

海峡の水はよどむことなく流れる

俺たちはどれほど海を彷徨ったのか。モスクの尖塔の下にある港に碇を下したときは、吹雪で目を開けていられず、岸辺は消えて見えなかった。垂れ込めた空が夕方を夜につないで、闇の世界の中で、東の空は翌日の昼ごろやっと白むことができた。世界の首都は白い経帷子の下で、魂のないもろい存在のように横たわっていた。遠くから見ると、陸に引き上げられた舟は、窮して陸に上がった魚のようで、トプハーネの埠頭の雪に覆われた砲弾の山は、棺の上に置かれたターバンに似ていた。金角湾の入り口には、一隻の哀れな底の平らな船（ベレメ）が縮こまる旅人とともに、空から降りしきるレースの下で幻のように見えた。凍った水に騒々しくもぐったり出たりする鷗のほかには、生きているものはなかった、あたかもイスタンブルは死の日々にいた。生きている者も死んだ者をも経帷子に包む自然は、大いなる力の存在を思わせるかのようだった。

この世に厭いたように見えるレイスは、慣例も慣習も無視して造船所に閉じこもった。法官を招んで、ボスフォラス海峡沿いの別荘を俺の名義で登記させ、モスクの隣に建てる予定の民衆に開放するハマムの建設に関する書類を調えるようにもとめた。ルーメリの太守に昇進したイブラヒムが訪れてきたので祝った。敵国の支配者の集団に送られる招待状に印形を押すための印鑑を俺に託した。スルタンは息子の皇太子メフメトに、小麦の収穫が終わらないうちに割礼をさせるそうだ。

「彼には息子のおちんちん以外に誇るべき何があるのか！」と俺はぶつぶつ言いながら印を押していた。


悪のムラトが玉座について以後、モロッコのアクサで三人の支配者が命を落とした勝利以来、オスマン朝にとって成功といえるものは何一つなかった。しかもその勝利というのも、スルタン陛下や、政府がなおざりにしたサルデーニャ人のラマザンのおかげであった。ペルシャとの戦いで何千人もの命が失われて国庫もすっからかんになった時期なのに、スルタンは何を考えているのか。癲癇の発作にたびたび襲われ、しかも酒で鈍くなったこの御仁に、良識ある行動を期待する者がいたら驚きだ！

先祖の栄光ある聖人伝説に何か付け加えようとして、この不信心者は出来損ないの息子のオクラに助けてもらうことを望んだのだ！　イスタンブルの町の征服の記念日の火曜日（一五八二年五月二十九日）に、約二ヶ月続く、想像もできない祝宴が始まった。

大臣たちは献上品を互いに競い合った。第三大臣のメシヒ・パシャが財務長官に贈った馬、奴隷、妾は三万ドゥカット、第二大臣のシヤヴシュ・パシャの銀食器一式ときわめてまれな布地が二万ドゥカット、大宰相のスィナン・パシャのダイヤモンドやエメラルドなどの詰まった宝石箱は四万ドゥカットの価値があった。大広場を馬の蹄鉄のように取り囲む、それぞれの側に三つの階からなる隔離された席は、きらびやかな長衣、絹のターバン、黒から白へ、黄色から派手な赤に至る鳥の羽の被り物、さまざまな大小のターバンによって覆われた。この蜂の巣のつぶれた升目のような座席に隣あって並んだ、大勢の宮殿の高官たちや長老、外国の大使や代理大使たちからなる、首に顎までじゃばらの襟をつけた、黒い帽子のスペインの代表団の中で、誰が主席になるのか俺は興味があった。ペルシャのシャーの派遣団は、三百人に及ぶ従者とともに、ヴェールで顔を覆った女たちを、異教徒たちから遠ざけたいかのように中ほどに座らせた。治安を受け持つイェニチェリ兵が周囲をとり囲んだこの壮大な群衆が、次第に高まる騒音の中で、さまざまな言語で話したり議論したりする一方で、メフテル率いる軍楽隊の大太鼓が政府の要人たちの到着を知らせた。大提督、イェニチェリの司令官、アナトリヤおよびヨーロッパ地区の太守たちの後から歩む一団が、広場をゆっくりと横切り、皇太子のいる故マクトゥル・マクブル・イブラヒム・パシャの宮殿の入り口に近付いた。父親が玉座に座した年、皇太子が八歳ぐらいであったのを俺は聞いたことがあった。イスラム教徒の宗主であるスルタンの、十六歳になる、子供まである息子が、今日まで割礼を受けなかったことの説明をどうやってするのか。若いメフメトは背に光る緑のカフタンを着て、頭にはルビーの羽飾りのついたターバンをかぶり、「アッラーは偉大なり」と唱える民衆の間で、引き具一式を真珠で飾った馬に飛び乗った。再び動き出した行列が、道すがら両側に並んだ群衆に三歩に一度挨拶を送るメフテル軍楽隊の後から旧宮殿に着いた時には、時刻は昼になっていた。母親の后妃を訪れた後、行列は、背後に一二〇フィートの蠟燭を積んだ車に伴われて、ゆっくりとヒポドロームに戻って来た。栄誉あるスルタン・ムラトのその栄誉なるものは、先祖から遺された勝利と物品の大きさと、豪勢な祝賀騒ぎによるのは疑いもない。

領地の至るところから来たみすぼらしい修行僧たちが、見世物をするさまざまな職人集団と混ざり合って、ヒポドロームは次第に巨大な祭りの場となっていった。手先の器用な船乗りたちが、入り組んだ歯車によって回転する四枚翼の風車を組み立てるのを監督するのが俺の役目だった。それぞれの翼の上に、火を吐くスペイン人の貴族の描かれた一〇カルシュ（約二・三メートル）の長さの板を縛った。血で赤く染まり、火薬で黒くなった俺の若い時間が、地面に敷かれた敷物の上で戯れて、四〇年前、アルジェリアで希望を求めて走った何百人ものなすすべのない者たちがエジプト人の剃刀の前に並んだ様が目の前に見えた。一晩で建てられた小屋の中で行われる人気のある影絵芝居のカラギョズやさまざまな空想芝居や、二本の柱の間に張られた綱を渡ったり、油の塗られた柱に登ったり、鍛冶屋の炉、釘抜き、金槌などによる男らしさにふさわしい丈夫(ますらお)ぶりを演じるのを見るためにぎっしり詰めかけた広場は、日が沈むと、松明やぼんぼり、提灯で照らされた。馬の曲芸師、綱渡り、宙返りをする者、油を塗った柱によじ登ったり落ちたりする者、滑稽なまねをする熊や猿などによって、娯楽が好きな群衆は夢中になった。力や技の競い合いに加わる鍛冶屋たちが、地面に寝た大男の仕事仲間の胸に載せた金梃子で、真っ赤に焼けた鉄から馬の蹄鉄を打ち出したり、その赤い蹄鉄を手にとって手首にはめたり、修行僧たちが頰や腹や胸に金串を刺して歩き回ったりする。大空にばら撒かれた花束のように、絶え間なく打ち上げられる花火は、寿命の短い蛍のように光っては消えた。オベリスクによじ登ることに成功した奴隷を、皇太子は解放して自由の身にした。

風車が動くようになると、俺の部下の船乗りたちは碇を巻き上げる装置に結んだ綱にぶら下がって、口をあんぐりあけた観衆の前で、翼が頂から吹く風で動き出したかのように回転し始めた。俺の合図で、二〇人の船乗りたちは半月刀を手に持って風車に攻撃を仕掛けた。目標は、翼に縛ってあるスペイン人の貴族を描いた板を破壊して奪うことだった。松明の灯りで、あたかも天から降りてきて地上に火を噴きかけてから夜の闇の中に逃げて消えるように見えるこれらの不吉な絵の上で、半月刀が光った。この遊びに夢中になってしまって、次第に興奮した船乗りたちが、その気味悪い絵が地面に降りてくるのを待っては、翼の上にとびかかり、千切れる限りを千切り取り、奪えなかったものには怒り狂った豚のように短剣をさした。翼にぶら下がった人間の束を空に高く上げると、ある者は落ちてあちこち傷ついたり、ある者は民衆の間に自らを投げだしたりした。興奮した観衆の一部が、船乗りたちと一緒に喧嘩に加わる。熱狂した群衆は、戦士たちを煽り、千切れた翼が地上に落ちると勝利の歓声が広場を埋めた。攻撃する人々の、血に飽くことのない人間の貪欲さを相手にするかのように、風車は空回りをしていた。

俺たちが見せた出し物は、昼夜をついて続いていった。俺は退屈し始めた。モスクの尖塔の後ろに隠れた月光を眺めて頭を休めるために、俺は片隅に引き下がった。左手では現実を見せる芝居、右手では見えない手が演じる人形芝居が、白痴どもの法律に頭を垂れた良識ある人々の慚愧の念を語っていた。この苦境に落ちた人々の舐めた艱難に、人々は爆笑しているのだ。

夜は昼に、昼は夜となった。興奮した群衆は、芝居や競い合いや技の披露や、兵士たちの馴れ合いの殴り合いから始まった真剣な大喧嘩を、さまざまな職人集団が用意した出し物を、飽きることなく見物していた。仕立て屋は着飾った若者と服を、パン焼き職人は七人ずつでやっとのことで運んだ木の皿の上に塔のようにうずたかく並べた種々のデザートを、ガラス職人は船の組み立てに使われる光るガラスを、馬具職人は目を見張らせる引き具一式を、武器職人は、手に剣や楯をもち、鎧、冑で身をかためたひげもじゃ男を展示し、広場を大股で歩いて、マクブル・マクトゥル・イブラヒム・パシャ宮殿の前で止まる。人々のこれほどまでの関心に感激した皇太子は、周囲に金をばら撒いた。このような無駄なことに浪費される国家の金を思い、俺は反抗したかった。大臣たちやパシャたち、敵国や友好国の大使たちが持ってきたこれらの献上品を見ると、俺は自分の判断を変えた。つまり、浪費された金糸銀糸縫い取りの敷布、テンの毛皮のついたカフタン、宝石、象牙や金や銀で作られた櫃にいっぱいの貴重な装飾品などが……皇太子の前に積み重ねられていた。串刺しになった修行僧たちの身体を見て気分が悪くなったスルタンは、彼らを広場の外に追い払い、同じく気分が悪くなった女性たちとともに、イブラヒム・パシャ宮殿の中に引き上げた。職人たちの集団の後から、自分たちの風習に従って着飾ったペラ地区のギリシャ人たち、バラタ地区のユダヤ人たちがサズの伴奏による歌で観覧席を楽しませ、道楽者の皇太子の窓の下で頌詩を詠んで、空から降る天の恵みの分け前を得ていた。長老たち、パシャ、外国の代表団たちに、宮殿の台所から大盆いっぱいのさまざまな食べ物や水差しいっぱいの甘い飲み物が配られ、朝と夕べの礼拝の呼び声が聞こえると、騒ぎは少し静まって、消防士たちによって埃だらけの広場に水が撒かれ、地面を整えた広場は巨大な食堂と化した。治安を受け持つ五千人の水兵、そして同数のイェニチェリ兵たちが、台に満載の円いパン、大鍋いっぱいのピラフ、肉を器に取った後で、この忘れがたい恩恵を、周囲に群がった腹を空かせた民衆が互いに奪い合った。

尽きることのない豪華絢爛の三七日目の金曜日、皇太子に割礼を施した床屋のメフメトは大臣待遇となり、第四大臣として大臣会議に任命された。四〇日四〇夜続けられる予定の祝賀宴は、七月末まで延長された。群衆の興奮は一向に収まらず、芝居で敵の城砦が征服されて、風車の翼に括り付けられた鬼たちの一人が陥落すると、歓声は天の彼方に届くのだった。風車は回転していた、空しく回転していた。四五年ぶりに、〝死んだような海〟に送られたフランス国王のきらびやかな一行が、俺の目の前に見えた。あの豪華さ、絢爛ぶりは、生活から出てきた見世物ではなくて、空想が空想からとり出して現実とする生活の一部であることを、無言で繰り返して見せていた。

無駄にばら撒かれる財源、おべっか使いたちに与えられる特典、これらは能力ある者を能力のない者から区別し、正当なる者を不当な者から区別することができない支配者の証しである。五五日続いたあとで、商人の子弟にイェニチェリになる資格を与えるスルタンの勅命に反対してイェニチェリたちが叛乱を起こすことがなかったら、このやむことを知らない割礼の祝賀宴は千一夜でも十分でなかったであろう。そう、それは、一日のうちに収拾のできない叛乱となった。日当に銀貨一枚の値上げを求めて、治安をつかさどる何千人ものイェニチェリ兵は、その役目の正反対に、剣を抜き、広場の真ん中で、この宴の責任者と見なした大臣の首を求め始めたのだ。事態はこの上なく重大であった。スルタン・ムラト、皇太子、高貴な女性たちは、従者たちとともに宮殿内にかろうじて逃れた。群衆は蜘蛛の子を散らすように散り散りになって、屋敷に、家に、大使館にたどり着くべく、互いを踏みにじり、広場から全速力で逃れた。剣の音がきこえ、発砲された武器は、一瞬のうちに宮殿の壁に穴を開け始め、町の四方八方から火の手が上がった。焼かれた店舗は二千、家は五百軒！　このふさわしくない披露宴の日々は、流血の結果に終わった。

陽気で楽しい日々がすぎ、イスタンブルには暗黒の日々が遺された。イェニチェリたちの日当が銀貨一枚値上げされると、騎馬兵は自分たちにも同じ権利があると見なした。口げんかは侮蔑となり、ことは大きくなって、両者の間で多量の血が流され始めた。二ヶ月間造船所から離れないレイスを、俺は見守っていた。彼にはこの兄弟喧嘩を遠くから見ている風があった。権利、法律、獲得……うんざりした眼差しには、それらは過去の粘土に埋められた観念のように映るのだった。

「イスラムには修道院はない」とある晩、彼は不満を漏らした。

「修道院に何の用があるんですか、提督。」

泥を覆う枯葉にその目が行った。

「そこに入るのだ。」

「……？」

「わしはカルロスのことを考えているのだ……」

「奴は死んで、埋葬されました。あの魂が悪魔に会えばいい！」

提督はモスクのドームを見上げて、「そうだ、貪欲な、悪魔に憑かれた奴だとわしは思った」と呟いた。「権力という悪徳に背を向けることができた稀有の人間だったのだ、彼は。冥福を祈る。」

カルロスについて彼がこのように語るのを、友であれ、敵であれ誰に対しても別れを告げたいのだと俺は解釈した。寂しげで、物憂げで、気だるそうだったが、それまでの名声と栄誉が彼にある役目を課していて、それを引き受けざるを得なかった。状況を見取り、病に方策を見出す能力の持ち主は、自分の留守中に行われた決定に印を押すだけとなった。レイスはエミリアを亡くして以来、不公平というものは人間よりもむしろ創造者に特有な属性であり、敵はその不公平の描いた道で祝儀を自分の手から奪うライヴァルなのだと見始めたのであった。目標が霧の中で散らばって見えなくなると、感情と欲望が交じり合い、あの世の様相に不安になる人間は、残る日々を子ども時代の眼で眺めようとする。

心の中が悩みでいっぱいで次第に残り少なくなる日々が、次々に新しい冒険を差し伸べる一生と同じくらい長い子ども時代の日々にどうしたら戻れるのか？　生まれる者があり、死ぬ者がいる、そして、このつかの間の世界は、ランプの周囲で無意識に回る蛾のように破滅に向かって突進するのだ。

冬のはじめに更迭された大宰相スィナン・パシャに代わって、イブラヒムの同郷の者であるシヤヴシュが座った。イブラヒム自身はエジプトやレバノンの叛乱の収拾を引き受けた。スルタン・ムラトはというと、種牛の役目以外には、宮殿の庭に離宮を建てさせたり、金角湾の入り口の岸辺に、大切な母親にか、それとも愛するサフィエにか、どちらに献じたのか明らかでないモスクの基礎を築くことに熱中していた。

春の中ごろ提督は、イブラヒムや兵士や、エジプトの豊かさの魅力に夢中になって同行する多くのユダヤ人の商人たちを、三〇艘ほどのガレー船に乗せた。乗せたことは乗せたのであったが、二、三日後に来た報せによると、足手まといになるこの商人たちの集団を、ピヤーレ庭園と呼ばれるところで下ろしたことを俺たちは知らされた。夏の始まり（五月六日）が来て過ぎた。レイスからはそれ以外の報せはなかった。実際は、海岸の藩主たちの船を同行させて、カンディエに、そこから長靴の底にあるカステッラと呼ばれる入り江に、さらにマルタの沖で海の真ん中にノアの山のように聳える無人島に立ち寄って、アレキサンドリアに戻ったそうだ。

金角湾の動かない水面に枯葉が散り始めた頃、かろうじて一五艘のガレー船が造船所の前に碇を下した。歓迎の儀式を好まないレイスは、海岸や島の警護のために艦隊の半数を藩主たちの指揮下に渡したそうだ。しばらくの間大臣会議に参加せず、会見を求める大臣たちやパシャたちにも聞こえない振りをした。母后のヌルバーヌのファーティヒ・モスクでの葬式にすら行かなかった。一〇日の間、敗北後に遺った例の黒の衣を纏って、日の出と日の入りの間の時刻を報せる時計の短針のように、カステッラを、誕生を、人生の終焉を、あの岩の多い穏やかな入り江を、一生の両端を問いただす無言の隠遁に引きこもった。

癲癇の病を患って、気を失ったり、正気になったりするスルタン同様、政府も国家も、もう何もかもうまくいかなかった。母后と后の争いの代わりに、互いに反目する徒党の影響下にあるスルタン・ムラトと息子の間にいざこざが生じた。皇太子にいつも与えられるマニサに向かって発った皇太子メフメトは、この町に到着する前に、父親が任命した二人のパシャをも絞殺させた。アルジェリアからレバノンに至る海岸沿いに起こった叛乱は、アナトリヤに伝染し、クリミアにまで飛び火した。どこから現れたのか、マルリアーニが提督の留守中に、スペインとの休戦協定を三年間延長し得た。この協定の二ヶ国語で書かれた案文は、提督の署名を待つことになっている。スペイン語の文書の日付が政府の書記官たちの手による文書と異なることに、俺はレイスの注意を引いて、「ここにある一〇日間の差はどこから出てくるのか」ときいた。

「教皇は一年を一〇日ほど短くしました」と大使館の書記は説明した。

「おやおや、それはどうしてか?」

「週が一ヶ月の中に、月が一年の中にきちんと入るようにと。」

「いつからこうやっているのか。」

「はい……一年と九ヶ月になります」と大使館の書記は計算して答えた。「一五八二年十月四日は、同じ月の十五日になります。」(原註——今日も使われているグレゴリオ暦である)

「見たであろう」と言ってレイスは割って入った。「空の星もすでに教皇の命令下に入ったのだ!」

そして「なんたることだ」と付け加えた。「その書類を見せろ! 一〇日多く、一〇日少なく……」

喧嘩好きなアルジェリアの民衆はいつでも叛乱に立ち上がる用意があり、彼らが不満をもっているサルデーニャ人のラマザンが太守である限り、イェニチェリはイスタンブルの指示に従わないであろうと書いてある脅迫状をも、レイスは無視した。

「彼ら自身が望んだことだ」とレイスはぶつぶつ言った。「ラマザンを呼び返して、その代わりに……ハッサンを行かせよう。」

「どのハッサンをですか?」

「ヴェネツィア人のだ。」

「……?」

「何だ? 納得できないのか? 納得できなくとも、気にするな! すべては身から出たさびだ。彼ら自身が求めて、得た結果なのだ。どの民族も自分たちにふさわしい支配者によって治められるものだ」と冷たく言った。


スペインはオランに兵士や武器を集め、マルタ人は島々を荒らしまわる一方で、スルタン陛下は提督に、帰還の準備をしているイブラヒムの軍隊を連れ戻してくるように求めた。

「艦隊の仕事がすべて輸送に当てられるのは、終焉の始まりとなるのだ」とレイスはぶつくさ言った。


アレキサンドリアから戻った二五艘のガレー船は、イブラヒムが二年半で集めたこの上ない財宝をももたらした。成功した男前のパシャは、イェディクレの地下牢に入れたエジプトの太守の財務長ハッサンの財宝を獲得するのに成功し、エジプト人の大地主たちや、ドゥルーズ派の者たちを身ぐるみ剥いだ。獲得した獲物を国庫のものとする条件で行われたあらゆる類の略奪、襲撃は、スルタン・ムラト個人にとって誇るべき価値あることであった。将来の婿が大臣用の埠頭に金庫、つづら、包み、その中の九頭には引き具にトパーズをはめ込んだアラビア馬六〇頭、象一頭、麒麟一頭、二〇人のエチオピア人の宦官、百人の若者をもたらしたのをきいて、喜びのあまり癲癇の発作を起こしたと言われていた。

翌日、宮廷の高官の立会いの下で開けられた櫃からは、金箔のついた絹のショール、花を刺繍した絹の布、サテン、タフタ、ヴェネツィア敷布、象牙の書見台、金庫の中からはドゥカットやフローリンがざくざく、見たこともない宝石を嵌めこんだ指輪や腕輪、耳飾り、表紙にルビーを嵌め込んだクルアーン二冊が出てきた。梱包されたものからは、何ダースものペルシャ絨毯、メッカ風の金糸の刺繍のついたカーバ神殿のための二枚の帳、剣、楯、螺鈿の戸棚などの真ん中に……玉座があった。確かに玉座だが、なんという玉座か！　両替屋にとっては、八万五千ミスカル（約四百キログラム）の純金の塊は、少なくとも一七万六三〇〇ドゥカットの価値があった。その上に嵌め込んである小鳥の卵ほどのサファイヤはおまけだった。三日後のラマザンの祭日に、慶事の門の前に置かせたこの玉座に座って、スルタン・ムラトは祝賀の挨拶に来た者たちにその手や衣服の裾に口付けさせるつもりであった。

イブラヒムの帰還から一五日後、オスマン・パシャの軍隊がタブリーズに入ったとの報せが届いた。ペルシャのシャーの動脈は抑えられたのであった。しかし残念なことに、あまりの困難な事態により疲労困憊したこの勇敢なパシャは、死に瀕していた。宮殿関係者には、なぜかこの重要な成功をも、パシャの心配すべきこの事態をも考慮する者はなかった。町の通りで大声で報せて回る者たちは、タブリーズの征服を、〝エジプトの征服者〟イブラヒムのもたらしたこれからも数多く起こる勝利の前触れ、玉座の奇跡のおかげだと知らせていた。スルタン・ムラトは、夏の始まりの日（五月六日）に娘のアイシェ姫と結婚することになっている自分にこの財宝をもたらした有能な若者に感謝して、ヒポドロームにあるマクブル・マクトゥル・イブラヒム・パシャ宮殿を、故人と同じ名の将来の婿に与えた。容姿端麗なイブラヒムは容易な途から出世する一方で、シャーを敵国で片付けた司令官のオスマン・パシャは、人々の目の届かない遥かな地の、凍てつき始めた荒野で息を引き取ったのであった。

スルタンがその力を見せるべきものは、華麗絢爛以外には何ものもなかった。四年前の惨事から教訓を得なかったに違いない。息子メフメトの割礼の際と同様に煌びやかなものを考えていた。パシャや豪族や大臣たちはその地位にふさわしい献上品を探し、このやむを得ない経費のために所領を売ることすら始めたのである。計算高いイブラヒムは二ヶ月間熱心に——尊敬からか、親しさからかはともかく——レイスに介添え人になることを望んだ。断りきれないレイスが、その希望を受け入れた三日後、今度は宮廷から来た者が、スルタン・ムラトが娘の介添え人として尊敬する提督を選んだことを報せてきた。驚いたことだ！　花嫁と、花婿の両方の介添え人となるのだ！　この二重の尊敬の費用は高くつくことになりそうだった。大げさな贈答品の外に、豪華な宴をすることも介添え人の仕事だった。それだけでなく、娘に対する評価をことさらに見せたいスルタンは、花嫁の持参金を一〇万ドゥカットから三〇万ドゥカットに上げたのだ。スルタン・ムラトは娘を結婚させたいのか、それとも提督の全財産を空にしたいのか？　介添え人の贈り物は、示された尊敬に応えて、少なくとも一〇万ドゥカットは必要だ。さらに経費として一〇万ドゥカットは必要だ。そして二〇万の借金を求める婿のイブラヒム・パシャ……春の初めには手元に一銭も残らなかった。ヴェネツィア人の捕虜の漕ぎ手を売る以外には、レイスには方策がなかった。

「漕ぎ手のない提督がどこにいるのですか！」

「この様を見ろ、船は死んだ海で黴が生えているわい。漕ぎ手が必要なものか！」とレイスは呟いた。

「さあ、誰かをあのヴェネツィア大使の所に行かせろ」と俺の肘をつついた。「まだわからないのか？　ありったけのものを犠牲にする用意があることを示さなければ、この貪欲な蛭どもはわしらの骨の髄までもしゃぶるのだ！」

意地悪い人々の口は黙ることはない。提督がこれほどまでに苦労した経費を、アフリカ太守の肩書きを獲得するための投資だと周囲に噂していた。

この途方もない結婚披露宴は夏の初めの五月六日から一三日後、花嫁が母親のサフィエとともに旧宮殿を訪問することで始められた。馬に乗った大臣、代官、パシャたちの前を、婿からの結納品、金銀の杯の中に入った無数の宝石、貴重な布地、螺鈿の箪笥、戸棚……四〇頭の騾馬に乗せられたつづらが旧宮殿に運ばれ、車に満載した献上品を、両者の介添え人である提督は、四日の間、花嫁と花婿の名のもとに受け取った。積み重ねられた箱によって、宮殿の中庭は巨大な野外倉庫の観を呈した。贈り物の内容、献上者の名が書記官によって帳簿に記入された後で、再び箱の中にしまわれた。レイスはこの財宝の山に、自分の全財産にあたる分を加えた。他の方法でも忠義は示された。たとえば、四、五人ずつの奴隷でやっと運ぶことができる、色とりどりの砂糖で作ったライオンや象や麒麟を思わせる彫像もあったが、レイスが作らせ、二百人の船乗りによって運ばれた野原のような大きさの台の上の、大砲、銃、襲撃する者、守備する者とともに獲得された三階建ての城砦をかたどる巨大な菓子の後では、おもちゃのようだった。またレイスが作らせた、宮殿の門から入れない百カルシュ〔約二三メートル〕九階建ての塔のように聳える蠟燭の傍らでは、三〇カルシュ、四〇カルシュの巨大な蠟燭はひどく小さく見えた。

五日目の朝、四人ずつ二列に並んだ――前の列のものは手にクルアーンを持ち、後列のものは手に書見台を持った――八人のクルアーンの暗誦者に続いて、大臣やパシャの前を、物語の世界にふさわしいキャラバンを旧宮殿からイブラヒム・パシャ宮殿に連れて行くべく提督は出発した。一列に並んだ彫像のような大男たちの手で展示されるさまざまな献上品の後から、中にこの上なく高価な品物が詰まった分厚い赤い革のつづらを積んだ四〇頭の馬、その後から荷や革の大袋の下に隠れた四〇頭の駱駝、その後から敷布や布類、台所道具一式を積んだ四〇頭の騾馬、その後からきれいな顔の女奴隷、八〇人ほどの黒人の奴隷……大金持ちの娘にふさわしいこのキャラバンは、二艘のガリオン船にやっと乗せることができた。

一刻も早く妻に会いたいイブラヒムは、部屋から部屋を廻って、愛する者に差し出す薔薇の蕾の花束、生まれたばかりの仔羊、初物の果実、その名をまだ誰も聞いたことのないパタタと呼ばれる丸い物〔ジャガイモのこと〕とペラ地区の住民たちがトマタと呼ぶ赤い無花果〔トマトのこと〕の籠を、宮殿の執事に託した。

　七日目は結婚式のとり行われる日であった。暁の礼拝の呼び声とともに旧宮殿に戻ったレイスは、周囲を取り巻く大臣たちと一緒に、結婚式を司る宗教大臣のハジ・メフメトを待ち始めた。提督は両方の婚約者の介添え人の肩書きで、両者の名の下に結婚に同意を与えた後で、花嫁をその夫に引き渡して、一刻も早くこの愛の仲介者の役を終えることを考えていた。王家の花嫁を、儀式を見たがる民衆の間を通って無事に配偶者の宮殿に連れて行く責任のある警護団が外で待っていた。太陽が空に高くなるにつれて、期待の代わりに、待ちきれぬ思いが取って代わり、道端で待っている民衆からの叫び声が高くなり始めた。昼ごろになってやって来た使いの者が、宗教大臣が病気になって来れないことを伝えると、怒りを鎮めようとして、レイスは、「行って、早く快癒されることを祈ると伝えるように」と造船所の宗教役人に言い付けた。

「日は決まっていた。すべての準備はできている。民衆は待ちきれなくなっている。アッラーの許しのもとに、国家元首の名のもとに姫様を新しい家庭に届けなければならない。治って、元気にこの結婚を正当なものとしてくれるように！」

　彼の合図とともに、大太鼓が轟いて、ゆっくりと進むメフテル軍楽隊の一団と、胸に矢を、頭に釘を打ち込んだ半裸の〝歩行者〟と、モスクの尖塔に似た蠟燭を運ぶ水兵の一隊の後ろから、五百人ほどの騎兵の先頭を、両家の介添え人である提督が歩き始めた。たてがみと尾を銀の絹糸で編まれ、引き具には真珠を嵌め込んだはづなを二人の宦官の黒人の奴隷の手にもたれた、乳のように白い雌馬の背に乗せられた初々しい花嫁を、金糸銀糸の日よけが、民衆の好奇の目から隠していた。

その後の、侍女たちを運ぶ花で飾られた一八台の車とともに目的地に着いた時、若い花嫁に祝いの詩、若いパシャにほめ言葉を唱える群衆は、イブラヒム・パシャ宮殿の窓からばら撒かれる銅貨や、入り口に置かれた内臓を奪いあい始めた。あばら骨が見える貧乏人にも、病人、片輪者、年寄りにも構わず、強い者が弱い者を押しつぶした。俺の左側には、人道をわきまえないならず者の一団が、右側には、宮殿に勤める貪欲な者が俺の一本足を後へ後へ押し出して、俺はその晩の宴には参加できなかった。苦労して代わりに行かせた小姓は、人生に多くのことを期待する容姿もちゃんとした男前の若者で、この無意味な煌びやかさを興奮して見物した。俺は、これからは欲と執着を、いやらしさと権力を、賛辞と祈りを比較することをやめて、思い出とだけ暮らし、好きなようにひとつの世界を作り出したかつての小僧っ子とともに、残り少ない日々を過ごしたかった。

罪の償いするようにできているこの世は、俺の幻で覆われた目には、目隠しした驢馬が回す畑の水揚げ装置のように見え始めた。運命の描いた輪の中に閉じ込められて成長し、真実の井戸の周りを回りつつ、生きる日々を涙でぬらし続けるのだ。絶対者の玉座で愉しむ神の命令の下、生まれ、成長して、大きくなった人間が、真実と言われる宝石の髄を見出せずぬまま、見知らぬもう一つの世界に移住する。俺はもう、レイスの影にはなりたくなかった！　あの海の支配者は、水揚げ装置を回し続けなければならなかった。彼に尊敬と愛情の装いの下で近づく裏表のあるイブラヒムの本心を知っていても、知らない振りをして、芝居の最後まで付き合わなければならないのだ。毎日々々新しい婿が介添え人に会いに造船所に来るか、提督がヒポドロームにある宮殿にでかける。新しいフランス大使ムッシュ・ド・ランコムが謁見のために待っているのか。待たせておけ、イブラヒムなしでは謁見はだめなのだ。そして、ひとたびイブラヒムがオマール男爵の悪事を並べると、アレキサンドリアから届いた不満を説明するのは提督の、オマールがフランス人ではなく、レーヌ地域出身でマルタ騎士団に属するドイツ人であることを証明するのはランコムの仕事だった。ポルトガルは香辛料の道を獲得するために、アデンの町の向かいにある島に城砦を築き始めただけでなく、さらにはメッカの港に碇を下すことすらした。地中海と紅海の間に運河を作ることに関して、放り出されていた計画を掘り起こすことは提督の、スルタンの国庫から必要な経費を獲得するのはイブラヒムの仕事だった。手に一枚の勅命を持ってイブラヒムはやってきた。スルタン・ムラトはこの計画を六ヶ月で実現させるべく、一万人の労働者、四万人の騾馬を扱う者、一万二千人の駱駝を扱う者の経費として、エジプト県の収入である六〇万枚の金貨を充てた。提督が二五艘のガレー船の先頭に立ってアレキサンドリアの港に帆を上げる準備をした時に、反対の命令が下って努力は水泡に帰した。いわく、ペルシャの地での尽きることのない戦のせいで国庫はすっからかんだと言うのだ。アデンの港に送るはずの経験ある船長が一〇艘のガレー船を建造して、ポルトガルが小島の上に築いた砦を壊滅させれば、当座は十分であると言うのだった。この変更の背後に何か怪しいものがあるのを俺は感じていた。この急激な変更の理由は、本当に国庫に関するのか、あるいはスルタンの耳元に、アフリカ国を建てようとしているという提督個人に関する讒言が吹き込まれたのかも知れない。

アルジェリアの太守であるヴェネツィア人のハッサンは、ここに来るまで何もかも提督のおかげによっていた。ハッサンはその庇護者におもねるために、何かというと、やった仕事をレイスに知らせてきた。たとえば、アリカンテで二千人のイスラム教徒をピネダ湾から逃がすことに成功したとか、解放された奴隷が筆を取った『ガラタ』という題の面白い物語（原註――ミゲル・デ・セルバンテスが一五八四年に書いた『ガラテア』）をスペインで本として出版したというような報せを……。イブラヒムはハッサンの、こうしたこと細かい手紙が気に入らないようだった。

「ところで、提督殿、旗艦には、会計を扱うアリという名の去勢された若者がいますか？」とある夕食後、談笑している時にイブラヒムがきいた。

レイスは頷いた。

「給料は銀貨百枚ですか？」

「おそらく……どうしてきくのか？」

イブラヒムは、アルジェリアから来た、大宰相と直に接触したいという年配の男を呼ばせて、来た理由を提督の御前で繰り返すように求めた。

その男はためらっていた。

「一語一語その通りを繰りかえせ」とイブラヒムは喚いた。「死にたくなかったら。」

ヴェネツィア人のハッサンの使者はいやいやながらついに口を割った。つまり雇用主によって、スルタンの御前で提督の不祥事を告発すべく宮殿に送られたのだった。俺は驚いて、口をあんぐりあけて聴いていた。ひげを生やした医者が病気の妻に触れるのを黙認していたとか、妻が死んだ後で、赤い十字架の飾りのある服に包み、異教徒のするように棺の中に入れて、そのてっぺんに大きな十字架が着いている妖術のかかった洞穴に埋葬したクルチ・アリは、正式なイスラム教徒ではなく、幾重にも異端である、と言うのであった。

「ただそれだけのことを言うためにお前を送ってよこしたのか？」

「そうです。」

「密告の理由は何であろうか？」

「ハッサン・パシャは悩んでいます」と口ごもった。ハッサンの出納係の若いアリを提督が連れて行ったというのだ。

俺はレイスに、ハッサンが気に入らないということ、奴は信用できないということを、何度も繰り返したのだったが、レイスは耳を貸そうとしなかったのだ。レイスは驚きを抑えてから、入り口にいる水兵に、出納係のアリを見つけて連れて来るように命じた。何を咎められたのかわからない若い出納係りは、あの横暴なパシャにひどい目にあったにちがいない、最初の問いですぐ口を開いて、後をつづけた。ヴェネツィア人のハッサンの盗みやら男色まですべて明らかになった。勢いづいた若者は、あの残酷なパシャの不法行為まで告発したのであった。エル・ウエド門に作らせた蒸し風呂（ハマム）の火焚き所に宝物が隠されていた。イブラヒムは直ちに、地方財務官自身を派遣して、その火焚き所の灰を引っ掻き回す役を担わせることを、レイスに申し出た。

冬がまたやって来た、寒く、憂鬱で、しかめっつらの。ひっそりと陰険に降り続く雨は地面を泥だらけにして、木々の枝は葉を落として、地面を枯葉の経帷子で覆った。垂れ込める、暗い空！

地上には生きているものは何もないかのようだった。凍った粘土の下で木の根を蝕む害虫のがさごそいう音が、俺の脳の中で響いていた。このうんざりする、悲観的になる時間に、造船所に最初の一歩を踏み入れた活気ある日々がしきりに思われた。赤毛の閨室に息が詰まったスレイマン大帝の、息子である酔いどれのセリムの、その孫の嫌われ者のムラトの愚かな手中で揺れる地球を肩に担った、バルバロスや、ソコッルや、トゥルグトの幻が俺の目に見えた。

俺はこの半世紀の間戦った人々を思い出していた。シャーや、カルロスや、フェリペの誰もが知る敵愾心は、陰謀屋の〝虱殿下〟ルステムや、提督と呼ばれた無知蒙昧のインクつぼのスィナンや、わが軍隊をマルタに埋めたクズル・ムスタファや、艦隊をレパントで沈めたムエッズィンの息子のアリや、ホジャやスーチャたちと比べたら、罪の軽い悪魔になる。俺が若い頃に、頭の中で大きく見えた人間たちは、半世紀にわたる観察の後には、俺の目に小さく映るのだった。

提督はモスクの前で、町の四方八方からやって来た貧民たちに施しをすることで、夕方の時間を過ごした。埠頭と島を陸に結ぶ細い径は、ぼろを纏った人々で覆われていた。人々を整理する役目の水兵たちに、レイスは、白いターバンの者と黄や青の者との間で差別しないように指示した。（原註――一六世紀のオスマン帝国では、頭につける布の色で所属する宗教を示していた。頭に巻くターバンは、トルコ人は白、ギリシャ人やアルメニア人は青、ユダヤ人は黄色であった。被る布は、トルコ人は黄色、キリスト教徒は赤または黒、ユダヤ人は紫であった）。ハマムは垢を落としたい誰に対しても開放されていた。毎金曜日に、暁の礼拝の呼び声で、海から迸り出た壁龕は、壁の背後に、不吉で陰険なスルタンたちの宮殿に面して、外観の清潔さとともに内面の清潔さの神殿のごとく、イスタンブルに聳えていた。〝時代の提督〟の水のみ場で礼拝前の身を清める信者たちを見る度に、増大する心配を公然と口にする大臣たちの一団の不安な様子を俺の目は見逃がさなかった。あの高官たちにとっては、海の支配者バルバロスは強力な政治家、トゥルグトは封土の後を追う自由な海の狼、クルチ・アリはと言うと、何をしても的を得ることのできる戦術の専門家であった。スルタンの取巻きの中で、〝あの剣(クルチ)〟がある日オスマン朝の玉座を襲う可能性を暗示する者たちは、俺が聞く限りでは、おとなしくしていなかった。レイスが時折、港を、宮殿を、宮殿のてっぺんに王冠のように座したアヤソフィアを眺めるために、モスクの尖塔のバルコニーに上ってゆっくり時間をとった時は、吹く風の下でモスクの尖塔が揺れるのが見えるように俺には思えた。

雪に覆われたドームとつららで飾られた乳のように白い混沌の中で、〝時代の提督〟のモスクは潮流が作り出した渦巻きを眺めていた。あの厳しい冬の日々には、俺の唇は北西風でひび割れして、チュニジアに置いて来た片脚までもなぜか寒さで痛んだ。レイスは、初めて頭痛をこぼした。春の最初の兆しが見えた頃、忠義の象徴であるイブラヒムが、義父スルタンの医者をよこした。腰と脇腹の痛みがレイスを床に釘付けにした。医者はこの兆候を結石の病のせいだとした。偉大なレイスが痛みで身をもがいていた。イブラヒムの提案で、呪術師や行者が造船所の大臣会議室にあふれた。新しい食餌療法、新しい食べ物、飲むべき薬草汁など……。六〇年間調理場で働いていたなじみの料理人やその助手たちが解雇され、理由も何も問わずに新しい者たちがやって来た。最初の薔薇が咲いた頃、このわけのわからない病に腹痛も加わった。レイスの影である俺は、一六年間棲んでいたこの場所で、もう見知らぬ人間であった。地方財務官がアルジェリアから戻り、ヴェネツィア人のハッサンが火炊き所に隠した一〇カンタル（約五六〇キログラム）の純銀の塊と一三〇ドゥカットの不法金が押収されたことを報せにレイスの傍らに行きたいと俺が言った時、宮殿から派遣された二人の兵卒に止められた。なぜかわからないが、俺がレイスの傍らに行くことが禁じられたそうだ。俺はイブラヒムの奮戦ぶりや、過度の措置を見るたびに、心の中に吐き気を催した。金角湾は水を満たした城砦の濠を思わせていた。梟たちが住み着いた気味悪い城と化した造船所の宮殿で、残念ながら俺のする仕事はもう残っていなかった。仕方がなく、悲観的な思いで、俺は海沿いの別荘に避難した。何日もの間、一番大切な人を素性のわからない者たちの手に任せたことで自分を責めた。死を恐れることなく、水兵たちと一緒に、呪術師や調理人や医者を追い出すべきだったか？　良心を包む渦巻きの中で、俺は突破口を探し求めていた。毎年海は怒りを鎮めて、楽しみたいかのように、季節ごとに、生死を賭したゲームのために俺たちを招んでくれると、あの世の恐怖が喉元にまで来るのだった。あの強いられた隠遁の中で、針の筵の上で、昼も夜も息が詰まりそうになって、よい報せを持ってくるボートを待っていた。

俺たち二人はひとつの魂だった、一生を通じて

昼間の一番長い日の前日だった。昼前に一艘の船が埠頭に近づいてきた。快方が見られた提督が、俺に会いたいそうだ。

「快方……」と俺は吃った。後は喉に詰まって言葉にならなかった。俺の祈りがきかれたのだ、レイスは治ったのだ。これほどうれしく、希望を持った瞬間を、俺は一生涯味わったことはなかった。海面から飛び立つ鷗たちはわめき、叫びつつ、この報せをひろめている。波を掠める海燕たちは、レイスのモスクに向かって羽ばたいた。船の周囲を取り囲む海豚(いるか)たちは、従者の一団のように造船所まで俺たちに同行した。よどんだ水に碇を下ろしていた旗艦は、艦旗を旗竿で上下に動かして吉報に挨拶を送っていた。埠頭には人影もなく、船を滑り下ろす台には草が生え、片隅に花が咲いていた。大臣会議用の建物の前で壁に背をもたせて日向ぼっこをするレイスに、俺は気がついた。うつ離れ離れになっていた二つの心臓を一緒に抱きしめたいかのように、両腕を俺の首に回した。うつ

ろっていった月光から残った三日月のような、海の霧の下に見えなくなった魔法の入り江の海底の水のような、目の下を取り巻く紫の隈があった。彼は霜の降りた睫の間から現れたふたしずくの涙を拭おうともしないで、「待っていたのだ」と言いながら、その手を俺の肩にのせた。

「……」

俺の唇はわなないて、喉元から声が出なかった。

「歩こう、お前に言っておきたいことがあるのだ。」

「医者たちは……」

「彼らはできるだけのことをした」とため息をついた。「さあ、行って、塩水のご機嫌を伺おうではないか。スルタンや大臣を案内するのは飽きた、アリコよ。変わる時代を祝って……」

「何を祝って、と言ったのですか、レイス？」

人差し指を丸めて、鼻に突っ込むまねをした。

「九本半の指を持った人の思い出に、だ。彼は、心のつながりを罪の欄に書くことをせず、絶対者の創造した生きるもの、生きていないものすべてを愛のまなざしで眺める、学識と教養のある稀な人間だった。わしに読み書きを、人間の形をした神々がこの世に来たことを教えた。」

レイスが胸元から取り出したぼろぼろになった紙片の上に書かれた、手書きの聖書からの引用をひそひそと読んだのを、俺は昨日のことのように覚えている。今はどうかわからないが、当時は聖書を読むことは異端であった。

エミリアを見た日以来、一度はヴォヴェールの貴族の館で、もう一度はカステッラの、たぶんパンにも事欠く貧しい漁師の家で会った、時間と空間を越えて現れる、神々しい顔をした神父のことを、なぜかわからないが俺は忘れていたのだ。死んだような海の塩田で出会った日、鼻のない俺の顔を見つめた眼差しに俺は腹を立てて、彼を馬鹿にしたのだった。どうして人間は貧しいことと卑しいことを一緒にするのだろうか。

「指が九本半のあの神父のことをどうして思い出したんですか、レイス?」

アヤソフィアのドームの上で光の輪を作っている雲を差し示した。

「ほれ、あそこから、この数日あの冥土の船から、わしを呼んでいるのだ。」

櫂をとんぼの羽のように空に上げて敬礼をするスクーナーが、提督を待っていた。

「知っているか?」と言って、レイスはその手を胸に触れた。「わしはあの毛虫のように這って生きる一生を、美しい蝶のように終えることを願っていたのだ。」

どうしてか、と俺は自分に問うていた。人はどうしてを嬉しくて泣くのか、苦痛が自分を覆う瞬間を、歓喜に達したときのように求めるのか。俺は心が滅入って、港を出たことに気がつかなかった。ボスフォラス海峡の流れは、勝利や敗北の後で希望をもったり、絶望に打ちひしがれた俺たちを、いつも大洋に引きずっていった。

「鐘は立て続けに鳴っていた、アリコよ」とレイスは語り始めた。「教皇に選ばれたジョヴァンニ・デ・メディチがレオという名をとってサン・ピエトロ寺院に落ち着いた年、姉のルチアがほぼ七歳でわしが五歳だった。ある日遠くに行ってしまうとは……」

彼は思い出に耽った。それは俺をも歳月の彼方に引きずっていった。つぎはぎの帆で大洋に出て行った日、俺の人生が始まったのだ。本当は人が遠くに旅に出るのに、確かな理由があるのだろうか。旅人の帆を膨らませるのは、詩心に満ちた息吹ではなかったのか？　産着にくるまれて現れ、経帷子に包まれて身罷る不明確な時間に航路をとらせるのは、人生に対する恩義だったのか？　感情と思考を区別することが俺はできたのか。それは、自分の好きなように世界を作り出す子供時代を裏切ることだ。マストのてっぺんで休んでいた、年老いた、疲れた鷗たちは、はばたいて飛んで行っては、水平線を貫いて聳えるいくつかのモスクの周囲を回って戻って来て、道を説く熱い説教師のように俺たちの頭上で喚きまわっていた。

「屈んで深みを覗くことを知らない旅人は、この敷布のように穏やかに広がる水には生き物はいないと思う」とレイスは呟いて、また再び語り始めた。「死の天使アズラエルが立ち止まったあの不吉な城砦の麓の、岩だらけの岬の後ろに隠れた小さい入り江の古びた小屋だった、わしの家は。海がところどころで岩の間に入りこんでいた。蚕豆ほどの穴の中で海草を食むボラの稚魚や、棒切れの端でつついた蟹が横ばいに進むのを、一日中眺めて過ごしていた。風や波が忘れていたこの平和な俺の片隅で、ある日、水に入れたパンのかけらに群がる蝦と遊んでいると、稲妻のようにすばやく襲った鱸が一瞬のうちにボラの稚魚を呑み込んだ。わしは驚き、怖れ、衝撃を受けた。その瞬間、仇を討つという感情を知ったのだった。」

息苦しくなった胸に風を入れたいかのように、レイスは胸をさすった。

「その後からわしが投げた丸い小石は、役に立たなかった。怪物は平然と立ち去った。わしはあの悪漢を捕らえることを決心した。カステッラの入り口に縛ってある荷馬の尾から毛を一本引き抜いて、姉と一緒に釣り竿作りをはじめた。父親から魚を捕らえ方を習った。魚とりは仇討ちという感情よりも、むしろ楽しい仕事になり始めた。仇を討つと心に誓ったボラの稚魚を、今度はわしが自分で捕らえて、生きたまま餌として釣り針につけた。仇をとって、鱸を毎晩二、三匹釣り上げた。神様が何を送ってくれるかによって、網にはカサゴ、ヒメジ、蛸など……餌を入れた籠には、蟹や鯛がいっぱいになるのだった。銛で平目を捕らえた。昼になる前に魚の詰まった籠を背負って持って行き、無慈悲な相手の気分によって、時には一袋の小麦粉、時には粗布を、時には顔の平手打ちなどの代償に贈った魚いっぱいの籠を、あの意地悪いカステッラの教会の会堂番の前に空けてくるのだった。死の臭いのする城壁からこだまする祈禱や、水、土、植物、動物、自分、姉、母親、父親、わしらすべてのものの生命は、騎士と呼ばれるあの暴君の気分によるのだった。そうだった！

わしの尻を蹴飛ばした後で、恥じることなく、あの赤ん坊を連れた処女の前に跪いて嘆願するのだ、あの恥知らずは。当時わしは何歳であっただろう……八歳か十歳か。憂いに満ちたマリア様をあの薄汚い手から引き離したいと思ったが、幼い貴族だったお前のように、それは彼女が胸に抱いていた赤子を妬んでいるかのようだった。子供時代のあの空想力によって、我が家のやせこけた二頭の山羊を、聖地を救う凱旋者のように見たことが何度あったことか。手にした棒切れを剣のつもりで、兎や、鴉や、狐に対して、不吉な城壁へ攻撃命令を何度下したことか。空想が現実になり得るだろうか、大船長よ、どう思う？　人生の終点に来たが、心の中のあの聖地を平和にすることはできなかった。」

レイスは黙った。少し休んだ。明らかに弱っていた。

「子供時代というものはまったく別の世界だった」と言って、深いため息をついた。「息を吹きかけると、生き返ったものに心から結びついたり、手を触れると、干からびた切り株が芽吹いたりしたあの子供時代には、〝この世とあの世〟の問題は自分とは関係ない、いかに遥か彼方のことであったことか。」

弱っていた、レイスは疲れきっていた。しかし、昔のことを話し始めるとその目は輝いていた。

「姉はガゼルのように美しかった。美しかったが、嫁に行く持参金がなかった。わしはと言うと、あの歳で、髪が抜け始め、次第に禿になっていった。教皇レオが亡くなって、その後を継いだカルロスの一味のアドリアンも、一年もしないうちに死んで、今度はジュリオが、そうだ、メディチ家のジュリオが跡を継いだ。そのことの記念に違いない、城砦でうろうろしていた騎士のまがい者が、魚を届けに行った親父を広場の真ん中で殴ったのだ。惨めさに頭を垂れた、なすすべもない、ガレーニ家の親父に何の罪があったのか、彼らに何をしたと言うのだ？　何もしないのに、広場で殴られたことの意味はいまだにわからない。ナポリの藩主であった若いカルロスの名の下に、兵士が集められていた。わしは十五歳になったばかりだったが、直ちに徴集に志願した。死ぬには少し若すぎると考えた指が九本半の神父が、わしをコゼンツァにある僧侶の学校に行かせるように親父を説得した。教会にいる者は、この世の戦からは免除されていたのだ。袋を担いで、家を出た……そしてその日以来今日まで、アリコよ、わしは父親や母親に再び会うことはなかった。」

「それで、そこで、坊主の学校で、修道院での生活は？」

「知らぬ、わしは見なかったのだ。コゼンツァに行く途中で、気がつくと、海岸を支配していた

蛇が港に入ろうとしている〟

見えない世界から吹いた不可思議な息が、レイスの窓辺の震える蠟燭の炎を消した。民謡の繰り返しが俺の記憶の中で続いていた。俺は一人ぼっちで、小さくなった三日月を我を忘れて眺めていた。

＊　＊　＊

昼間の一番長い日の朝、ムエッズィンが信徒たちを礼拝に呼んでいた。俺がレイスを最後に見た階段の上で、俺は一人で、片隅にうずくまって祈っていた、嘆願していた――神に、アッラーに、ディオに、エホヴァに、聖人たちに、上人に、庇護者に。俺の耳に、あの世から呼びかける修行僧の言葉が響いていた――〝旅人よ！　笑うべき時、泣くべき時〟。何ごとにもその時間があるのだ、蒼穹の下では。格闘する時、和解する時。俺は笑ったり、泣いたり、殺したりして、一生涯傷ついた。半世紀の格闘の後、敵愾心は軽蔑に取って代わられた。閉ざされているレイスのドアの背後に、俺は希望を、愛を、優しさを、心のつながりを、忠誠を求めていたのだ。中庭をいっぱいにしている者たちの声にもかかわらず、そこは静かで、大臣会議用の建物は混雑しているにもかかわらず誰もいなかった。提督はアッラーのもとに身罷ったのである（原註――トゥルグト・レイスの死の満二一年後である。六月二十一日夏至の夜に）。その存在を僕（しもべ）どもに一生のはじめにおいて、終わりにおいて、誕生と死の瞬間に思い起こさせる、あの天上の力が凍てつかせた神々、動かない彫像のように、俺はその場を動けなかった。見えない世界から吹く風の前で、羽ばたく〝美しい蝶〟が飛び去ってから、期待、希望、勝利、格闘は、このまがい物の世界における復讐の空しい願いであることを俺は理解した。

その苦悶の中で何をしてよいかわからないまま、周囲を見回していると、埋葬人たちが宮殿を取り囲んだ。屍体が腐敗しないうちに埋葬することをスルタンが命じたのだった。短剣の攻撃で暗殺された宰相ソコッルのように、戦死者に着衣のまま、大急ぎで、清めることもしないで、土をかけるのか、蛇どもが咬んだ提督の身体に？

藩主たちやパシャたちや大臣たちの後から、この悲しい報せを聞いて走って来る貧乏人たちの後から、義足の脚を引きずりつつ、墓所に向かって進む時、俺の心の中に、死んだ者、生きている者、勝った者、敗れた者たちを、十字をつけたり三日月をつけたりした血のついた戦旗を覆う忌まわしい経帷子が、凍てついた荒野を思わせる俺の心の中に広がっていった。四〇年前、あの死んだような海で、郷愁と反抗の間で息の詰まった少年の過去を思いやって、アッラーの名も、ムハンメドの名も出さずに、「さあ、行こう息子よ」といったあの優しい存在に従うことを俺は誓ったのだった。一生涯、その後に従った。あの日、あの神秘の国にともに行く用意はできていた。確かに用意はできていた。しかし俺には交わした約束があった――俺は書くはずだった、洗礼の桶の水に酔って、運命のいたずらでイスラムに改宗した一人の詩人の、抜き差しならぬ痛みと悲しみを書くことになっていた。その辛い苦悩を知り、感じ、理解をもって受け入れる、外観は厳しいが黄金の心を持った、内なる世界で渦巻く渦を、歴史に残るようにと書くつもりだったのだ。

墓の土が乾きもしないその晩直ちに、提督の死をうら若い娘たちへの嗜好によると暗示する故意の噂が広まり始めた。金の報酬で密告するのを仕事にしているおしゃべりどもが、〝あの年寄りの恥知らず〟が思春期にも達しないうら若い処女を襲おうとして死んだと周囲に広めていた。故人が予想したように、妻が死んで、子供のいなかったレイスの全財産の略奪は夜明けとともに始まった。養子である俺などは、遺産分配を目論む、粗野で卑劣な者たちの目には、血のつながりの無い、薄汚い影であった。あわてて書かかれた勅命によって、スルタンの財務官の肩書きで現れた執事が、死んだ提督の財産、不動産、奴隷たち、金銭、カフタンからターバンに至るまですべてを押収する資格を与えられた。財務官はハマムの灰の中に散らばっていた六万ドゥカットをかき集めて袋に詰めた後で、さらに深く降りることは思いつきもしなかった。思いついたとしても、あの欲深い金銭欲の強い男が何を見出すことができたろうか。

レイスの位である提督の地位に就いた、あの〝恩義を忘れない〟イブラヒムは——願わくはやつがしたことの罰を受けますように——、墓所の入り口に、気持ちのこもらない、彼自身の性格にふさわしい、決まり文句の銘を彫らせた。

信仰と慈善の戦士、敬虔なる故クルチ・アリ・パシャの
高貴なる墓所なり
九九五年（一五八七年）

イブラヒムと呼ばれるあの蝮の、レイスに対する負債二〇万ドゥカットは支払われなかったし、今後も支払われることはないであろうから、レイスに〝慈善の施し人〟という銘を彼が書かせたことは、あの負債を記憶しているであろう恥知らずの見本として後の世代に残るであろう。

ある改宗者の祈り

今日、イスラム暦の一千年のジェマジュルアッワル月の一日（一五九二年二月十四日）、レイスのいない生活が五年になろうとしている。彼の死の翌日、俺は覚えているが、義父のスルタン、悪のムラトを豪華絢爛たるスルタン専用船に乗せ金角湾のよどんだ水を回遊させた、カフスの四つあるカフタンを着た、淡水の提督イブラヒムは、九ヶ月もしないうちに、新しい季節の初めに更迭された。新任者は前任者をよく見せると言うが、彼の代わりにもう一人の恥知らずのヴェネツィア人のハッサンが着任したのだ。この高潔から程遠い裏切り者も、俺がこれを書いている頃、ジェルバから連れて来られた蝮が咬んだ。その蝮とはジェノヴァ人のジガラ、別名スィナン・パシャで、彼は前任者のヴェネツィア人のハッサンをレイスの墓所に埋めさせた。この調子で進めば、レイスの墓所は砒素による犠牲者でいっぱいになるかも知れない。硬貨の中の銀の量を減らしたスルタンは、贋金作りを始めた。宮殿の二つの中庭を襲撃した四千人の武装した騎馬隊は、このペテンの責任者とみなした狩猟係長の首を所望した。彼らは望んだものを得た。その斬られた首を宮殿からヒポドロームまで血だらけのボールのように蹴りながら転がして行ったのが、いまだに目に見えるようだ。〝時代の提督〟であったウルチ・アリは、墓で何を想像するだろうか。創造者がしかるべきと見た、想像もできない秩序か？ あれほどの戦い、あれほどの聖戦をそのために闘った後で、まっさかさまに凋落するこの黴の生えたスルタンの支配が行き着くところか？ 嘘か本当かわからないが、〝オシャリ〟の死を聞いたフェリペはひどく喜んで、「あの裏切り者は所詮長生きし過ぎたのだ」と言って祝杯を上げたそうだ。教会の教義に従わない者か、胸のうちの愛を切り捨てる者か……誰が裏切り者で、誰が信用できない者か、傲慢なフェリペよ？

海の上に建てられた神殿は伝説を生んだ。クルチ・アリ・パシャ・モスクで暁の礼拝を四〇日続けてした信者の夢は、現実になると言うのだ。今日いまだに、雪が降ろうと何があろうと、朝から晩まで、外からの、あるいは内からの圧迫から救われるために、自由を求めて、ハマムに入ったり、水のみ場で礼拝前に身を清めたり、モスクで礼拝をしたりする者たちや、貧民の庇護者レイスの墓前で祈る者たちで小島はあふれるのだ。

人間らしさは自由への情熱によって培われるのだろうか？ おお、神よ、どの自由のことですか！

永劫を特性だとする信仰を選ぶ権利が与えられるのだろうか？ 幸せとは、果てしない夜の恐怖から解放された、人生から教訓を得なかった子供時代に棲んでいるのか？ 悩みや苦しみの無い、夜明けとともに次々に新しい感情に有頂天になる子供時代の日々に、寿命と呼ばれる病の薬はまどろんでいるのだ。年月がその中に作り出した空しさを満たせるように、悔やんだり、誓ったり、跪いて神に嘆願したりすることによって、人は、あの昔からの罪人は救いを見出すだろうか？　俺たちは学問知識を運命に結び付け、愛、復讐、正義を求めて地上の天国の扉を開けようとした。長い一生をかけて、血だらけになって、水平線で探し求めた天国の代わりに、俺たちが手にした名声は何の役に立ったのか？　俺たちが奪ったガリオン船や、征服した城の塔や、俺を片輪にしたチュニジアや、トゥルグトの上に倒れたサンテルム塔や、レイスに毒を盛った蛇の巣窟の宮廷の城壁で、勝利の旗は翻るのか？　敵は正面にいるのではなかった、俺たちの中にいたのだ。日が経つにつれて、ますます悲観的に、絶望的になり、自分の中で人生に対する関心がますます薄くなるのだった。夢の中で見える幻の墓場となる穴の傍らに、俺が探していた真実は黒い服に包まれて、屈んでいた。

俺の名はルーク、別名アリコは、レイスが生きることを拒否した感情を、彼に代わって生きた。俺の運命は、彼の運命の中でくねくねと曲がりくねる小川の如く流れた。永劫に絶望した自由は、自らを拘束するか？　この無意味な人生を終えることを、俺は何度考えたことか。俺がいようといまいと、時代は廻り、ローヌ川の水は変わることなく静かに流れて、海辺に積み上げられた砂の下に夏の間だけ開かれる縁日は見えなくなるのだ。

広大な海に向かってゆっくりと流れるボスフォラス海峡の水面に闇が降りる。あの塩辛い滴は、レイスのモスクに触れて流れ、渦に巻き込まれて、雪に覆われ氷の張った海岸に沿って後戻りして来て、別れを告げる海の妖精のように俺の窓の下で音を立てている。害虫どもの餌となった宮廷のてっぺんに、千年を経た巨大な神殿の影がかすかに見える。

片足を墓穴に突っ込んで、見えない世界から来る声に俺は耳を澄ませている。眠れない夜に慰めはもう要らない。未来を忘れるために過去と戯れるのだ。刺繍したクルアーンの文句のように、空から降る雪の片は空中で揺れて、流れる水に落ちるや否や、何世紀も経た渦巻きの中に溶けて消える。東の空が白む前に、灯油の尽きた燭台の灯りは消えるのだ。

モスクどころではない、俺には小さい礼拝堂を建てることもできない。後の世代のために、愛ゆえに滅んだ一つの人生の物語を遺して、いつものように、レイスの傍らの俺の場所に立つために行くが、今回は土で覆われた穴の中にだ。あの世に行く前に、空から降りる天使たちが、この希望の無いページを、長年空しく呼びかけていた十字架や三日月をつけた教会やモスクのドームの正面にぶら下げるある朝、俺の願いに〝アーメン〟と言うかのように、生まれ来る朝日の中で最期の息をその持ち主に引き渡したいと願う。

あなたの敬虔なる僕(しもべ)アリの祈りを
神が受け入れられんことを

訳者あとがき

　クルチ・アリ・パシャは本名をジョヴァンニ・ディオニジ・ガレーニといい、イタリアの長靴の先のカラブリアのカステッラの村に一五一九年（諸説あり）に生まれた（その村には今もクルチ・アリの銅像がある）。十六歳のころ、修道院に読み書きを習いに行く途中で、アルジェリアの海賊船にさらわれて捕虜となり、ガレー船の漕ぎ台につながれたが、船の持ち主に賢さを見込まれて、やがてはその船を任せられるようになる。ある日やむを得ない事情でイスラムに改宗する。（主人に厚遇される彼を妬んだ仲間の一人に襲撃された。自己防衛ではあっても捕虜が相手を殺めてしまった場合の罰は、事情のいかんにかかわらず、死刑であるが、救われる唯一の途は改宗してイスラム教徒になることである。）その後彼は、その勇敢さと頭脳で地中海で勇名を馳せるようになる。彼を恐れるスペイン、フランス、教皇庁、イタリアの諸都市国家のヴェネツィア、ナポリ、ジェノヴァなどはいろいろ懐柔策を試みたといわれる。ローマ教皇はイスラムを捨てれば、イタリアで爵位を、さらにはサレルモ公国を提供すると申し出たが、断られる。

　アレキサンドリアの藩主、トリポリの藩主、アルジェリアの太守などを経て、一五七一年のレパントの海戦では副将を務めたが、頑迷で蒙昧な提督アリのせいで敗北を喫した。しかし、生き残った船をかき集め、奪ったマルタのヨハネ騎士団の艦長旗とともにイスタンブルに戻る。スルタン・セリム二世は、大宰相ソコッルの進言のもとに彼をオスマン帝国の海軍の提督に任命に、剣（クルチ）を下賜し、その名をクルチ・アリとさせた。提督クルチ・アリは、大宰相の支援の下に、翌年にはオスマン帝国の海軍の戦力をほぼ復活させて、以前にもまして西にとっては大きな脅威であり続けた。

晩年に彼は、モスク、大衆浴場、学習所、墓所からなる複合施設の建設を思い立つ。当時モスク建立のための土地はスルタンから拝領したが、スルタン・ムラトの、「海の支配者なら、海に建てれば……」といういやみを聞くと、現在のトプハーネの前の海を埋め立てて作った出島にクルチ・アリ・パシャ・モスクは建てられた。当時の大建築家ミマール・スィナンによって建てられたこのモスクは、たび重なるイスタンブルの大地震にもかかわらず、びくともしていない。十六世紀に建てられたモスクの中で、本体が修復されていないのはクルチ・アリ・パシャ・モスクのみである。アヤソフィアを模して建造されたというそのモスクは小アヤソフィアと呼ばれて、海の中に燦然と輝いたと文献は記す。現在、そのあたりは埋め立てが進んで、海の中にない。

著者のオスマン・ネジミ・ギュルメンは一九二七年にイスタンブルで生まれた。父方の祖父は、トルコの南東部のウルファ地方のアシレト（大地主のようなもので、多数の小作人を支配する）の長であったが、一九〇五年に時のスルタン・アブドゥルハミトにイスタンブルに呼ばれて、立派な屋敷と役職を与えられた。実はそれはオスマン帝国の支配下に入らない地方の有力者であった大部族の長である祖父を、ある意味で人質、ないしは一種の流罪に処したものであった。母方の祖父はオスマン帝国末期に大臣を務めた家柄であった。当時のイスタンブルの上流社会の風習を反映して、三歳よりフランス人の乳母にフランス語を習い、フランス系私立学校のセントジョセフ校を卒業後、一九四六年にフランスに私費で留学したが、第二次世界大戦直後のその頃は外貨送金はきわめて困難で、アルバイトに精を出さねばならなかったという。父親はエンジニアになることを期待したが、結局国際関係を学び、一九五二年に、父親の懇請でトルコに戻り、父祖の地ウルファに行って、一九六六年までとどまる。祖父が長であったアシレトの内部の復讐劇の只中に置かれたため、それを解決すべき道として、十数年間地方政治にも従事したものの解決は不可能で、一九六六年にその地を離れた。今日著名な観光地として知られるボドルム（トルコの南西部の突端で、エーゲ海と地中海が出会うあたりの景勝地）で観光事業に従事し、成功したが、土地の問題などでマフィアとの確執に厭いて、ボドルムを離れてパリに移り住んだ。以後、三十年来パリに住み、二か国語で執筆している。

十三、四歳のころ作家になろうと思ったことはあったが、小説以上に数奇な人生を経て、最初の本が出版されたのは四十八歳のときだった。それが一九七六年にガリマール書店から出た最初の小説 *L'écharpe d'iris*（『虹』）である。翌年そのトルコ語版が出た。一九七八年にトルコ語で書いた『メカジキは眠っているときに討たれる』を出し、七九年にその仏訳が *L'Espadon*（『メカジキ』）としてガリマールより出て、八一年にはノルウェー語に翻訳された。長い沈黙の後、二〇〇六年に『ラーナー』を、翌年に本書『改宗者クルチ・アリ』を発表、そして、この間に短篇集二冊を出している。

『ラーナー』では、オスマン帝国の末期および近代トルコ共和国の誕生が、一九〇五年生まれの少女ラーナーの感じやすい目から語られる。これはトルコで六か月間ベストセラーリストにあって、二万五千部売れた。『ラーナー』は著者の母親の物語であったという。翌年出版された『改宗者クルチ・アリ』は四年かかって書かれたものである。やや難解な語彙にもかかわらず、魅力的な内容で、一万五千部売れたという。

巻頭に引用されているユルスナールの語が著者の意図を要約している。「……十九世紀の考古学者たちが外側からやったことを内側からやり直すこと。」歴史はある偉大な人物の業績のみを記すが、自分はその人物の心の中に揺れ動く思い、心情を書きたかったという。原書巻末には研究書のように文献目録があって、膨大な資料を渉猟していることがわかるが、著者の関心はあくまで歴史上の人物の心の中である。とはいえ本書に書かれている出来事は、一つを除いてすべて史実であるという。その一つとは何か。それはこの物語の語り手、クルチ・アリの僕でもあり、養子でもあったプロヴァンス生まれの（彼もまた改宗者である）ルカである。ルカは、過去を語ろうとしない寡黙な主人公の心の中を語らせるために、著者が創りだした存在である。もう少し自信があったら、この物語をクルチ・アリの一人称で書いたかもしれないと、あるときお聞きしたことがある。

本書は、「来た」「勝った」「見た」（Veni, Veci, Vedi）の三部よりなるが、これらの語は、いうまでもなくカエサルの「来た、見た、勝った」を踏まえているが、順序が入れ替わっている。

昨年夏、私はトルコの南西の端に位置するボドルムに近い、トゥルグト・レイスの誕生の地に因んでその名がつけられた、マリーナとしても有名な町にある著者の別荘で、数日をご一緒させていただいた。毎夕、眼前に見えるチャタル島（アダ）の斜面を「真っ赤な夕日が転がりながら海に入っていく」のをバルコニーから一緒に眺めた。チャタル・アダ、カラバア、ベレニチ（いずれも近くにある）などの名は、トゥルグト・レイスの今際の際にその口からつぶやかれた語であった。八十歳を越えているが、矍鑠たる紳士で、数日前にはそこのマリーナに繋留されている、十年前にフランスから夫人と乗ってきたヨットで近くのギリシャの島に行ったことを話された。パリでの生活は、午前八時に机の前に座って、昼食後一時間の午睡のほかは夜八時までまた執筆する生活だという。「書斎には天井まで資料が積まれている。時間が足りない。死ぬまでにあと二冊完成させたい」と話しておられた。その一冊が、本年三月にイスタンブルで出版された、自分の故郷のウルファにおける第一次十字軍の物語『ゼリハよ、お前の罪は何であったのか？』である。

フランスの著名な雑誌 *Le Nouvel Observateur* はその三十周年記念特集で、世界中の約二百人の作家にルハン・パムク、そしてオスマン・ネジミ・ギュルメンの三人がいた。

クルチ・アリの一生はそれだけで見ごたえのある稀有の人物であるが、そのほかに本書には数多くの珠玉のような逸話（史実）が語られている。オスマン帝国の陰謀渦巻く宮殿内の話、セルバンテスがレパントの海戦後捕虜としてイスタンブルに捕囚され、一五八四年に出版されたセルバンテスの『ガラテア』という本にはイスタンブルが語られていること、スエズ運河が開通した三百年前に、クルチ・アリが運河開鑿を企てたものの出航寸前に讒言によって取りやめさせられたことなど、興味を引く逸話は尽きない。また、ウィーンに迫り、バルカンから北アフリカ、中東にまたがるオスマン大帝国には、異なる宗教を信じる多くの民族が住んでいたが、このオスマン帝国のスルタンは、同時にイスラムの宗主であったものの、住民はイスラムを強制されることなく、税を納めれば、他の宗教の信者であることが許され、十五、六世紀に、信教の自由を求めるユダヤ人やイスラム教徒がスルタンの地に逃れていた。彼らの中で、イスラムに改宗した者には、出世の道が開かれ、司令官、大臣、大宰相になったものも少なくないこと、それとは別に、デヴシルメと呼ばれる制度があって、異教徒の有能な子弟を（親が望めば）徴用して、改宗させて養育、教育し、その後能力に応じてエリートへの途も開かれたこと、大建築家スィナンもその一人であったことなど、オスマン帝国の隆盛の影にはいかに多くの有能な、改宗者たちが寄与していたかをも本書から知ることができる。

もう一人ぜひ触れたいのが、海軍の提督であったが、配下の老朽船のせいでポルトガル船を抑えることができなかった咎で（エジプト知事の讒言によるという説もあるが）、エジプトで処刑された提督ピーリー・レイス（一四六五？―一五五四）である。一五一三年に彼が完成させた地図が二十世紀初めにトプカプ宮殿で発見された。この最初の世界地図には、大西洋、アフリカやヨーロッパの西海岸、アメリカの東海岸も描かれている。特筆に値するのは、今から三十年ほど前に、宇宙衛星によってNASAが作成した地図とまったく同じ南極大陸がそこに正確に描かれていたことである。厚い氷に覆われていた南極大陸を、五百年近く前に何故正確に描くことができたかは、今も大きな謎である。

最後に割礼のことに触れなければなるまい。割礼とは、ユダヤ教やイスラムで行われる男児の陰茎の先端の包皮を取り除く宗教の上の慣習である。しかし、近年欧米では、宗教とは関係なく衛生学上の見地から、誕生後一ヶ月くらいの乳児に実施されることも多いという。イスラム教徒の男児の割礼は就学前くらいの年齢になると盛大な披露宴とともに行われることが多かったが、最近では病院で乳児のときに実施されることも多くなってきている。

クルチ・アリの改宗後の名はウルチ・アリであった。この名は、西洋の文献にウルグ・アリと書かれることがあるが、その理由は、オスマン語ではアラビア文字が使用され、語末のチはJと綴られたのに対して、アラビア語のJの音は、エジプトではGと発音された（サウディアラビアのジェッダを、エジプト人はギッダと発音する）ためであると思われる。

読者の目に、クルチ・アリの人物像が魅力的なものとして映ったことを願うが、セルバンテスは『ドン・キホーテ』の中で敵将であった彼を賛美しているという。彼のことは、ブローデルの『地中海』や塩野七生さんの『レパントの海戦』や『愛の年代記』にも描かれている。

この本は最初フランス語で書かれたが、そのトルコ語訳が気に入らなかった著者が、改めてトルコ語で自ら書き下ろしたものである。したがってトルコ語版は仏語版の忠実な翻訳ではなくて、著者が自由に書き下ろしたものである。ガリマールからの仏語版の出版は遅れているが、出版前の仏語版のコピーを著者のご好意でいただけたことは、きわめて有益で、大いに参考になった。フランス語の原

題は *Le Rénegat* で、「キリスト教に背いてイスラムを受け入れた者」という意味であるが、トルコ語の題名 *Mühtedi* は「他の宗教からイスラムに改宗した者」という意味で、前者に比して、マイナスのイメージはない。数か国が翻訳のための版権を取ったというが、邦訳が最初の翻訳出版である。

本書の広大な内容から、入り混じる各国語の地名や人名の発音の確認のために、アンカラの Middle East Technical University の同僚の各国語の専門家や名古屋市立大学の佐野直子氏（プロヴァンス語）に協力していただいた。ここに記して感謝したい。時代設定上、現代において不適切な語句が含まれるが、原語の表現を尊重してそのままとした。

このすばらしい本を、遅ればせながら読者の皆様にお届けできたのは、多くの方々のおかげであったのだが、トルコ文化観光省のトルコ文学の海外への紹介を奨励するためのＴＥＤＡプロジェクトの出版助成金と、出版してくださった藤原書店の藤原良雄社長に感謝したい。特に編集部の刈屋琢氏には、人名、地名、地図などの面でも、尋常ならざるご苦労があったことと深く感謝している。

和久井路子

二〇一〇年四月

◎オスマン帝国海軍の提督

バルバロス・ハイレッディン（在職 1533/4-1546）
ソコッル・メフメト・パシャ（在職 1546-1550）
スィナン・パシャ（在職 1550-1553/4）
ピヤーレ・パシャ（在職 1553-1567/69）
ムエッズィンザーデ・アリ・パシャ（在職 1568/9-1571）
クルチ・アリ・パシャ（在職 1571-1587）
イブラヒム・パシャ（在職 1587-88）
ハッサン・パシャ（在職 1588-1592）
チャアラザーデ・スィナン・パシャ（ジガラ）（在職 1591/2-1595）

◎オスマン帝国の大宰相

マクトゥル・マクブル・イブラヒム・パシャ（在職 1523-1536）
スレイマン・パシャ（在職 1541-1544）
ルステム・パシャ（第一次）（在職 1544-1553）
カラ・アフメト・パシャ（在職 1553-1555）
ルステム・パシャ（第二次）（在職 1555-1561）
セミズ・アリ・パシャ（在職 1561-1565）
ソコッル・メフメト・パシャ（在職 1565-1579）
セミズ・アフメト・パシャ（在職 1579-1580）
ララ・ムスタファ・パシャ（在職 1580）
コジャ・スィナン・パシャ（第一次）（在職 1580-1582）
シヤヴシュ・パシャ（第一次）（在職 1582-1584）
オズデミル・オスマン・パシャ（在職 1584-1585）
メシヒ・パシャ（在職 1585-1586）
シヤヴシュ・パシャ（第二次）（在職 1586-1589）
チャアラザーデ・スィナン・パシャ（在職 1596）

（注）「君主とその一族」は，本書に関係する部分に限った。

資　料

◎オスマン帝国の君主とその一族（丸付数字は代，*は次代君主）

⑧バヤズィト二世（在位 1481-1512）

⑨セリム一世（在位 1512-1520）

⑩スレイマン一世（大帝）（在位 1520-1566）
　第一后マヒデヴラン
　　皇太子ムスタファ
　后ヒュッレム・スルタン
　　皇子バヤズィト
　　皇子セリム*
　　皇女ミフリマハ――夫ルステム・パシャ
　　　　　　　　　　＝弟スィナン・パシャ
　　　娘アイシェ――夫アフメト・パシャ

⑪セリム二世（在位 1566-1574）
　后ヌルバーヌ＝従兄弟ヤシフ・ナシ
　　皇子ムラト*
　　皇女イステミハン――夫ソコッル・メフメト・パシャ
　　皇女エスマハン
　　皇女ゲヴヘルハン――夫ピヤーレ・パシャ
　　皇女シャー――夫ザル・マフムウト

⑫ムラト三世（在位 1574-1595）
　后サフィエ
　　皇子メフメト*
　　皇女アイシェ――夫イブラヒム・パシャ

⑬メフメト三世（1595-1603）

関連年表

西暦		本書に関係する出来事
一五一三	3・11	レオ十世（ジョヴァンニ・デ・メディチ）教皇に選出される。
一五二〇	9・30	スレイマン大帝の即位。
一五二三	11・19	クレメンス七世（ジュリオ・デ・メディチ）教皇に選出される。
一五二七	9月	カルロス一世（カール五世）の兵士たちによるローマ略奪。
一五三八	7・15	フランソワ一世とカルロスの間でエーグ＝モルト会談。
	9・28	プレヴェザの海戦。
一五四一	10・23	カール五世の軍隊ハッラス上陸、およびアルジェリア戦争の開始。
一五四三	7・8	オスマン帝国の艦隊マルセーユ寄港。
	9月半ばから一五四四年4月末まで	オスマン帝国の艦隊、冬をトゥーロンで過ごす。
一五四四	4・14	フランソワ一世、カール五世に対して、ジェリソル（ピエモンテ）の勝利。
	9・18	フランソワ一世とカール五世の間で和平協定調印。
一五四五	10・10	カール五世とスレイマン大帝の間で一年半の休戦協定調印。
一五四六	7・4	バルバロスの死。後のムラト三世の誕生。
一五四七	3・31	フランソワ一世の死、およびアンリ二世の即位。
	7・19	スレイマン大帝とカール五世の間で和平協定締結。
一五五〇	3・20	トゥルグト・レイス、メフディィエ（マーディア）を獲得。

一五五〇	9・10	アンドレア・ドリア、マーディアを奪回。
一五五一	8・14	オスマン帝国の艦隊によるトリポリ獲得。
一五五三	11・6	スレイマン大帝の皇太子ムスタファ絞殺される。
一五五五	9・29	大宰相カラ・アフメト・パシャの処刑。
一五五八	8・26	モスタガネムの戦い。
	9・21	カール五世の死。
一五五九	4・3	フランスのアンリ二世とスペインのフェリペ二世の間で、カトー＝カンブレシス和平協定調印。
	7・10	アンリ二世の死。
一五六〇	3・12	スペイン艦隊、ジェルバ征服。
	5・14	ジェルバの海戦。
	7・30	オスマン帝国軍、ジェルバを奪回する。
一五六一	9月	スレイマン大帝の息子バヤズィト、およびその四人の息子、ペルシャのヴァンで絞首刑。
一五六二	6・1	スレイマン大帝とドイツ国王フェルディナントの間で、八年間の和平協定調印。
一五六五	5・20	オスマン帝国連合軍のマルタ上陸。
	6・21	トゥルグト・レイスの死（マルタで）。
	9・8	マルタ包囲の撤去、およびオスマン帝国軍の撤退。
一五六六	9・6	スレイマン大帝の死。
	9・30	セリム二世即位。
一五六八	2・17	セリム二世とマクシミリアン二世（ドイツ）間で和平条約調印。

一五六八	6・27	ウルチ・アリ・レイスのアルジェリア太守任命。
	12・25	スペインでマリスコの反乱始まる。
一五七〇	1・15	アルジェリア太守ウルチ・アリ・レイスによるチュニジア征服。
	9・9	ニコシア（キプロス）の陥落、オスマン帝国のキプロス征服の開始。
一五七一	8・1	マゴサの陥落、オスマン帝国によるキプロス征服の完了。
	10・7	レパントの海戦。
	10・28	アルジェリア太守ウルチ・アリ・レイス、オスマン帝国海軍提督に任命され、クルチ・アリ・パシャの名を賜る。
一五七二	5・1	ローマ教皇ピウス五世の死。
	8・23	パリ、サン・バルテルミーの虐殺。
一五七三	3・7	ヴェネツィアとオスマン帝国の和平条約調印。
	10・11	フェリペの弟ドン・ファンによるチュニジア獲得。
一五七四	8・23	オスマン帝国、チュニジアのハルカル渓谷（ゴレタ）を獲得。
	9・13	オスマン帝国軍、チュニジア征服。
	12・15	セリム二世の死およびムラト三世の即位。
一五七七	1・1	一五六八年に締結された条約の、ムラト三世とルドルフ二世（ドイツ皇帝）による更新。
一五七八	2・7	オスマン帝国とスペインの間で、一年間の休戦協定。
	8・4	アルカセル・キビル戦争（「三国王の戦争」ともいわれる）。
一五七九	10・12	大宰相ソコッル・メフメト・パシャの暗殺。
一五八〇	3・21	オスマン帝国とスペインの間で一〇ヶ月の休戦協定。

一五八一	6・19から10月まで	フェリペ二世、ポルトガルを征服後、リスボンにとどまる。
	1・24	オスマン帝国とスペインの間で不可侵条約調印。
	7・6	オスマン帝国が一五三六年二月一八日にフランスに認め、一五六九年一〇月一八日に初めて延長された通商特権（カピトゥレイション）の再延長。
一五八二	10・4	グレゴリオ暦の実施。
一五八三	5・18	フランス人に認められた通商特権をイギリスにも認める。
一五八七	6・21	クルチ・アリ・パシャの死。

著者紹介

オスマン・ネジミ・ギュルメン
(Osman Necmi Gürmen)

1927年トルコ・イスタンブル生。

幼時よりフランス人の乳母にフランス語を習い，後にイスタンブルのフランス系私立学校セントジョセフ校に学ぶ。1946年より52年までフランスに留学後，トルコに戻り，ウルファで政治活動に従事したのち，再びトルコを離れパリに移る。以後その地に留まり，トルコ語・フランス語の2か国語で執筆を続けている。

1976年にフランス語で書いた『虹』がガリマールより出版，翌年トルコ語版が刊行される。1978年にはトルコ語で書き下ろした『メカジキは眠っているときに討たれる』が出版され，翌79年にフランス語訳がガリマールより刊行（81年ノルウェー語訳）。以後長い沈黙を保ったが，2003年に『ラーナー』で文壇に再登場し，トルコで6か月間ベストセラーにランクイン。2007年には本書『改宗者クルチ・アリ』，2008年に『ゼリハよ，お前の罪は何であったのか？』を発表した。他に短篇集『ああ，愛よ』『サンミシェルの駱駝』がある。

訳者紹介

和久井路子（わくい・みちこ）

横浜生まれ。アンカラ在住。フェリス女学院を経て，東京大学文学部言語学科卒業。同大学院修士課程修了（言語学・トルコ語学）。リハイ大学（アメリカ）で博士号取得（外国語教育）。現在，中東工科大学（アンカラ）現代諸語学科に勤務。訳書にパムク『わたしの名は紅』『雪』『父のトランク』『イスタンブール』（いずれも藤原書店）。

改宗者クルチ・アリ——教会からモスクへ

2010年4月30日　初版第1刷発行 ©

訳　者　和久井路子
発行者　藤原良雄
発行所　株式会社 藤原書店

〒162-0041　東京都新宿区早稲田鶴巻町523
電　話　03（5272）0301
ＦＡＸ　03（5272）0450
振　替　00160 - 4 - 17013
info@fujiwara-shoten.co.jp

印刷・製本　中央精版印刷

落丁本・乱丁本はお取替えいたします
定価はカバーに表示してあります

Printed in Japan
ISBN978-4-89434-733-5

2006 年ノーベル文学賞受賞！　現代トルコ文学の最高峰

オルハン・パムク（1952-　）

“東”と“西”が接する都市イスタンブールに生まれ､3 年間のニューヨーク滞在を除いて、現在もその地に住み続ける。

異文明の接触の只中でおきる軋みに耳を澄まし、喪失の過程に目を凝らすその作品は、複数の異質な声を響かせることで、エキゾティシズムを注意深く排しつつ、ある文化、ある時代、ある都市への淡いノスタルジーを湛えた独特の世界を生み出している。作品は世界各国語に翻訳されベストセラーとなっているが、2005 年には、トルコ国内でタブーとされている「アルメニア人問題」に触れたことで、国家侮辱罪に問われ、トルコのＥＵ加盟問題への影響が話題となった。

2006 年、トルコの作家として初のノーベル文学賞を受賞。受賞理由は「生まれ故郷の街に漂う憂いを帯びた魂を追い求めた末、文化の衝突と交錯を表現するための新たな境地を見いだした」とされている。

目くるめく歴史ミステリー

わたしの名は紅（あか）

O・パムク
和久井路子訳

西洋の影が差し始めた十六世紀末オスマン・トルコ――謎の連続殺人事件に巻き込まれ、宗教・絵画の根本を問われたイスラムの絵師たちの動揺、そしてその究極の選択とは。東西文明が交差する都市イスタンブルで展開される歴史ミステリー。

四六変上製　六三二頁　**三七〇〇円**
（二〇〇四年一一月刊）
◇978-4-89434-409-9

BENIM ADIM KIRMIZI　Orhan PAMUK

「最初で最後の政治小説」

雪

O・パムク
和久井路子訳

九〇年代初頭、雪に閉ざされたトルコ地方都市で発生した、イスラム過激派に対抗するクーデター事件の渦中で、詩人が直面した宗教、そして暴力の本質とは。「9・11」以降のイスラム過激派をめぐる情勢を見事に予見して、アメリカをはじめ世界各国でベストセラーとなった話題作。

四六変上製　五七六頁　**三二〇〇円**
（二〇〇六年三月刊）
◇978-4-89434-504-1

KAR　Orhan PAMUK

ヨーロッパ
ヴェネツィア
ノヴァ
ジェノヴァ
ヴィルフランシュ
ニース
トゥーロン
ポルクロール
リヴォルノ
シエナ
アドリア海
カルヴィ
タラモネ
カラブリア
コルシカ
ジリオ
ドゥブロヴニク
ドゥカジン
シュコドラ
アジャクシオ
リナロ
ローマ
オスティア
テッラチーナ
エルバサン
オフリド
テッサロニキ
ナポリ
サレルノ
カプリ
サルデーニャ
オトラント
サン・ピエトロ
カルルエリ
カステッラ
プレヴェザ
ストロンボリ
レパント
リパリ
オクア
パトラス
エガティ諸島
パレルモ
メッシーナ
レッジオ
ザキントス
ナウプリア
ビゼルト
シチリア
カターニア
タバルカ
コンスタンティーヌ
リカータ
モトン
ハンマ
スース
マルタ
モナスティル
カイルアン
ラス・ディマス
ランペドゥーサ
マーディア
ガフサ
地中海
ジェルバ
トリポリ